W0252493

Buch

In Flavias Heimatort Bishop's Lacey laufen die Vorbereitungen zur Fünfhundertjahrfeier der Kirche St. Tancred, in deren Rahmen das Grab des Schutzheiligen feierlich geöffnet werden soll. Eine willkommene Ablenkung für die elfjährige Flavia, denn aufgrund der zunehmenden finanziellen Schwierigkeiten ihres Vaters hängt mittlerweile ein »Zu verkaufen«-Schild am Tor des geliebten Familiensitzes Buckshaw. Der Blick jedoch, den die Hobbydetektivin schließlich in die Kirchengruft erhascht, lässt Flavia all ihre eigenen Sorgen vergessen: Das Gesicht mit einer grotesken Gasmaske bedeckt, liegt der bereits seit mehreren Wochen verschwundene Organist Mr. Collicutt vor ihr. Wer hat den armen Mann ermordet, wie ist seine Leiche in das Kirchengrab gelangt, und wo sind die Gebeine des Heiligen? Flavia beginnt zu ermitteln und stößt dabei auf Geheimnisse, die einige der Bewohner von Bishop's Lacey um jeden Preis unter Verschluss halten wollen und die auch mit Flavias eigener Familie zusammenzuhängen scheinen ...

Autor

Alan Bradley wurde 1938 in der kanadischen Provinz Ontario geboren. Nach einer Laufbahn als Elektrotechniker, zuletzt als Direktor für Fernsehtechnik an der Universität von Saskatchewan, zog er sich 1994 aus dem aktiven Berufsleben zurück, um sich ganz dem Schreiben zu widmen. Sein erster Roman um die Hobbydetektivin Flavia de Luce, *Mord im Gurkenbeet,* schaffte auf Anhieb den Sprung in die SPIEGEL-Bestsellerliste und wurde mit dem Dagger Award, dem Dilys Award, dem Agatha Award und sowohl dem Macavity als auch dem Barry Award für den besten Erstlingsroman ausgezeichnet. Alan Bradley lebt zusammen mit seiner Frau Shirley auf der Isle of Man.

Von Alan Bradley außerdem bei Blanvalet erschienen:

Flavia de Luce 1 – Mord im Gurkenbeet (37624)

Flavia de Luce 2 – Mord ist kein Kinderspiel (37825)

Flavia de Luce 3 – Halunken, Tod und Teufel (37950)

Flavia de Luce 4 – Vorhang auf für eine Leiche (37901)

Flavia de Luce 6 – Tote Vögel singen nicht (Penhaligon, geb. Ausgabe Oktober 2014, 3100)

Alan Bradley

Flavia de Luce

Schlussakkord für einen Mord

Roman

Aus dem Englischen übersetzt
von Gerald Jung
und Katharina Orgaß

blanvalet

Die Originalausgabe erschien 2011 unter dem Titel
Speaking from Among the Bones bei Orion,
an imprint of the Orion Publishing Group Ltd., London.

MIX
Papier aus verantwortungsvollen Quellen
FSC® C014496

Verlagsgruppe Random House FSC® N001967
Das FSC®-zertifizierte Papier *Holmen Book Cream*
für dieses Buch liefert Holmen Paper, Hallstavik, Schweden

2. Auflage
Taschenbucherstausgabe November 2014
bei Blanvalet, einem Unternehmen
der Verlagsgruppe Random House GmbH, München
Copyright © der Originalausgabe 2013 by Alan Bradley
Copyright © der deutschsprachigen Ausgabe 2013 by Penhaligon Verlag,
in der Verlagsgruppe Random House GmbH, München
Das Gedicht von Thomas Parnell auf Seite 7 stammt aus: *Britannia.*
Eine Auswahl englischer Dichtungen alter und neuer Zeit.
Ins Deutsche übersetzt von Louise von Ploennies
(Frankfurt a. M., Verlag der S. Schmerber'schen Buchhandlung 1843)
Umschlaggestaltung: Isabelle Hirtz, München
unter Verwendung einer Illustration von © Iacopo Bruno
Satz: dtp im Verlag, Sabine Müller
Druck und Einband: GGP Media GmbH, Pößneck
Printed in Germany
ISBN: 978-3-442-37902-6

www.blanvalet.de

Für Shirley

Wo die Zypresse sich erhebt
Und grün das Beinhaus dort umwebt,
Däucht mich, rief eine Stimme mir;
Ihr Raben, lasst das Krächzen hier,
Ihr Glocken, hallet nicht die Stund'
Den See entlang und nächt'gen Grund!
In dumpfem hohlem Ton erklang
Dies Wort, das aus den Knochen drang.

THOMAS PARNELL
Ein Nachtstück auf den Tod (1717; in der Übersetzung
von Louise von Ploennies, 1843)

1

Blut tropfte vom Stumpf des abgeschlagenen Kopfes, regnete in dicken Tropfen herab und sammelte sich in einer rubinroten Pfütze auf den schwarz-weißen Fliesen. Das Gesicht war eine Grimasse des Erstaunens, als hätte der Tod den Mann mitten im Schrei ereilt. Die Zähne, durch einen schwarzen Strich säuberlich voneinander getrennt, waren zu einem grässlichen, stummen Schrei entblößt.

Ich konnte den Blick nicht abwenden.

Die Frau, die den entsetzt dreinblickenden Kopf an den blauschwarzen Locken stolz in die Höhe reckte, trug ein scharlachrotes Kleid, das fast die gleiche Farbe wie das Blut hatte.

Neben ihr stand eine Dienerin und hielt mit gesenktem Blick das Tablett, auf dem sie den Kopf hereingetragen hatte. Auf einem geschnitzten Thronsessel saß eine würdevolle ältere Dame in einem safrangelben Kleid. Sie hatte die Hände auf den Armlehnen zu Fäusten geballt, beugte sich nach vorne und betrachtete die grausige Trophäe mit sichtlicher Befriedigung. Sie hieß Herodias und war die Frau des Königs.

Die jüngere Frau, die den Kopf gepackt hielt, hieß – jedenfalls dem Geschichtsschreiber Flavius Josephus zufolge – Salome. Sie war die Stieftochter des Königs, dessen Name Herodes war, und Herodias war ihre Mutter.

Der abgeschlagene Kopf gehörte natürlich Johannes dem Täufer.

Vor einem Monat hatte ich die ganze blutrünstige Geschichte zum ersten Mal gehört, als Vater hinter dem großen geschnitzten Adler gestanden hatte, der in St. Tankred als Lesepult diente, und mit lauter Stimme den entsprechenden Bibeltext vortrug.

An jenem Wintermorgen hatte ich ebenso gebannt wie jetzt zu dem bunten Kirchenfenster aufgeschaut, auf dem die faszinierende Szene dargestellt war.

Im Verlauf der Predigt hatte der Vikar dann erläutert, dass die Menschen zur Zeit des Alten Testaments geglaubt hatten, unser Blut würde unser eigentliches Leben enthalten.

Blut – na klar!

Warum war ich nicht schon längst darauf gekommen?

Ich zupfte meine Schwester am Ärmel. »Du, Feely, ich muss sofort nach Hause!«

Sie beachtete mich überhaupt nicht. Ihr Blick war starr auf die Noten gerichtet, ihre Finger flogen im abendlichen Dämmerlicht wie weiße Vögel über die Orgeltasten.

Mendelssohns *Wie groß ist des Allmächt'gen Güte.*

Bis Ostern war es nicht mal mehr eine Woche, und Feely wollte mit diesem Stück ihr offizielles Debüt als Organistin von St. Tankred geben. Der flatterhafte Mr. Collicutt, der den Posten erst seit letztem Sommer innegehabt hatte, war plötzlich und ohne Erklärung aus unserem Dorf verschwunden. Deshalb hatte man Feely gebeten, seine Stelle einzunehmen.

St. Tankred verbrauchte Organisten wie eine Pythonschlange weiße Mäuse. Vor einigen Jahren noch hatte Mr. Taggart den Posten innegehabt, dann Mr. Denning. Und jetzt hatte auch Mr. Collicutt das Handtuch geworfen.

»Feely!«, drängelte ich. »Es ist wichtig. Ich habe etwas zu erledigen.«

Feely drückte mit dem Daumen ein elfenbeinernes Register, und die Orgel röhrte gewaltig auf. Diese Stelle mochte ich besonders gern. Hier verwandelte sich das friedliche Plätschern von Meereswellen bei Sonnenuntergang in das Fauchen einer Raubkatze im Dschungel.

Für meinen Geschmack gilt bei Orgelmusik: Je lauter, desto besser.

Ich legte das Kinn auf die angezogenen Knie und kauerte mich wieder in die Ecke des Chorgestühls. Anscheinend wollte Feely das Stück auf Biegen und Brechen bis zum Schluss durchprügeln. Mir blieb nichts anderes übrig, als zu warten.

Ich schaute mich um, aber es gab nicht viel zu sehen. Im fahlen Schein der einzigen Glühbirne über dem Notenpult hätten meine Schwester und ich ebenso gut Schiffbrüchige auf einem winzigen Lichtfloß in einem Ozean aus Dunkelheit sein können.

Wenn ich wie ein Gehenkter den Hals verdrehte und den Kopf in den Nacken legte, konnte ich gerade noch das Antlitz des heiligen Tankred ausmachen, das in das Ende eines eichenen Dachbalkens geschnitzt war. Im Halbdunkeln sah er aus wie jemand, der draußen in der Kälte steht, sich die Nase an einer Fensterscheibe platt drückt und sehnsüchtig in ein gemütliches Zimmer mit knisterndem Kamin hereinschaut.

Ich nickte ihm respektvoll zu. Dabei konnte er mich gar nicht sehen, weil seine Gebeine nämlich in der Krypta unter uns vermoderten. Aber man weiß ja nie.

Johannes der Täufer und seine Mörder hinter der Kanzel waren inzwischen kaum noch zu erkennen. In diesen wolkenverhangenen Märztagen wurde es früh dunkel, und vom Innenraum der Kirche aus betrachtet, verwandelten sich die Fenster von St. Tankred schneller von einem prächtigen Farbenteppich in eine schmutzig dunkle Fläche, als man einen längeren Psalm herunterrattern konnte.

Offen gestanden wäre ich viel lieber zu Hause in meinem Chemielabor geblieben, als in einer zugigen alten Kirche herumzuhocken, aber Vater hatte darauf bestanden.

Obwohl Feely fast sechs Jahre älter ist als ich, weigert sich Vater, sie allein zu ihren so gut wie allabendlichen Übungsstunden und Chorproben gehen zu lassen.

»Demnächst werden sich noch mehr Fremde als sonst in

unserer Gegend herumtreiben«, lautete sein Argument. Damit spielte er auf einen Trupp Archäologen an, der zur Ausgrabung der Gebeine unseres Schutzheiligen in Bishop's Lacey erwartet wurde.

Allerdings hatte Vater nicht erläutert, wie ausgerechnet ich meine Schwester gegen irgendwelche wild gewordenen Wissenschaftler hätte verteidigen sollen. Ich wusste aber, dass hinter seiner Sorge noch etwas anderes steckte.

In jüngster Zeit hatten sich in Bishop's Lacey mehrere Morde ereignet – hochspannende Verbrechen, bei deren Aufklärung ich Inspektor Hewitt von der Polizeiwache in Hinley tatkräftig unterstützt hatte.

Ich zählte die Opfer in Gedanken an den Fingern ab: Horace Bonepenny, Rupert Porson, Brookie Harewood, Phyllis Wyvern …

Noch eine Leiche, und die Finger einer Hand waren verbraucht.

Jedes der vier Opfer war in unserem Dorf gewaltsam ums Leben gekommen. Das war der eigentliche Grund für Vaters Sorge.

»Es ist nicht gut, wenn ein Mädchen, das … wenn ein Mädchen deines Alters am späten Abend allein auf eine Kirchenorgel einhämmert, Ophelia«, hatte er zu Feely gesagt.

»Aber da ist doch niemand, außer den Toten«, hatte meine Schwester gelacht, vielleicht eine Spur zu fröhlich. »Und die stören mich nicht. Jedenfalls lange nicht so sehr wie die Lebenden.«

Hinter Vaters Rücken hatte meine andere Schwester Daffy sich über das Handgelenk geleckt und ihr Haar zu beiden Seiten eines imaginären Mittelscheitels befeuchtet, wie eine Katze, die sich putzt. Damit äffte sie Ned Cropper nach, den Schankkellner aus dem Gasthaus *Dreizehn Erpel,* der unsterblich in Feely verliebt war und sie verfolgte wie ein übler Geruch.

Feely wiederum hatte sich am Ohr gekratzt, um Daffy zu

zeigen, dass sie die kleine Pantomime verstanden hatte. Solche wortlosen Zeichen fliegen zwischen Schwestern hin und her wie Flaggensignale zwischen Schiffen. Für Außenstehende, die den Code nicht kennen, sind sie nicht zu entschlüsseln. Selbst wenn Vater etwas davon mitbekommen hätte, er hätte es nicht deuten können. Sein Codebuch war in einer ganz anderen Sprache abgefasst als unseres.

»Wenn du nach Einbruch der Dunkelheit kommst oder gehst, nimmst du Flavia mit. Es schadet ihr gar nichts, wenn sie mal ein paar Kirchenlieder lernt.«

Ein paar Kirchenlieder ... als ob ich keine gekannt hätte! Erst kürzlich, als ich über Weihnachten das Bett hüten musste, hatte mir Mrs. Mullet unter viel Gekicher und dem Siegel der Verschwiegenheit ein brandneues Lied beigebracht. Daraufhin hatte ich jedes Mal, wenn ich Feely in die Kirche begleiten musste, aus vollem Hals geschmettert:

Hört der Engel Lied erklingen,
Beecham's Pillen. Abführpillen sie besingen,
Sie wirken sofort, bei Alt und Jung,
Bringen die Därme richtig in Schwung!

... bis mir meine Schwester irgendwann ein Gesangbuch an den Kopf geworfen hatte. Was Organisten angeht, steht für mich fest: Sie haben keinen Funken Humor.

»Feely!«, jammerte ich. »Ich erfriere.«

Ich knöpfte bibbernd meine Strickjacke zu. Abends wurde es in der Kirche bitterkalt. Der Chor war schon vor einer Stunde gegangen. Ohne die warmen Leiber um mich herum, dicht gedrängt wie singende Sardinen, kam es einem noch viel kälter vor.

Aber Feely war bis über beide Ohren in Mendelssohn vertieft. Ich hätte ebenso gut mit dem Mond reden können.

Da gab die Orgel plötzlich ein zittriges Röcheln von sich, als hätte sie sich verschluckt. Die Musik brach gurgelnd ab.

»Zifix noch mal!«, entfuhr es Feely. Einen schlimmeren Fluch auszustoßen traute sie sich nicht – zumindest nicht in der Kirche. Meine Schwester war nämlich eine Frömmlerin.

Sie stellte sich auf die Pedale und zwängte sich hinter der Bank hervor. Die Bässe blökten gequält.

»Und jetzt?« Sie schaute nach oben, als erwartete sie von dort eine Antwort. »Das blöde Ding stellt sich schon seit Wochen so bockig an. Muss am feuchten Wetter liegen.«

»Ich glaube eher, die Orgel ist soeben krepiert«, erwiderte ich. »Du hast sie kaputt gemacht.«

Das musste Feely erst mal sacken lassen. »Gib mir die Taschenlampe«, sagte sie schließlich. »Wir müssen nachschauen.«

Wir?

Immer wenn Feely in Panik geriet, wurde aus *»ich«* im Handumdrehen *»wir«*. Die Orgel von St. Tankred war in das Verzeichnis historischer Orgeln der Königlichen Musikhochschule aufgenommen worden. Sie zu beschädigen galt vermutlich als Staatsverbrechen.

Feely graute jetzt schon davor, dem Vikar die schlechte Nachricht zu überbringen.

»Und vergib uns unsere Schuld«, sagte ich. »Wie kommt man denn an die Innereien?«

»So!« Feely schob ein Stück der geschnitzten Holzverkleidung neben dem Spieltisch der Orgel auf. Es ging so schnell, dass ich den Trick leider nicht mitbekam.

Sie knipste die Taschenlampe an, duckte sich und verschwand in der engen Öffnung. Ich holte tief Luft und folgte ihr.

Wir befanden uns in einer muffigen, mit Stalagmiten gespickten Aladinhöhle. Im wandernden Schein der Taschenlampe ragten überall Orgelpfeifen auf: hölzerne Pfeifen, metallene Pfeifen, Pfeifen aller Sorten und Größen. Manche waren klein und schmal wie Bleistifte, manche groß und dick wie Abflussrohre, und manche hatten den Umfang von Telefonmasten. Es war weniger eine Höhle, fand ich, als ein Wald aus Riesenflöten.

»Was sind das für welche?« Ich deutete auf eine Reihe hoher, kegelförmiger Pfeifen, die mich an die Blasrohre von Pygmäen erinnerten.

»Das ist das Gemshornregister. Angeblich klingen die Pfeifen wie alte aus Ziegenhorn geschnitzte Hirtenflöten.«

»Und die hier?«

»Das sind die Rohrflöten.«

»Weil sie wie Abflussrohre klingen?«

Feely verdrehte nur die Augen.

Plötzlich ertönte ein zischendes Röcheln, und ich schlang erschrocken den Arm um Feelys Taille.

»Was war das?«, flüsterte ich.

»Die Windlade.« Meine Schwester richtete die Taschenlampe auf die gegenüberliegende Ecke.

Der Lichtstrahl holte eine riesige Truhe mit Ledertaschen aus der Dunkelheit, die mit asthmatischem Keuchen und Pfeifen Luft ausstieß.

»Super!«, sagte ich. »Wie das Akkordeon von einem Riesen.«

»Du sollst nicht immer ›super‹ sagen«, ermahnte mich Feely. »Du weißt doch, dass Vater das nicht leiden kann.«

Ohne darauf einzugehen, schob ich mich zwischen den kleineren Pfeifen hindurch und schwang mich auf die Windlade. Die Truhe gab ein erstaunlich lebensechtes, unanständiges Geräusch von sich und fiel noch mehr in sich zusammen.

Eine Staubwolke wirbelte auf und ich nieste: ein-, zwei-, dreimal.

»Komm sofort da runter, Flavia! Das alte Leder kann leicht reißen!«

Ich richtete mich zu meiner vollen Größe von einssiebenundvierzigeinhalb auf. Für mein Alter – ich werde bald zwölf – bin ich ziemlich groß.

»Haruh!«, rief ich und ruderte mit den Armen, um das Gleichgewicht zu halten. »Alles hört auf mein Kommando!«

»Wenn du nicht sofort da runterkommst, sag ich's Vater!«

»Guck mal, Feely – hier oben liegt ein alter Grabstein.«

»Weiß ich. Der Stein soll die Windlade zusätzlich beschweren. Komm jetzt runter. Aber vorsichtig.«

Ich wischte den Staub mit der Hand weg. »*Hezekiah Whytefleet.* 1679 bis 1778. Nicht schlecht! Neunundneunzig ist er geworden. Wer das wohl gewesen ist?«

»Ich mache gleich die Taschenlampe aus! Dann stehst du im Dunkeln.«

»Ist ja gut. Ich komme. Sei doch nicht so langweilig!«

Als ich das Gewicht von einem Fuß auf den anderen verlagerte, sank die Windlade schwankend noch tiefer ein, sodass ich mir wie auf dem Deck eines vollgelaufenen Schiffes vorkam.

Etwas flatterte an Feelys Gesicht vorbei. Sie wurde starr vor Schreck.

»Wahrscheinlich bloß eine Fledermaus«, sagte ich.

Feely kreischte auf, ließ die Taschenlampe fallen und war verschwunden.

Auf der Liste der Dinge, die das Hirn meiner Schwester in Wackelpudding verwandelten, standen Fledermäuse ganz oben.

Wie zur Bestätigung hörte ich es abermals flattern.

Ich kletterte vorsichtig von meinem Podest, hob die Taschenlampe auf und fuhr mit dem Strahl über die aufgereihten Pfeifen wie über einen Lattenzaun.

Wildes Geflatter hallte in der Kammer wider.

»Ist schon gut, Feely«, rief ich. »Die Fledermaus steckt in einer Orgelpfeife fest.«

Ich schlüpfte wieder nach draußen. Feely stand in einem

Strahl schräg einfallenden Mondlichts vor der Orgel, weiß wie eine Alabasterstatue und die Arme fest um sich geschlungen.

»Vielleicht können wir die Fledermaus ausräuchern«, sagte ich. »Hast du 'ne Zigarette?«

Das sollte ein Witz sein. Feely war eine fanatische Nichtraucherin.

»Oder wir locken sie heraus«, schlug ich hilfsbereit vor. »Was fressen Fledermäuse eigentlich?«

»Insekten«, sagte Feely tonlos, als müsste sie sich aus einem lähmenden Albtraum befreien. »Das hilft uns nicht weiter.«

»Hast du zufällig gesehen, in welcher Pfeife die Fledermaus festsitzt?«

»Im Prinzipal«, antwortete Feely mit zittriger Stimme. »Dem D. Die Pfeife ist fünf Meter lang.«

»Ich hab eine Idee! Spiel doch einfach Bachs *Toccata und Fuge in d-Moll*. So richtig mit Vollgas. Dann kannst du das Viech rauspusten.«

»Du bist abartig. Ich sage morgen Mr. Haskins Bescheid.«

Mr. Haskins war der Küster von St. Tankred. Vom Gräberausheben bis zum Messingpolieren kümmerte er sich um alles.

»Was glaubst du, wie sie reingekommen ist? Ich meine die Fledermaus.«

Wir wanderten zwischen hohen Hecken heimwärts. Wolkenfetzen trieben am Mond vorbei, und ein eisiger Wind zog und zupfte an unseren Mänteln.

»Keine Ahnung ... und ich möchte jetzt auch nicht mehr über Fledermäuse reden«, erwiderte Feely.

Dabei wollte ich nur ein bisschen plaudern. Mir war natürlich klar, dass die Fledermaus nicht durch die offene Kirchentür hereingeflattert war. Bei uns auf Buckshaw gab es scharenweise Fledermäuse. Sie flogen durch zerbrochene Fenster ins Haus oder wurden verletzt von Katzen angeschleppt. Weil es aber in der Kirche keine Katze gab, lag die Antwort auf meine Frage auf der Hand.

Ich wechselte das Thema. »Warum soll das Grab überhaupt geöffnet werden?«

»Das Grab des heiligen Tankred? Weil er dieses Jahr fünfhundertsten Todestag hat.«

Ich pfiff durch die Zähne. »Fünfhundert Jahre ist er schon tot? Das ist fünfmal länger, als der alte Hezekiah Whytefleet gelebt hat.«

Feely äußerte sich nicht dazu.

Ich rechnete im Geiste nach. »Dann ist Tankred im Jahr 1451 gestorben. Was glaubst du, wie er aussieht, wenn sie ihn ausbuddeln?«

»Wer weiß? Manche Heilige verändern sich nach ihrem Tod überhaupt nicht. Ihre Haut bleibt glatt und weich wie ein Kinderpopo, und sie duften lieblich nach Blumen. Den ›Geruch der Heiligkeit‹ nennt man das.«

Wenn ihr danach war, konnte meine Schwester ausgesprochen gesprächig sein.

»Superkolossal!«, entschlüpfte es mir. »Hoffentlich kann ich einen Blick auf ihn werfen, wenn er aus seiner Kiste gezogen wird.«

»Vergiss es. Die Archäologen lassen dich nicht mal in seine Nähe.«

»Das wärmt orn'tlich von innen!«, verkündete Mrs. Mullet.

Ich beäugte skeptisch den Teller mit Kürbis-Pastinaken-Suppe, den sie vor mich hinstellte. Schwarzer Pfeffer schwamm wie Schrotkörner darin herum.

»Sieht ja beinahe essbar aus«, sagte ich höflich.

Daffy steckte den Finger als Lesezeichen in *Die Geheimnisse von Udolpho* und warf mir einen vernichtenden Blick zu. »Undankbares Gör.«

»Daphne …«, mahnte Vater.

»Stimmt doch!«, verteidigte sich Daffy. »Über Mrs. Mullets Suppe macht man keine Witze.«

Feely hielt sich rasch die Serviette vor den Mund, um ihr Grinsen zu verbergen. Abermals ging eine wortlose Botschaft zwischen meinen Schwestern hin und her.

»Ophelia ...«, setzte Vater hinzu. Diesmal war ihm der stumme Austausch nicht entgangen.

»Lassen Sie's gut sein, Colonel de Luce«, beschwichtigte ihn Mrs. Mullet. »Fräulein Flavia hat nur ein Späßchen gemacht. Das Mädel und ich, wir zwei beide versteh'n uns! Sie meint es ja nicht bös.«

Das war mir zwar neu, aber ich rang mir trotzdem ein zustimmendes Lächeln ab.

»Ganz recht, Mrs. M.«, sagte ich. »Denn sie wissen nicht, was sie tun.«

Vater schlug nachdrücklich die neueste Ausgabe des *British Philatelist* zu, in der er gelesen hatte, und verließ mit der Zeitschrift das Zimmer. Man hörte, wie sich die Tür zu seinem Arbeitszimmer leise schloss.

»Bravo«, sagte Feely. »Du hast es mal wieder geschafft.«

Vaters Geldsorgen waren mit jedem Monat drückender geworden. Anfangs war er einfach nur niedergeschlagen gewesen, aber seit einiger Zeit fiel mir etwas viel, viel Schlimmeres auf: Er hatte resigniert.

Es war undenkbar, dass ein Mann, der ein Kriegsgefangenenlager überlebt hatte, einfach kapitulierte. Es gab mir einen schmerzlichen Stich, als ich begriff, dass den Pfennigfuchsern vom Königlichen Finanzamt gelungen war, was das Japanische Kaiserreich nicht geschafft hatte. Sie hatten meinen Vater so weit gebracht, dass er alle Hoffnung aufgab.

Als ich ein Jahr alt gewesen war, war unsere Mutter Harriet, die Buckshaw von ihrem Großonkel Tarquin de Luce geerbt hatte, bei einem Bergsteigerunfall im Himalaja ums Leben gekommen. Weil sie kein Testament hinterlassen hatte, stürzten sich die Aasgeier Seiner Majestät auf Vater und pickten seither unermüdlich an seiner Leber.

Es war ein langer, zäher Kampf gewesen. Zwischendurch hatte es immer mal wieder so ausgesehen, als würde sich alles doch noch zum Guten wenden, aber in letzter Zeit wirkte Vater immer kraftloser. Schon mehrmals hatte er angekündigt, dass er Buckshaw aufgeben müsse, aber irgendwie hatten wir uns jedes Mal durchgewurstelt. Jetzt aber hatte es den Anschein, als sei ihm alles egal.

Dabei liebte ich mein Elternhaus so sehr! Beim bloßen Gedanken an seine welligen Tapeten und zerschlissenen Teppiche bekam ich eine Gänsehaut.

Onkel Tars erstklassiges Chemielabor im ersten Stock des unbeheizten Ostflügels war der einzige Teil des Hauses, der tipptopp in Schuss gewesen war. Doch auch hier hatten Staub und Vernachlässigung die Herrschaft übernommen, bis ich den vergessenen Raum irgendwann entdeckt und sogleich beschlagnahmt hatte.

Onkel Tar war schon über zwanzig Jahre tot gewesen. Das Labor, das sein großzügiger Vater für ihn eingerichtet hatte, war seiner Zeit jedoch so weit voraus gewesen, dass es sogar jetzt noch, im Jahre 1951, als wahres Wunder der Wissenschaft bezeichnet werden konnte. Und diese ganze Herrlichkeit gehörte mir allein – angefangen von dem blitzblanken Messingmikroskop der Firma Leitz über die Regalreihen voller Chemikalien, dem Heer von Glaskolben und Reagenzgläsern bis zu dem Gaschromatografen, den Onkel Tar nach dem Entwurf von Michail Semjonowitsch Zwet – was für ein beneidenswerter Name! – hatte bauen lassen.

Es gab Gerüchte, dass Onkel Tar kurz vor seinem Tod an dem Zerfall Erster Ordnung von Stickstoffpentoxid geforscht hatte. Falls diese Gerüchte der Wahrheit entsprachen, hatte Onkel Tar zu den Pionieren dessen gehört, was heutzutage kurz »die Bombe« hieß.

Mithilfe von Onkel Tars Fachbibliothek und seinen ausführlichen Niederschriften war es mir gelungen, eine gute, wenn nicht gar herausragende Chemikerin zu werden, auch wenn mein Interesse weniger dem Spalten von Atomen als dem Brauen von Giften galt.

Wenn ihr mich fragt – eine ordentliche Dosis Zyankali ist irgendwelchen stumpfsinnig umherkreiselnden Elektronen haushoch überlegen.

Mein Labor wartete. Ich konnte seinem Lockruf nicht länger widerstehen.

»Bleibt ruhig sitzen. Ihr braucht meinetwegen nicht aufzustehen«, sagte ich zu meinen Schwestern, die mich angafften, als wäre mir ein zweiter Kopf gewachsen.

Ich verließ das Zimmer, in dem eisiges Schweigen herrschte.

2

Bei geringer Vergrößerung durch ein Mikroskop betrachtet, erinnert das menschliche Blut an ein Luftbild des Petersplatzes in Rom, wo die Kardinäle in ihren scharlachroten Biretts und Umhängen müßig umherwandeln und darauf warten, dass der Papst auf den Balkon heraustritt. Was sie in Wirklichkeit natürlich nicht tun müssen.

Bei zunehmender Vergrößerung wird die Färbung immer schwächer, bis man schließlich erkennt, dass die einzelnen roten Blutkörperchen in Wirklichkeit allenfalls einen leicht rosigen Hauch aufweisen.

Die rote Färbung wird durch das im Hämoglobin enthaltene Eisen bewirkt. Das Eisen verbindet sich leicht mit Sauerstoff, den es bis in die entlegensten Winkel unseres Körpers transportiert. Im Gegensatz dazu haben Hummer, Schnecken, Krebse, Muscheln, Tintenfische und die Mitglieder europäischer Königshäuser blaues Blut, was dem Umstand zu verdanken ist, dass nicht Eisen im Spiel ist, sondern Kupfer.

Wahrscheinlich hatte mich der Fund des toten Frosches überhaupt erst auf die zündende Idee gebracht. Der Ärmste hatte offenbar versucht, vom Fluss hinter der Kirche zu der sumpfigen Wiese auf der anderen Straßenseite zu gelangen, als ihm ein dummes Missgeschick mit einem Automobil passierte.

Auf jeden Fall war er platt, als ich ihn in die Tasche steckte und zu Forschungszwecken mit nach Hause nahm.

Um die Blutkörperchen unter dem Mikroskop transparenter zu machen, hatte ich das Froschblut mit einer verdünnten Essigsäurelösung gemischt. Nachdem ich die Feineinstellung justiert hatte, sah ich deutlich, dass die Frosch-Blutkörperchen flache Scheiben waren, eher wie rosafarbene Pennys, wogegen meine eigenen, die ich mit einem beherzten Nadelstich extrahiert hatte, doppelt so groß waren und Mulden hatten, so wie lauter rote Donuts.

Auf die Idee jedoch, mein eigenes Blut mit dem meines Vaters und meiner Schwestern zu vergleichen, war ich erst später, auf eine indirekte Anregung von Daffy hin, gekommen.

»Du bist ebenso wenig eine de Luce wie der Mann im Mond«, hatte sie mich angeschnauzt, als sie mich dabei ertappte, wie ich in ihrem Tagebuch herumschnüffelte. »Deine Mutter stammt aus Transsilvanien. In deinen Adern fließt Fledermausblut.«

Als sie mir das ledergebundene Buch entriss, schnitt sie sich an einem Blatt Papier tief in den Finger.

»Das ist deine Schuld!«, zeterte sie und hielt mir den zitternden Finger, von dem es eindrucksvoll auf den Salonteppich tropfte, anklagend unter die Nase. Um die dramatische Wirkung noch zu steigern, hatte sie extra noch mal auf die Wunde draufgedrückt. Dann war sie schluchzend aus dem Zimmer gestürmt.

Ich konnte einen Gutteil des Blutes mit meinem Taschentuch aufsaugen. Vater machte ein großes Gewese darum, wie wichtig es sei, stets ein sauberes Schnäuztuch dabeizuhaben. Mehr als einmal hatte ich ihn schon in Gedanken für diesen ausgezeichneten Rat gepriesen. Das hier war wieder so ein Anlass.

Ich war unverzüglich in mein Labor geflitzt, hatte einen Objektträger mit der Blutprobe präpariert, etliche detaillierte Skizzen von meinen Beobachtungen angefertigt und sie säuberlich mit den Buntstiften aus dem Künstler-Malkasten koloriert, den Tante Millicent meiner Schwester Feely vor ein paar Jahren zu Weihnachten geschenkt hatte.

Das Glück war mir hold. Wenige Tage später riss sich Feely,

die übertrieben eitel war, was ihre Hände betraf, am Frühstückstisch einen Niednagel ein. Ich war natürlich sofort zur Stelle.

»Pass doch auf! Du versaust ja die Tischwäsche«, schimpfte ich, riss ihr die Serviette aus der Hand und gab ihr stattdessen ein Stück Mull, das ich vorsorglich eingesteckt hatte. »Ich wasche die Serviette rasch mit kaltem Wasser aus, bevor das Blut nicht mehr rausgeht.«

Oben in meinem Labor hatte ich dann eine zweite Skizzenserie angefertigt.

Die abgeflachten Scheiben der roten Blutkörperchen, hatte ich dazu vermerkt, *neigen dazu, aneinanderzukleben. Ihre typische rote Farbe zeigt sich nur dort, wo sie einander überlagern. Ansonsten sind sie blassgelb wie der Abendhimmel nach einem Regenschauer.*

Eine Probe von Vaters Blut zu bekommen war schon kniffliger gewesen. Die Gelegenheit kam erst am darauffolgenden Montag, als er zum Frühstück mit einem Fetzchen Toilettenpapier am Kinn erschien, weil er sich beim Rasieren geschnitten hatte.

In der Nacht hatte Dogger wieder einen seiner »Vorfälle« gehabt. Er stieß dann alle paar Minuten heisere Schreie aus, denen leises Wimmern folgte, das noch schauriger klang als das Geschrei.

Dogger war Vaters Faktotum. Seine Aufgaben richteten sich nach seiner jeweiligen Einsatzfähigkeit. Mal war er Kammerdiener, mal Gärtner, je nachdem, in welcher geistigen Verfassung er sich gerade befand. Dogger und Vater hatten zusammen bei der Armee gedient und beide im Gefangenenlager Changi gesessen. Sie sprachen nie über diese Zeit. Das Wenige, das ich über jene schrecklichen Jahre wusste, hatte ich Mrs. Mullet und ihrem Mann Alf mühsam aus der Nase ziehen müssen.

An jenem Morgen war es offensichtlich, dass Vater kein

Auge zugetan, sondern die ganze Nacht an Doggers Bett verbracht hatte, bis die Wahnvorstellungen endlich nachgelassen hatten. Normalerweise hätte Vater es sich nicht im Traum einfallen lassen, mit Klopapier im Gesicht in der Öffentlichkeit zu erscheinen. Dass er es tat, verriet mehr über seine eigene beklagenswerte Verfassung, als es Worte hätten ausdrücken können.

Es war ein Leichtes gewesen, den blutgetränkten Fetzen aus dem Abfalleimer in seinem Ankleidezimmer zu fischen. Ich muss aber zugeben, dass ich dabei schlimmere Gewissensbisse hatte als je zuvor in meinem Leben.

Unsere roten und weißen Blutkörperchen, also die von Vater, Feely, Daffy und mir, hatte ich schriftlich festgehalten, auch wenn ich es selbst kaum glauben mochte, *sind hinsichtlich Größe, Form, Dichte und Färbung absolut identisch.*

Aus einem abgegriffenen, mit spannenden Flecken verzierten Fachbuch über das Mikroskopieren aus Onkel Tars Bibliothek wusste ich, dass die Blutkörperchen von Fledermäusen nur drei viertel so groß waren wie die von Menschen.

Meine Blutkörperchen dagegen waren sogar noch in tausendfacher Vergrößerung nicht von denen meines Vaters und meiner Schwestern zu unterscheiden.

Jedenfalls nicht äußerlich.

In einer der Zeitschriften, die überall in unserem Salon herumlagen, hatte ich gelesen, dass Menschenblut in seiner Zusammensetzung dem Meerwasser gleicht, aus dem unsere Vorfahren angeblich an Land gekrochen sind. Tatsächlich wurde in medizinischen Notfällen, wenn kein Blut zur Verfügung stand, schon Salzwasser für Transfusionen verwendet.

Ein französischer Forscher und Artillerieoffizier namens René Quinton hatte bei einem Hund das ganze Blut gegen verdünntes Meerwasser ausgetauscht und festgestellt, dass der Hund nicht nur am Leben blieb – angeblich erreichte er ein hohes Alter –, sondern dass der Hundekörper das Meerwasser nach ein, zwei Tagen wieder in Blut umgewandelt hatte!

Sowohl Blut als auch Salzwasser bestehen hauptsächlich aus Natrium und Chlor, wenn auch nicht im gleichen Verhältnis. Trotzdem ist es doch amüsant, sich vorzustellen, dass der Stoff, der durch unsere Adern fließt, im Grunde nichts anderes als eine Lösung aus Wasser und Tafelsalz ist, auch wenn beide Lösungen genau genommen noch kleine Mengen Kalzium, Magnesium, Kalium, Zink, Eisen und Kupfer enthalten.

Diese Vorstellung hatte mich zunächst in höchste Aufregung versetzt, weil sie die Möglichkeit einer ganzen Reihe kühner Experimente verhieß, manche davon sogar am Menschen.

Doch dann hatte mein wissenschaftlicher Verstand wieder die Oberhand gewonnen.

Es folgte eine umfangreiche und sorgfältige Untersuchungsreihe, für die ich mein eigenes Blut opferte (ich war ein paar Wochen lang ziemlich blass um die Nase) und welche die Unterschiede klar herausstellte.

Ich konnte überzeugend nachweisen, dass in den Adern der de Luces kein Meerwasser floss, sondern eine andere Kombination chemischer Elemente.

Und was Daffys Behauptung anging, ich hätte eine transsilvanische Mutter – das war ganz einfach absurd!

Meine Schwestern hatten mir schon des Öfteren einreden wollen, Harriet sei nicht meine leibliche Mutter. Mal behaupteten sie, ich sei von Kobolden als Wechselbalg auf der Türschwelle abgelegt worden, oder aber meine unbekannte Mutter habe mich nach der Geburt verstoßen, weil sie Tag für Tag beim Anblick meines hässlichen Gesichts in Weinkrämpfe ausgebrochen sei. Harriet habe mich dann aus Mitleid adoptiert.

Es wäre mir fast lieber gewesen, wenn meine Experimente bewiesen hätten, dass meine Schwestern und ich nicht miteinander verwandt waren.

Fledermausblut – von wegen! Daffy, diese elende Hexe!

Um meine Forschungsreihe wissenschaftlich korrekt abzuschließen, durfte ich mich jedoch nicht auf irgendein Fachbuch berufen, sondern musste höchstpersönlich eine Fledermaus zur Ader lassen.

Ich wusste auch schon, wo ich eine herbekam.

Am nächsten Morgen würde ich früh aufstehen.

3

Es war einer jener herrlichen Märztage, an denen die Luft so frisch ist, dass man jeden Atemzug genießt; an denen jeder Hauch dieses berauschenden Stoffes in Lunge und Gehirn derartig neue Universen erschafft, dass man glaubt, im nächsten Augenblick vor schierer Freude zerspringen zu müssen; einer jener stürmischen Tage mit dahinjagenden Wolken, Nieselregen, Gummistiefeln und vom Wind gebeutelten Regenschirmen, die einen spüren lassen, dass man wahrhaftig lebendig ist.

Irgendwo im Wald sang ein Vogel: *Kuckuck – jag-jag-pu-wi-witta-wu!*

Es war der erste Frühlingstag, und Mutter Natur schien das zu wissen.

Gladys quietschte vor Vergnügen, als wir durch den Regen ratterten. Auch wenn sie mir einiges an Jahren voraus hatte, war sie einem kleinen Sprint an einem feuchten Tag ebenso wenig abgeneigt wie ich. Sie war schon vor meiner Geburt im Fahrradwerk der Birmingham Small Arms hergestellt worden und hatte ursprünglich meiner Mutter Harriet gehört, die sie *»l'Hirondelle«* genannt hatte – »die Schwalbe«.

Ich hatte sie in Gladys umgetauft, weil sie immer so fröhlich war.

Eigentlich konnte sie es nicht leiden, wenn sie nass wurde, aber an einem solchen Tag, an dem ihre Reifen auf dem Asphalt sangen und der Wind uns anschob, mochte auch sie nicht zimperlich sein.

Ich breitete die Arme weit aus, sodass sich mein gelber Regenmantel wie ein Segel blähte, und ließ mich von einer kräftigen Bö davontragen.

»Haruh!«, rief ich den nieselfeuchten Kühen zu, die mich verständnislos anglotzten, als ich im Regen an ihnen vorbeisauste.

Im dunstigen grünen Morgenlicht glich St. Tankred einem alten Aquarell. Der Turm schien über dem hügeligen Friedhof zu schweben wie ein Heißluftballon, der ungeduldig an seinen Leinen zerrt.

Der einzige Missklang in der Idylle war der knallrote Lieferwagen, der auf der kopfsteingepflasterten Zufahrt zum Hauptportal stand. Das war der Wagen von Mr. Haskins, dem Küster. Daneben, auf der Wiese unter den Eiben, parkte ein blitzender schwarzer Hillman, dessen makelloser Glanz mir verriet, dass er niemandem aus Bishop's Lacey gehörte.

Vor dem Seiteneingang zur Kapelle, fast schon vom Dunst verschluckt, stand ein blauer Lastwagen. Ramponierte Leitern und schmuddelige, ausgebleichte Bretter ragten aus der offenen Ladeklappe. Der Besitzer dieses Fahrzeugs war George Battle, der Steinmetz des Dorfes.

Ich bremste scharf und lehnte Gladys gegen die altersschwache Grabstätte einer gewissen Cassandra Cottlestone. »1685–1750« stand da zu lesen (womit sie im selben Jahr wie Johann Sebastian Bach geboren und auch gestorben war).

In Stein gemeißelt und erbärmlich verwittert lag Cassandra auf ihrer bemoosten Grabplatte, mit zugekniffenen Augen, als hätte sie Kopfschmerzen, die Fingerspitzen unter dem Kinn aneinandergedrückt und mit einem selbstgefälligen Lächeln auf den Lippen. Es schien ihr nicht viel auszumachen, dass sie tot war.

Zu ihren Füßen war eingraviert:

Nun lieg ich herfür
Vor der Kirchenthür.

Mein Leib, er möge Ruhe finden,
Meine Seele himmelwärts entschwinden.

Hatte mir Daffy nicht mal eine ziemlich weit hergeholte Geschichte über das Cottlestone-Grab erzählt? Wie war das doch gleich gewesen?

Laute Stimmen drangen aus der Kirche und rissen mich aus meinen Gedanken. Ich überquerte die Wiese und trat durch das Portal.

»Aber man hat mir eine Dispens zugesagt«, sagte der Vikar gerade. »Jetzt gibt es kein Zurück mehr. Die Arbeiten haben bereits begonnen.«

»Dann müssen Sie die Arbeiten eben wieder einstellen«, entgegnete ein massiger Mann im schwarzen Anzug. Mit seinem groben, bleichen Kartoffelgesicht und seiner dichten weißen Mähne glich er einem Staubmopp im Sonntagsgewand. »Und zwar sofort.«

»Hören Sie, Marmaduke«, entgegnete der Vikar, »der Bischof hat mir mehrmals versichert, dass es keine ... Ach, guten Morgen, Flavia. Du bist aber früh auf den Beinen!«

Der massige Mann wandte langsam den Kopf, bis der Blick seiner hellen Augen auf mir ruhte. Er lächelte mich nicht an.

»Guten Morgen, Herr Vikar!«, erwiderte ich munter. Wenn man schon zu so früher Stunde übertrieben fröhlich ist, geht das manchen Leuten gehörig auf die Nerven. Ich spürte sofort, dass der Weißhaarige zu diesem Personenkreis gehörte. »Es ist doch wirklich ein wunderschöner Morgen, oder? Das bisschen Regen stört überhaupt nicht!«

Ich merkte selbst, dass ich eine Spur zu dick auftrug, aber manchmal kann ich einfach nicht anders.

»Hab ich recht?«, setzte ich noch eins drauf.

»Flavia, meine Gute, ich freue mich immer, dich zu sehen«, sagte der Vikar, »aber du suchst bestimmt Mr. Haskins. Es geht doch um den Blumenschmuck, nicht wahr? Na also, dachte ich mir's doch gleich. Ich glaube, Mr. Haskins ist oben in der Glockenstube und kümmert sich um die Seile und so weiter. Schließlich soll am Karfreitag alles glatt gehen.«

Blumenschmuck? Welcher Blumenschmuck? Der Vikar hatte mich soeben zu einer Figur in einem von ihm selbst erfundenen Theaterstück gemacht. Welche Ehre! Ich war zur Unzeit hereingeplatzt, und er wollte mich offenkundig schnell wieder loswerden.

Selbstverständlich spielte ich mit. »Alles klar. Vater freut sich bestimmt, dass sich das mit den Lilien inzwischen geklärt hat.«

Schon hüpfte ich wie eine junge Gazelle auf die erste Stufe der Treppe zum Glockenturm.

Sobald ich außer Sichtweite der beiden Männer war, stapfte ich langsamer treppauf und rief mir ins Gedächtnis, dass sich Wendeltreppen in Burgen und Kirchen immer im Uhrzeigersinn emporwinden. Auf diese Weise war ein Angreifer, der die Stufen hoch stürmte, gezwungen, das Schwert mit der linken Hand zu führen, während der Verteidiger, der von oben kam, mit der rechten, für gewöhnlich überlegenen Hand kämpfen konnte.

Ich wandte mich kurz um und vollführte ein paar Hiebe und Finten gegen einen imaginären Wikingerkrieger – vielleicht war es aber auch ein Normanne oder Gote. Bei Räubern und Plünderern kenne ich mich nicht besonders gut aus.

»Holla!«, rief ich aus und nahm wie ein Degenfechter mit ausgestrecktem Arm Haltung an. »En garde und so weiter!«

»Herrje, Miss Flavia!« Mr. Haskins ließ fallen, was er in der Hand hatte, und legte die Hand dorthin, wo vermutlich sein Herz schlug. »Du hast mir ja einen schönen Schrecken eingejagt!«

Ich gestehe, dass ich mir ein triumphierendes Grinsen nicht verkneifen konnte. Einen Totengräber zu erschrecken ist keine leichte Aufgabe, schon gar nicht einen, der trotz seines Alters die kräftige Statur eines Seemanns hatte. Vermutlich lag es an seinen muskulösen Armen, knotigen Händen und leicht gebogenen Beinen.

»Entschuldigen Sie, Mr. Haskins.« Ich zog meinen Regenmantel aus und hängte ihn an den nächstbesten Wandhaken. »Ich hätte beim Hochgehen lieber laut pfeifen sollen. Was ist denn in der Kiste?«

An der gegenüberliegenden Wand stand eine zerschrammte alte Truhe. Der Deckel war offen, und ein Stück Seil, das der Küster hatte fallen lassen, schlängelte sich über den Rand. Er machte ein Gesicht, als hätte ich ihn bei etwas Verbotenem ertappt.

»Da drin? Ach, nur ein Haufen Gerümpel. Alter Kram aus dem Krieg.«

Ich machte den Hals lang.

In der Kiste befanden sich Reste des Seils, eine zusammengelegte Decke, ein halb mit Sand gefüllter Eimer, eine Kübelspritze mit morschem Gummischlauch, noch ein Schlauch, aber aus Kautschuk, eine mit Dreck verschmierte Schaufel, ein schwarzer Stahlhelm mit einem weißen »W« drauf und eine Gummimaske.

»Das ist 'ne Gasmaske.« Mr. Haskins holte das Ding heraus und hielt es mir auf der flachen Hand hin wie Hamlet den Totenschädel. »Die Jungs vom Luftschutz und die Brandwarte haben im Krieg hier oben Posten bezogen. Hab selber manche Nacht hier verbracht. Ziemlich einsam war das. Und ich hab allerhand merkwürdige Dinge gesehen.«

»Zum Beispiel?« Ich hing an seinen Lippen.

»Na ja ... Lichter, die über den Friedhof geistern, und so Sachen.«

Wollte er mir Angst machen? »Sie wollen mich wohl veräppeln, Mr. Haskins.«

»Kann sein, kann auch nicht sein, Frolleinchen.«

Ich schnappte mir die groteske, glotzäugige Maske und zog

sie mir über den Kopf. Sie stank nach Gummi und schalem Schweiß.

»Huhu, ich bin ein Tintenfisch!« Ich schwenkte meine Fangarme. Durch die Maske hindurch klang es wie: »Huuu, mich in eim Mintenich!«

Mr. Haskins zog mir die Maske ab und warf sie wieder in die Kiste.

»Eine Gasmaske ist kein Spielzeug. Da sind schon Kinder jämmerlich erstickt.«

Er warf den Deckel der Truhe zu, ließ das Vorhängeschloss einrasten und steckte den Schlüssel in die Jackentasche.

»Sie haben das Seil vergessen«, sagte ich.

Er warf mir einen scheelen Blick zu, kramte den Schlüssel wieder hervor, ließ das Schloss aufschnappen und holte das Seil heraus.

»Und jetzt?«, fragte ich erwartungsvoll.

»Jetzt verziehst du dich am besten wieder, Frolleinchen. Wir haben hier zu arbeiten. Du läufst uns nur zwischen den Füßen rum.«

Pfff!

Normalerweise kommt jeder, der mir so etwas ins Gesicht sagt, auf meine Liste für Strychnin-Kandidaten, und zwar ganz weit nach oben. Ein paar Körnchen in die Brotdose oder am besten gleich in den Senf auf dem Schinkenbrot … Letzteres überdeckt sowohl den Geschmack als auch die Konsistenz des Giftes.

Aber halt! Hatte er gerade »wir« gesagt? Wer war »wir«?

Weil ich mich öfter an der Kirche herumtrieb, wusste ich, dass Mr. Haskins üblicherweise allein arbeitete. Er holte sich nur für besonders schwere Arbeiten jemanden zu Hilfe, etwa wenn ein umgekippter Grabstein wieder aufgerichtet werden musste oder wenn jemand beerdigt wurde, der …

»Der heilige Tankred!«, rief ich laut und rannte zur Treppe.

»Halt!«, rief Mr. Haskins mir nach. »Du kannst da jetzt nicht runter!«

Aber ich trampelte bereits die Wendeltreppe nach unten, und seine Stimme verklang hinter mir.

Das Grab des Heiligen wurde geöffnet, und ich sollte nicht dazwischenplatzen! *Deshalb* hatte mich der Vikar abgewimmelt. Dass er mich allerdings zu Mr. Haskins in den Turm geschickt hatte, war nicht besonders schlau gewesen, aber er hatte ja nicht lange überlegen können.

Blumenschmuck, dass ich nicht lache! Dabei waren sie da unten schon dabei, das Grab aufzubrechen!

Als ich wieder in den Vorraum der Kirche kam, war er leer. Der Vikar und der weißhaarige Fremde waren verschwunden.

Links befand sich der Eingang zur Krypta, eine schwere Holztür im gotischen Stil. Der spitz gewölbte Rahmen erinnerte an eine missbilligend hochgezogene Augenbraue. Ich drückte die Tür auf und stieg auf Zehenspitzen die Treppe hinab.

Unten führte ein Gang zur Vorderseite der Kirche. Er war provisorisch mit einer Reihe kleiner, nackter Glühbirnen beleuchtet, die unter der niedrigen Decke baumelten. Ihr gelblich fahler Schein ließ die Schatten ringsum noch dunkler wirken.

Ich war schon einmal hier unten gewesen, damals, als die Pfadfinderinnen von St. Tankred an einem Winterabend Verstecken gespielt hatten. Das war vor meiner unehrenhaften Entlassung aus der Truppe gewesen und somit lange her. Trotzdem erinnerte ich mich noch lebhaft an Delorna Higginsons Schreikrämpfe. Sie hatte sogar Schaum vor den Mund bekommen und war kaum wieder zu beruhigen gewesen.

Vor mir im Dunkeln kauerte ein gewaltiger Eisenkoloss – der Heizkessel der Kirche.

Ich schlich um ihn herum und achtete darauf, ihm möglichst nicht den Rücken zuzudrehen.

Der Kessel stammte aus der Werkstatt von Deacon and

Bromwell und war 1851 bei der Weltausstellung gezeigt worden. Seitdem hockte dieses für seine Unberechenbarkeit berühmt-berüchtigte Monstrum in den Eingeweiden von St. Tankred wie der Riesenkrake, der Kapitän Nemos Unterseeboot *Nautilus* in *20 000 Meilen unter dem Meer* angegriffen hatte. Die Fangarme seiner Rohrleitungen schlängelten sich nach allen Richtungen, und die beiden runden Fenster in der gusseisernen Tür glommen wie zornige rote Augen.

Der Vikar behauptete, Dick Plews, der Dorfklempner, pflege eine »innige Beziehung« zu dem Untier, aber sogar ich wusste, dass das hoffnungslos übertrieben war. Dick hatte eine Heidenangst vor dem Heizkessel, das wusste das ganze Dorf.

Während der Gottesdienste, besonders in den langen Pausen, wenn wir gerade andächtig der Predigt lauschten, drang manchmal ein Schwall übelster Schimpfworte durch die Warmluftschächte zu uns empor – Schimpfworte, die wir natürlich alle kannten, bei denen wir aber geflissentlich so taten, als hätten wir sie noch nie gehört.

Erschauernd ging ich weiter.

Auf beiden Seiten des Ganges waren zugemauerte Nischen. Dahinter stapelten sich wie Klafterholz (so drückte es Mr. Haskins aus) die zerfallenden Särge jener Dorfbewohner, die vor uns das Diesseits verlassen hatten, darunter auch etliche de Luces.

Ab und zu hätte ich meine mumifizierten Vorfahren gern ans Licht geholt und mir in Ruhe angeschaut – nicht nur, um sie mit den düsteren Porträts in Buckshaws Ahnengalerie zu vergleichen, sondern auch, weil mir der Anblick von Leichen immer wieder Vergnügen bereitet.

Nur Dogger wusste von meiner ungewöhnlichen Vorliebe. Seiner Meinung nach diente die Beschäftigung mit den Toten dazu, über der Freude am Wissenserwerb den Kummer zu vergessen.

Außerdem hatte er mir noch versichert, dass Aristoteles mein Interesse für Leichen geteilt hatte.

Der gute alte Dogger! Er verstand es wie kein anderer, mich zu beruhigen.

Jetzt hörte ich Stimmen. Ich befand mich inzwischen unter der Apsis.

»Aufpassen, Tommy, vorsichtig!«, drang es durch das Dämmerlicht zu mit herüber.

Ein Schatten huschte über die Wand, als hätte jemand eine Taschenlampe angeknipst.

»Langsam … Wo bleibt Haskins mit dem verdammten Seil? Verzeihen Sie den Ausdruck, Herr Vikar.«

Der Vikar stand mit dem Rücken zu mir in einem gewölbten Durchgang. Ich reckte den Hals, um an ihm vorbeizuspähen.

An der hinteren Wand der kleinen Kammer war ein großer Stein halb aus der Wand gestemmt und lag mit einem Ende auf einem Sägebock. Dahinter klaffte eine dunkle Öffnung.

Vier Arbeiter, von George Battle abgesehen allesamt Unbekannte, standen bereit.

Als ich einen Schritt vortrat, stieß ich gegen den Ellbogen des Vikars.

»Herr des Himmels, Flavia!«, entfuhr es dem erschrockenen Gottesmann. Im Halbdunkel waren seine Augen groß wie Untertassen. »Mir ist fast das Herz stehen geblieben! Was hast du überhaupt hier unten zu suchen? Das ist viel zu gefährlich. Wenn dein Vater das erfährt, lässt er mir den Kopf abschlagen.«

Ich sah Johannes den Täufer vor mir.

»Der heilige Tankred ist doch mein Namenspatron«, sagte ich rasch. »Da wollte ich gern die Erste sein, die seine gesegneten Gebeine zu Gesicht bekommt.«

Der Vikar starrte mich verständnislos an.

»Mein Name lautet Flavia Tankreda de Luce«, half ich ihm auf die Sprünge. Dabei legte ich einen Unterton scheinheiliger

Ehrfurcht in meine Stimme, faltete die Hände vor der Brust und senkte den Blick. Das hatte ich mir von Feely bei ihren Andachtsübungen abgeschaut.

Der Vikar war erst verdutzt, dann erwiderte er schmunzelnd: »Du willst mich wohl auf den Arm nehmen, meine Liebe. Ich weiß noch sehr gut, dass ich dich auf den Namen Flavia Sabina de Luce getauft habe, und zwar im Namen des Vaters, des Sohnes und des Heiligen Geistes, Amen, und Flavia Sabina de Luce bist und bleibst du – bis du dich eines Tages entschließt, deinen Namen zu ändern, indem du in den heiligen Stand der Ehe trittst, so wie deine Schwester Ophelia.«

Mir fiel die Kinnlade runter.

»Feely?«

»Oje«, sagte der Vikar verlegen. »Da habe ich mich wohl verplappert.«

Feely? Meine Schwester Feely will in den heiligen Stand der Ehe treten?

Das durfte ja wohl nicht wahr sein!

Und wer war der Glückliche, bitte sehr? Etwa Ned Cropper, der Kellner aus dem *Dreizehn Erpel,* für den Brautwerbung darin bestand, heimlich schimmlige Pralinen vor die Küchentür zu stellen? Oder Carl Pendracka, der amerikanische Soldat, der Feely die Sehenswürdigkeiten von St. Louis zeigen wollte? (»Carl will mir zeigen, wie Stan Musial den Ball aus dem Stadion drischt.«) Oder gar Dieter Schrantz, der ehemalige deutsche Kriegsgefangene, der in England geblieben war und sich als Hilfsarbeiter auf einem englischen Bauernhof verdingte, damit er irgendwann Lehrer werden und englischen Schuljungen *Stolz und Vorurteil* und andere Romane näherbringen konnte? Nicht zu vergessen Detective Sergeant Graves, der junge Polizist, der in der Nähe meiner blöden Schwester regelmäßig knallrot wurde und kein einziges Wort mehr herausbekam.

Aber ehe ich nachhaken konnte, kam Mr. Haskins mit dem Seil in der einen und einer Taschenlampe, die unheimliche

Schatten warf, in der anderen Hand in die ohnehin schon überfüllte Krypta.

»Aus dem Weg!«, brummte er, und die Arbeiter drückten sich an die Wände.

Statt die Gruft zu verlassen, nutzte ich die Gelegenheit, mich noch weiter hineinzudrängeln. Als Mr. Haskins das Seil um den Stein schlang, quetschte ich mich zwar in die hinterste Ecke, konnte von dort aus aber hervorragend sehen.

Der Vikar hatte mich offenbar völlig vergessen. Im Schein der schaukelnden Glühbirnen wirkte sein Gesicht angespannt. Was hatte dieser Marmaduke, wer immer er gewesen war, doch vorhin gesagt? »Dann müssen Sie die Arbeiten eben wieder einstellen. Und zwar sofort.«

Allem Anschein nach hatte er sich nicht durchgesetzt.

Der Vikar kaute geistesabwesend auf seiner Unterlippe.

»Wo ist denn Ihr Freund abgeblieben?«, fragte Mr. Haskins plötzlich. Die Frage hallte von der gewölbten Decke zurück. »Ich dachte, er wollte den großen Augenblick miterleben?«

»Sie meinen Mr. Sowerby? Keine Ahnung, wo er bleibt. Sieht ihm gar nicht ähnlich, zu spät zu kommen. Vielleicht sollten wir noch einen Augenblick warten.«

»Dieser Stein hier will aber nicht warten«, erwiderte Mr. Haskins. »Dieser Stein hat seinen eigenen Kopf. Und er kommt jetzt raus, ob uns das nun passt oder nicht.«

Er tätschelte den schweren Klotz freundschaftlich, worauf der Stein ein grässliches Ächzen von sich gab, als litte er Schmerzen.

»Das Ding hängt nur noch an einem Faden. Abgesehen davon müssen Norman und Tommy wieder zurück nach Malden Fenwick, stimmt's, Jungs? Sie sind zum Arbeiten hergekommen. Also los jetzt.«

Er winkte die beiden Männer mit ausholender Gebärde heran. Der eine der beiden war auffallend groß, der andere hatte keine besonderen Merkmale.

Hier unten in den Tiefen der Krypta war Mr. Haskins Alleinherrscher über sein finsteres Königreich, und niemand wagte es, ihm zu widersprechen.

»Außerdem ist das hier sowieso bloß die Mauer. An den Sarkophag kommen wir noch gar nicht ran. Du nimmst das Seil, Tommy.«

Während Tommy das Seil mehrfach um einen Mauervorsprung wickelte, wandte sich Mr. Haskins mir zu. Ich fürchtete schon, er wollte mich hinausscheuchen, aber er brauchte bloß Publikum.

»Sarkophag«, wiederholte er. »Sar-ko-phag. Ein schönes altes Wort. Ich wette, du weißt nicht, was es bedeutet, Frolleinchen.«

»Sarkophag kommt aus dem Griechischen und bedeutet ›Fleischfresser‹. Die alten Griechen stellten ihre Sarkophage aus einem besonderen Stein her, der aus Assos in der Türkei kam. Angeblich zehrte dieses Gestein innerhalb von vierzig Tagen den gesamten Leichnam auf. Nur die Zähne blieben übrig.«

Ausnahmsweise dankte ich im Stillen meiner Schwester Daffy, die diese spannende Information in dem mehrbändigen sargschwarzen Lexikon in unserer Bibliothek entdeckt hatte.

»Aha!«, sagte Mr. Haskins, als hätte er das alles längst gewusst. »Ich sag's ja immer: Kindermund tut Wahrheit kund.« Er versetzte dem Seil einen kräftigen Ruck.

Nichts geschah.

»Hilf mir mal, Norman! Tommy, du drückst ein bissel gegen das andere Ende. Mal sehen, ob wir das Biest rumschwenken können.«

Aber obwohl die Männer aus Leibeskräften zogen und drückten, rührte sich der Stein keinen Zentimeter von der Stelle.

»Hat sich wohl verkantet«, knurrte Mr. Haskins. »Verfluchte ...«

»Kleine Ohren, Mr. Haskins, kleine Ohren!«, unterbrach ihn der Vikar, legte den Zeigefinger auf die Lippen und deutete mit dem Kinn unauffällig in meine Richtung.

»Jedenfalls klemmt da irgendwas. Ich muss erst mal nachschauen.«

Mr. Haskins ließ das Seil los und nahm Tommy die Taschenlampe ab. Er fasste die Lampe am vordersten Ende und schob sein Gesicht vor die Öffnung in der Wand.

»Das bringt nix«, verkündete er. »Das Loch muss größer sein.«

»Lassen Sie mich mal.« Ich nahm ihm die Taschenlampe aus der Hand. »Mein Kopf ist kleiner als Ihrer. Ich sage Ihnen, was ich sehe.«

Alle waren so verblüfft, dass mich keiner aufhielt.

Mein Kopf passte mühelos durch die Öffnung. Ich verbog mich wie ein Schlangenmensch, bis die Taschenlampe über mir war und in die Gruft hineinleuchtete.

Ein klammer Luftzug strich mir über das Gesicht. Es stank durchdringend nach Moder, und ich rümpfte unwillkürlich die Nase.

Die Grabkammer war vielleicht zwei Meter lang und einen knappen Meter breit. Das Erste, was ich erblickte, war eine Hand. Die verdorrten Finger umklammerten ein zerbrochenes Glasröhrchen. Dann sah ich das Gesicht: eine grausige Fratze mit riesengroßen Glotzaugen und einer rüsselartigen Gummischnauze.

Eine weiße Halskrause bedeckte die tintenschwarzen Adern an Hals und Kehle nur teilweise. Das Ganze wurde von einem Schopf goldblonder Chorknabenlocken gekrönt.

Es handelte sich eindeutig nicht um den Leichnam des heiligen Tankred.

Ich knipste die Taschenlampe aus, zog den Kopf zurück und drehte mich zu Vikar Richardson um.

»Ich glaube, wir haben Mr. Collicutt gefunden.«

4

Natürlich hatten ihn seine Haare verraten. Wie oft hatte ich Feely sonntags durch den Mittelgang bis zur ersten Bank hasten sehen, weil man von dort aus die beste Aussicht auf Mr. Collicutts goldene Locken hatte!

Wenn er in seinem weißen Chorhemd auf der Orgelbank saß, das Haupt von einem morgendlichen Sonnenstrahl umschimmert, der durch das Buntglasfenster fiel, glich er einem lebendig gewordenen Botticelli-Engel.

Und dessen war er sich durchaus bewusst.

Ich sah ihn wieder vor mir, wie er den Kopf zurückwarf und sich mit allen zehn Fingern durch die leuchtenden Locken fuhr, ehe er die Hände zum ersten Choralakkord auf die Tasten fallen ließ. Feely hatte mal gemeint, Mr. Collicutt erinnere sie an Franz Liszt. Vor nicht allzu langer Zeit, so erzählte sie, fand man in den Andenkenschachteln kürzlich verstorbener alter Damen noch die stinkenden Stummel von Zigarren, die Liszt in einem vergangenen Jahrhundert geraucht hatte. Eigentlich hatte ich mir vorgenommen, in Feelys Sachen nachzuschauen, ob sie nicht irgendwo die Korkspitzen von Mr. Collicutts Marke *Craven A* sammelte, aber dann hatte ich es wieder vergessen.

Das alles schoss mir durch den Kopf, als ich darauf wartete, dass die Männer die Wandöffnung erweiterten und meine Entdeckung bestätigten.

Was nicht heißt, dass ich nicht erschüttert gewesen wäre.

Hatte Mr. Collicutt sterben müssen, weil ich die Mordfälle

an den Fingern abgezählt hatte? War er einem unerwarteten bösen Fluch zum Opfer gefallen?

Hör sofort damit auf, Flavia!, schalt ich mich. *Der Mann lebte offensichtlich schon längst nicht mehr, als du das Schicksal herausgefordert hast, es möge dir wieder mal eine Leiche zuspielen.*

Trotzdem – Mr. Collicutt war tot. Daran war nicht zu rütteln.

Während ich einerseits am liebsten zusammengebrochen wäre und den Tod von Feelys goldblondem Märchenprinzen bitterlich beweint hätte, erwachte zugleich ein anderer, unerklärlicher und bis gerade eben noch tief und fest in mir schlummernder Teil zum Leben.

Ich war zwischen Abscheu und Wonne hin- und hergerissen, gerade so, als schmeckte ich Essig und Zucker gleichzeitig auf der Zunge.

In solchen Fällen gewinnt immer die Wonne die Oberhand. Mühelos.

Eine verborgene Seite reckte und streckte sich neugierig.

Unterdessen hatten die Arbeiter ein paar dicke Bretter angeschleppt, um den schweren Stein herauszuhebeln und anschließend auf einer improvisierten Rampe zu Boden rutschen zu lassen.

»Immer mit der Ruhe!«, sagte Mr. Haskins. »Wir wollen ihn doch nicht zerquetschen.«

Mit Leichen kannte Mr. Haskins sich aus wie kein anderer.

Nach reichlich Zerren und Knirschen sowie etlichen gepfefferten Flüchen war der Stein endlich draußen, und alle konnten sehen, was sich in der Wandnische dahinter befand.

Die Gasmaske, die vor das Gesicht des Toten geschnallt war, glänzte im flackernden Licht so gruselig, wie nur nasses Gummi glänzen konnte.

»Ach du meine Güte!«, sagte der Vikar. »Am besten rufe ich gleich Wachtmeister Linnet an.«

»Das hat keine Eile«, brummelte Mr. Haskins. »So wie der Bursche müffelt …«

Harte Worte, aber zutreffend. Aus meinen eigenen chemischen Versuchen war mir bestens bekannt, wie sich der menschliche Körper nach dem Tod selbst verdaut, und Mr. Collicutt hatte in dieser Hinsicht bereits ein tüchtiges Stück des Weges zurückgelegt.

Tommy und Norman hielten sich bereits ihre Taschentücher vor die Nasen.

»Vorher jedoch möchte ich euch alle bitten«, fuhr der Vikar fort, »zusammen mit mir ein kurzes Gebet für diesen … diesen *unglückseligen* Menschen zu sprechen.«

Wir neigten die Köpfe.

»Herr im Himmel, empfange die Seele deines treuen Dieners, dem mutterseelenallein an diesem seltsamen Ort großes Unheil widerfahren ist.«

Ein seltsamer Ort, allerdings! Aber das behielt ich für mich.

»… und der vermutlich schlimme Ängste auszustehen hatte«, fügte der Vikar nach einer kurzen Pause an, als müsste er erst nach den passenden Worten suchen. »Wir bitten dich, schenke ihm deinen Frieden und das ewige Leben. Amen.«

»Amen«, wiederholte ich leise.

Um ein Haar hätte ich mich bekreuzigt, beherrschte mich aber gerade noch rechtzeitig. Unsere Familie unterstützte die Gemeinde St. Tankred zwar, weil der Vikar ein enger Freund von Vater war, trotzdem waren wir de Luces, wie Daffy sich gern ausdrückte, schon so lange Katholiken, dass wir den heiligen Petrus manchmal vertraulich »Onkel Pit« und die Heilige Jungfrau »Kusinchen Maria« nannten.

»Flavia, meine Gute«, wandte sich der Vikar an mich, »ich wäre dir sehr verbunden, wenn du zur Polizei mitkommen würdest. Du kennst dich mit so etwas viel besser aus als ich.«

Recht hatte er. Schon mehrmals hatte ich die Polizei, wenn sie sich bei ihren Ermittlungen hoffnungslos verrannt hatte, in die richtige Richtung geschubst.

»Mit dem größten Vergnügen, Mr. Richardson«, erwiderte ich.

Fürs Erste hatte ich genug gesehen.

Draußen hatte es geregnet. Der Vikar und ich standen nebeneinander unter dem Vordach der Kirche. Die noch frischen Eindrücke hatten uns ungewöhnlich wortkarg gemacht.

Als die Polizisten in ihrer vertrauten blauen Vauxhall-Limousine eintrafen, hatten sie ihre besten Pokergesichter aufgesetzt. Inspektor Hewitt begrüßte mich beim Aussteigen mit einem knappen Nicken und einem angedeuteten Lächeln. Die Detective Sergeants Woolmer und Graves benahmen sich wie immer: Woolmer wie ein großer, mürrischer Tanzbär (der Vauxhall ächzte vernehmlich, als er sich schwerfällig heraushievte), und Graves, jung, blond und mit Grübchen in den Wangen, grinste von einem Ohr zum anderen, als er mich sah. Wie schon erwähnt, war er rettungslos in Feely verknallt, und ich hoffte aus verschiedenen Gründen, dass er derjenige sein würde, der die himmlische Ophelia (Haha! Entschuldigung, aber das ist nun wirklich zum Lachen!) zum Traualtar führte. *Mit noch einem Kriminalisten in der Familie hätten wir an langen Winterabenden wenigstens was zu erzählen,* dachte ich. *Blut, Gedärm und Tee mit Plätzchen.*

Sergeant Woolmer würdigte mich kaum eines Blickes, als er seine Fotoausrüstung aus dem Kofferraum holte. Ich zahlte es ihm mit gleicher Münze heim und nickte stattdessen Sergeant Graves freundlich zu, der ein mir wohlbekanntes Köfferchen trug.

»Haben Sie Ihr Stempelkissen dabei?«, fragte ich fröhlich und zeigte ihm damit, dass ich noch wusste, dass Fingerabdrücke sein Spezialgebiet waren.

Der Sergeant wurde tatsächlich rot, obwohl ich doch bloß Feelys kleine Schwester war.

Die Beamten sprachen kein Wort, sondern machten sich unverzüglich an die Arbeit. Sie gingen im Gänsemarsch an uns vorbei in Richtung Krypta und ließen den Vikar und mich einfach stehen.

»Wie lange war Mr. Collicutt eigentlich verschollen?«, fragte ich, als sie außer Hörweite waren.

»Verschollen?«

Der Vikar hatte zwar die Polizei verständigt, war aber sonst anscheinend immer noch völlig durcheinander.

»Nun ja, eigentlich haben wir nicht gedacht, dass er verschollen ist, sondern dass er einfach nur von uns gegangen ist. Oh je! Das war jetzt nicht der passende Ausdruck.«

Ich sagte nichts. Ein nützlicher Trick, den ich meinem Repertoire nach gründlicher Beobachtung von Inspektor Hewitt hinzugefügt hatte.

»Mrs. Battle meinte, an seinem letzten Morgen sei er wie immer zum Frühstück erschienen. Eine Scheibe Toast, sonst nichts. Er achtete auf sein Gewicht, weil er für die Arbeit an den Pedalen in Form bleiben wollte. Oje, ich fange ja an zu tratschen!«

»Wann war das noch mal?«, fragte ich so beiläufig, als wüsste ich es bereits und hätte es nur gerade vergessen.

»Am Dienstag nach Quinquagesima, wie mir nur allzu gut in Erinnerung ist.«

Ich rechnete rasch nach. »Also vor ungefähr sechs Wochen.«

»Ganz recht. Am Fastnachtsdienstag.«

»Pfannkuchentag«, sagte ich und musste unwillkürlich krampfhaft schlucken, weil ich den Teller mit den platten, gummiartigen Gebilden vor mir sah, die uns Mrs. Mullet an jenem unseligen Morgen vorgesetzt hatte.

»Richtig. Der Tag vor Aschermittwoch. Mr. Collicutt sollte Miss Tanty abholen und zu ihrer Augenuntersuchung nach Hinley fahren.«

Miss Tanty, eine pensionierte Musiklehrerin, sang im Chor. Ihre üppige Statur und die dicke Brille verliehen ihr das Aussehen eines vorsintflutlichen Omnibusses, der einen auf einer schmalen Landstraße mit riesigen Acetylen-Scheinwerfern von oben herab anstrahlte.

Ihre Stimme hörte man bei jedem *Magnificat* aus dem restlichen Chor heraus:

»*Meine Seele preiset die Größe des Herrn ...*«

Auch an Miss Tanty war alles groß.

Sowohl ihr schmetternder Sopran als auch ihr Blick durch die Flaschenbodenbrille jagten einem nasskalte Schauer über den Rücken.

»Als er um Viertel nach neun noch nicht da war«, berichtete der Vikar weiter, »hat Miss Tanty bei Mrs. Battle angerufen, wo ihr deren Nichte Florence sagte, dass Mr. Collicutt Punkt halb neun das Haus verlassen habe.«

»Hat ihn denn niemand als vermisst gemeldet?«

»Das ist es ja gerade. Crispin – Mr. Collicutt, meine ich – hatte so viel mit diversen Musikveranstaltungen zu tun, dass er unter der Woche nur selten zu Hause war. ›Bei mir sparen Sie ordentlich an Bücklingen und Kraut‹, hat er zu Mrs. Battle gesagt, als sie ihn seinerzeit als Kostgänger aufnahm. Und dann war da natürlich noch die seltsame Bemerkung, die er hinsichtlich ... aber ich muss mich wirklich bremsen. Cynthia sagt immer, dass ich zu viel schwatze, und da hat sie leider nicht ganz unrecht.«

Cynthia Richardson, die Frau des Vikars, war die Plage des ganzen Dorfes, sozusagen die Pest von Bishop's Lacey, aber von diesem Gedanken ließ ich mich nicht ablenken.

»Wer war eigentlich dieser Weißhaarige?«, wechselte ich unvermittelt das Thema. »Der sich mit Ihnen unterhalten hat?«

Ein Schatten huschte über das Gesicht des Vikars. »Das war Marmaduke Parr von der Diözese. Er ist des Bischofs ...«

»... Auftragsmörder!«, rutschte es mir heraus. Von Auftragsmördern hatte ich erst neulich im Radio bei Privatdetektiv Philip Odell gehört: »Das vergiftete Törtchen«.

»... Sekretär.« Der Vikar hatte Mühe, nicht über meinen kleinen Scherz zu schmunzeln. »Allerdings muss ich zugeben, dass Marmaduke wirklich ein ziemlich – wie soll ich mich ausdrücken? – *resoluter* Zeitgenosse ist.«

»Er will nicht, dass das Grab des heiligen Tankred geöffnet wird, oder?«

Doch bevor der Vikar antworten konnte, kam Wachtmeister Linnet, Bishop's Laceys Arm des Gesetzes, angeradelt und schwang sich vor uns aus dem Sattel wie ein Sheriff, der vom Pferd steigt. So hatte ich es schon mal im Kino gesehen. Er lehnte das Rad an eine Eibe, klappte sein Notizbuch auf und leckte die Bleistiftspitze an.

Jetzt geht das wieder los!, dachte ich.

Der Wachtmeister erkundigte sich zunächst nach unseren vollständigen Namen und Adressen. Obwohl er das alles natürlich längst wusste, wollte er seinen Vorgesetzten ein tadelloses Notizbuch vorweisen – von der verschmierten Bleistiftschrift mal abgesehen.

»Sie beide bleiben erst mal hier«, befahl er dann, knöpfte die Brusttasche seiner Uniformjacke auf und verstaute das Notizbuch darin. Er drohte uns noch einmal mit dem Zeigefinger, dann verschwand er in der Kirche.

»Armer Crispin«, sagte der Vikar nach einer geraumen Weile wie im Selbstgespräch. »Armer Crispin. Und arme Alberta Moon. Bestimmt ist sie jetzt am Boden zerstört.«

»Alberta Moon? Die Musiklehrerin von St. Agatha?«

Ich hatte Miss Moon einmal bei einem Dorfkonzert eine Schubert-Sonate spielen hören und muss sagen, dass sie Feely nicht das Wasser reichen konnte.

Der Vikar nickte immer noch kummervoll, als Wachtmeister Linnet wieder in der Tür erschien.

»Nach unten«, kommandierte er und zeigte mit dem Daumen zum Boden wie ein römischer Kaiser, der einem besiegten Gladiator mitteilt, dass sein letztes Stündlein geschlagen hat. »Inspektor Hewitt will Sie sprechen. In der Krypta.«

Der Inspektor stand sinnend da, das Kinn in die Hand gestützt und den Zeigefinger an die Wange gelegt. Im Halbdunkel der Gruft sah er dem Schauspieler John Mills zum Verwechseln ähnlich, fand ich, aber das hätte ich natürlich niemals laut gesagt.

Die grausigen Überreste von Mr. Collicutt wurden alle paar Sekunden von Sergeant Woolmers gleißendem Blitzlicht ausgeleuchtet.

»Wer hat die Leiche gefunden?«, wollte der Inspektor wissen. Eine durchaus sinnvolle Eröffnungsfrage.

»Äh … unsere Flavia hier.« Der Vikar legte mir schützend die Hand auf die Schulter. »Beziehungsweise Miss de Luce.«

»Hätte ich mir denken können«, entgegnete der Inspektor.

Dann geschah ein Wunder. Während der Vikar einen beklommenen Blick auf das warf, was von Mr. Collicutt übrig war, schloss der Inspektor das rechte Auge und klappte es wieder auf. Nur ich bekam etwas davon mit.

Er hatte mir zugezwinkert! Inspektor Hewitt hatte mir zugezwinkert!

Irgendwo läuteten Kirchenglocken. Irgendwo wurden Kanonen abgefeuert. Irgendwo explodierte ein Feuerwerk am nachtschwarzen Himmel.

Aber das hörte ich alles gar nicht, so laut rauschte das Blut in meinen Ohren.

Inspektor Hewitt hatte mir tatsächlich zugezwinkert!

Oder …

Jetzt rieb er sich das Auge, zog das Unterlid herunter und betrachtete etwas auf seiner Fingerspitze – ein Sandkörnchen?

So ein Mist!

Er hatte einfach nur ein Körnchen Gruftstaub im Auge gehabt oder einen Krümel eines verblichenen Dorfbewohners – womöglich gar einen Brösel eines meiner eigenen Vorfahren.

Ich nickte ihm mit sachlicher Anteilnahme zu und hielt ihm mein Taschentuch hin.

»Danke«, sagte er. »Ich hab selber eins.«

Dann fuhr er fort, als sei nichts geschehen: »Schildere mir doch bitte von Anfang an, was hier passiert ist – seit du heute Morgen hier angekommen bist.«

Ich ließ mich kein zweites Mal bitten und berichtete ihm von dem Lieferwagen vor der Kirche, von dem Vikar und Marmaduke Parr, von Mr. Haskins im Turm, von George Battle, Norman, Tommy und dem vierten Arbeiter in der Krypta. Ich beschrieb, wie der Stein herausgehebelt wurde und wie ich durch die Öffnung in der Wand gespäht hatte. Lediglich die Truhe in der Glockenstube, an der sich Mr. Haskins zu schaffen gemacht hatte, ließ ich aus.

Schließlich musste ich dem armen Mann wenigstens ein paar Kleinigkeiten übrig lassen, die er selbst aufklären konnte.

»Danke«, sagte der Inspektor, als ich fertig war. »Wenn noch etwas sein sollte, schicke ich jemanden raus nach Buckshaw.«

Noch vor wenigen Monaten wäre ich bei einer derart schroffen Abfuhr empört davongestapft. Inzwischen hatte sich jedoch einiges geändert. So hatte ich, wenn auch nur flüchtig, die Bekanntschaft von Antigone, der Frau des Inspektors, gemacht, und wusste von ihrer kleinen privaten Tragödie.

»Alles klar«, erwiderte ich. »Tschüss dann!«

Damit traf ich den richtigen Ton, fand ich.

Gladys wartete draußen im Unkraut und begrüßte mich mit erfreutem Quietschen, als ich ihren Lenker packte und das Vorderrad in Richtung Straße drehte.

Kurz darauf sausten wir durch die aufspritzenden Pfützen nach Hause. Wir waren immer noch nicht allzu spät dran zum Frühstück. Ich pfiff schallend »Land of Hope and Glory«, und Gladys schepperte mit ihrer Kette vergnügt den Takt dazu.

5

Erst als ich schon fast zu Hause war – genauer gesagt, als ich bereits an den steinernen Greifen vorbeiflitzte, die das Mulford-Tor bewachten –, ging mir auf, dass ich zwei wichtige Fragen übersehen hatte. Erstens: Wie war die Fledermaus eigentlich in die Kirche gelangt? Und zweitens: Wenn die Gruft durch Mr. Collicutt besetzt war, wo in aller Welt waren dann die Gebeine des heiligen Tankred abgeblieben?

Als Buckshaw am Ende der langen Kastanienallee auftauchte, merkte ich erschrocken, dass ich klitschnass war. Der Morgennebel hatte sich langsam und fast unmerklich, so wie es der feine englische Nebel nun mal mit Vorliebe tut, in ein regelrechtes Nieseln verwandelt. Weil ich meinen Regenmantel oben im Kirchturm vergessen hatte, klebten mir jetzt Strickjacke, Bluse, Rock und Strümpfe wie vollgesogene Badeschwämme am Leib.

Auch Gladys war über und über mit Matsch bespritzt.

»Wir beide brauchen dringend ein Bad, altes Mädchen«, sagte ich zu ihr, als wir knirschend über den Kiesweg bis vor die Haustür fuhren.

Vater, Daffy und Feely würden noch beim Frühstück sitzen. Gladys durch die Eingangshalle zu schieben kam nicht infrage – einerseits wegen des Drecks, andererseits, weil um diese Tageszeit Mrs. Mullets wachsame Augen in der Küchentür lauerten.

Ich legte den Finger auf die Lippen und schob Gladys geräuschlos ums Haus herum auf die Ostseite, wo ich sie unter meinem Schlafzimmerfenster an die Wand lehnte.

»Warte hier! Ich sondiere erst mal die Lage«, raunte ich.

Ich lief wieder ums Haus herum und schlüpfte in die Eingangshalle.

Ich hätte mir keine Sorgen machen müssen. Im Esszimmer herrschte die übliche Frühstücksstille. Vater brütete wahrscheinlich über der neuesten Briefmarkenpostille, und Daffy steckte die Nase inzwischen bestimmt in *Der Mönch*, den ihr Carl Pendracka zu Weihnachten geschenkt hatte. Garantiert nicht ohne irgendwelche Hintergedanken.

Wollte er sie damit um Unterstützung bei seinem Werben um Feelys Hand bitten? Oder war Daffy womöglich selbst seine zweite Wahl? Mit dreizehn war Daffy noch viel zu jung zum Heiraten, andererseits waren Amerikaner wesentlich geduldiger als wir Briten, die wir nach sechs Jahren Krieg die Welt regieren wollten, und zwar sofort, zumindest laut Clarence Mundy, der das einzige Taxi in Bishop's Lacey fuhr. Er hatte etwas Entsprechendes geäußert, als er Mrs. Mullet und mich neulich nach Hinley gebracht hatte, wo wir Ersatz für einen Kupfertopf beschaffen wollten, den ich bei einem chemischen Experiment ruiniert hatte (es war unter anderem um die Konservierung von Froschhäuten gegangen).

»Kriegsbräute!«, hatte er geschimpft. »Diese Amerikaner denken an nichts anderes, als sich mit einer Kriegsbraut aus dem Staub zu machen. Wenn das so weitergeht, bleibt für unsere eigenen Jungs nichts mehr übrig.«

»Die Bombe ist schuld«, hatte Mrs. Mullet erwidert. »Sagt mein Alf jedenfalls immer. Seit die Amerikaner die Bombe haben, hat alle Welt Angst vor ihnen.«

»Hmpf!«, hatte Clarence gegrummelt und danach gar nichts mehr gesagt.

Ich erklomm auf Zehenspitzen die Treppe zum Ostflügel, wo sich mein Labor und mein Schlafzimmer befanden. Alle

Schlafzimmer auf Buckshaw waren riesige, zugige Einöden, die eher als Landeplätze von Luftschiffen als zum süßen Träumen taugten. Meines war noch abgeschiedener und trostloser als die meisten übrigen.

Überhaupt war dieser Teil des Hauses so gut wie unbewohnt. Die unbeheizten Zimmerfluchten, die aufgeworfenen Fußböden, die vorhanglosen, blinden Fenster, durch die es fürchterlich zog, die welligen Tapeten und der leise Schimmelgeruch – all das machte den Ostflügel zum idealen Rückzugsgebiet. Hier hatte ich Ruhe und Frieden, so viel ich nur wollte.

Ich zog das Laken von meinem Bett und bastelte mir unter Zuhilfenahme einiger alter Häkeldecken ein langes Seil mit einer großen Schlinge am Ende.

Dann öffnete ich das Fenster und ließ die Schlinge hinunter, bis ich Gladys' Lenker wie mit einem Lasso eingefangen hatte.

»Sachte, ganz sachte!«, ermahnte ich mich flüsternd, als ich sie behutsam an der Außenwand hochzog und durchs Fenster ins Zimmer hievte.

Schneller, als man »Zyankali!« sagen kann, lehnte Gladys am Fußende meines Bettes, mit verdreckten Schutzblechen und noch ein bisschen schwindlig von ihrer Luftpartie, aber froh, unter Dach und Fach zu sein.

Ich zog das Grammofon auf, kramte aus dem Stapel unter meinem Bett eine Aufnahme von »Wer bei der Arbeit pfeift« hervor und senkte die Nadel auf die zerkratzten Rillen.

Dann holte ich im Labor einen Eimer Wasser, kippte ihn in die blecherne Sitzwanne und schrubbte Gladys mit einem Luffaschwamm. Um an die kniffligen Stellen zu gelangen, benutzte ich meine Zahnbürste.

Obwohl sie kitzlig war, tat Gladys so, als ginge sie das alles nichts an. Niemand gibt gern zu, dass er kitzlig ist. Wenn ich daran denke, wie mich Feely und Daffy immer durchkitzelten, bis ich Schaum vorm Mund hatte, läuft es mir jedes Mal kalt den Rücken runter.

»Ganz ruhig«, sagte ich tröstend. »Das sind nur Schweineborsten.«

Zu guter Letzt rieb ich Gladys mit meinem Flanellnachthemd trocken, bis sie wieder einigermaßen glänzte.

»*La la lah la la la la!*«, trällerte ich vor mich hin und schaffte es sogar, so was wie eine zweite Stimme zu pfeifen.

Ich war der achte Zwerg.

Hinterlist mit Namen.

Ich hauchte auf Gladys' verchromte Teile, polierte noch einmal drüber und machte schließlich einen Schritt zurück, um mein Werk zu begutachten.

»Das muss reichen«, sagte ich zufrieden.

Ich wusch das Bettlaken und die Decken in sauberem Wasser durch, wrang sie aus und hängte sie zum Trocknen wie Girlanden zwischen dem Kronleuchter und dem Rahmen des Porträts von Joseph Priestley auf.

Nachdem ich mich selbst am Waschbecken eilig mit einem Schwamm geschrubbt hatte, zog ich mich um, kämmte mich, putzte mir die Zähne und ging wieder nach unten.

»Guten Morgen zusammen«, sagte ich verschlafen und rieb mir die Augen.

Die Schmierenkomödie hätte ich mir sparen können. Feely starrte in ihre Teetasse und bewunderte ihr Spiegelbild. Sie bestand darauf, ihren Tee schwarz zu trinken (»Danke, für mich keine Milch«), damit sie sich in der schimmernden Oberfläche besser betrachten konnte. Gerade eben pustete sie vorsichtig auf die Flüssigkeit, weil sie sehen wollte, wie ihr gewellte Haare standen.

Daffy schaute in ihr Buch, das aufgeschlagen am Toasthalter lehnte, und wischte sich die Marmeladenfinger am Rock ab, bevor sie umblätterte.

Ich lüftete den Deckel der Servierplatte und warf einen Blick auf das Grauen, das sich darunter verbarg: ein paar Streifen angebrannter Schinken, mehrere labbrige Bücklinge, ein Häufchen matschiges Rührei und etwas Grünes, das wie gekochte Ackerwinde aussah.

Ich griff nach dem letzten, schon kalten Toast.

»Schmier dir Pastinakenmarmelade drauf«, sagte Mrs. Mullet, die gerade hereingesegelt kam. »Die Pastinaken kommen aus dem Schrebergarten von Alfs Schwester. Davon kriegt man ordentlich Haare auf der Brust, sagt mein Alf immer.«

»Ich will aber keine Haare auf der Brust«, entgegnete ich. »Außerdem hat Daffy schon so viele, dass es für uns alle zusammen reicht.«

Daffy machte eine unanständige Geste mit den Fingern der linken Hand.

»Wann soll eigentlich die Hochzeit steigen?«, fragte ich unschuldig.

Feely hob abrupt den Kopf wie eine Mastsau, wenn der Bauer mit dem Futtereimer in den Stall kommt.

Ihr Geheul kam tief aus der Brust und schwoll an und wieder ab wie eine erdrosselte Luftschutzsirene.

»Vaaa-aaa-aaa-ter!«

Die lang gezogenen Töne gingen in lautes Schluchzen über. Ich fand es immer wieder spannend, wie sich meine Schwester im Handumdrehen von einem Inbegriff blühender Jugend in ein hässliches altes Weib verwandeln konnte.

Vater klappte seine Zeitschrift zu, nahm die Brille ab, setzte sie wieder auf und fixierte mich mit seinem vernichtenden eisblauen De-Luce-Blick.

»Wer hat dir denn das erzählt?«, fragte er in antarktischem Ton.

»Flavia lauscht doch an jeder Tür!«, keifte Feely.

»Und an den Lüftungsgittern«, warf Daffy ein. *Der Mönch* war fürs Erste vergessen.

»Ich warte!«, sagte Vater. Seine Stimme war ein einziger Eiszapfen.

Ich überlegte fieberhaft. »Ich hab bloß geraten. Wo sie doch jetzt achtzehn ist und so.«

Vater hatte immer verkündet, dass seine Töchter frühestens heiraten dürften, wenn sie achtzehn seien, und selbst dann …

Feelys achtzehnter Geburtstag war tatsächlich noch nicht lange her – im Januar.

Wie hätte ich ihn auch vergessen können?

Um den freudigen Anlass gebührend zu feiern, hatte ich mir ein kleines Tischfeuerwerk ausgedacht – im Grunde bloß ein paar Kracher und ein paar hübsche bunte Lichteffekte. Ich hatte an alle Mitglieder unseres Haushalts schriftliche Einladungen verschickt und von meinem geheimen Ausguck stillvergnügt beobachtet, wie jeder seine handgedruckte Einladung von dem Posttablett in der Halle nahm, öffnete und wortlos wieder hinlegte.

Anschließend hatte ich eine Reihe selbst gefertigter Plakate strategisch im ganzen Haus verteilt.

Als der große Tag gekommen war, hatte ich fünf Stühle aufgestellt: einen für Vater, einen für Feely, einen für Daffy und am Ende der Reihe noch zwei für Mrs. Mullet und Dogger.

Meine Chemikalien standen bereit. Die angekündigte Uhrzeit war gekommen und gegangen.

»Sie kommen nicht, Dogger«, hatte ich nach zwanzig Minuten gesagt.

»Soll ich sie holen gehen, Miss Flavia?«, hatte Dogger gefragt. Er saß seelenruhig auf seinem Stuhl, eine volle Sprudelflasche in der Hand – falls kleinere Brände zu löschen wären.

»Nein!«, rief ich übertrieben laut.

»Vielleicht haben sie es ja vergessen«, meinte Dogger.

»Bestimmt nicht. Es ist ihnen egal.«

»Du kannst das Feuerwerk ja für mich vorführen«, schlug Dogger nach einer Weile vor. »Ich bin ein großer Freund der Salon-Pyrotechnik.«

»Nein!«, rief ich wieder. »Das Feuerwerk ist abgesagt!«

Schon bald sollte ich meine Worte bitter bereuen.

»Also?«, holte mich Vater in die Gegenwart zurück.

»Na ja, jetzt, wo Feely achtzehn ist, wäre es doch nur natürlich, wenn sie ... wenn sie ... den heiligen Stand der Ehe in Betracht ziehen würde!«

Daffy kicherte hämisch hinter ihrem Buch.

»Niemand sollte etwas davon erfahren!« Feely raufte sich theatralisch die Haare. »Du schon gar nicht! Verflixt und zugenäht! Jetzt weiß es bald das ganze Dorf!«

»Ophelia ...«, mahnte Vater milde.

»Ist doch wahr! Wir wollten es zu Ostern selbst bekannt geben. Wenn du nicht an der Tür gelauscht hast, kannst du es nur vom Vikar erfahren haben. Ja, so muss es gewesen sein. Du hast den Vikar ausgequetscht! Ich hab vorhin gesehen, wie du dich ins Haus geschlichen hast – Leugnen ist zwecklos! Du warst in der Kirche und hast den Vikar ausgehorcht, hab ich recht? Ich hätte es wissen müssen! Wie konnte ich nur so dumm sein!«

»Ophelia ...«

Wenn meine Schwester erst mal auf hundertachtzig war, konnte das länger dauern. Aber ich wollte nicht, dass Vikar Richardson in Ungnade fiel. Er hatte es schon schwer genug, mit Cynthia und so weiter.

»Du kleines Biest!«, japste Feely schließlich. »Du elendes kleines Biest!«

Vater stand auf und verließ das Zimmer. Daffy, die sich gern richtig stritt, aber kleinliche Zänkereien verabscheute, folgte ihm.

Ich war mit Feely allein.

Einen Augenblick weidete ich mich an ihrem puterroten Gesicht und den hervorquellenden blauen Augen. Solche Ausbrüche gestattete sie sich nur selten.

Aber auch wenn ich ihr gern einiges heimgezahlt hätte,

wollte ich doch nicht diejenige sein, die ihr die Nachricht vom Tod des unglücklichen Mr. Collicutt überbrachte.

Na ja, eigentlich wollte ich das schon – aber ich mochte mir nicht hinterher vorwerfen lassen, dass ich ihr Leben ruiniert hatte.

»Du hast richtig vermutet«, hörte ich mich sagen. »Ich war tatsächlich heute Morgen in der Kirche. Ich bin schon ganz früh aus dem Haus gegangen, um in aller Ruhe ein bisschen zu beten, und es war reiner Zufall, dass ich mitbekommen habe, wie Mr. Collicutts Leiche entdeckt wurde.«

Das hast du jetzt davon, dass du mich beschuldigt hast, an Schlüssellöchern zu lauschen!, dachte ich.

Alles Blut wich aus Feelys Wangen. Ich wusste sofort, dass meine Schwester nicht die Mörderin war. Erbleichen kann man nicht spielen.

»Mr. Collicutts *Leiche*?«

Sie sprang auf. Dabei stieß sie die Teekanne vom Tisch, die auf dem Fußboden in tausend Scherben zerbarst.

»Ja, leider«, sagte ich. »In der Krypta. Er hatte eine Gasmaske auf. Sehr sonderbar.«

Feely floh mit einem schauerlichen Klageschrei aus dem Zimmer.

Ich folgte ihr nach oben.

»Es tut mir leid, Feely!« Ich klopfte an ihre Tür. »Es ist mir einfach so rausgerutscht.«

Die Türfüllungen dämpften ihr Schluchzen. Wie lange sie es wohl aushielt, bevor sie die blutigen Einzelheiten wissen wollte? Ich musste mich in Geduld üben.

»Ich weiß, dass du jetzt fix und fertig bist, aber denk doch mal daran, wie Alberta Moon die Neuigkeit aufnehmen wird.«

Ein zittriger Schluchzer endete jäh in einem Schluckauf.

Ich hörte Schritte auf dem Teppich, dann drehte sich der

Schlüssel im Schloss. Die Tür flog auf, und Feely stand völlig verheult vor mir.

»Alberta Moon?«, fragte sie, die bebende Hand vor dem Mund.

Ich nickte bekümmert. »Lass mich erst mal rein. Das ist eine längere Geschichte.«

Feely warf sich bäuchlings aufs Bett. »Erzähl mir alles! Und zwar von Anfang an.«

Merkwürdigerweise benutzte sie die gleiche Formulierung wie Inspektor Hewitt. Daraufhin lieferte ich ihr den gleichen Bericht, wobei ich nur die paar Einzelheiten ausließ, die ich für mich behalten wollte.

»Eine Gasmaske«, schluchzte sie, als ich fertig war. »Warum um Himmels willen hatte er eine Gasmaske auf?«

Ich zuckte die Achseln. »Keine Ahnung.«

Dabei hatte ich in Wirklichkeit eine ziemlich deutliche Ahnung.

In den letzten acht, neun Monaten hatte ich viele Stunden über Taylors *Grundsätzen und Methoden der Rechtsmedizin* verbracht. Die reich mit Fotos bebilderten Bände hatte ich auf einem der obersten Regalbretter der Bücherei von Bishop's Lacey entdeckt. Zufälliger- und glücklicherweise hatten sie fast die gleiche Größe wie Enid Blytons *Die Insel der Abenteuer, Die Burg der Abenteuer* und *Die See der Abenteuer,* sodass ich mich, nachdem ich die Umschläge vertauscht hatte, ungestört in einer Ecke des Lesezimmers der Lektüre widmen konnte.

»Alle Wetter, Flavia!«, hatte Miss Pickery, die Bibliothekarin, gesagt. »Du bist ja eine richtige Leseratte.«

Wenn die wüsste!

»Vielleicht ist ja irgendwo Gas ausgetreten, und er wollte sich in Sicherheit bringen«, tönte Feelys Stimme erstickt aus der Daunendecke.

»Vielleicht«, erwiderte ich unverbindlich.

Natürlich konnte es sein, dass das eiserne Monster im Keller der Kirche ein Leck hatte, durch welches Kohlenmonoxid austrat, aber dieses Gas war geruchlos, farblos und geschmacklos. Wie hätte Mr. Collicutt es wahrnehmen sollen?

Ich ging auch nicht davon aus, dass nach sechs Wochen noch messbare Spuren davon in seinem Blut nachweisbar gewesen wären – falls er überhaupt noch welches in den Adern hatte. Bei einer Kohlenmonoxidvergiftung heftet sich das Gas (CO) an das Hämoglobin im Blut und ersetzt dort den Sauerstoff. Das Opfer erstickt ganz einfach. Wenn der Betreffende aber rechtzeitig aus der gasverseuchten Luft geborgen wird, verflüchtigt sich das Kohlenmonoxid rasch wieder aus dem Blut, und die Atmung liefert neuen Sauerstoff.

Bei Toten sah die Sache anders aus. Sobald die Atmung zum Stillstand kam, blieb das Kohlenmonoxid beträchtliche Zeit im Blut erhalten. Man konnte es sogar in den Gasen nachweisen, die mehrere Monate alte Leichen verströmten.

Da ich aber ohnehin keinen Zugang zum Blut und den Organen des verstorbenen Mr. Collicutt hatte, nützte mir dieses Wissen nichts. Selbst wenn unter seiner Leiche eine Blutlache versteckt gewesen wäre, hätte sich das Blut längst durch die Luft in der Gruft, wie muffig sie auch sein mochte, wieder mit Sauerstoff angereichert.

Unwillkürlich roch ich wieder den beißenden Modergestank, der mir um die Nase geweht war, als ich den Kopf in die Wandöffnung gestreckt hatte.

Ich konnte nicht an mich halten. »Heureka!«

Auch Feely konnte nicht an sich halten. »Was ist denn?«, fragte sie gespannt.

»Äh … die Fledermaus in der Orgel! Sie muss irgendwie in die Kirche reingekommen sein. Irgendwo muss ein Fenster kaputt sein! Oder was meinst du?«

Diese Erklärung meines Ausrufs war so altbacken wie der Toast von gestern, aber auf die Schnelle fiel mir einfach nichts Besseres ein.

Zum Glück konnte Feely keine Gedanken lesen, sonst hätte sie Folgendes erfahren: Der kalte Luftzug, der aus der angeblich verschlossenen Gruft gedrungen war, erinnerte mich an das, was mir Daffy über den Spruch auf Cassandra Cottlestones Grab erzählt hatte.

Nun lieg ich herfür
Vor der Kirchenthür.
Mein Leib, er möge Ruhe finden,
Meine Seele himmelwärts entschwinden.

»Sie wurde draußen vor der Kirche begraben, weil sie Selbstmord begangen hat. Deshalb ist sie nicht bei den anderen Cottlestones in der Krypta beigesetzt. Von Rechts wegen hätte sie gar nicht auf dem Friedhof begraben werden dürfen, aber weil ihr Vater Richter war, hat er Himmel und Erde in Bewegung gesetzt.«

Mir fiel der arme Mr. Twining ein, Vaters alter Lehrer, der hinter St. Tankred auf einem Stück Gemeindeland am anderen Flussufer begraben lag. *Sein* Vater war offensichtlich kein hoher Richter gewesen.

»Mrs. Cottlestone sorgte aber dafür, dass zwischen Cassandras Grab und der Familiengruft ein unterirdischer Gang angelegt wurde, damit ihre Tochter, oder zumindest ihre Seele, die Eltern jederzeit besuchen konnte.«

»Das denkst du dir jetzt aber aus, Daffy!«

»Mitnichten. So steht es im dritten Band von *Geschichte und Geschichten von und aus Bishop's Lacey.* Kannst gern selber nachschlagen.«

»Ein unterirdischer Gang? Wirklich?«

»So erzählt man. Außerdem gibt es gewisse Gerüchte …«

»Was für Gerüchte? Sag schon!«

»Lieber nicht. Du weißt doch, dass Vater immer mit mir schimpft, weil ich dir angeblich Hirngespinste einrede.«

»Ich sag ihm kein Wort, ich schwör's!«

»Ich weiß nicht …«

»Bitte-bitte-bitte! Großes Indianerehrenwort!«

»Na schön. Aber behaupte hinterher nicht, ich hätte dich nicht gewarnt. Mr. Haskins musste mal ein frisches Grab neben dem von Cassandra Cottlestone ausheben. Dabei ist ein Stück vom Rand weggebrochen, und sein Spaten ist in die Grube gefallen. Als er den Spaten mit dem ausgestreckten Arm nicht herausfischen konnte, musste er kopfüber hinein … Willst du das wirklich hören?«

Ich nickte so heftig, dass mir fast der Kopf abfiel.

»Ganz unten in der Grube, neben dem Spaten, lag ein mumifizierter Fuß.«

»Ausgeschlossen! Der Fuß kann unmöglich zweihundert Jahre überdauert haben!«

»Mr. Haskins meinte, unter bestimmten Bedingungen geht so was schon. Es hat mit der Zusammensetzung der Erde zu tun.«

Aber klar doch! Adipocire! Leichenwachs!

Wenn ein Leichnam in feuchtem Boden bestattet wird, kann er sich auf wundersame Weise verwandeln. Bakterien arbeiten unter Sauerstoffabschluss weiter und spalten das Fettgewebe in Palmitin-, Olein- und Stearinsäure, die dann weiter reagieren und die Leiche in einen Seifenklumpen verwandeln können.

Daffy fuhr mit gesenkter Stimme fort: »Kurz davor hatte Mr. Haskins den Boden in der Krypta mit rotem Ziegelstaub ausgestreut. Er wollte feststellen, ob die Ratten vom Flussufer in die Kirche gelangen konnten.«

Ich erschauerte. Es war noch kein ganzes Jahr her, dass ich in einer Grube am Flussufer in der Falle gesessen hatte. Ich wusste nur zu gut, dass die Ratten kein Hirngespinst meiner Schwester waren.

Daffy riss die Augen auf und senkte die Stimme zu einem tonlosen Flüstern: »Und weißt du was?«

»Was?«

Unwillkürlich flüsterte ich auch.

»Die Fußsohle war rötlich verfärbt, als sei …«

»Cassandra Cottlestone!« Ich hätte beinahe laut aufgeschrien. Die Haare standen mir zu Berge, als wäre mir ein eisiger Windstoß in den Nacken gefahren. »Sie ist … sie wollte …«

»Ganz recht«, sagte Daffy.

»Das glaub ich nicht!«

»Dann glaubst du's halt nicht. Ich liefere dir hier Tatsachen, und du hast nur zu meckern! Verzieh dich!«

Ich war ihrem Wunsch nachgekommen.

Während ich meinen Gedanken nachhing, hatte Feely zu schluchzen aufgehört und schaute jetzt mit leerem Blick aus dem Fenster.

»Wer ist denn das arme Opfer?«, fragte ich, um sie ein bisschen aufzumuntern.

»Welches Opfer?«

»Du weißt schon, der bedauernswerte Tropf, den du zum Altar schleifen willst.«

»Ach so.« Sie warf ihr Haar zurück und antwortete erstaunlicherweise, ohne dass ich lange nachbohren musste: »Ned Cropper. Ich dachte, das hättest du bereits am Schlüsselloch mitgekriegt.«

»Ned? Aber den kannst du doch nicht ausstehen!«

»Wie kommst du denn darauf? Ned gehört eines Tages das *Dreizehn Erpel.* Er will den Laden von Tully Stoker übernehmen und alles umbauen: Tanzkapellen, Dartscheiben auf der Terrasse, Boccia … Er will frischen Wind in den alten Schuppen bringen, damit das *Dreizehn Erpel* endlich im zwanzigsten Jahrhundert ankommt. Damit wird er Millionär! Wart's nur ab.«

»Du spinnst doch.«

»Na gut, wenn du's unbedingt wissen willst, es ist Carl. Er

hat Vater um Erlaubnis gebeten, mich zu Mrs. Pendracka zu machen, und Vater hat eingewilligt – hauptsächlich, weil er Carl für einen Nachfahren von König Artus hält. Ein Enkel mit so einem Stammbaum würde Vater sehr stolz machen.«

»Quatsch. Du willst mich bloß auf den Arm nehmen.«

»Dann ziehen wir nach Amerika«, fuhr Feely unbeirrt fort, »nach St. Louis, Missouri. Dann geht Carl mit mir zum Baseballspiel und zeigt mir, wie Stan Musial für die Cardinals einen Punkt nach dem anderen holt.«

»Ehrlich gesagt, hatte ich gehofft, dass Sergeant Graves das Rennen macht. Dabei weiß ich nicht mal, wie er mit Vornamen heißt.«

»Giles.« Feely betrachtete versonnen ihre Fingernägel. »Aber ich heirate doch keinen Polizisten! Ich will nicht mit jemandem zusammenleben, der jeden Abend mit Leichengift an den Schuhen nach Hause kommt.«

Feely kam offenbar recht rasch über den Tod des armen Mr. Collicutt hinweg. Vielleicht floss ja doch ein Tropfen De-Luce-Blut in ihren Adern.

»Also *ich* glaube ja, es ist Dieter«, sagte ich. »Schließlich hat er dir einen Freundschaftsring zu Weihnachten geschenkt.«

»Dieter? Der hat doch außer Liebe nichts zu bieten.«

Als sie nach dem Ring fasste, fiel mir zum ersten Mal auf, dass sie ihn am Mittelfinger der linken Hand trug. Und bei der Erwähnung seines Namens spielte ein Lächeln um ihre Lippen.

»Volltreffer!«, rief ich schrill. »Es ist Dieter!«

»Wir beide fangen ganz von vorne an.« Feelys Gesicht war so weich, wie ich es noch nie gesehen hatte. »Dieter macht eine Ausbildung zum Lehrer, ich gebe Klavierunterricht, und wir beide leben glücklich wie Möpse im Haferstroh.«

Ich klopfte mir in Gedanken auf die Schulter. *Haruh!*

»Wo steckt Dieter eigentlich? Ich habe ihn schon ewig nicht mehr gesehen.«

»Er ist in London und legt dort ein Spezialexamen ab. Vater

hat das arrangiert. Wenn du auch nur ein Sterbenswörtchen ausplauderst, bringe ich dich um.«

Ihr Tonfall verriet mir, dass sie es ernst meinte.

»Keine Sorge. Dein Geheimnis ist bei mir gut aufgehoben«, erwiderte ich und meinte es ausnahmsweise auch so.

»Vater zuliebe wollen wir ein Jahr lang verlobt bleiben, bis ich neunzehn bin«, fuhr Feely fort. »Dann ziehen wir in ein rosenumranktes Häuschen mit einem kleinen Garten für trauliche Stunden ... und machen Handstand, wenn uns danach ist.«

Feely hatte in ihrem ganzen Leben noch keinen Handstand gemacht, aber ich wusste, was sie meinte.

»Du wirst mir fehlen, Feely«, sagte ich und merkte, dass meine Worte aus tiefstem Herzen kamen.

»Wie überaus rührend. Aber du kommst bestimmt drüber weg.«

6

Wenn ich mal niedergeschlagen bin, muntert mich der Gedanke an Blausäure todsicher wieder auf. Ich schwärme für Blausäure! Ist es nicht eine erhebende Vorstellung, dass die Maniokpflanze, die in Brasilien gedeiht, in ihren zwölf Kilo schweren Wurzelknollen einen gewaltigen Vorrat an Blausäure speichert, der jedoch – leider – ausgespült wird, bevor aus den Wurzeln unsere tägliche Tapiokastärke gewonnen wird?

Obwohl ich eine ganze Stunde brauchte, es mir einzugestehen, hatten mich Feelys Worte ins Mark getroffen. Aber statt länger darüber nachzugrübeln, nahm ich eine Flasche Zyankali aus dem Regal.

Draußen regnete es nicht mehr. Ein Sonnenstrahl fiel durchs Fenster ins Labor und ließ die weißen Kristalle glitzern.

Die nächste Zutat war Strychnin, das zufälligerweise ebenfalls von einer südamerikanischen Pflanze stammt, aus der auch das Pfeilgift Kurare hergestellt wird.

Meine Leidenschaft für Gifte im Allgemeinen und meine besondere Vorliebe für Blausäure habe ich bereits erwähnt. Ich habe zugegebenermaßen auch eine Schwäche für Strychnin, und zwar nicht nur für den Stoff an sich, sondern auch für das, was man daraus machen kann. Bringt man Strychnin beispielsweise mit naszierendem Sauerstoff zusammen, werden diese eher langweiligen weißen Kristalle zunächst dunkelblau und färben sich dann violett, rot, orange und schließlich gelb.

Ein perfekter Regenbogen des Verderbens!

Ich stellte das Strychnin behutsam neben das Zyankali.

Nun zum Arsen: Neben seinen Geschwistern sah es ziemlich unbedeutend aus – eher wie Backpulver.

Arsen(III)-oxid ist in Wasser löslich, nicht aber in Alkohol oder Äther. Zyankali lässt sich in basischer oder in verdünnter Salzsäure auflösen, jedoch nicht in Alkohol. Strychnin wiederum ist in Wasser, Ethanol oder Chloroform löslich, aber nicht in Äther. Es war wie die alte Knobelfrage mit dem Wolf, der Ziege und dem Kohlkopf. Um die gewünschte Wirkung zu erzielen, musste jedes Gift nach seinen Vorlieben behandelt und wie ein verwöhntes Kleinkind besonders gebadet werden.

Zur Belüftung hatte ich die Fenster weit aufgerissen. Ich musste eine Stunde warten, bis alle drei Lösungen fertig waren. Lösungen im wahrsten Sinne des Wortes!

»Zyankali … Strychnin … Arsen«, rezitierte ich – meine »Beruhigungsmittel«, wie ich sie nannte.

Natürlich war ich nicht die Erste, die auf die Idee kam, verschiedene Gifte zu einem tödlichen Gebräu zusammenzumischen. Im 17. Jahrhundert hatte Giulia Tofana in Italien nicht schlecht an ihrem Aqua Tofana verdient, einer Mixtur, die unter anderem Arsen, Blei, Belladonna und heißes Bratenfett enthielt. Sie verkaufte das Zeug an über sechshundert Frauen, die ihre Ehen auf chemische Art und Weise aufzulösen wünschten. Das Gebräu war angeblich klar wie Gebirgswasser, und der Abbé Gagliani behauptete, dass es kaum eine Dame in Neapel gab, die nicht einen Flakon davon zwischen ihren Parfümfläschchen stehen hatte.

Angeblich gehörten sogar zwei Päpste zu den Opfern.

Geschichte ist wirklich unglaublich spannend!

Als meine Lösungen endlich fertig waren, kippte ich sie fröhlich summend zusammen und goss das Ganze vorsichtig in eine bereitgestellte Flasche.

Dann wedelte ich mit der Hand über der immer noch dampfenden Mischung.

»Ich taufe dich auf den Namen ›Aqua Flavia‹.«

Mit einem von Onkel Tars Füllfederhaltern mit Stahlfeder schrieb ich den soeben erfundenen Namen auf ein Etikett und klebte es auf die Flasche.

»A-qua Fla-via«, wiederholte ich und ließ mir jede Silbe auf der Zunge zergehen. Es klang großartig.

Ich hatte ein Gift erschaffen, das (in entsprechender Menge) einen tobenden Elefanten außer Gefecht setzen konnte. Nicht auszudenken, was es bei einer unverschämten Schwester auszurichten vermochte!

Ein Aspekt von Giften, der oft übersehen wird, ist die diebische Freude, mit der man sich an ihrem puren Dasein berauscht.

Andererseits wird Rache, wie ein kluger Kopf einmal gesagt hat, am besten kalt serviert. Auf diese Weise kann man die Vorfreude auskosten, und das Opfer hat genug Zeit, sich darüber zu ängstigen, wann, wo und wie man wohl zuschlagen wird.

Man stellt sich beispielsweise den Gesichtsausdruck des Opfers vor, wenn die Betreffende begreift, dass das, was sie soeben trinkt, *kein* reiner Orangensaft ist.

Ich beschloss, noch ein Weilchen zu warten.

Gladys stand immer noch treu und brav dort, wo ich sie abgestellt hatte. Frisch geputzt glänzte sie in der Morgensonne, die durch mein Zimmerfenster drang.

»Hinfort!«, rief ich. Diese altertümliche Formulierung hatte ich mir eingeprägt, als Daffy uns an einem der von Vater verordneten Vorleseabenden *Die Braut von Lammermoor* zu Gehör gebracht hatte.

»Und zwar mit uns beiden!«, setzte ich überflüssigerweise hinzu.

Ich sprang auf, radelte zur Zimmertür hinaus, eierte durch den Flur, bog scharf nach links ab und bremste vor der Osttreppe.

Vom Fahrradsattel aus erscheinen Treppen grundsätzlich

steiler, als sie eigentlich sind. Die schwarz-weißen Fliesen der Eingangshalle tief unter mir glichen winterlichen Feldern am Fuße eines Berggipfels. Ich betätigte die Handbremse und trat tollkühn die Abfahrt an.

»Hopp-hopp-hopp-hopp-hopp!«, rief ich, ein »Hopp!« für jede Stufe, und ließ mich aufs Angenehmste durchschütteln.

Unten stand Dogger. Er trug eine Leinenschürze und hatte ein Paar von Vaters Stiefeln in der Hand. »Guten Morgen, Miss Flavia«, sagte er.

»Guten Morgen, Dogger. Schön, dass ich dich treffe. Ich hätte da nämlich eine Frage: Wie exhumiert man eine Leiche?«

Dogger hob kaum merklich die Augenbraue. »Hast du vor, einen Toten auszugraben?«

»Nicht eigenhändig. Ich meine eher: Wen muss man da um Erlaubnis fragen und so?«

»Ich glaube, als Erstes muss die Kirche ihre Einwilligung dazu erteilen. Einen ›Dispens‹ nennt man das wohl. Man muss ihn bei der Diözese einholen.«

»Beim Büro des Bischofs?«

»So ungefähr.«

Davon hatte der Vikar also gesprochen. Er hatte Marmaduke Parr, dem Sekretär des Bischofs, vergebens erklärt, dass man ihm eine solche Erlaubnis bereits erteilt habe.

Doch die Erlaubnis zur Exhumierung des heiligen Tankred war offenbar aus irgendeinem Grund wieder zurückgezogen worden.

Aber wer konnte etwas dagegen haben? Wer störte sich daran, wenn die Knochen eines Heiligen ausgegraben wurden, der schon fünfhundert Jahre tot war?

»Du bist ein Pfundskerl, Dogger«, sagte ich.

»Danke, Miss.«

Aus Respekt stieg ich ab und schob Gladys unauffällig durch die Halle und zur Vordertür hinaus.

Auf dem Rasen am Rand des Kieswegs stand ein Campinghocker, daneben lagen alte Lappen und eine Büchse Stiefelwichse. Es war schon so warm, dass Dogger sich zum Arbeiten in die Sonne gesetzt hatte.

Ich wollte eben in Richtung Kirche losradeln, als ein Automobil durch das Mulford-Tor einbog. Die Form des Fahrzeugs war ungewöhnlich, eher kastenförmig, wie bei einem Leichenwagen.

Wenn ich jetzt davonradelte, würde ich etwas verpassen. Also bezähmte ich meine Ungeduld doch lieber.

Ich setzte mich auf den Campinghocker und schaute dem Automobil entgegen, das gemächlich die Kastanienallee entlanggefahren kam. Von vorn erkannte man an dem hohen Kühler, dass es sich um einen Rolls-Royce Landaulet handelte. Der Wagen ähnelte Harriets altem Phantom II, den Vater noch immer wie eine Reliquie in der dunklen Remise hütete. Er hatte die gleichen breiten Kotflügel und riesigen Scheinwerfer.

Allerdings war dieses Fahrzeug apfelgrün lackiert, und das Dach war gleich hinter dem Fahrersitz zurückgeklappt, wie bei einer offenen Sardinendose. Dort, wo eigentlich die Rücksitze hingehörten, stapelten sich verwitterte Holzkisten, randvoll mit Blumentöpfen. Die Töpfe standen dort wie auf den billigen Plätzen einer offenen Mietskutsche, sodass die Setzlinge und jungen Pflanzen die Welt an sich vorüberziehen lassen konnten.

Weil Vater uns immer wieder ermahnte, dass sich neugieriges Gaffen nicht gehörte, zog ich rasch Notizbuch und Stift aus der Tasche meiner Strickjacke und tat so, als schriebe ich mir etwas auf.

Der Wagen kam mit knirschenden Reifen zum Stehen. Die Wagentür wurde geöffnet und wieder zugeschlagen.

Ich hob verstohlen den Blick. Ein großer Mann in einem hellbraunen Regenmantel war ausgestiegen.

»Hallihallo!«, sagte er. »Ja, was haben wir denn da?«

Als wäre ich eine Wachsfigur bei Madame Tussauds.

Ich kritzelte eifrig weiter und widerstand der Versuchung, die Zungenspitze in den Mundwinkel zu stecken.

»Was schreibst du denn?«, fragte er und trat näher, als wollte er auf das Blatt schauen. Wenn ich eines nicht leiden kann, dann sind es Leute, die einem über die Schulter gucken.

»Ich sammle Nummernschilder«, antwortete ich und klappte das Notizbuch zu.

»Soso.« Er schaute sich um. »In dieser gottverlassenen Gegend kriegst du wahrscheinlich nicht viele zusammen.«

Ich erwiderte möglichst abweisend: »Jetzt habe ich ja schon mal das von Ihrem Auto.«

GBX1066.

Er folgte meinem Blick.

»Gefällt dir die alte Karre? Ein Phantom II von 1928. Der vorige Besitzer wollte damit sein Rennpferd transportieren und hat zur Metallsäge gegriffen.«

»Der Kerl muss verrückt gewesen sein«, rutschte es mir heraus.

»Genau genommen war es eine Sie. Aber verrückt war sie tatsächlich. Komplett verrückt. Lady Densley.«

»Von den Keks-Densleys?«

»Genau die.«

Während ich noch über eine passende Erwiderung nachdachte, zog er ein silbernes Etui aus der Tasche, öffnete es und überreichte mir eine Visitenkarte.

»Ich heiße Sowerby. Adam Sowerby.«

Ich warf einen Blick auf das Stückchen Pappe. Immerhin war es geschmackvoll mit einer kleinen schwarzen Schrift bedruckt.

Adam Tradescant Sowerby, M. A.
Mitglied der Königlichen Gartengesellschaft
Pflanzenarchäologe
Alte Pflanzensamen – Nachzüchtungen – Recherchen
Tower Bridge, London E.1 TN Royal 1066

Sieh mal einer an, dachte ich. *Die gleichen vier Ziffern wie auf seinem Nummernschild. Ein Mann mit Beziehungen.*

»Du musst Flavia de Luce sein.« Er streckte mir die Hand entgegen. Ich wollte ihm eben die Visitenkarte zurückgeben, begriff aber noch rechtzeitig, dass er mir nur die Hand schütteln wollte.

»Der Vikar hat mir gesagt, dass ich dich hier finde. Entschuldige bitte, dass ich so unangekündigt aufkreuze.«

Aber ja! Das war der Freund des Vikars, Mr. Sowerby. Mr. Haskins hatte sich in der Krypta nach ihm erkundigt.

»Sind Sie mit Sowerby & Söhne verwandt, dem Bestattungsunternehmen im Dorf?«

»Der jetzige Inhaber ist mein Cousin dritten Grades, glaube ich. Tja ... manche von uns Sowerbys haben das Leben gewählt, andere den Tod.«

Ich nahm seine Hand, schüttelte sie tüchtig und blickte ihm fest in die kornblumenblauen Augen.

»Ja, ich bin Flavia de Luce. Es stört mich überhaupt nicht, dass Sie unangekündigt aufkreuzen. Wie kann ich Ihnen helfen?«

»Denwyn ist ein alter Freund von mir«, erwiderte er, ohne meine Hand loszulassen. »Er meinte, du kannst meine Fragen bestimmt beantworten.«

Denwyn hieß der Vikar mit Vornamen. Wie nett von ihm, dass er mich so zutreffend einschätzte.

»Ich werde mein Möglichstes tun«, versprach ich.

»Als du durch die Maueröffnung geschaut hast ... Was hast du da als Erstes gesehen?«

»Eine Hand. Eine ziemlich verschrumpelte Hand. Sie hielt ein zerbrochenes Glasröhrchen.«

»Ringe?«

»Keine.«

»Fingernägel?«

»Sauber und gepflegt. Obwohl Hände und Kleidung verdreckt waren.«

»Sehr gut. Was hast du noch gesehen?«

»Das Gesicht. Beziehungsweise die Gasmaske vor dem Gesicht. Blonde Locken. Dunkle Linien am Hals.«

»Noch etwas?«

»Nein. Die Taschenlampe war zu schwach.«

»Bravo! Du machst deinem Ruf wirklich alle Ehre.«

Meinem Ruf? Anscheinend hatte ihm der Vikar von den früheren Mordfällen erzählt, bei denen ich die Polizei auf die richtige Spur geführt hatte. Das ging runter wie Öl!

»Keine getrockneten Blütenblätter ... Pflanzenreste ... etwas in der Art?«

»Mir ist nichts aufgefallen.«

Mr. Sowerby gab sich einen Ruck, als müsste er sich dazu durchringen, eine besonders heikle Frage zu stellen. »Das war für dich doch bestimmt ein Riesenschreck«, sagte er mit leiserer Stimme. »Der Anblick der Leiche, meine ich.«

Ich nickte nur.

»Die Polizei hat den Fundort beim Abtransport des Toten ziemlich ruiniert. Alles, was für mich von Interesse hätte sein können, ist jetzt nur noch ...«

»... Staub auf den Stiefeln des Sergeants«, führte ich den Satz vergnügt zu Ende.

»Du sagst es. Jetzt muss ich alles mit der Lupe absuchen, so wie Sherlock Holmes.«

»Wonach suchen Sie denn?«

»Nach Samen. Von der Bestattung des heiligen Tankred. Damals gab man den Verstorbenen oft frische Blumen mit in die Gruft.«

»Aber die Gruft war leer«, sagte ich. »Von Mr. Collicutt mal abgesehen.«

»Leer? Nein, leer ist die Gruft bestimmt nicht. Der Hohlraum, in dem du Mr. Collicutt entdeckt hast, liegt über der eigentlichen Gruft. Er bildet sozusagen den Deckel. Der heilige Tankred ruht eins tiefer.«

Deshalb hatten dort keine Knochen gelegen! Dieses Rätsel war schon mal gelöst.

»Dann ist es also wahrscheinlich, dass Sie doch noch ein paar Samen und dergleichen finden?«

»Sollte mich wundern, wenn nicht. Aber wie bei jeder Ermittlung fängt man am besten außen an und nagt sich langsam zum Kern durch.«

Ich hätte es nicht besser ausdrücken können.

»Was wollen Sie denn mit den alten Samen?«

»Aufpäppeln. Ich bringe sie an einen warmen Ort und versorge sie mit allem, was sie brauchen.«

An seinem leidenschaftlichen Ton erkannte ich, dass Samen für ihn das Gleiche bedeuteten wie Gifte für mich.

»Und dann?«

»Dann keimen sie vielleicht. Und wenn wir ganz viel Glück haben, gelangt die eine oder andere Pflanze sogar zur Blüte.«

»Nach fünfhundert Jahren?«

»So ein Samen ist wirklich ein kleines Wunder. Die einzig wahre Zeitmaschine, die es gibt. Jeder einzelne Samen ist ein lebendiger Zeuge der Vergangenheit. Erstaunlich, oder?«

»Und wenn die Pflanzen aufgeblüht sind?«

»Dann verkaufe ich sie. Du würdest staunen, was manche Leute dafür hinlegen, der einzige Besitzer einer ausgestorbenen Blume zu sein.«

Er machte eine kleine Pause. »Von den akademischen Pauken und Trompeten ganz zu schweigen. Ohne die kommt man heutzutage ja nicht aus.«

Ich hatte keine Ahnung, wovon er sprach, aber das mit den Blumen war faszinierend genug.

»Würde es Ihnen etwas ausmachen, mich ins Dorf mitzunehmen?«, fragte ich unvermittelt. Es war immer noch früh am Tag, und in meinem Kopf nahm eine Idee Gestalt an.

»Ist dein Vater denn damit einverstanden, dass du bei einem

völlig Fremden im Auto mitfährst?«, fragte er, aber seine Augen funkelten ironisch.

»Wenn es sich um einen Freund des Vikars handelt, hat er bestimmt nichts dagegen. Darf ich Gladys hinten reinlegen, Mr. Sowerby?«

»Adam«, sagte er. »Da wir beide dem Vikar so nahestehen, halte ich es nur für angebracht, dass du mich beim Vornamen nennst.«

Ich kletterte auf den Beifahrersitz. Als Adam die Kupplung trat und den ersten Gang einlegte, schüttelte sich der Wagen erst heftig, dann setzte er sich in Bewegung.

»Sie heißt Nancy.« Er deutete auf das Armaturenbrett. Mit einem vielsagenden Blick setzte er hinzu: »Nach dem Gedicht von Burns.«

»Das kenne ich leider nicht«, gestand ich. »Meine Schwester Daphne ist der Bücherwurm der Familie.«

»*›Obwohl langsam der Gang, so lieben wir uns doch‹*«, deklamierte er wie ein Schmierenkomödiant. »Aus *Die Heimkehr des Soldaten.*«

»Aha!«, sagte ich.

Der Friedhof leuchtete womöglich noch grüner als am frühen Morgen. Der blaue Vauxhall des Inspektors parkte noch an der gleichen Stelle, ebenso Mr. Haskins' Lieferwagen.

»Ich lasse dich hier raus«, sagte Adam am Friedhofstor. »Ich habe noch einiges mit dem Vikar zu besprechen.«

Was heißen sollte: »Ich möchte unter vier Augen mit ihm sprechen«, aber er verpackte es so zuvorkommend, dass ich schlecht Einwände erheben konnte.

Gladys hatte sich sehr über ihre erste Fahrt in einem Rolls-Royce gefreut, aber sie war auch froh, wieder festen Boden unter den Reifen zu haben. Ich schob sie ein Stück beiseite und winkte Adam zu.

Kaum hatte ich einen Fuß in die Kirche gesetzt, da stellte

sich mir eine hohe, düstere Gestalt in den Weg. »Stehen geblieben!«

»Guten Morgen, Sergeant Woolmer. Was für ein wunderschöner Tag, nicht wahr? Trotz des Regens vorhin ist es noch richtig sonnig geworden.«

»Lass gut sein, kleines Fräulein«, knurrte er. »Du kommst hier nicht rein. Betreten verboten. Das ist ein Tatort.«

»Ich wollte nur ein paar Gebete sprechen.« Ich ließ die Schultern hängen und gab mich so verhuscht wie Cynthia Richardson, die Frau des Vikars. Ich schaffte es sogar, meine Stimme weinerlich klingen zu lassen. »Es dauert auch nicht lange.«

»Du kannst draußen auf dem Friedhof beten«, brummte der Sergeant. »Der Herr hat große Ohren.«

Ich rang hörbar nach Luft, als sei ich entsetzt über diese gotteslästerliche Bemerkung.

Dabei hatte mich seine Äußerung auf eine Idee gebracht.

»Also gut, Sergeant«, gab ich nach. »Ich werde Sie in meine Gebete einschließen.«

Das sollte der unverschämte Kerl erst mal verdauen!

Cassandra Cottlestones Grabmal glich einer wuchtigen antiken Kommode, die sich ein paar Diebe unter den Nagel gerissen und dann, als sie ertappt worden waren, auf dem Friedhof hatten fallen lassen, wo sie sich im Lauf der Jahrhunderte in Stein verwandelt hatte.

Rings um den Kalksteinsockel wucherte hohes Gras, ein untrügliches Zeichen dafür, dass dieser Teil des Friedhofs nur selten besucht wurde.

Die Sonne verschwand hinter einer Wolke. Mit leisem Erschauern ging mir durch den Kopf, dass ich über dem Geheimgang stand, durch den angeblich der Geist der toten Cassandra zu wandeln pflegte.

Mein Leib, er möge Ruhe finden,
Meine Seele himmelwärts entschwinden.

Als ich um das Grabmal herumging, machte mein Herz einen Satz.

Das auf der Nordseite angrenzende Grab war eingesunken.

Genauso wie Daffy gesagt hatte!

Jemand hatte eine große Steinplatte gegen Cassandras Grabmal gelehnt. Die Platte war teilweise mit einer verwitterten Plane abgedeckt, auf der kleine Regenwasserlachen standen. An den Ecken war die Plane mit Steinbrocken beschwert, aber so schmutzig, wie sie aussah, war sie offenbar schon eine ganze Weile nicht mehr angerührt worden.

Entweder war Mr. Haskins bei der Aufschüttung des eingesunkenen Grabes unterbrochen worden, oder er war schlicht und einfach faul.

Von hier aus stand Cassandras klobiges Grabmal zwischen mir und der Kirche, sodass man mich von dort aus nicht sehen konnte, und umgekehrt. Außerdem kam, wie gesagt, in diesen Teil des Friedhofs nie jemand. Es hätte ebenso gut ein anderer Planet sein können.

Ich ließ mich auf alle viere nieder und lugte unter die Plane. Darunter gähnte eine tiefe Grube. In der aufgeschütteten Erde an ihrem Rand sah man mehrere Fußabdrücke, manche vom Regen verwaschen, andere von der Plane geschützt und erstaunlich deutlich. Sie stammten nicht alle von derselben Person.

Ich nahm die Steine weg und zog die Plane von der Grube, wobei ich darauf achtete, dass das Regenwasser seitlich ins Gras lief.

Jetzt lag die Grube offen vor mir.

Ich begab mich wieder auf alle viere und spähte hinein.

Hatte ich verstreut herumliegende Knochen erwartet? Vielleicht, aber ich blickte in eine gemauerte Kammer, in der es zu dunkel war, um etwas zu erkennen.

Ein Königreich für eine Taschenlampe!, dachte ich.

Warum hatte uns die Natur nicht mit einem Scheinwerfer auf der Stirn ausgestattet, so ähnlich wie die Glühwürmchen (nur dass bei denen das Licht am anderen Ende saß)? Außerdem müsste es natürlich leistungsfähiger sein – alles nur eine Frage der Lumineszenz und damit letztlich der Chemie.

Ich beugte mich noch weiter vor, und auf einmal gab der Erdboden unter meinem Gewicht nach.

Ich versuchte noch, mich am Gras festzuhalten, aber die nassen Halme rissen entweder ab oder rutschten mir durch die Finger.

Einen Moment wankte ich noch hin und her, meine Arme kreisten wie Windmühlenflügel, aber ich kam nicht mehr auf die Beine. Die Schuhe fanden auf dem aufgeweichten Boden keinen Halt, und ich stürzte kopfüber ins Grab.

7

Mir muss wohl die Luft weggeblieben sein, denn ich lag eine halbe Ewigkeit, die in Wirklichkeit nur ein paar Sekunden gedauert haben kann, benommen da.

Und dieser Gestank! *Igitt!*

Er traf mich mit einer Wucht, als hätte mir jemand einen Ziegelstein ins Gesicht geschlagen, und meine Nasenlöcher fühlten sich so wund an, als wären sie mit einem Drillbohrer ausgeschabt worden.

Ich hielt die Hand vor die Nase und richtete mich auf den Knien auf, aber das machte es nur noch schlimmer, denn mir wurde klar, dass der schmierige Matsch, den ich mir gerade ins Gesicht schmierte, aus den Überresten von Cassandra Cottlestone und ihren Nachbarn bestand.

Nach dem Tod fängt der menschliche Körper bekanntlich sofort damit an, sich langsam, aber sicher zu zersetzen. Unsere eigenen Bakterien verwandeln uns erstaunlich rasch in Hautsäcke voller Methan, Kohlendioxid, Schwefelwasserstoff und Mercaptane, um nur einige der beteiligten Stoffe zu nennen. Obwohl ich seit geraumer Zeit an dem Entwurf zu einem wissenschaftlichen Werk namens *De Luce über Verwesung* arbeitete, hatte ich damit noch keine Erfahrungen sozusagen aus erster Hand gemacht.

Jetzt wurde mir im Nu klar, dass das Zeug wie ein starkes Riechsalz wirkte.

Würgend sprang ich auf und taumelte rückwärts gegen eine harte Steinwand.

Sobald sich meine Augen an die Dunkelheit gewöhnt hatten, sah ich, dass das Loch im Erdboden, in das ich gefallen war, nicht viel größer als der Eingang zu einem Fuchsbau war. Die Wände der Grabstätte bestanden aus bröckeligem Stein.

Abgesehen von etwas Schutt auf dem Boden war die rechteckige Kammer leer. In die gegenüberliegende Wand war eine kleine, überraschend alltäglich aussehende Holztür eingelassen.

Ich drehte am Knauf. Die Tür war abgesperrt.

Unter anderen Begleitumständen hätte ich das Schloss mit einem Draht geknackt. Diese Kunst hatte mir Dogger zum Dank dafür beigebracht, dass ich ihm geholfen hatte, in einem langen Winter die Blumentöpfe im Gewächshaus sauber zu machen.

»Dafür braucht man Fingerspitzengefühl«, hatte er gesagt. »Du musst lernen, auf deine Fingerspitzen zu hören.«

Leider hat man, wenn man gerade kopfüber in ein Grab gepurzelt ist, meistens keinen Dietrich in der Tasche. Bei einer anderen Gelegenheit hatte ich improvisiert, indem ich aus dem Draht meiner Zahnspange ein recht brauchbares Werkzeug zurechtgebogen hatte, aber auch die Spange hatte ich heute nicht im Mund.

Ich hätte natürlich einfach wieder hinausklettern und Gladys um Erlaubnis bitten können, mir eine ihrer Speichen auszuborgen. Aber da es an der Kirche von Polizei nur so wimmelte, würden sie mich bestimmt erwischen, und dann war der Spaß vorbei.

Doch noch waren Inspektor Hewitts Leute in der Krypta offenbar so beschäftigt, dass sie den unterirdischen Gang nicht entdeckt hatten.

Ich legte das Ohr an die Tür. Das ausgezeichnete Gehör, das ich von meiner Mutter Harriet geerbt hatte, war im Allgemeinen eher lästig als nützlich, aber jetzt kam es mir sehr gelegen.

Hinter der Tür war alles still. Keine vierschrötigen Polizisten trampelten durch den Tunnel, um nachzuschauen, wo er hinführte.

Ich zog noch einmal kräftig an der Tür, aber sie rührte sich nicht. *Da sollte wohl irgendwer nicht reinkommen,* dachte ich.

Oder nicht mehr raus.

Ich musste wohl oder übel in der Nacht wiederkommen, von Kopf bis Fuß schwarz gekleidet und mit einem Tuch über der Taschenlampe.

Am besten gleich heute Nacht! Vielleicht konnte ich der Polizei dann noch zuvorkommen.

Fürs Erste jedoch blieb mir nichts anderes übrig, als aus der stinkenden Grube zu klettern und zu Hause ein ausgiebiges Bad zu nehmen. Meine Kleidung würde ich wahrscheinlich verbrennen müssen.

Ich trat unter das Loch, griff nach oben, hielt mich am Rand fest und stieß mich kräftig ab. Meine Füße scharrten hektisch über die Wand und suchten nach Halt.

Meine Finger streiften den Marmorsockel von Cassandra Cottlestones Grabstätte, aber ich bekam ihn nicht richtig zu fassen.

Ich plumpste wieder in den Matsch. Wenn ich doch nur ein paar Zentimeter größer gewesen wäre!

Jetzt blieb mir nur noch eines übrig. Jedenfalls, wenn ich nicht um Hilfe rufen wollte, und das kam natürlich nicht in die Tüte.

Mit dreckverschmierten Fingern löste ich meine Schnürsenkel und zog Schuhe und Strümpfe aus. Einen Strumpf steckte ich in einen der Schuhe, um ihn praller zu machen, mit dem anderen band ich beide Schuhe mit den Sohlen nach außen zusammen. So erhielt ich einen niedrigen Tritt, auf den ich mich stellen konnte.

Ich holte tief Luft, bat den heiligen Tankred in einem Stoßgebet darum, meinen Füßen Flügeln zu verleihen – und stieß mich kräftig mit den Beinen ab.

Diesmal konnte ich den Sockel packen und zog mich mit wild strampelnden Beinen aus der Grube.

Und wer stand da im hohen Gras vor mir, weiß wie ein Laken und den Mund zu einem stummen Schrei aufgerissen? Cynthia Richardson, die Frau des Vikars.

Ich hätte sie beruhigen können, indem ich mich zu erkennen gab, aber das tat ich nicht.

Keine Ahnung, was sie angesichts der schwarz verschmierten, zum Himmel stinkenden Erscheinung dachte, die urplötzlich vor ihr dem Grab entstieg, aber es war mir so egal wie nur was. Ich tat, was jedes vernünftige Mädchen getan hätte – ich nahm die Beine in die Hand.

Damit hatte sich auch jegliche Überlegung erledigt, den gröbsten Dreck im Fluss gleich hinter der Kirche abzuwaschen.

Auweia, Flavia!, dachte ich. *Auweia!*

Dann hatte ich einen jener jähen Geistesblitze, die der Angst vor Strafe entspringen. Mein Regenmantel hing noch im Kirchturm! Vielleicht konnte ich ihn mir unbemerkt wieder holen und auf dem Heimweg die verdreckten Lumpen darunter verstecken, in die sich meine Kleider verwandelt hatten.

Am Turm drehte ich mich noch einmal um. Cynthia hatte sich nicht von der Stelle gerührt. Weiß und starr stand sie da, wie die Engelsfiguren ringsum.

Mit dem Rücken zur Mauer schob ich mich um den Turm herum. Ein kurzer Blick verriet mir, dass Sergeant Woolmer seitlich, mit den Füßen im Gras, auf dem Rücksitz des Vauxhall saß und etwas in sein Notizbuch schrieb.

Ich machte mich dünn wie ein Blatt Papier, schlängelte mich um die Ecke und flitzte zur Kirchentür. Falls jemand unter dem Vordach stehen sollte, war ich geliefert.

Das Schicksal war mir gnädig. Dort war niemand, und der Kirchenraum selbst lag in finsterer Stille. Allem Anschein nach ging die Polizei immer noch in der Krypta ihrer Arbeit nach.

Ich huschte die Wendeltreppe zur Glockenstube hoch. Mein Regenmantel hing noch an seinem Haken.

Ich faltete ihn zu einem flachen Bündel zusammen und schob ihn unter das, was von meinem Pullover noch übrig war. Wozu in dem schreiend gelben Ding unnötig Aufmerksamkeit erregen!

Falls ich auf dem Weg hinaus jemandem begegnen sollte, würde ich die Arme um den Bauch schlingen und irgendeine Ausrede vorbringen. Magenschmerzen zum Beispiel. Ich würde alles auf Mrs. Mullets klumpigen Maisbrei schieben.

Schon wendelte ich wieder abwärts, blieb aber auf jeder Stufe stehen und lauschte.

Sergeant Woolmer war immer noch in sein Notizbuch vertieft. Wie ein geölter Blitz sauste ich zur Tür hinaus und hinter den Turm. Obwohl das angeblich Unglück brachte, umrundete ich die Kirche entgegen dem Uhrzeigersinn (»gegenläufig«, wie es Daffy nannte)und hielt nur einmal kurz an, bevor ich um die Ecke zur Nordseite bog. Aber die Luft war rein. Cynthia Richardson war verschwunden.

Gladys sonnte sich behaglich. Ich schob sie langsam über den Friedhof, wobei ich zwischendurch immer wieder hinter den verwitterten Grabsteinen in Deckung ging. Dabei folgte ich dem gewundenen Flussufer nach Südwesten. In meiner ohnehin nicht sonderlich farbenfrohen Kleidung, der die Schmutzflecken und -streifen ein zusätzliches Tarnmuster verliehen, war ich nahezu unsichtbar. Als wir an der Friedhofsmauer ankamen, hob ich Gladys hinüber und setzte sie auf der anderen Seite behutsam ab. Im nächsten Augenblick sausten wir frohgemut über die Landstraße in Richtung Buckshaw.

Als ich die Kastanienallee entlangradelte, fiel mir zum ersten Mal auf, wie heruntergekommen unser Anwesen inzwischen aussah. Das Gras war nicht gemäht, der Kies nicht geharkt, die Hecken waren nicht geschnitten und die Fenster nicht geputzt. Das Ganze sah so vernachlässigt aus, dass mir schier das Herz wehtat.

Das sollte kein Vorwurf gegen Vater sein. Die Geldknappheit hatte ihn gezwungen, seine persönliche Welt so drastisch einzuschränken, bis ihm kaum mehr als sein kleines Arbeitszimmer geblieben war: eine bescheidene Oase – oder eher eine Gefängniszelle? –, in der er sich vor den Anforderungen der Außenwelt hinter eine Barrikade aus alten, beruhigend beständigen Briefmarken flüchten konnte.

Auch Dogger konnte nichts dafür. Er arbeitete so viel, wie er körperlich und seelisch verkraften konnte. Manchmal, wenn er sich der Gärtnertätigkeit gewachsen fühlte, sahen Haus und Umgebung so schmuck aus wie in jenen längst vergangenen Tagen, als Buckshaw für *Country Life* fotografiert worden war. Zu anderen Zeiten erlaubten es ihm seine strapazierten Nerven gerade noch, sein Amt als Vaters Kammerdiener zu verrichten. Dann war zumindest ich dankbar dafür, dass er sich immerhin um Vaters Schuhe kümmerte.

Der Campinghocker stand nicht mehr auf der Wiese. Dogger war verschwunden, wohin auch immer.

Jetzt kam es abermals drauf an, die Eingangshalle ungesehen zu durchqueren und nach oben zu gelangen. Wenn Daffy oder Feely den beklagenswerten Zustand meiner Kleider sahen, würden sie sofort Vater auf den Plan rufen, und wenn Vater mich so erblickte … Beim bloßen Gedanken an die gesalzene Gardinenpredigt zuckte ich zusammen.

Zum Glück war mein Regenmantel von den Schauern des Vortags sauber gewaschen. Ich schlug den Kragen hoch und knöpfte ihn von oben bis unten zu. Wer weiß? Vielleicht wurde ich sogar dafür gelobt, dass ich mich so warm angezogen und obendrein trocken geblieben war.

Das einzige Problem waren meine Füße. Sie waren nicht nur nackt, ohne Schuhen und Socken, sondern obendrein mit den stinkenden Überresten von Cassandra Cottlestone verdreckt.

Darum ging ich so weit in die Knie, dass der Saum meines Mantels die Bodenfliesen streifte, und watschelte wie ein Pinguin durch die Halle – oder vielleicht auch wie der Pantomime Mr. Pastry in einer seiner bekannten Nummern. Wahrscheinlich sah ich aus, als hätte mir jemand die Beine auf Kniehöhe abgesägt oder mich wie einen Zelthering in den Boden gerammt.

Ich war die Treppe schon halb oben, als ich über mir Schritte vernahm.

So ein Mist aber auch!

Hinter dem Geländer am oberen Treppenabsatz erschienen zwei schwarze Hosenbeine.

Ihnen folgte der übrige Dogger.

»Ich komme gleich wieder und bringe dir warmes Wasser«, raunte er mir zu, als er an mir vorbeiging.

Der Mann verblüffte mich immer wieder.

Ich weichte in meiner Sitzbadewanne vor mich hin und versuchte, nicht allzu genau darüber nachzudenken, woraus die dunklen Teilchen bestehen mochten, die an der Oberfläche der dampfenden Brühe trieben. Müde wie ich war, muss ich wohl eingenickt sein. Eben garte ich noch wie ein Knödel im heißen Wasser, im nächsten Augenblick saß ich wieder in St. Tankred auf der Orgelbank.

Gebannt beobachtete ich, wie schlanke weiße Finger die Tasten betätigten, die nur von zwei Kerzen an den Enden des Notenhalters angeleuchtet wurden.

Sonst lag die Kirche im Dunklen.

Schwarze Noten auf einem weißen Blatt verteilt – schwarze Händeschatten flogen wie flinke Spinnen über das weiße Elfenbein.

Ich kannte das Stück. Feely hatte Chopins Trauermarsch erst vor vierzehn Tagen gespielt, als die alte Mrs. Fuller zum letzten Mal in die Kirche getragen wurde.

Dum-dum-da-DUM, dum-da-DUM-da-DUM-da-DUM.

Das Stück hatte etwas vernichtend Endgültiges. Wenn du erst mal im Grab liegst, gibt es kein Zurück mehr. Es sei denn, du wirst wieder ausgebuddelt …

»Feely«, sagte ich zaghaft, »glaubst du wirklich …«

Ich drehte den Kopf zur Seite, aber es war nicht meine Schwester, die da neben mir auf der Orgelbank saß.

Der schwarze Schweinerüssel drehte sich langsam zu mir um, die glasigen Augen waren blutunterlaufen. Noch bevor das Wesen den Mund aufmachte, roch ich den widerlichen Gummigestank, den Friedhofsgestank seines warmen, fauligen Atems.

»Harriet«, krächzte das Wesen. »H-a-r-r-i-e-t.«

Schreiend wachte ich auf. Meine Hände schlugen ins Wasser, die Beine strampelten wild. Mit einem Satz sprang ich aus der Wanne, wobei sich eine Flutwelle auf den Fußboden ergoss.

Mir klapperten die Zähne, und trotz des noch lauwarmen Wassers war mir eiskalt. Ich wankte quer durchs Zimmer, hüllte mich in meinen Bademantel und ließ mich aufs Bett fallen.

Zu mehr war ich nicht in der Lage. Mein Atem ging abgerissen, und mein Herz hämmerte, als würde ein Irrer auf eine Trommel eindreschen.

Als es leise klopfte, war ich zu keiner Antwort fähig. Nach einer kleinen Weile öffnete sich die Tür, und Doggers Gesicht erschien.

»Alles in Ordnung?« Er musterte mich aufmerksam.

Ich bekam meine eisenhart verspannten Halsmuskeln gerade so weit in den Griff, dass ich ein unbeholfenes Nicken zustande brachte.

Dogger legte mir kurz die Hand auf die Stirn, hob dann mit dem Daumen mein Kinn an und sah mir in die Augen.

»Du hast dich erschreckt«, stellte er fest.

»Ich hab geträumt.«

»Aha.« Er legte mir eine Steppdecke um die Schultern. »Träume können auch erschreckend sein. Leg dich bitte hin.«

Als ich mich ausgestreckt hatte, schob er mir ein Kissen unter die Füße.

»Träume ...«, wiederholte er. »Träume sind nützlich. Heilsam.«

Ich muss ihn wohl verständnislos angestarrt haben.

»Angst kann verblüffend heilsam sein«, fuhr er fort. »Schon vor langer Zeit war bekannt, dass sie Zipperlein heilen und Fieber senken kann.«

»Zipperlein?«, brachte ich hervor.

»Ein schmerzhaftes Leiden, das ältere Herren befällt, die ihre tägliche Flasche Wein höher schätzen als ihre Leber.«

Ich muss wohl gelächelt haben, aber auf einmal waren meine Augenlider bleischwer.

Eisenharte Halsmuskeln, bleierne Lider ..., dachte ich. Ich werde immer stärker.

Dann schlief ich ein.

8

Als ich die Augen wieder aufschlug, war es schon hell hinter den Fensterscheiben, aber die Sonne war noch nicht aufgegangen. Die Zeiger meines Messingweckers zeigten schläfrig auf halb sechs.

Verflixt! Ich hatte meine mitternächtliche Rückkehr in die Gruft glatt verschlafen! Jetzt musste ich noch einmal fast vierundzwanzig Stunden warten, und bis dahin hatte die Polizei bestimmt schon …

»Guten Morgen, Flavia«, sagte jemand neben mir. Mir blieb fast das Herz stehen.

»Dogger! Ich hab gar nicht mitgekriegt, dass du im Zimmer bist.«

»Ich wollte dir keinen Schreck einjagen. Hast du gut geschlafen?«

Er erhob sich schwerfällig vom Stuhl und streckte die steifen Glieder. Er musste die ganze Nacht an meinem Bett zugebracht haben.

»Wunderbar, vielen Dank. Ich habe es gestern wohl ein bisschen übertrieben.«

»Allerdings«, pflichtete er mir bei. »Aber ich glaube, heute Morgen geht es dir schon viel besser.«

»Dank deiner Unterstützung, ja.«

»In zehn Minuten frühstücke ich unten in der Küche. Es gibt Tee und Toast. Wenn du mir Gesellschaft leisten möchtest …«

»Und ob!« Ich war mir der Ehre vollauf bewusst.

Als Dogger gegangen war, wusch ich mir das Gesicht und

flocht mir die Zöpfe neu. Ich ging sogar so weit, dass ich um jedes Zopfende eine nagelneue weiße (wegen Ostern) Schleife band. Nachdem Dogger meinetwegen eine schlaflose Nacht gehabt hatte, fand ich es nur recht und billig, in anständigem Aufzug am Frühstückstisch zu erscheinen.

Wir saßen am Küchentisch, Dogger und ich. Die übrigen Hausbewohner waren noch nicht wach, und Mrs. Mullet würde erst in einer Stunde aus dem Dorf kommen.

Zwischen uns hatte sich ein, wie Dogger es nannte, »kameradschaftliches Schweigen« ergeben, ein kleiner Abschnitt Zeit, in dem keiner von uns das Bedürfnis hatte, etwas zu sagen.

Abgesehen vom Kratzen unserer Messer auf den gerösteten Brotscheiben und dem leisen Ticken des silbernen Toasters, dessen rot geschlängelte Eingeweide das Weißbrot bräunten, war es absolut still. Ich sann darüber nach, wie die Hitze den Zucker im Brot auf wundersame Weise dazu bewog, mit seinen Aminosäuren zu reagieren und eine ganze Bandbreite neuer Aromen zu erschaffen. Maillard-Reaktion nannte sich das Ganze, nach dem französischen Chemiker Louis-Camille Maillard, der sich sowohl mit dem Bräunen von Brot als auch mit dem Bräunen menschlicher Leiber beschäftigt hatte.

Als ich die Zähne in die köstliche Kruste versenkte, ging mir plötzlich auf, dass ein warmer Toast frisch aus dem Toaster geschmacklich jenen Vertretern seiner Gattung, die erst von weither an den Tisch getragen wurden, haushoch überlegen war. Ich spürte, dass sich in diesem Gedanken noch eine tiefergehende Erkenntnis verbarg, die sich mir aber in diesem Moment nicht erschließen wollte.

Schließlich war ich es, die das Schweigen brach.

»Hast du schon mal von einem Adam Sowerby gehört, Dogger?«

»Soweit ich weiß, ist er ein Freund deines Vaters. Die beiden sind zusammen zur Schule gegangen. Er ist inzwischen ein bekannter Botaniker.«

Ein Freund von Vater? Wieso hatte mir Adam das nicht erzählt? Und warum hatte auch Vater seinen Namen noch nie erwähnt?

»Seine Arbeit führt ihn oft in alte Kirchen«, fuhr Dogger fort, ohne mich anzuschauen.

»Weiß ich. Er hofft, im Grab des heiligen Tankred alte Blumensamen zu finden. Er hat mich gestern mit dem Auto ins Dorf mitgenommen.«

»Stimmt«, brummte Dogger. Er nahm sich noch einen Toast und bestrich ihn mit chirurgenhafter Präzision mit Honig. »Ich habe euch aus dem Fenster im Obergeschoss gesehen.«

Als ich das Esszimmer betrat, blickte niemand auf. Vater, Feely und Daffy saßen da wie immer, jeder in seinem eigenen unsichtbaren Abteil.

Der einzige Unterschied zu sonst bestand in Feelys Aussehen: Ihr Gesicht war kalkweiß, und sie hatte violette Ringe um die roten Augen. Sie hatte zweifellos die ganze Nacht damit zugebracht, um den verstorbenen Mr. Collicutt zu trauern. Ich konnte das Kerzenwachs förmlich riechen.

Doch offenbar hatte sie Vater die Neuigkeit von dem tragischen Todesfall noch nicht mitgeteilt – gerade so, als müsste sie ein kostbares Geheimnis bewahren.

Ich fröstelte unwillkürlich. Wie hieß die alte Redensart doch gleich? Als wäre jemand über mein Grab gegangen.

Ich setzte mich und lüftete den Deckel des praktischen Speisewärmers. An jenem Morgen bestand der Hauptgang aus Mrs. Mullets Spezialomelettes: platten, bleichen, zähen Pfannkuchen mit roten und grünen Paprikastückchen darin. Wenn Vater nicht dabei war, nannten wir die Dinger »überfahrene Kröten«.

Ich spießte eins der unförmigen Ungeheuer auf, ließ es auf einen Teller fallen und schob ihn Feely hin.

Sie schlug die Hand vor den Mund, stieß einen leisen, aber vernehmlichen Würgelaut aus, schob ihren Stuhl zurück und rannte aus dem Zimmer.

Vater blickte kurz vom *British Philatelist* auf. Ich hob zur Tarnung scheinbar erstaunt eine Augenbraue, aber er ließ sich zum Glück nicht lange von seiner Lieblingsbeschäftigung ablenken. Nur kurz lauschte er Feelys verhallenden Schritten, als hätte in der Ferne ein Hund gebellt, dann widmete er sich wieder seiner Zeitschrift.

»Du, Vater, ich habe gestern einen Freund von dir kennengelernt«, sagte ich. »Er heißt Adam Sowerby.«

Vater tauchte abermals widerwillig aus unergründlichen Tiefen auf.

»Sowerby? Wo hast du *den* denn getroffen?«

»Hier auf Buckshaw. Vor dem Haus. Er fährt einen ungewöhnlichen alten Wagen, bis oben hin voll mit Pflanzen.«

»Soso«, machte Vater und betrachtete wieder die Stiche von Königin Victorias Profil.

»Er hat mich ins Dorf mitgenommen. Er will nach alten Blumensamen Ausschau halten, wenn das Grab des heiligen Tankred geöffnet wird.«

Vater blickte zum dritten Mal auf. Es war, als führte man eine Unterhaltung mit einem Tiefseetaucher, der nach jedem Satz wieder in den Fluten verschwand.

»›Sowerby‹ hast du gesagt?«

»Ja. Adam Sowerby. Dogger meinte, er ist ein alter Freund von dir.«

Vater schlug die Zeitschrift zu, nahm die Lesebrille ab und schob sie in die Westentasche. »Ein alter Freund? Ja, so könnte man wohl sagen.«

»Ach übrigens, wo wir gerade vom Grab des heiligen Tankred sprechen«, machte ich mir Vaters ungeteilte Aufmerksamkeit rasch zunutze, »in der Gruft wurde gestern die Leiche von Mr. Collicutt gefunden.«

Daffys Kopf schnellte von ihrem Buch hoch. Sie hatte natürlich die ganze Zeit zugehört.

»Colly? Colly ist tot? Weiß Feely das schon?«

Ich nickte, sagte aber nicht, dass sie es schon seit gestern Morgen wusste. »Allem Anschein nach ist er ermordet worden.«

»Allem Anschein nach?«, hakte Vater sofort nach. Volle Punktzahl fürs Blitzmerken! »Allem Anschein nach? Soll das heißen, du warst dort? Du hast ihn gesehen ... ich meine, seine Leiche?«

»Ich habe ihn persönlich entdeckt«, erwiderte ich bescheiden.

Daffys Kinnlade fiel herunter wie eine Galgenklappe.

»Also wirklich, Flavia!«, sagte Vater. »Das geht jetzt aber zu weit.«

Er fischte seine Brille wieder aus der Tasche, setzte sie auf, nahm sie wieder ab und setzte sie wieder auf. Bis dahin hatte ich den Eindruck gehabt, dass er stolz auf mich gewesen war, wenn ich wieder mal eine Leiche entdeckt hatte, aber offenbar gab es auch da Grenzen.

»Collicutt? Der Bursche, der die Orgel spielt? Wieso ist der denn auf einmal tot?«

Das war zwar eine unsinnige Frage, andererseits aber auch eine ausgezeichnete.

Mrs. Mullet, die gerade aus der Küche hereinkam, sagte verächtlich: »Die Leute sagen, der Bursche hätt's verdient. Ständig dieses gottlose Treiben auf dem Friedhof! Jetzt haben ihn die Teufel in ein Schwein verwandelt, so wie in der Bibel.«

Welches gottlose Treiben auf dem Friedhof? Was meinte sie bloß damit? Oben im Turm hatte mir Mr. Haskins von umhergeisternden Lichtern erzählt, aber das war vor vielen Jahren gewesen, während des Krieges. Ob diese merkwürdigen Rituale, oder was es auch war, immer noch stattfanden?

In einem Punkt jedoch war ich mir so gut wie sicher, nämlich dass die Gasmaske, die man dem armen Mr. Collicutt übers Gesicht gezogen hatte, aus der Truhe im Turm stammte. Bestimmt hatte dort nicht nur *eine* Maske bereitgelegen.

Ich hätte sogar meinen Bunsenbrenner darauf verwettet, dass es sich bei beiden Masken um das gleiche Modell handelte.

Was nicht heißt, dass ich mich mit Gasmasken besonders gut ausgekannt hätte.

Andererseits hatten wir ein paar von den Dingern im Haus. Eine gehörte Daffy, eine bunt bemalte Micky-Maus-Maske aus rotem Gummi mit einer blauen Blechschnauze, die sie im zarten Alter von drei Jahren bekommen hatte und die immer noch griffbereit an ihrem Spiegel hing.

»Man weiß ja nie«, hatte sie einmal gesagt und mich dabei ganz merkwürdig angeschaut.

Dann gab es noch die wesentlich ältere Maske in meinem Labor, die vor eventuellen Chemieunfällen schützen sollte. Winston Churchill, damals noch Finanzminister, hatte sie Onkel Tar kurz vor seinem Tod im Jahre 1928 persönlich überreicht. Den Verlauf dieses Zusammentreffens schilderte Onkel Tar ausführlich in einem seiner Tagebücher, von denen ich stets einen Band auf dem Nachttisch liegen hatte und die mir schon zu vielen Stunden packender Bettlektüre verholfen hatten.

Wie jeden Herbst hatte Churchill seinen Freund auf Buckshaw besucht. Als sie um den künstlichen See herumspazierten, hatte er Onkel Tar eine Zigarre angeboten (die Onkel Tar höflich ablehnte, denn seine ganz besondere Schwäche war ein Whiskey namens Pimm's No. 2 Cup) und gesagt: »Es liegt Krieg in der Luft, Tarquin, das rieche ich. England kann es sich nicht leisten, einen de Luce zu verlieren.«

Ich konnte die Stimme des bulligen Mannes direkt hören –

bestimmt klang sie auch bei diesen Worten typisch churchillianisch.

»Vielen Dank, Mrs. Mullet«, sagte Vater soeben, als ich wieder in die Gegenwart zurückkehrte. Damit bedankte er sich aber nicht für ihre Friedhofsgeschichten, sondern für die überfahrene Kröte, deren Überreste sie soeben vom Tisch entfernte.

Daffy klemmte ihre Papierserviette zwischen die Seiten von *Der Mönch* und verließ wortlos das Zimmer. Seit, um es mit Daffys Worten auszudrücken, »schwere Zeiten wie bei Dickens« über uns hereingebrochen waren, hatte Vater die Stoffservietten eingezogen.

Es dauerte nicht lange, bis Vater ebenfalls das Esszimmer verließ.

»Erzählen Sie mir mehr über die Schweine und den Friedhof, Mrs. Mullet«, sagte ich, als wir allein waren. »In letzter Zeit beschäftige ich mich oft mit der Bibel. Ich habe sogar schon erwogen, ein Sammelalbum mit Tieren aus dem Neuen Testament anzulegen und …«

»Das ist nichts für deine Ohren«, erwiderte sie schnippisch. »Mein Alf hat gesagt, Mr. Ridley-Smith hätt ihn gewarnt, dass es an der Kirche nicht eher geheuer ist, als bis der Gerechtigkeit Genüge getan wurde, und zwar im ganz großen Stil, was ich gut verstehen kann.«

Ich wechselte die Taktik. »Unsinn. Das ist doch bloß Dorfklatsch. Vater hat uns immer vor Dorfklatsch gewarnt, und ich glaube, er hat recht damit.«

Ich konnte selbst kaum glauben, dass ich das gesagt hatte.

»Dorfklatsch, ach ja?«, schnaubte Mrs. Mullet empört, stellte den Stapel Geschirr, den sie eigentlich hinaustragen wollte, wieder auf den Tisch und stemmte die Hände in die Hüften. »Dann erklär mir doch bitte mal, wieso Dr. Darby Mrs. Richardson eine Spritze geben musste – nach dem, was sie auf dem Friedhof gesehen hat?«

Ich ließ meinen Mund offen stehen. Am liebsten hätte ich obendrein noch gesabbert.

»Bitte sagen Sie's mir!«, bettelte ich. »Was hat Mrs. Richardson auf dem Friedhof gesehen?«

Mrs. Mullet kämpfte sichtlich gegen ihren eigenen Wunsch an, verschwiegen zu sein. Vergebens.

»Sie hat einen Geist gesehen, der direktemang aus seinem Grab geklettert ist!«, verkündete sie mit tiefer, heiserer Stimme. Ihre Augen, groß wie Untertassen, blickten ängstlich im Zimmer umher.

»Und das am *helllichten Tag!«*, setzte sie hinzu. Und nach einer kurzen Pause: »Aber denk dran: Von mir hast du das nicht!«

Obwohl mir mein Albtraum noch in den Knochen steckte, radelte ich nach dem Frühstück, wie von einem Magneten angezogen, wieder zur Kirche. Die frische Luft würde mir guttun, dachte ich. Eine Dosis zusätzlicher Sauerstoff würde das Salzwasser in meinen Adern aufpeppen.

Doch schon von Weitem sah ich, dass mir der Weg versperrt war. Obwohl der blaue Vauxhall woanders parkte als gestern, stand er viel zu dicht an der Kirchentür. Diesmal saß nicht Sergeant Woolmer drin, sondern Sergeant Graves, der glücklose Verehrer meiner Schwester.

Ich kam schlitternd zum Stehen, sprang von Gladys' Sattel und duckte mich hinter die Friedhofsmauer. Wie sollte ich bloß an dem Mann vorbeikommen?

Es ist doch immer wieder staunenswert, auf welche Weise das menschliche Gehirn arbeitet.

Ich dachte an die Kirche, was mich wiederum an Kirchenlieder denken ließ, und schon hatte ich eine Eingebung – nämlich die Zeile: »*Gottes Wege sind unergründlich, er tut Wunder ohne Zahl.*« Lied 373.

Na klar doch!

Im Windschutz der Mauer sprossen schon die ersten Frühlingsblumen: Krokusse, Schneeglöckchen, Primeln, sogar ein Büschel Narzissen, deren Zwiebeln wahrscheinlich von irgendeinem Grab stammten, achtlos weggeworfen worden waren und hier Zuflucht zwischen den Steinen gefunden hatten.

Ich pflückte ein hübsches Sträußchen, das blau, gelb und weiß in der Morgensonne leuchtete. Als i-Tüpfelchen wickelte ich eines meiner weißen Haarbänder um die Stängel und band es zu einer kunstvollen Schleife.

So ausgerüstet, spazierte ich frech in Richtung Kirchentür.

»Blumenschmuck für den Altar!«, verkündete ich und hielt dem Sergeant im Vorbeigehen den Strauß unter die Nase.

Welcher Mann hätte es gewagt, sich mir in den Weg zu stellen?

Ich war schon fast unter dem Vordach, als der Sergeant den Mund aufmachte.

»Augenblick mal.«

Ich blieb stehen, drehte mich um und hob fragend die Augenbraue. »Was ist denn?«

Aber er sah auf einmal gar nicht mehr amtlich aus, sondern betrachtete wie beiläufig seine Fingernägel, als ginge es um nichts Wichtiges, eigentlich um gar nichts, höchstens um einen flüchtigen Einfall.

»Sag mal, stimmt es, was man sich über deine Schwester erzählt? Dass sie demnächst heiratet?«

»Wer hat Ihnen denn so was erzählt?«, fragte ich aufs Geratewohl zurück.

»Als Polizist hört man so einiges«, antwortete er kummervoll. Zum ersten Mal, seit ich ihn kannte, ließ ihn sein jungenhaftes Lächeln im Stich.

»Das ist bestimmt nur ein dummes Gerücht«, erwiderte ich rasch. Ich wollte nicht diejenige sein, die dem netten Sergeant das Herz brach.

Einen Augenblick standen wir einfach nur da und schauten einander an – von gleich zu gleich, von Mensch zu Mensch.

Dann wandte ich mich ab und betrat die Kirche.

Sonst hätte ich ihn womöglich noch in den Arm genommen.

Drinnen herrschte kühles Zwielicht und jene leicht beunruhigende Atmosphäre, die leere Kirchen so an sich haben – als würden die Seelen der Verstorbenen in der Krypta leise singen (oder vielleicht auch fluchen), aber immer ein wenig zu hoch oder zu tief, als dass wir Lebenden sie hören können.

Diesmal aber vernahm ich keinen Chor von Seelen. Eher einen Chor von Hornissen: ein An- und Abschwellen … welchen Ausdruck hatte Daffy neulich benutzt? Lamentieren? Ja, ein leises Lamentieren, wie das Heulen ferner Luftschutzsirenen, das ab und zu vom Wind fortgerissen wird.

Ich blieb reglos neben einer Säule stehen.

Das Geräusch dauerte an, wurde vom Deckengewölbe zurückgeworfen.

Ich sah niemanden. Ich machte einen Schritt, noch einen – dann traute ich mich weiterzugehen.

Kamen die Laute aus dem Orgelgehäuse? Hatte sich eine Pfeife verklemmt? Oder heulte der Wind durch irgendeine Öffnung?

Mir fiel wieder ein, dass ich mich immer noch nicht nach dem zerbrochenen Fenster umgeschaut hatte, durch das die Fledermaus hereingeflogen sein mochte.

Auf Zehenspitzen trippelte ich die teppichbespannten Stufen zum Altar empor. Hier wurde das Heulen lauter.

Wie eigenartig! Es kam mir vor … nein, es war tatsächlich eine Melodie! Ich erkannte sie sogar: »Im Staub, o Herr, wir vor dir knien.«

Feely hatte das Lied angestimmt, als sie vor ein paar Tagen Klavier geübt hatte.

»Im Staub, o Herr, wir vor dir knien.«

Ich hatte in unserer Eingangshalle gestanden und den ziemlich schaurigen Worten gelauscht:

»*Bei dem Seufzen des Verräters …*«

Feely hatte viel Gefühl in die Worte gelegt.

Solche Lieder werden heutzutage gar nicht mehr geschrieben, hatte ich gedacht.

Jetzt ging mir der unheimliche Text wieder durch den Kopf, während ich lautlos den Mittelgang entlanghuschte, mit offenen Augen und gespitzten Ohren auf der Suche nach dem Ursprung der gruseligen Klänge.

Eine Diele knarrte.

Es überrieselte mich kalt, und ich wandte langsam den Kopf.

Keiner da. Aber die Klänge verstummten jäh.

»Du da, Kleine!«

Ich fuhr herum.

Sie saß am Ende einer Kirchenbank, deren kunstvoll geschnitztes Seitenteil sie meinem Blick verborgen hatte, bis ich praktisch neben ihr stand. Riesige Glotzaugen starrten mich durch gewölbte Gläser an, in denen sich zu allem Überfluss die grellen Farben des Kirchenfensters mit dem abgeschlagenen Haupt Johannes des Täufers spiegelten.

Es war Miss Tanty.

»Du da, Kleine!«

Bis auf ihren gestärkten weißen Spitzendeckchen-Kragen war sie von Kopf bis Fuß in schwarzen Stoff gehüllt, als hätte sie ihr Kleid aus dem Tuch geschneidert, unter das der Fotograf den Kopf steckt, bevor er auf den Gummiball drückt.

»Was hast du hier zu suchen, Kleine?«

»Guten Morgen, Miss Tanty. Ich habe Sie gar nicht gesehen.«

Ihre Erwiderung bestand in einem abfälligen Schnauben.

»Erzähl mir nichts! Du hast rumgeschnüffelt.«

Unter normalen Umständen erlebte jemand, der so mit mir redete, den nächsten Sonnenaufgang nicht mehr. Zumindest in meiner Fantasie teilte ich Gift mit sehr lockerer Hand aus.

In diesem Fall jedoch beschloss ich, eine Ausnahme zu machen. Ich brauchte Informationen.

»Ich habe nicht rumgeschnüffelt, Miss Tanty. Ich bringe Blumen für den Altar.«

Ich hielt ihr den Strauß unter die Nase. Die Riesenbrille bewegte sich von einer Seite zur anderen, und die Augen dahinter musterten die Blüten und Stängel so misstrauisch, als handelte es sich um buntschuppige Schlangen.

»Hmpf«, machte sie schließlich. »Das sind Wildblumen. Wildblumen haben auf dem Altar nichts zu suchen. Das müsste ein Mädchen deiner Herkunft eigentlich wissen.«

Demnach wusste sie, wer ich war.

»Aber …«, sagte ich.

»Kein Aber! Ich organisiere den Altardienst, und es gehört zu meinen Aufgaben zu entscheiden, was sich schickt und was nicht. Gib mir die Blumen, dann werfe ich sie nachher, wenn ich wieder gehe, zum Abfall.«

Ich versteckte den Strauß hinter meinem Rücken. »Ich habe Sie singen hören. Es hat sich sehr schön angehört, mit dem Echo hier drin.«

Eigentlich hatte es überhaupt nicht schön geklungen. »Schauerlich« hätte es besser getroffen. Aber wie lautete doch Regel 9B? Wenn es kritisch wird, wechsle das Thema.

»Im Staub, o Herr, wir vor dir knien«, fuhr ich fort. »Eins meiner Lieblingslieder. Ich habe die Melodie sogar ohne den Text erkannt. Sie haben eine hinreißende Stimme, Miss Tanty. Wahrscheinlich bekommen Sie ständig Anfragen, weil jemand Schallplattenaufnahmen mit Ihnen machen will.«

Man spürte förmlich, wie sie auftaute. Im Handumdrehen stieg die Temperatur in der Kirche um mindestens 10 Grad Celsius (oder 283 Grad Kelvin).

Sie strich sich übers Haar.

Dann holte sie ohne Vorwarnung tief Luft, stemmte die Hände in die Hüften und schmetterte:

»Im Staub, o Herr, wir vor dir knien …«

Der durchdringenden Wirkung ihrer Stimme konnte man sich in der Tat nicht entziehen – sie ging einem buchstäblich durch Mark und Bein. Sie kam tief von innen heraus, wahrscheinlich aus der Gegend um ihre Nieren.

»Beim mächt'gen Stein vor deiner Gruft,
Bei deines Grabes kühler Luft …«

Ihr Gesang schlug wie feuchtwarme Wellen über mir zusammen. Sie sang alle fünf Strophen.

Und mit wie viel Gefühl! Als würde sie einen auf eine Führung durch ihr eigenes Leben mitnehmen.

Als sie geendet hatte, saß sie reglos da, wie von der eigenen Inbrunst überwältigt.

»Das war super, Miss Tanty!«, sagte ich, und zwar mit ehrlicher Überzeugung. Ich glaube nicht, dass sie mich hörte. Sie starrte zu Herodias und Salome empor, den beiden in Glas geätzten, triumphalen Frauengestalten.

»Miss Tanty?«

»Huch!«, machte sie erschrocken. »Ich war mit den Gedanken ganz woanders.«

»Das war großartig«, sagte ich, denn inzwischen hatte ich Zeit gehabt, nach einem kultivierteren Wort zu suchen.

Ihre vortretenden Augen schwenkten herum und richteten sich wie zwei Scheinwerfer auf mich. »Wie auch immer. Jetzt aber heraus mit der Wahrheit! Was führst du im Schilde?«

»Gar nichts. Ich wollte nur die Blumen hier …«, ich zog den Strauß wieder hinter dem Rücken hervor, »… auf den Altar stellen.«

»Und weiter?«

»Zum Gedenken an den armen Mr. Collicutt.«

Ihr entfuhr ein leises Zischen.

»Gib her!«, stieß sie heiser hervor und riss mir die Blumen blitzschnell aus der Hand.

»Du vergeudest deine Krokusse bloß.«

9

R*umms!*

Ein Kanonenschuss hallte durch die Kirche.

Miss Tanty und ich wechselten einen erstaunten Blick, dann drehten wir uns gleichzeitig um.

Die schwere eichene Kirchentür mit ihren genagelten Eisenbeschlägen war zugeknallt. Ein Schemen huschte durch das dunkle Kirchenschiff.

»Ist da wer?«, rief Miss Tanty energisch.

Keine Antwort. Aber zwischen den hinteren Bankreihen hörte man es aufgeregt tuscheln.

»Wer ist da? Komm raus, aber sofort!«

»Die Schalen des Zorns. Das Blut des Toten!«

Das unheimliche Geflüster wurde durch die hohen Fenster und Wände verstärkt.

»Tritt ins Licht!«, befahl Miss Tanty, als eine Art Lumpenbündel den Mittelgang zwischen den Sitzreihen entlangwankte.

»Denn sie haben das Blut der Heiligen und der Propheten vergossen, und Blut hast du ihnen zu trinken gegeben!«

»Das ist doch Meg aus Gibbet Wood!«, sagte ich.

Die verrückte Meg (in Miss Tantys Gegenwart scheute ich mich, ihren Spitznamen zu benutzen) lebte in einer Hütte im Wald auf dem Gibbet Hill, unweit der verfallenen Überreste des Galgens aus dem 18. Jahrhundert, nach dem Hügel und Wald benannt waren.

»Du meinst die *verrückte* Meg!«, sagte Miss Tanty ungeniert. »Tritt ins Licht, Meg, damit wir dich sehen können.«

»Du hast Meg das Blut der Heiligen zu trinken gegeben«, verkündete Meg mit irrem, speichelfeuchtem Kichern.

»Papperlapapp!«, rief Miss Tanty. »Red kein dummes Zeug.«

Meg war am Ende einer Bankreihe angekommen, auf die ein wenig Licht fiel. Sie trug ein schwarzes, sackartiges Gewand, das eines von Miss Tantys abgelegten Kleidern hätte sein können. Als sie jetzt auf uns zugetappt kam, nickte sie heftig, sodass die rote Glaskirsche auf ihrem Blumentopfhut keck auf und ab tanzte. Mit dem krummen, schmutzigen Finger zeigte sie zum Dachstuhl hoch.

»Das Blut der Heiligen und Propheten!«, wiederholte sie und nickte eifrig, als wollte sie damit ihre Worte unterstreichen. Dabei glitt ihr Blick immer wieder zwischen Miss Tanty und mir hin und her, als wollte sie sich vergewissern, dass wir sie auch richtig verstanden hatten.

»Offenbarung des Johannes«, sagte Miss Tanty, »sechzehn.«

Meg machte ein verständnisloses Gesicht.

»Heilige und Propheten!«, wiederholte sie in vertraulichem Flüsterton. *»Blut!«*

Ihre hellen Augen traten beinahe so weit aus den Höhlen wie die von Miss Tanty.

Da flog plötzlich die Kirchentür auf, und in einer breiten Bahn aus gleißendem Tageslicht zeichneten sich zwei dunkle Umrisse ab. In dem einen erkannte ich den Vikar, der andere gehörte … Adam Sowerby! Den hatte ich ja beinahe vergessen!

Die beiden Männer kamen so lässig angeschlendert, als machten sie einen kleinen Spaziergang durch Wald und Feld.

»Nun«, sagte der Vikar, »wie schon der gute alte Sydney Smith ausgeführt hat – Bischöfe sprechen gern von ›*meinem* Bischofssitz, *meiner* Priesterschaft, *meiner* Diözese‹, als sei das alles genauso ihr Eigentum wie ihre Schweine und Hunde. Dabei vergessen sie gelegentlich, dass der Bischofssitz, die Priester und übrigens auch die Bischöfe selbst für das Wohl der Allgemeinheit da zu sein haben.«

»Ach, ja – der schikanierende Bischof und die schikanierten Priester«, warf Adam ein.

»Ganz recht. ›Ein getretener Dorfpfarrer spürt den Schmerz genauso wie ein Bischof, der von allen abgelehnt wird.‹ Es liegt auf der Hand, dass etwas geschehen muss.«

»Vielleicht ist ja bereits etwas geschehen.«

Der Vikar blieb wie angewurzelt stehen.

»Lieber Himmel! Daran hatte ich noch gar nicht gedacht.«

»Ich bis jetzt auch nicht«, sagte Adam.

»Hallihallo!«, setzte er hinzu, als er aufblickte und uns drei – Meg, Miss Tanty und mich – wie sitzengelassene Bräute vor dem Altar erblickte. »Wen haben wir denn da? Die drei Grazien, wenn ich mich nicht irre.«

Die drei Grazien? Welche mochte ich wohl darstellen: Liebreiz, Schönheit oder Schöpfergeist?

Und welche war dann Miss Tanty? Und welche die verrückte Meg?

»Tag, Meg«, sagte Adam. »Lange nicht gesehen.«

Meg vollführte einen tiefen Hofknicks, bei dem sie ihren Rock zu einem schwarzen Zelt ausbreitete und ihre gestreiften Strümpfe und die unglaublich abgewetzten, geschnürten Treter enthüllte.

»Sie kennen sich?«, entfuhr es mir unwillkürlich. Ich konnte einfach nicht glauben, dass ein gelehrter Herr und Wissenschaftler wie Adam Tradescant Sowerby, Mitglied der Königlichen Gartengesellschaft, Pflanzenarchäologe und was nicht alles, etwas mit der Verrückten aus dem Gibbet Wood zu tun hatte.

»Wir beide sind alte Bekannte, stimmt's, Meg?«, sagte Adam lächelnd und legte ihr die Hand auf das löchrige Schultertuch. »Und Kollegen sind wir auch. Ja, man könnte sogar sagen, wir sind Freunde.«

Meg verzog den Mund zu einem breiten Grinsen, das ich lieber nicht näher beschreiben möchte.

»Megs Rat hat mich bei mindestens einer Gelegenheit davor bewahrt, mich komplett zum pharmakologischen Narren zu machen.«

»Blut«, warf Meg liebenswürdig ein. *»Das Blut der Heiligen und der Propheten. Blut trinken.«* Dabei machte sie eine unbestimmte Gebärde in den Kirchenraum hinein.

»Und Sie müssen Miss Tanty sein«, fuhr Adam fort. »Über Sie hört man ja allerorten wahre Lobgesänge, weil Sie dem Altardienst neues Leben eingehaucht haben.«

Miss Tanty setzte ein gekünsteltes Lächeln auf, das fast noch schauerlicher als Megs Grinsen war.

»Man tut, was man kann.« Sie richtete sich hoch auf und sah den Vikar an. Ich fürchtete schon, ihr lodernder Blick, durch die flaschenbodendicke Brille gebündelt, würde den Ärmsten wie einen Käfer unter dem Brennglas zusammenschrumpfen lassen.

»Ja, man tut sein Bestes, trotz allem, was …«

»Ach du meine Güte!«, rief der Vikar aus und schaute auf die Armbanduhr. »So spät schon! Wo rennt die Zeit bloß immer hin? Cynthia wartet bestimmt schon auf meinen Beitrag zum Kirchenblatt. Seit uns der Bischof als Ersatz für unseren Hektografen, der sich in den Ruhestand verabschiedet hat, seinen ausgedienten Matrizendrucker gespendet hat, entwickelt sich meine Gattin zur reinsten Kassandra.«

Kassandra? War das eine unbeabsichtigte Anspielung auf den Geist von Cassandra Cottlestone, dessen plötzliches Auftauchen womöglich für Cynthias Nervenzusammenbruch verantwortlich war? Die einzige andere Cassandra, die mir einfiel, war das Pseudonym eines gewissen William Soundso, mit dem er seine bisweilen skandalträchtige Kolumne im *Daily Mirror* unterzeichnete.

»Es ist nämlich wie bei der *Times*«, fuhr der Vikar fort,

»Cynthias Seiten werden stets vor Mitternacht zu Bett gebracht.«

Ich traute meinen Ohren nicht! Was redete der Mann da für einen Unsinn?

»›Quer durch des Vikars Gemüsebeet‹ habe ich meinen Beitrag getauft. Da hat die Gemeinde dann die Woche über dran zu knabbern, haha! Ich dachte mir, mit Ungezwungenheit richtet man manchmal mehr aus als mit … ach herrje! Cynthia wird mich tüchtig ausschimpfen!«

Ausschimpfen?

Das Letzte, was ich über Cynthia Richardson gehört hatte, war, dass ihr Dr. Darby eine Beruhigungsspritze geben musste, weil der Geist von Cassandra Cottlestone sie zu Tode erschreckt hatte.

Entweder war das nur der übliche Dorfklatsch gewesen, oder der Vikar wollte ihren Zustand vertuschen. Cynthia konnte ja wohl kaum von Chloralhydrat benebelt sein und gleichzeitig das Kirchenblatt durch den Matrizendrucker nudeln. Das war chemisch betrachtet reiner Blödsinn.

»Ich hätte gedacht, dass Sie einen Nachruf auf Mr. Collicutt bringen«, sagte Miss Tanty mit einem scheelen Seitenblick in Richtung des Vikars.

Wie bitte?

Vorhin hatte sie mich noch ermahnt, meine Blumen nicht zu vergeuden, und jetzt flehte sie praktisch auf Knien darum, dass Mr. Collicutt eine fette Schlagzeile im Kirchenblatt bekam?

Verstehe einer die Erwachsenen!

Ich muss allerdings zugeben, dass ich selbst schon fast nicht mehr an Mr. Collicutt gedacht hatte. Als Entdeckerin seiner Leiche fühlte ich mich ihm gegenüber zwar irgendwie verpflichtet, aber unter den gegebenen Umständen kam ich einfach nicht dazu, mich ausführlicher mit ihm zu befassen.

Wenn ich wieder zu Hause war, würde ich in meinem Notizbuch eine neue Seite aufschlagen und das Für und Wider des verstorbenen Mr. C. auflisten. Zunächst einmal musste ich jedoch Miss Tanty aushorchen. Schließlich war sie diejenige, die zuletzt mit dem Toten verabredet gewesen war.

Ich würde ihr bestimmt genug Tratsch entlocken können, dass es auch den abgebrühtesten Londoner Klatschreporter schockiert hätte! Aber dafür musste ich sie erst einmal von Adam und dem Vikar weglocken.

»Tja, also …«, wandte sich der Vikar an Miss Tanty, »Sie müssen mich jetzt wirklich entschuldigen.« Damit drehte er sich um und ging langsam in Richtung Tür.

Vor meinem geistigen Auge erschien das Bild eines müden Feldarbeiters, der sich auf den beschwerlichen Heimweg machte.

»Sowerby! Blut!«, rief Meg. Während die anderen noch schwatzten, hatte sie sich wieder zwischen die dunklen Bankreihen geduckt und winkte uns jetzt mit ungewaschenem Zeigefinger heran.

Adam ging zu ihr, und ich folgte ihm. Miss Tanty schloss sich uns an.

Auch der Vikar blieb stehen und drehte sich um.

Nie werde ich diesen Augenblick vergessen. Er ist mir so unauslöschlich im Gedächtnis wie das Bild auf einer heiß geliebten Weihnachtskarte: Wir drei – Adam, Miss Tanty und ich – beugen uns wie die Heiligen Drei Könige vor einer geschnitzten Krippe über die am Boden kauernde Meg, während der Vikar im fernen Feld des Mittelgangs über seine nächtliche Herde wacht.

»Blut!«, wiederholte Meg und blickte Bestätigung heischend zu uns auf, während sie den Finger auf den Boden stieß.

Auf den Steinfliesen vor ihren Füßen war eine rote Pfütze.

»Das Blut der Heiligen und Propheten«, sagte sie auf einmal ganz sachlich.

In meiner Erinnerung stehen wir alle wie versteinert da, obwohl wir uns garantiert die Hälse verrenkt und gedrängelt haben, um besser sehen zu können.

Meg wiederum hockt, da sie uns endlich überzeugt hat, zufrieden neben der Pfütze und blickt zu unseren bestürzten Gesichtern empor.

»Zum Trinken«, fügt sie erklärend an.

Ein Sonnenstrahl kämpft sich durch das Buntglas und lässt die Pfütze aufleuchten.

Ein neuer Tropfen fällt herab, landet mit einem hörbaren *Plopp* und erzeugt winzige, kreisrunde Wellen auf der roten Oberfläche.

Meg weist mit dem knochigen Finger nach oben zum Dachstuhl, dessen dunkle Balken wie die Dielen des Paradieses über unseren Köpfen schweben.

Das geschnitzte Antlitz des heiligen Tankred schaut auf uns herunter, und der nächste rote Tropfen fällt in unsere Mitte.

Und der nächste.

»Alter Mann weint«, sagt Meg schlicht.

10

Seltsamerweise war Miss Tanty die Erste, die wieder zur Besinnung kam. Für ihr Alter erstaunlich gelenkig, kniete sie sich hin und tunkte den Zeigefinger in die rote Flüssigkeit.

Dann bekreuzigte sie sich, berührte mit dem Finger erst die Stirn und dann die Brust. *Der rote Fleck auf dem Kragen geht bestimmt nicht mehr raus,* schoss es mir durch den Kopf.

»Vergib mir, o Herr«, sagte sie, faltete die Hände unter dem Kinn und starrte wieder wie verzückt zu dem bunten Kaleidoskop hinauf, aus dem sich das Haupt Johannes des Täufers zusammensetzte.

Adam holte ein weißes Stofftaschentuch aus der Jackentasche und tauchte einen Zipfel in die rubinrote Flüssigkeit. Nachdem er sich den getränkten Zipfel erst ausgiebig betrachtet hatte, streckte er die Zungenspitze heraus und leckte vorsichtig daran.

Warum nicht?, dachte ich. *Wenn schon alle anderen davon kosten …*

Ich griff nach meinem noch unversehrten Zopf, löste die Schleife und tauchte sie im selben Augenblick in die sich ausbreitende Pfütze, als der nächste Tropfen vom Gesicht des Heiligen herabfiel.

Adam fing meinen Blick auf. Seine Miene verriet alles und nichts, sie war wie ein unsichtbares Augenzwinkern.

Ich glaube nicht, dass der Vikar irgendetwas von all dem mitbekam. Er brauchte ewig, um sich umständlich seitwärts durch die lange Bankreihe zu schieben, aber schließlich stand er zwischen Adam und mir und betrachtete wortlos die blutige Bescherung auf dem Boden.

Was soll ich jetzt damit machen?, muss er gedacht haben. *Wen verständigt man, wenn ein geschnitzter Heiliger in einer abgelegenen Dorfkirche auf einmal blutige Tränen weint? Die Polizei? Den Erzbischof? Oder die Sensationspresse?*

»Flavia, sei so gut«, sagte er und legte mir die zitternde Hand auf die Schulter, »lauf doch bitte nach draußen und hol Sergeant Graves, ja?«

Mein Gesicht wurde schlagartig glühend heiß, und in meinem Kopf staute sich ein Druck auf wie in einem Vulkankrater kurz vor dem Ausbrechen.

Warum taten mir die Leute das immer wieder an? Warum kommandierten sie mich herum, als wäre ich so etwas wie eine Kammerzofe für besondere Notfälle?

Ich zählte bis elf. Nein, bis zwölf.

»Mach ich, Herr Vikar«, sagte ich dann und verkniff mir den Rest. Erst als ich schon fast draußen war, setzte ich mit gesenkter Stimme hinzu: »Und wenn ich schon unterwegs bin, soll ich Ihnen dann gleich noch eine Tasse Tee und einen Keks mitbringen?«

Sergeant Graves war nirgends zu sehen. Auch der blaue Vauxhall war verschwunden, was darauf hindeutete, dass die Polizei alles erledigt hatte, was sie erledigen wollte.

Also darum hatte mich der Sergeant in die Kirche gelassen! Die List mit den »Blumen für den Altar« hätte ich mir sparen können. Auch Meg war ungehindert hereingekommen und hatte sogar die Tür zugeschlagen, ohne dass irgendein Dorfpolizist auch nur die Stirn gerunzelt hätte.

Ich hätte es mir denken können. Die Beamten waren schon im Abrücken begriffen gewesen, und jetzt waren sie weg.

Eigentlich auch wieder schade. Offen gestanden hatte ich mich schon darauf gefreut, meine alte Bekanntschaft mit Inspektor Hewitt zu erneuern. Der Inspektor und ich unterhielten derzeit eine sozusagen lauwarme Beziehung (nicht vergessen: Herkunft des Wörtchens »lau« nachschlagen. Biblisch vielleicht?). Zu den besten Stellen in der Bibel gehört meiner Meinung nach jene aus der Offenbarung: *Weil du aber lau bist und weder warm noch kalt, werde ich dich ausspeien aus meinem Munde.* Ob meine Beziehung zu dem Inspektor gerade warm oder kalt war, hing jeweils von Antigone ab, der anbetungswürdigen Frau des Inspektors. Noch hatte ich nicht alle Mechanismen unserer recht wackligen Dreiecksbeziehung ausgelotet, aber das lag bestimmt nicht daran, dass ich es nicht versucht hätte.

Nicht nur einmal hatte ich die Nähe dieser warmherzigen und zugleich unterkühlten Göttin gesucht, in der Hoffnung, sie würde …

Ja, was eigentlich? Mir schwören, dass sie meine allerbeste Freundin und innigste Vertraute sein würde, bis ans Ende der Welt und aller Tage, Amen?

Irgendwie schon. Leider hatte es nie geklappt.

Stattdessen war ich knöcheltief ins Fettnäpfchen getreten, als ich sie gefragt hatte, ob sie sich mit dem Gehalt des Inspektors keine Kinder leisten konnten. So liebenswürdig sie auch reagiert hatte, ich hatte genau gespürt, dass ich sie verletzt hatte.

Obwohl ich mich nur ungern entschuldigte, hatte ich mir alle Mühe gegeben, aber ihre toten Babys hatten mich noch wochenlang im Traum verfolgt.

Wie sie wohl ausgesehen hatten? Hatten sie dunkles Haar gehabt wie Antigone oder helles, welliges wie der Inspektor? Waren es Jungen oder Mädchen gewesen? Hatten sie gelächelt und mit den Beinchen gestrampelt, wenn Antigone mit ihnen geschmust hatte? Welche Kosenamen hatte sie ihnen ins Ohr geflüstert und auf welche offiziellen Namen waren sie getauft worden, bevor sie beerdigt wurden?

Ich kam zu dem Schluss, dass Mutterschaft ein schweres

Geschäft sein konnte, dessen Bürde man obendrein mit niemandem richtig teilen konnte. Trotz ihrer sanften Erscheinung hatte die Frau des Inspektors eine verborgene Seite, die ich niemals kennenlernen würde.

Vielleicht war das ja bei allen Müttern so.

Ich dachte noch darüber nach, als ein schwarzer Hillman von der Hauptstraße auf den Weg zur Kirche einbog, der eigentlich für Automobile gesperrt war. Ich erkannte den Fahrer auf Anhieb. Es war Marmaduke Parr, der Sekretär des Bischofs.

Der Wagen war so blitzsauber, dass sich Mr. Parrs Hinterkopf mit der dichten weißen Mähne in dem polierten Lack spiegelte, als er ausstieg.

»Guten Morgen, Mr. Parr.« Instinktiv beschloss ich, ihn am Betreten der Kirche zu hindern. Der Vikar hatte auch so schon genug Scherereien. Da musste ihm nicht auch noch ein kleinkarierter Bürokrat aus der bischöflichen Verwaltung sein Wunder vermasseln.

Ein geschnitzter Heiliger, der blutige Tränen weinte, würde den chronischen Geldproblemen von St. Tankred ein für alle Mal ein Ende bereiten. Man würde nicht mehr, wie seit nunmehr fünfzig Jahren, für die Dachreparatur sammeln müssen, und vielleicht würden auch die ständigen Konzerte, Sommerfeste und Tombolas schon bald der Vergangenheit angehören.

»*Hochwürden* Parr«, wies er mich zurecht, statt meine Begrüßung zu erwidern. »Oder *Pater* Parr, wenn dir das lieber ist.«

Der Mann nahm den Mund eindeutig zu voll. Er war sich offenkundig nicht darüber im Klaren, dass wir de Luces praktisch schon seit der Auferstehung Jesu römisch-katholisch waren und von Kirchenglocken, Gesangbüchern und Kerzen nie genug bekommen konnten. Nur weil der Vikar einer von Vaters wenigen Freunden war, nahmen wir überhaupt an den anglikanischen Gottesdiensten in St. Tankred teil.

Marmaduke Parr machte ein ungeduldiges Gesicht, als konnte er es kaum erwarten, noch mehr Leute mit seiner Anwesenheit zu tyrannisieren. »Schönen Tag dann«, sagte er knapp und strebte mit langen Schritten der Kirchentür entgegen.

»Wenn ich Sie wäre, würde ich da nicht reingehen!«, rief ich ihm fröhlich nach. »Da drin ist nämlich ein Mord passiert. Die Kirche ist jetzt ein Tatort. Betreten verboten.«

Ich benutzte Sergeant Woolmers Formulierung, erwähnte allerdings mit keiner Silbe, dass das Verbot schon wieder aufgehoben war.

Parr machte kehrt. Sein Gesicht und seine Augen sahen blasser aus als je zuvor.

»Was soll das heißen?«

»Dass – in – der – Krypta – jemand – umgebracht – wurde.« Ich sprach extra langsam und deutlich.

»Und zwar wer?«

»Mr. Collicutt«, antwortete ich in bedeutungsvollem Flüsterton. »Der Organist.«

»Collicutt? Ausgeschlossen! Der ist doch gerade erst …«

»Ja?« Ich wartete gespannt.

»Collicutt? Bist du sicher?«

»Todsicher. In ganz Bishop's Lacey spricht man über nichts anderes.«

Das war zwar übertrieben, aber es schadet nie, wenn man dort, wo es angebracht ist, ein bisschen Angst verbreitet.

»Grundgütiger«, sagte Parr. »Hoffentlich nicht. Hoffentlich nicht.«

Na also. So kamen wir doch allmählich weiter.

»Kann ich Ihnen vielleicht irgendwie behilflich sein?«, fragte ich zuvorkommend. »Ich wollte mich eigentlich freiwillig zur Ausgrabung des heiligen Tankred melden, Knochen sortieren und so weiter, aber das hat sich jetzt ja wohl erledigt.«

»Allerdings!« Sein Gesicht wechselte jäh die Farbe, von Käseweiß zu Rote Bete. »Das wäre eine Entweihung! Wer den ewigen Schlaf des Gerechten schläft, darf nicht zum Amüsement irgendwelcher beschränkter Dörfler in seiner Grabesruhe gestört werden.«

Beschränkte Dörfler? Dem würde ich's zeigen!

»Ich habe schon gehört, dass Sie die Sache abgesagt haben.«

»Der Bischof persönlich hat die Exhumierung abgesagt.« Er richtete sich zu seiner vollen Größe auf, die nicht unbeträchtlich war – geradeso, als hätte er selbst eine Bischofsmütze auf dem Kopf und einen Bischofsstab in der Hand.

»Und nicht nur der Bischof«, setzte er noch eins drauf. »Der Justiziar des Bischofs ist ebenfalls strikt dagegen. Er hat den Dispens zurückgenommen und die Exhumierung verboten. Die Archäologen mussten wieder abziehen.«

»Verboten?«

»*Strikt* verboten!« Es klang so endgültig, als spräche er vom Jüngsten Gericht.

»Und wer ist der Justiziar des Bischofs?«

»Mr. Ridley-Smith, der Richter.«

Cassandra Cottlestones Vater war ebenfalls Richter gewesen. Kraft seines hohen Amtes hatte er erwirkt, dass seine selbstmörderische Tochter schließlich doch noch in geweihter Erde ruhen durfte.

»Von den Ridley-Smiths aus Bogmore Hall?«, vergewisserte ich mich.

Jeder in unserer Gegend kannte die Ridley-Smiths aus Bogmore Hall. Ihr Anwesen befand sich drüben in Nether-Wolsey. Die unzähligen Geschichten über die Familie hatte man sich einst hinter bemalten Fächern zugeraunt, inzwischen wurden sie bei Tee und Zigaretten in der ABC-Teestube durchgehechelt.

Feelys Freundin Sheila Foster beispielsweise hatte mal erzählt, Lionel Ridley-Smith sei davon überzeugt, dass er aus

Glas bestünde. Und das Lieblingskrokodil seiner Schwester Anthea habe ein Zimmermädchen gefressen.

»Das war allerdings noch vor dem Ersten Weltkrieg, als Zimmermädchen dichter gesät waren als heutzutage«, hatte Sheila gemeint.

Und hatte nicht Miss Pickery, unsere Bibliothekarin, eine Schwester namens Hetty, die mit ihrem Mann in Nether-Wolsey wohnte?

Hetty hatte einen, wie sich Miss Pickerys Vorgängerin, Miss Mountjoy, ausgedrückt hatte, »tragischen Nähmaschinenunfall« erlitten. Und was hatte Miss Cool vom Süßwarenladen doch gleich über die geheimnisumwitterte, abwesende Hetty gesagt?

»... die Nähmaschine, die Nadel, der Finger, die Zwillinge, der launische Ehemann, der Alkohol, die Rechnungen ...«, hatte sie meinen Informationsschatz ergänzt.

Das war jetzt zwar schon ein knappes Jahr her, aber womöglich suchte Hetty inzwischen dringender denn je einen Babysitter für ihre Zwillinge.

»Ganz recht«, bestätigte Marmaduke Parr überheblich. »Die Ridley-Smiths aus Bogmore Hall.«

Und schneller als man »Transsubstantiationsverleugner« sagen kann, flogen Gladys und ich bereits über den schmalen Asphaltstreifen, der nach Nether-Wolsey führte.

Ich war zum Äußersten entschlossen. Ich würde dafür sorgen – ob mit ehrlichen oder unehrlichen Mitteln –, dass der Richter seine Worte zurücknahm. »Strikt verboten« – also da hörte sich doch alles auf!

Südwestlich von Buckshaw kam man an eine Kreuzung. Links führte ein besserer Feldweg über Nether-Lacey nach Doddingsley, rechts ging es nach St. Elfrieda. Hinter St. Elfrieda, noch etwas weiter im Süden, lag Nether-Wolsey.

Schon beim Heranfahren fiel mir auf, dass es nicht eben das

hübscheste Dorf von ganz England war. Eher im Gegenteil. Sogar die Bäume sahen irgendwie müde aus.

Das auffälligste Gebäude war eine alte, zwischen Reihenhäusern eingeklemmte Metzgerei, deren grau verwitterte Bretterwände wie hölzerne Vorhänge durchhingen und dem Ganzen die ungesunde Blässe von Untoten verliehen. In dem mit toten Fliegen dekorierten Schaufenster hing eine seltsame Ansammlung von Würsten, die zu Ringen und Schleifen zusammengebunden waren. Erst auf den dritten Blick erkannte ich, dass sie geschmackloserweise das Wort *Wurst* bildeten.

Als ich die Tür öffnete, bimmelte eine Glocke, dann senkte sich, abgesehen vom Summen einer einsamen Fliege im Schaufenster, wieder Stille über den Laden.

»Hallo?«, rief ich.

Die Fliege summte weiter.

Im hinteren Teil des schlauchförmigen Raumes lagen hinter einer langen Glastheke mehrere rohe Fleischstücke, eine gruselige Auslage in Rot, Weiß und Blau, bei deren Anblick sich mein Magen zusammenkrampfte.

Hinter der Theke klemmte in einem verschnörkelten schmiedeeisernen Gestell eine Rolle rosafarbenes Metzgerpapier. An der Decke hing ein kleiner Drahtkäfig, von dem eine dicke Schnur herabbaumelte.

Ganz hinten in der Ecke stand ein blutbefleckter Hackklotz, die offene Tür daneben führte anscheinend in den Hinterhof.

»Hallo?«, rief ich noch einmal.

Keine Antwort.

Ich schob mich um den Tresen herum und streckte den Kopf durch die Tür.

Überall im Garten lagen leere Holzkisten herum. Ein rötlich verfärbter Baumstumpf diente offensichtlich als zusätzlicher Hackklotz, dessen Opfer sich aus den Hühnerställen dahinter rekrutierten.

Während ich noch unschlüssig dastand, trat eine kleine Frau

in Rock und Bluse aus dem größten Hühnerstall. Sie trug ein Tuch um den Kopf und hielt eine große braune Henne an den Beinen.

Der Vogel hing zappelnd mit dem Kopf nach unten und flatterte verzweifelt mit den kurzen Flügeln.

Die Frau legte ihn mit dem Hals auf den Hackklotz, griff nach dem Beil ... und sah mich in der offenen Tür stehen.

»Komme gleich«, sagte sie. »Geh wieder rein.«

Ihr dürrer, nackter Arm holte mit der blitzenden Klinge aus.

»Nicht!«, hörte ich mich sagen. »Bitte ...«

Die Frau blickte auf, die Axt noch erhoben.

»Ich möchte das Huhn kaufen, aber bitte lebendig.«

Was in aller Welt war in mich gefahren? Tote Menschen machten mir überhaupt nichts aus – ehrlich gesagt, fand ich sie eher spannend –, aber ich konnte den Gedanken nicht ertragen, dass anderen Lebewesen etwas angetan wurde.

Dabei war es noch nicht allzu lange her, dass mich in unserem Dorf ein tobsüchtiger Hahn angefallen hatte, doch trotz dieses blutigen Zusammenstoßes verspürte ich in diesem Augenblick den Wunsch, meine schützenden Flügel über alle Hühner dieser Welt zu breiten. Ein äußerst befremdliches Gefühl.

»Lebendig ...«, wiederholte ich. In meinem Kopf drehte sich alles wie ein riesiger Kreisel.

Die Frau legte das Beil weg und ließ das Huhn los. Es flog – es flog tatsächlich! – quer über den Hof, brachte eine halbwegs geglückte Landung zustande und pickte dann in der festgetretenen Erde herum, als sei überhaupt nichts vorgefallen. Dieses Huhn würde auch morgen noch fröhlich gackern.

Ich hatte zum allerersten Mal jemandem das Leben gerettet.

Gibt es für Hühner ein Leben nach dem Tod?, überlegte ich. In Anbetracht der Axt, des anschließenden Rupfens, des Überbrühens, des Backofens und unserer gierig knabbernden Zähne beim Sonntagsmahl eher unwahrscheinlich.

Trotzdem … vielleicht gab es irgendwo hinter dem blauen Himmel dort oben ja doch eine himmlische Hühnerstange.

»Ich bin leider ohne mein Portemonnaie aus dem Haus gegangen«, sagte ich. »Ich bringe Ihnen das Geld demnächst vorbei.«

»Du bist wohl nicht von hier, was?«

»Nein, aber unser Dorf liegt ganz in der Nähe.« Ich deutete unbestimmt nach Norden.

»Hab ich dich nicht schon mal gesehen?« Sie beugte sich vor und schaute mir ins Gesicht.

Plötzlich hatte ich eine geradezu geniale Eingebung: *Sag einfach die Wahrheit!* Ja, ich würde die Wahrheit sagen. Was konnte schon passieren?

»Kann gut sein. Ich heiße Flavia de Luce.«

»Ich hätt's mir denken können. Diese blauen Augen und …«

Sie verstummte, als sei sie mit voller Wucht vor eine Mauer gelaufen.

»Und?«

»Wir haben früher Geflügel nach Buckshaw geliefert«, sagte sie langsam. »An Mrs. Mullet. Aber die ist bestimmt längst nicht mehr da.«

»Doch, sie arbeitet immer noch bei uns.«

Mit kaum merklicher Verzögerung setzte ich hinzu: »Zum Glück.«

»Aber das ist schon viele Jahre her«, fuhr die Frau fort. »Viele Jahre. Das war noch, bevor … Und was führt dich zu uns nach Nether-Wolsey?«

»Ich suche eine Frau namens Hetty. Wie sie mit Nachnamen heißt, weiß ich nicht, aber sie ist …«

»… Patsy Pickerys Schwester.«

Patsy? Hieß Miss Pickery wirklich »Patsy« mit Vornamen?

Ich musste mich schwer beherrschen, um nicht laut loszuprusten.

»Ja«, sagte ich. »Genau die. Patsy Pickerys Schwester.«

Ich ließ mir den Namen auf der Zunge zergehen, die Silben fröhlich über meine Zungenspitze hüpfen: »Pat-sy Pick-erys Schwes-ter.«

»Die ist weg«, lautete die Antwort. »Und die Kinder auch. Sie hat gleich gegenüber gewohnt, neben der Tankstelle. Aber Rory hat sie einmal zu oft mit dem Gürtel verdroschen, da hat sie die Kinder geschnappt und … Was wolltest du denn von ihr?«

»Ich wollte sie etwas fragen.«

»Vielleicht kann ich dir ja weiterhelfen.«

»Es geht um Bogmore Hall.« Das Gesicht der Frau verschloss sich, noch ehe ich den Satz beendet hatte.

»Bleib da bloß weg!«, raunte sie warnend. »Das ist kein Ort für jemanden wie dich.«

Jemanden wie mich? Wie meinte sie das?

»Ich muss unbedingt mit Mr. Ridley-Smith sprechen, dem Richter.«

»Hast wohl was ausgefressen, hä?« Sie kniff wie Popeye ein Auge zu.

»Eigentlich nicht.«

»Ist ja auch egal. Jedenfalls würd ich an deiner Stelle da wegbleiben. In Bogmore Hall geht's nicht mit rechten Dingen zu, wenn du mich fragst.« Sie tippte sich an die Stirn.

»Sie meinen die Ridley-Smiths? Das Krokodil? Oder den Mann aus Glas?«

»Aus Glas, von wegen! Jetzt hör mir mal gut zu. Es gibt Dinge, die sind schlimmer als Glas und Krokodile. Bleib bloß dort weg!« Und dabei zeigte sie nach Südwesten.

»Alles klar«, sagte ich. »Vielen Dank. Mach ich.«

Als ich mich umdrehte und wieder in den Laden ging, folgte sie mir.

»Und wegen dem Huhn komme ich so schnell wie möglich wieder«, sagte ich über die Schulter.

Ich war schon draußen auf der Straße und hatte den Fuß

auf Gladys' Pedal gesetzt, da kam die Frau mit einer Kiste aus dem Laden gerannt. Durch die Latten sah ich, wie die braune Henne panisch den Hals nach allen Richtungen drehte und mit gelben Augen angstvoll in die ungewohnt weite Welt schaute.

»Sie heißt Esmeralda.« Die Frau band die Kiste flink auf Gladys' Gepäckträger fest.

»Das Geld …«, setzte ich an.

Doch sie war schon wieder nach drinnen verschwunden und hatte die Tür hinter sich zugeschlagen.

Südlich von Nether-Wolsey ging es sanft bergab. Nach Westen führte eine weitere Straße zu einer steilen Anhöhe hinauf, die wie eine dunkle Augenbraue über dem Dorf brütete. Es hätte gut und gern eine alte Hügelfestung sein können.

In diese Richtung hatte die Frau gezeigt, als sie mich vor Bogmore Hall gewarnt hatte. Es konnte nicht mehr weit bis dorthin sein.

Also auf nach Westen!

Nach einer Weile ging die immer steiler ansteigende Straße in einen Schotterweg über. Sogar im ersten Gang schwankte Gladys bedenklich. Ich stieg ab und schob.

Es ging durch einen Hohlweg, der in eine flache Anhöhe mündete. Bei dem wuchtigen alten Kasten vor mir konnte es sich nur um Bogmore Hall handeln. Mit seinen kreuz und quer aufragenden spitzen Giebeln erinnerte das Gebäude an ein Bündel alter Lanzen, die achtlos mit den Spitzen nach oben in einen riesigen Schirmständer gerammt worden waren.

Vom Rest der Welt abgeschnitten, stand das Haus in einem Meer aus wild wucherndem Gras, aus dem bemooste Steinbrocken ragten, die einst Putten und Nymphen auf Urnen und Brunnen gewesen sein mochten. Ein dralles weißes Ärmchen reckte sich aus der Erde, als wollte sich ein totes Baby aus seinem Grab befreien.

Vorhanglose Fenster starrten mich mit leerem Blick an, und mich beschlich die ungute Vorstellung, dass ich nicht nur von den Glasscheiben beobachtet wurde. Als Türschwelle diente ein ausgetretener Steinquader. Das ganze Gebäude wirkte so, als hätte man in einem vergangenen Jahrhundert mit der Renovierung begonnen und dann einfach wieder aufgehört.

Ein sonderbarer Wohnsitz für einen Richter.

Ich lehnte Gladys an ein bröckelndes Steingeländer und zog an der rostigen Klingel. Es war zwar nichts zu hören, aber ich war mir sicher, dass es in den Tiefen des Hauses läutete.

Natürlich öffnete niemand.

Ich klingelte noch einmal … zweimal … dreimal.

Auch als ich das Ohr an die Tür legte, blieb es drinnen totenstill. Trotzdem blieb das unangenehme Gefühl, beobachtet zu werden.

Ich drehte dem Haus den Rücken zu und schlenderte lässig auf den ehemaligen Rasen des Vorgartens, von dem nur ein Haufen mit Unkraut überwachsener Erdklumpen übrig war. Mit der Hand über den Augen tat ich so, als ließe ich den Blick über die Landschaft wandern, denn von hier oben hatte man wirklich eine wunderschöne Aussicht.

Dann drehte ich mich blitzschnell um.

Ein weißes Gesicht wich von einem Fenster im ersten Stock zurück.

Ich betätigte abermals die Klingel, diesmal energischer. Wieder rührte sich nichts.

Ich drückte die Klinke herunter, aber die Tür war abgeschlossen.

Um von drinnen nicht gesehen zu werden, schob ich mich Schritt für Schritt mit dem Rücken zur Hauswand bis zur Küchentür auf der Rückseite des Gebäudes. »Da liegt immer ein Schlüssel unter der Matte«, hatte mir Mrs. Mullet schon oft gesagt.

Sie irrte sich. Der Schlüssel lag nicht unter der Matte, aber dafür unter einem angeschlagenen Blumentopf keinen Meter von der Tür weg.

Noch nie war ich so dankbar dafür gewesen, dass mir Dogger so viel über Türschlösser beigebracht hatte!

Es handelte sich nicht um den üblichen langen Haustürschlüssel mit großem Bart, sondern um einen modernen Sicherheitsschlüssel. Wer immer dieses Schloss eingebaut hatte, wollte ungebetene Besucher fernhalten.

Aber warum lag der Schlüssel dann einfach unter einem Blumentopf, wo ihn jeder an sich nehmen konnte?

Ich schob ihn geräuschlos ins Schloss, drehte ihn um und schlüpfte ins Haus.

Die Küche war ein düsteres Gelass, in das nur aus einem einzigen, hoch oben angebrachten Fenster spärliches Licht fiel. Mit ihrem grauen Schieferboden erinnerte sie an eine Gefängniszelle.

Im Herd brannte kein Wärme und Behaglichkeit spendendes Feuer. Es war so kalt und klamm, dass ich fröstelnd die Strickjacke um mich zog.

Eine breite Tür, die offensichtlich dazu gedacht war, das benötigte Zeug für ganze Festgelage hindurchkarren zu können – Wildschweinköpfe und so weiter –, führte in einen kurzen Flur und dann, nach links, in ein Frühstückszimmer, in dem für zwei Leute schon teilweise gedeckt war: Messer, Gabeln, Löffel und Eierbecher. *Da ist wohl jemand schon für morgen gerüstet,* dachte ich.

Ich schlich weiter bis in die halbdunkle Eingangshalle: gesprungene Fliesen, dunkle Porträts miesepetriger alter Männer mit Richterperücken auf dem Kopf und ein schwacher Geruch nach Räucherhering. Eine Standuhr tickte zermürbend, als zählte sie die Sekunden bis zu einer Hinrichtung. Vielleicht der meinen.

Was, wenn mich hier jemand erwischte? Sollte ich behaupten, ich hätte aus einem der oberen Fenster Rauch dringen sehen? In diesem Fall hätte ich ja wohl eher die Bewohner warnen oder gleich draußen losschreien müssen.

Und wie war ich so schnell an den Schlüssel herangekommen?

Vielleicht musste ich ja dringend telefonieren. Vielleicht war mir beim Radfahren der Blutdruck weggesackt, sodass mir fürchterlich schwindelig war. Vielleicht brauchte ich ja dringend einen Arzt.

Eine Glocke schlug – dann noch eine! Die Töne hallten schauerlich in der weitläufigen Halle nach. Jetzt hatte ich tatsächlich Herzrasen. Hatte ich einen verborgenen Alarm ausgelöst? Was Einbrecher betraf, hatte so eine alteingesessene Richterfamilie bestimmt Vorkehrungen getroffen.

Aber nein, es war bloß die blöde Standuhr, die in der Ecke vor sich hingongte, um sich in dem leeren Haus die Zeit zu vertreiben.

Ich warf einen Blick in ein, zwei andere Zimmer, die alle ähnlich aussahen: hohe Decken, kahle Böden, so gut wie keine Möbel und die hohen, vorhanglosen Fenster, die mir schon von draußen aufgefallen waren.

Das ganze Erdgeschoss vermittelte den unmissverständlichen Eindruck, dass sich hier niemand aufhielt. Nach einer Weile ging ich so unbefangen umher, als sei ich hier zu Hause.

Billardzimmer, Tanzsaal, Salon, Bibliothek – allesamt so kalt wie längst verglommene Asche. In einem kleinen dunklen Arbeitszimmer stapelten sich Unterlagen und Akten bis unter die Decke. Die untersten Akten waren aus dickem Pergament, die oberen aus vergilbtem Papier.

Geologische Schichten fremder Leben …, ging es mir durch den Kopf, *die zu Stapeln getürmt auf den Richterspruch warten. Oder ihn bereits empfangen haben. In wie vielen dieser Millionen von Dokumenten mag wohl der Name de Luce mit Tinte auf den staubigen Seiten vermerkt stehen?*

Ich musste niesen. Eine Diele knarrte.

War da jemand?

Nein. Zumindest nicht in diesem Raum. Es war nur der Aktenstapel in der Ecke gewesen, der es sich noch etwas gemütlicher gemacht hatte.

Ich kehrte in die Eingangshalle zurück. *Im ganzen Haus ist es so still wie in einem Grab,* dachte ich schaudernd.

»Hallo?«, rief ich. Meine Stimme hallte wie in einer Höhle.

Ich spürte, dass niemand antworten würde, und so war es auch.

Trotzdem war jemand im Haus. Das bleiche Gesicht, das sich von dem Fenster im ersten Stock entfernt hatte, war ja wohl kaum meiner Fantasie entsprungen.

Vielleicht gehörte es einem Zimmermädchen, das sich nicht hervortraute, weil es sich ganz allein hier aufhielt. Oder war es etwa der Geist jenes Zimmermädchens gewesen, das von Anthea Ridley-Smiths Krokodil verspeist worden war? Oder das durchsichtige Gespenst des gläsernen Lionel Ridley-Smith?

Wer oder was es auch gewesen sein mochte – es wartete oben auf mich.

Ich überlegte kurz, ob es nicht klüger sei, schleunigst das Weite zu suchen. – Ja, allerdings.

Doch dann fiel mir wieder ein, wie Marmaduke Parr den Vikar schikaniert hatte und wie enttäuscht ganz Bishop's Lacey und vor allem ich selbst sein würde, wenn wir die Gebeine unseres Heiligen nicht zu seinem 500-Jährigen würden präsentieren können.

Womöglich würde ich sogar als Heldin gefeiert werden, mit einem Festbankett zu meinen Ehren, mit Tischreden von Vater, dem Vikar, dem Bischof und vielleicht sogar von Richter Ridley-Smith höchstpersönlich. Alle würden mir für meinen Mut und meine Beharrlichkeit danken und so weiter.

»Enkomion« nannte Daffy solche Lobeshymnen. Mir war schon lange kein Enkomion mehr zuteilgeworden.

Wenn überhaupt je.

Ich stieg die Treppe hoch, wobei ich immer wieder stehen blieb und horchte, ob von irgendwoher ein noch so winziges Lebenszeichen wahrzunehmen war.

Es ist völlig egal, ob es sich um ein ganzes Haus oder nur um eine einzelne Schublade handelt – in den Sachen anderer Leute herumzuschnüffeln macht immer einen Heidenspaß. Einerseits hatte ich schreckliche Angst, andererseits amüsierte ich mich prächtig. Wenn ich mich getraut hätte, hätte ich ein fröhliches Liedchen gepfiffen.

Oben führte ein langer Gang wie in einem Ozeandampfer nach rechts in unbekannte Fernen. Der Fußboden bestand aus fleckigem Linoleum. Vermutlich befanden sich hier die Schlafräume, in denen jeweils ein wuchtiges Himmelbett, ein Tisch mit Wasserkrug und Waschschüssel und ein Emaillenachttopf standen.

Ein flüchtiger Blick durch etliche der vielen Türen bestätigte meine Vermutung.

Auf der gegenüberliegenden Seite des Treppenabsatzes versprach eine solide Tür mit einem kleinen Bullauge einen ebenso langen Korridor in die entgegengesetzte Richtung. Wahrscheinlich ging es dort zu den Zimmern der Bediensteten. Ich wölbte die Hände um die Augen und spähte durch das Glas, aber dahinter war es stockdunkel. Ich konnte nichts erkennen.

Als ich den Türknauf drehte, schwang die Tür zu meiner Überraschung auf.

Dahinter hing ein zweiteiliger grüner Samtvorhang, der, dem muffigen Geruch nach zu urteilen, zum letzten Mal gereinigt wurde, als Heinrich VIII. noch Junggeselle gewesen war.

Ich zog ihn mit spitzen Fingern auf und stellte fest, dass ich vor der nächsten Tür stand. Auch diese Tür besaß ein Bullauge, das jedoch, anders als das erste, aus Milchglas bestand.

Abermals betätigte ich den Knauf, aber diese Tür ließ sich nicht öffnen.

Immer diese abgeschlossenen Türen! Erst die Tür zum Gang

unter dem Friedhof, und jetzt schon die dritte hier in diesem Haus, schoss es mir durch den Kopf.

War das wirklich bloßer Zufall?

Normalerweise wäre ich sofort nach unten in die Küche gelaufen, hätte mir eine Gabel und eine Flaschenbürste geschnappt und mich an die Arbeit gemacht.

Leider handelte es sich wieder um ein Sicherheitsschloss.

Wenn ich in diesen Flügel vordringen wollte, musste ich wohl oder übel an der Hauswand hochklettern. Es sei denn, es gab noch ein zweites Treppenhaus.

Enttäuscht legte ich die flache Hand auf das kalte Glas.

Dahinter schien sich plötzlich ein Licht zu bewegen, und im nächsten Augenblick sah ich, wie sich der schwarze Umriss einer Hand von der anderen Seite der Scheibe näherte und sich Finger für Finger gegen meine Hand drückte – nur dass die Finger der fremden Hand mit Schwimmhäuten verbunden waren!

Meine Hand und die des unbekannten Wesens waren nur durch die dünne Scheibe getrennt!

Mir stockte der Atem.

Ehe ich mich wieder gefangen hatte, hörte ich, wie ein Riegel zurückgeschoben wurde. Der Türknauf drehte sich unerträglich langsam, und die Tür öffnete sich zentimeterweise.

Er war klein und trug ein Tweedjackett mit weiten Knickerbockern, eine gelb karierte Weste und einen hohen Vatermörderkragen – Kleidung, wie man sie in einer alten Truhe finden mochte.

Wie mir bereits aufgefallen war, hatte er Schwimmhäute zwischen den Fingern, und auch über seine Augenwinkel zog sich ein dünnes Häutchen. Sein Gesicht war rund, das fliehende Kinn winzig und die Zunge so groß, dass die Mundhöhle sie kaum fassen konnte. Die kleinen runden Ohren saßen ungewöhnlich tief, und seine Haut sah aus wie mit einer Wachsschicht überzogen.

War das ein Mann oder noch ein Junge? Schwer zu sagen. Sein Gesicht war faltenlos, aber das säuberlich gekämmte Haar war schlohweiß. *Wie bei Dogger,* dachte ich erschrocken.

Ich stand wie angewurzelt vor ihm, den Arm immer noch mit gespreizten Fingern erhoben, als wollte ich ein durchgehendes Pferd aufhalten.

Einige beklemmend lange Sekunden standen wir einfach nur da und starrten einander stumm an.

Dann machte er den Mund auf.

»Hallo, Harriet«, sagte er.

11

Ich bekam eine Gänsehaut. Als wäre jemand über mein Grab gegangen.

Der arme Mann wusste offensichtlich nicht, dass Harriet tot war, und verwechselte mich mit ihr. Sollte ich die Rolle annehmen oder das Missverständnis lieber aufklären?

Er machte einen Schritt zurück und winkte mich durch die offene Tür herein.

In solchen Augenblicken stellt man fest, aus welchem Holz man geschnitzt ist; Augenblicke, in denen alles, was man je gelernt hat, gegen die Stimme des Herzens ankämpft. Einerseits wäre ich am liebsten davongerannt – die Treppe hinunter, zur Haustür hinaus, heim nach Buckshaw, rauf in mein Zimmer, hätte die Tür abgeschlossen und die Decke über den Kopf gezogen. Andererseits hätte ich das kleine rundliche Geschöpf am liebsten in den Arm genommen, damit es den Kopf auf meine Schulter legen konnte, und es bis ans Ende aller Tage an mich gedrückt.

Ich betrat das Zimmer, und er machte die Tür sofort hinter mir zu, als hätte er einen seltenen Schmetterling gefangen.

»Komm«, sagte er. »Setz dich.«

Ich folgte ihm. Er wies auf einen Sessel.

»Du warst lange weg«, sagte er, als ich auf der Armlehne Platz nahm.

»Stimmt.« Ich beschloss spontan, meinem Instinkt zu folgen. »Ich war weg.«

»Wie bitte?« Er legte den Kopf schief.

»Ich war weg«, wiederholte ich ein bisschen lauter.

»Geht's dir gut?«, fragte er.

Seine Stimme war ziemlich tief. Zu tief für einen Jungen, fand ich.

»Ja«, antwortete ich. »Ganz gut. Und dir?«

»Ich habe Schmerzen. Aber sonst geht's mir auch ganz gut.«

Eine Pause entstand, dann fragte er plötzlich: »Tee?«

Er ging zu einer Anrichte, auf der eine emaillierte Teekanne auf einer kleinen Kochplatte stand. Er stellte die Kochplatte an und wischte sich, während er wartete, nervös die Finger an den Hosenbeinen ab.

Ich nutzte die Gelegenheit und schaute mich im Zimmer um: Bett, Kommode mit schwarzer Bibel, Kleiderschrank. Über dem Bett hingen zwei Fotografien. Die eine – sie war schwarz gerahmt – zeigte einen Mann in einer schwarzen Robe, der an einem Tisch stand und die Hand so fest auf die Platte drückte, dass die Knöchel weiß hervortraten. In der anderen Hand hielt er ein aufgeschlagenes Buch. Er schaute hochmütig und verächtlich in die Kamera. Das konnte nur der Richter Ridley-Smith sein.

Die zweite Fotografie war kleiner und steckte in einem ovalen Rahmen, der nach Bambus aussah. Eine blasse Frau in einem weißen Rüschenkleid schaute erschrocken von ihrer Handarbeit auf, als hätte ihr soeben jemand eine Unglücksbotschaft überbracht. Sie saß auf einer Veranda, hinter der man undeutlich exotische Bäume erkannte.

Sie kam mir irgendwie bekannt vor.

Ich schob mich unauffällig näher an das Bild heran.

Der kleine Mann schaltete die Kochplatte aus, nahm die Kanne herunter und schenkte uns beiden von der teerschwarzen Flüssigkeit ein.

»Deine Lieblingstasse«, sagte er und reichte mir eine Porzellantasse mit Untertasse, die mit großen blauen Stiefmütterchen verziert war. Der Tassenrand war ziemlich angeschlagen, und von jeder Macke gingen schwärzliche Risse aus, wie bei einer Karte des Amazonas mit allen seinen Seitenflüssen.

»Danke.« Ich wandte mich von der Fotografie ab. Bevor ich es wagen konnte, ihn nach der darauf abgebildeten Frau zu fragen, musste ich ihn erst ein bisschen besser kennenlernen. »Ist schon ewig her, dass ich eine richtig gute Tasse Tee bekommen habe.«

Was, von dem Frühstück mit Dogger mal abgesehen, sogar stimmte.

Ich zwang mich, die Tasse zum Mund zu führen und liebenswürdig zu lächeln, als die bittere Brühe meine Geschmacksknospen malträtierte. Der Sud musste schon seit Monaten vor sich hingeköchelt haben.

Nach einer langen Pause fragte er: »Was macht Buckshaw?«

»Ach, da gibt's nicht viel Neues«, antwortete ich.

Was ebenfalls stimmte.

Er schaute mich über den Rand seiner Tasse hinweg aufmerksam an.

»Im Frühling ist es schön dort«, sagte ich. »Im Frühling ist es immer schön.«

Er nickte bekümmert, als wüsste er nicht recht, was »Frühling« eigentlich war.

»Ist der Richter heute zu Hause?«, erkundigte ich mich. Das Risiko, den seltsamen Mann, mit dem ich gerade Tee trank, als Sohn oder Bruder von Mr. Ridley-Smith zu titulieren, wollte ich nicht eingehen. In der Kirche hatte ich ihn noch nie gesehen, und dabei kannte ich die Gemeinde in- und auswendig, vom ältesten Tattergreis bis hin zu Mrs. Langs jüngstem Baby.

»Vater?«, fragte er zurück. »Mr. Ridley-Smith? Mr. Ridley-Smith ist nie zu Hause.«

»Ich hätte ihn gern in einer Kirchenangelegenheit gesprochen.«

Er nickte wissend. »Wegen dem Heiligen?«

Beinahe hätte ich meinen Tee verschüttet. »Genau. Woher weißt du das?«

»Mr. Ridley-Smith spricht durch die Luft mit Benson.«

»Wie bitte?«

»Durch die Luft.« Er machte eine unbestimmte Handbewegung. »Mr. Ridley-Smith spricht mit Benson.«

»Verstehe«, sagte ich, obwohl ich keinen Schimmer hatte, was er meinte.

»Der Heilige darf nicht geweckt werden!«, sagte er mit unerwartet lauter und schroffer Stimme. Ich begriff, dass er seinen Vater nachahmte.

»Warum denn nicht?«, fragte ich.

Er gab keine Antwort, sondern starrte an die Decke.

»Psst!«, machte er.

Auch meinen Ohren war nicht entgangen, dass sich das Grundgeräusch des Zimmers verändert hatte. Es war, als sei der Raum plötzlich größer geworden; außerdem lag ein Summen in der Luft ... oder ein Rauschen ...

»Ottorino Respighi«, verkündete eine dumpfe, tonlose Stimme, die aus dem Nichts zu kommen schien. »Die Pinien und Brunnen von Rom.«

Den Worten fehlte jeder Ausdruck, als würde den Sprecher allein das bloße Atmen erschöpfen. Außerdem sprach er »Respighi« falsch aus.

Es machte *Klick!*, dann hörte man das leise Knacken einer Nadel in den Rillen einer sich drehenden Schallplatte.

Blechern klingende Musik setzte ein. Es dauerte eine Weile, bis ich eine vergitterte Öffnung oben in der Wand als Quelle der Klänge ausgemacht hatte.

»Was ...«, fing ich an, aber er hob mahnend die Hand.

»Hör zu!« Er legte den schwimmhäutigen Finger auf die Lippen.

Vielleicht kommt ja gleich noch eine Ansage, dachte ich. Jedenfalls waren wir offensichtlich nicht allein im Haus. Die matte Stimme hatte keinem BBC-Ansager gehört, und sie klang auch nicht nach einem bischöflichen Justiziar oder Richter.

Was, wenn der Betreffende mich hier erwischte?

Die Pinien und Brunnen von Rom spulten sich weiter ab und lieferten die dramatische Untermalung zu meinen fieberhaften Gedanken.

Wer hielt diesen unglücklichen Mann hier oben gefangen? Und warum? Warum musste er sich Musik über einen versteckten Lautsprecher anhören? Wer war Benson? Warum durfte der Heilige nicht geweckt werden?

»War das Benson, der da eben gesprochen hat?«, fragte ich, aber er legte wieder nur den Finger an die Lippen und machte energisch: *»Pssst!«*

Soll ich ihm zur Flucht verhelfen?, überlegte ich. Ich könnte ihn durch die beiden Türen führen, die Treppe hinunter, durch die Eingangshalle und ins Freie. Ich würde ihm auf den Sattel von Gladys helfen, und er würde sich an meiner Taille festhalten können, wenn wir nach Nether-Wolsey hinunterrollten. Dann würde ich im Stehen in die Pedale treten und uns beide hinauf nach Bishop's Lacey strampeln. Ich würde ihn ins Pfarrhaus bringen und …

»Halt mal!«, meldete sich eine innere Stimme. »Die Tür zu diesem Zimmer war verriegelt. Er hat dich *hereingelassen*!«

Wer von uns beiden war hier eigentlich der Gefangene?

Wenn man die zweite Tür mit einem Riegel von innen öffnen konnte, wozu war sie dann da? Sollte sie dafür sorgen, dass irgendwer draußen blieb?

Konnte man die erste Tür ebenfalls von innen öffnen? War auch sie mit einem Riegel versehen? Mir war nichts aufgefallen. Jedenfalls war sie nicht zugesperrt gewesen. Vielleicht hatte ja Benson oder wem die körperlose Stimme auch gehören mochte, sie versehentlich offen gelassen.

Zwei Türen, zwei Schlösser: eines offen, das andere nicht.

Es war wie die Rätsel im *Jahrbuch für Mädchen.*

Ich dachte immer noch darüber nach, als die Musik verklang.

»Musik erzieht. Musik bezähmt das wilde Tier«, verkündete mein Gastgeber (oder war er eher mein Gefängniswärter?), und abermals glaubte ich, aus seinem Tonfall die Nachahmung einer schroffen Stimme herauszuhören.

Doch ehe ich ihm die nächste Frage stellen konnte, meldete sich die körperlose Stimme wieder, übertönte das Rauschen und Knacken des Lautsprechers.

»Peter Iljitsch Tschaikowsky. *Schwanensee*-Ouvertüre.«

Es schepperte dumpf, als hätte jemand nebenan einen Teller fallen lassen.

»Kommando zurück!«, befahl die Stimme, und eine beklommene Stille trat ein.

»Franz Schubert«, sagte die Stimme schließlich ausdruckslos. *»Der Tod und das Mädchen.«*

Wieder senkte sich die Nadel in eine Schallplattenrille, und die Klänge des Streichquartetts drangen durch das siebähnliche Gitter vor dem Lautsprecher.

Der Tod und das Mädchen? Soll das eine Warnung sein?

In was für ein Irrenhaus war ich da bloß hereingestolpert?

Mein Gastgeber saß reglos und ganz in die Musik versunken da. Er hatte die Augen geschlossen, die Hände im Schoß gefaltet und bewegte stumm die Lippen.

Bei seiner Schwerhörigkeit würde er leise Geräusche, die dank Schubert obendrein von Musik übertönt würden, nicht mitbekommen. Ich durfte nur keinen Schatten auf sein Gesicht werfen. Ich erhob mich langsam und schob mich mit gletscherhafter Langsamkeit durchs Zimmer, ging rechts um ihn herum, weil ich dadurch nicht am Fenster vorbei musste.

Als ich die Kommode erreicht hatte, schlug ich die dicke, schwarze Bibel auf.

Halleluja!

Wie ich es mir erhofft hatte, rankten sich die Zweige des

Familienbaums der Ridley-Smiths vor mir wie Lianen im Dschungel über die Seite. Ganz unten, bei »Geburten«, stand folgender Eintrag:

Vivian Joyous Ridley-Smith – 1. Januar 1904

Vivian. So hieß er also. Er war siebenundvierzig Jahre alt.

Als ich die Bibel wieder zuklappte, streiften meine Finger eine spitze Ecke, die zwischen den nächsten beiden Buchseiten hervorstand.

Ein Umschlag. Ich zog ihn heraus.

Auf der Vorderseite stand in einer anmutig geschwungenen – und offenkundig weiblichen – Handschrift: *Liebster Jocelyn.*

Der Brief musste aus früherer Zeit stammen. Irgendjemand aus der Familie hatte ihn in die Bibel gelegt. Aber wer war »Jocelyn«, der Empfänger?

Der Umschlag trug keine abgestempelte Briefmarke, auf der ich ein Datum hätte erkennen können. Er musste persönlich abgegeben worden sein.

Ich hielt ihn mir vor die Nase und schnupperte daran. Mir stockte das Herz, als ich den Duft kleiner blauer Blumen einsog, den Duft von Bergwiesen und Eis.

Miratrix!

Harriets Duft!

Ich hatte ihn oft genug in ihrem Ankleidezimmer gerochen. Er war mir so vertraut wie mein eigener Handrücken.

Mit bebenden Fingern öffnete ich den Umschlag und zog ein einzelnes Blatt heraus.

Liebster Jocelyn, lautete die erste Zeile.

Jocelyn?

Dann ging mir ein Licht auf. »Jocelyn« – »Joss« – war eine Abwandlung von »Joyous«!

Ein Spitzname. Ein Name, mit dem ihn nur seine Familie und seine engsten Freunde – vielleicht sogar nur Harriet – anredeten.

Liebster Jocelyn,
ich werde verreisen und kann dich eine Weile nicht besuchen kommen. Unsere Lesestunden werden mir fehlen, aber ich hoffe, du machst auch allein weiter. Denk immer daran, was ich dir gesagt habe: Bücher lassen deine Seele schweben.
Deine Freundin,
H.

P.S. Nach dem Lesen bitte verbrennen.

Seltsamerweise meldete mir mein Hirn erst jetzt, dass ich gerade Harriets Handschrift las.

Plötzlich zitterten meine Hände wie Espenlaub. Meine Mutter hatte diese Nachricht verfasst, bevor sie zu ihrer letzten Reise aufgebrochen war.

Ich schob das Blatt wieder in den Umschlag und legte den Umschlag wieder in die Bibel.

Nach und nach strömte die Musik wieder in mein Bewusstsein: Die Streicher sägten weiter an ihrer klagenden Melodie.

Der Tod und das Mädchen.

Jocelyn lauschte immer noch mit geschlossenen Augen.

Wie oft hatte Harriet ihn wohl hier besucht? Wie war es ihr gelungen, die vielen Türen zu überwinden – von denen mindestens zwei verschlossen waren?

Aber vielleicht war vor elf, zwölf Jahren alles noch ganz anders gewesen. Vielleicht war Bogmore Hall damals noch, so wie einst Buckshaw, ein glücklicher Ort gewesen.

Irgendwie glaubte ich nicht so recht daran. Das Haus war so, wie ich mir einen verlassenen Gerichtssaal vorstellte: kalt und leer, und es roch nach Urteilen, nach dem letzten Gefangenen, der zu seiner Hinrichtung weggeschleppt worden war.

Von Jocelyn abgesehen. Der war offenbar zu »lebenslänglich« verurteilt worden.

Ich malte mir gerade aus, was für ein trostloses Dasein er hier fristen musste, als sich meine innere Stimme wieder mit Nachdruck meldete – es ging um die Doppeltür.

Die Schlösser! Falls dieser Benson, oder wer immer Jocelyns Kerkermeister sein mochte, wirklich nur vergessen hatte, die äußere Tür abzuschließen, dann würde er sie, wenn er irgendwann zurückkam, sofort wieder verriegeln – und dann saß ich ebenfalls in der Falle.

Ich musste sofort weg von hier! Ganz egal, was ich Jocelyn über seinen Vater, über Harriet oder den Heiligen, der nicht geweckt werden durfte, noch hatte fragen wollen, ich musste es auf ein anderes Mal verschieben.

Solange er unter seiner Glocke aus Musik saß, konnte ich mich unbemerkt hinausschleichen.

Ich überlegte kurz, welcher Weg der günstigste war, und setzte mich dann langsam in Richtung Tür in Bewegung. Doch auf halbem Weg verstummte die Musik.

Jocelyn drehte den Kopf ein wenig nach rechts und dann nach links. Er erhob sich aus dem Sessel und drehte sich dann ganz herum, gerade als meine Hand den Türknauf berührte.

Unsere Blicke trafen sich, aber seine Miene war so ausdruckslos, dass ich nicht erkennen konnte, was er dachte.

Ich weiß nicht, wie ich darauf kam, aber es muss so etwas wie eine uralte Erinnerung gewesen sein, die mich, ohne dass ich darüber nachgedacht hätte, drei Finger an die Lippen legen und ihm einen Abschiedskuss zuhauchen ließ.

Dann war ich zur Tür hinaus.

Dahinter war die kleine Kammer; die staubigen Vorhänge streiften mir wie das Netz einer widerlich großen Spinne übers Gesicht. Ich befreite mich aus ihnen und schob rasch den Riegel der äußeren Tür zurück. Also war *doch* ein Riegel vorhanden gewesen!

Moment mal!

Womöglich lag dieser Benson auf der anderen Seite auf der Lauer! Einen Eindringling auf frischer Tat zu ertappen, das war bestimmt so recht nach seinem Geschmack.

Ich stellte mich mit einigem Abstand vor das gläserne Bullauge, drehte den Kopf langsam von einer Seite zur anderen und ließ den Blick systematisch über den Treppenabsatz vor der Tür wandern.

Kein Mensch zu sehen.

Ich drückte die Tür auf und war gerade hindurchgeschlüpft, als ich Schritte hörte. Im nächsten Augenblick erblickte ich zwischen den Streben des Treppengeländers einen Kopf. Seltsamerweise kam er mir bekannt vor.

Da kam jemand die Treppe herauf. Ein Mann!

Ich konnte mich nirgendwo verstecken. Dafür war es zu spät.

Zum Glück hatte ich die Tür noch nicht hinter mir zugezogen. Ich duckte mich wieder in das Kabuff zwischen den beiden Türen und schob geräuschlos den Riegel vor.

Hatte er mich gesehen?

In Jocelyns Zimmer konnte ich mich nicht flüchten, denn die innere Tür war hinter mir ins Schloss gefallen. Ich saß in dem dunklen, stickigen Zwischenraum zwischen den beiden Türen fest, zusammen mit den vergammelten Samtvorhängen.

Ein Schlüssel kratzte im Schlüsselloch.

Der Staub kitzelte mich wie schwarzer Pfeffer in der Nase. Gleich würde ich niesen müssen.

Ich hielt mir die Nase mit Daumen und Zeigefinger zu und atmete durch den Mund, während ich mich in den Winkel hinter der Tür drückte und mich so klein wie nur irgend möglich machte.

Die Tür flog auf und schleuderte mich so heftig gegen die Wand, dass mir die Luft wegblieb.

Kurz darauf hörte ich, wie ein Schlüssel in das zweite Schloss gesteckt wurde.

Ich bekam keine Luft mehr. Ich würde ersticken.

Dann wurde die äußere Tür plötzlich wieder zugezogen und der Druck auf meiner Brust ließ nach.

Jetzt war ich zusammen mit dem Mann in dem Kabuff eingeschlossen. Er stand so dicht neben mir, dass ich seinen Atem riechen konnte. Tabak und Räucherhering.

Füße scharrten, der Vorhang bauschte sich.

»Na los, mach die Tür auf!«, brüllte er mir praktisch ins Ohr. »Ich hab ein Tablett in der Hand!«

Es rumste, als hätte er der inneren Tür einen Fußtritt verpasst.

Nach einer halben Ewigkeit endlich wurde ein Riegel aufgeschoben.

»Benson?«, fragte Jocelyn durch die Tür.

»Wer denn sonst?«, knurrte der Mann. »Der König von Siam vielleicht?«

Dann war er verschwunden, und ich war wieder allein.

Ich zählte bis drei, zog den Riegel der äußeren Tür zurück, ließ sie angelehnt und flitzte zur Treppe.

Vierzehn, fünfzehn, sechzehn: Ich stürmte treppab, als wären sämtliche Hunde der Unterwelt hinter mir her. Im Laufen zählte ich die Stufen. Schon hatte ich den nächsten Treppenabsatz erreicht. *Zweiundzwanzig, dreiundzwanzig, vierund …* – zwei auf einmal – *sechsundzwanzig*. Quer durch die Eingangshalle und zur Haustür hinaus, und erst dort, glaube ich, holte ich wieder Luft.

Gladys lehnte noch an dem halb verfallenen Geländer. Esmeralda pickte gedankenverloren auf dem Boden ihrer Kiste herum.

Als ich davonradelte, riskierte ich einen kurzen Blick nach hinten. Die Fenster im ersten Stock waren leer.

Hinter den Scheiben tauchte kein Gesicht auf. Kein Jocelyn und zum Glück auch kein Benson.

In dem Augenblick, als ich ihn die Treppe heraufkommen gesehen hatte, wusste ich, dass ich ihn schon einmal irgendwo gesehen hatte.

Das Problem war nur, dass ich mich beim besten Willen nicht mehr daran erinnern konnte, wo.

12

Als Buckshaw endlich in Sicht kam, stand die Sonne schon tief im Westen.

Vater würde stinksauer sein. Er bestand darauf, dass seine Töchter ohne Ausnahme und ohne Entschuldigung pünktlich und ordentlich hergerichtet zum Abendessen erschienen. Wegen meiner Saumseligkeit (»Saumseligkeit« gehörte zu jenen gehobenen Ausdrücken, die mir Daffy gern an den Kopf warf) musste Mrs. Mullet jetzt länger bleiben und Vater, der verzweifelt versuchte, unsere Ausgaben zu verringern, indem er ihre Arbeitsstunden verringerte, hatte obendrein noch ihre Überstunden zu bezahlen.

Doch noch bevor ich ans Mulford-Tor kam, spürte ich, dass etwas nicht stimmte. Gleich dort, wo die Zufahrt nach Buckshaw abbog, hatte sich eine kleine Menschenmenge versammelt.

War dort womöglich ein Unfall geschehen?

Ich trat so kräftig in die Pedale, dass ich vor Ort beide Handbremsen voll ziehen musste und peinlicherweise nur seitlich wegrutschend zum Stehen kam, damit ich niemanden über den Haufen fuhr.

Immer noch im Sattel, aber mit beiden Beinen auf dem Boden, watschelte ich auf die Gruppe zu und traute meinen Augen nicht.

Vater, Feely, Daffy, Dogger und Mrs. Mullet hatten sich zu einem unregelmäßigen Kreis aufgestellt. Keiner der fünf würdigte mich auch nur einen Blickes.

Im Mittelpunkt ihrer Aufmerksamkeit stand ein Mann in einer zu engen Weste und einem engen Zelluloidkragen. Er hatte wässrige Glupschaugen und trieb mit einem Vorschlaghammer ein Schild in den Boden.

ZU VERKAUFEN stand in hässlichen schwarzen Buchstaben darauf zu lesen.

Wumm! Wumm! Wumm!, dröhnte der Hammer, und jeder Schlag bohrte sich mir wie ein Pfahl ins Herz.

Buckshaw sollte verkauft werden! Das durfte nicht wahr sein!

Ja, man hatte uns bereits damit gedroht, und Vater hatte uns schon mehrfach vorgewarnt, dass er sein zähes Ringen mit den Finanzbeamten verlieren könnte, die er, als er ausnahmsweise mal heiterer Stimmung war, »die Blutsauger Ihrer Majestät« genannt hatte. Aber irgendwie hatte sich immer wieder ein Ausweg aufgetan.

Erst vor ein paar Monaten beispielsweise war in unserer Bibliothek eine seltene Quarto-Ausgabe von Shakespeares *Romeo und Julia* aufgetaucht, aber weil auf dem Vorsatzblatt Vaters und Harriets verschlungene Initialen standen – das Buch war eine Erinnerung an ihre Verlobungszeit –, hatte Vater sich nicht davon trennen wollen.

Der Schauspieler Desmond Duncan hatte ihn förmlich bekniet und ihm ein Wahnsinnsangebot nach dem anderen unterbreitet, aber Vater hatte alles rundweg abgelehnt. Dann war das Britische Museum an ihn herangetreten und hatte ihm eine Summe geboten, mit der man wahrscheinlich das ganze Städtchen Stratford-upon-Avon bis zum letzten Schwan hätte aufkaufen können.

Aber Vater ließ sich nicht umstimmen.

Und jetzt war es so weit gekommen!

Manchmal hätte ich ihn am liebsten am Kragen gepackt und durchgeschüttelt, bis die Federn geflogen wären.

»Verdammter Sturkopf!«, hätte ich ihn angebrüllt.

Aber wenn die Vernunft wieder in mein überhitztes Hirn

zurückschwappte, fiel mir jedes Mal auf, wie ähnlich wir uns im Grunde waren und dass mich mein Vater immer am meisten auf die Palme brachte, wenn er sich genauso aufführte wie ich mich.

Das war zwar völlig widersinnig, aber so war es nun mal.

Und nun standen wir hier allesamt auf der Straße herum wie die Bauerntrampel auf dem Jahrmarkt und schauten zu, wie ein Fremder ein Schild in unseren angestammten Grund und Boden rammte.

Erst jetzt, als ich begriff, dass es meine Familie, einen wie den anderen, aus dem Haus getrieben hatte und sie alle die ganze lange Kastanienallee bis zum Mulford-Tor heraufgekommen waren, um mit anzusehen, wie der Gerichtsvollzieher unser Eigentum an sich riss, traf mich der Ernst der Lage mit voller Wucht.

Es war das erste Mal überhaupt (soweit ich mich erinnern konnte), dass wir alle derart vereint zusammenstanden.

Ja, da standen wir nun, wir vier de Luces mit grimmigen Gesichtern, aber auch Dogger knirschte mit den Zähnen, und Mrs. Mullet war in Tränen aufgelöst.

»Ich find das nicht richtig!«, schluchzte sie kopfschüttelnd. »Ich find das einfach nicht richtig.«

Sonst sagte niemand ein Wort.

Nach einer Weile trat Vater langsam den Rückweg an, gefolgt von Feely und Daffy und schließlich auch von Dogger.

Der Gerichtsvollzieher klopfte sich nach getaner Arbeit den Staub von den Händen und warf den Hammer in den Kofferraum eines schmutzigen Ford Anglia, der am Straßenrand parkte. Kurz darauf war er verschwunden.

Mrs. Mullet und ich standen schweigend nebeneinander in der Dämmerung.

»Ich hab dir dein Essen warm gestellt, Liebes«, sagte sie schließlich und schlurfte sehr langsam in Richtung Dorf davon.

Später kauerte ich in meinem Zimmer auf dem Bett, stocherte mit der Gabel auf meinem Teller herum und warf Esmeralda ab und zu eine Dosenerbse zu. Dann klopfte es leise.

Es war Dogger.

»Ich bringe deiner Freundin ein bisschen Brot und Wasser.« Er stellte zwei Schüsseln auf den Boden.

»Sie heißt Esmeralda. Sie sollte umgebracht werden.«

Dogger musste man nicht alles lang und breit erklären. Er hatte eine so rasche Auffassungsgabe, als würde er das, was man ihm sagte, durch die Haut absorbieren.

»Ein Prachtexemplar einer Buff Orpington«, sagte er und warf ihr ein Stückchen Brot zu. »Stimmt doch, oder, Esmeralda?«

Esmeralda stürzte sich auf das Brot und verschlang es gierig. Dogger warf ihr das nächste Stückchen hin.

»Sie wollte nicht fressen«, sagte ich. »Ich hab's schon mit Erbsen probiert.«

»Vielleicht ist sie ja brütig«, erwiderte Dogger. »Manche Sorten neigen mehr als andere dazu, im Frühjahr brütig zu werden.«

»Was heißt ›brütig‹?«, fragte ich, denn ich hatte den Ausdruck noch nie gehört.

»Das bedeutet, schlecht gelaunt und fest entschlossen, auf seinem Nest hocken zu bleiben.«

»Wie Vater!«, rutschte es mir heraus.

Dogger warf Esmeralda ein besonders großes Stückchen Brot zu. »Buff Orpington ist eine besonders kräftige Rasse. Ausgesprochen britisch. Die Queen hat angeblich eine Vorliebe für diese Tiere. Sie soll sich auf Windsor Castle eine ganze Schar davon halten.«

»Vielleicht sollten wir auf Buckshaw Hühner halten!«, sagte ich, einer plötzlichen Eingebung folgend. »Wir könnten in der Remise ein paar Käfige zusammenzimmern und die Eier auf dem Markt in Malden Fenwick verkaufen. Das wär doch lustig, oder?«

»Ein paar Hühner können uns wohl leider nicht retten.« Dogger seufzte schwer. Nach einer sich endlos ausdehnenden Pause setzte er hinzu: »Nein, ein paar Hühner reichen da leider nicht aus.«

»Aber was sollen wir denn sonst machen?«

»Beten, Miss Flavia. Etwas anderes bleibt uns nicht übrig.«

»Gute Idee. Dann bete ich heute Abend vor dem Schlafengehen darum, dass niemand das ›Zu verkaufen‹-Schild sieht. Und morgen früh gehe ich gleich hin und zerhacke das Ding zu Feuerholz.«

»Das wird nicht viel helfen«, entgegnete Dogger. »Die Anzeige erscheint in allen Zeitungen.«

»Und wenn wir zum heiligen Tankred beten?« Mein Kopf schwirrte vor Ideen. »Schließlich ist er unser Schutzheiliger. Meinst du, es stört ihn, dass wir nicht anglikanisch sind?«

»Bestimmt nicht. Zu Tankreds Zeiten gab es noch keine anglikanische Kirche. Er war so römisch-katholisch, wie man nur sein kann.«

»Sicher?«

»Ganz sicher.«

»Dann wäre das ja geklärt. Ich richte es so ein, dass ich dabei bin, wenn sein Grab geöffnet wird, und dann bete ich für Buckshaw, bevor sich sonst irgendwer mit einer Bitte vordrängeln kann.«

Was mich wieder ziemlich unsanft in die Krypta der Kirche und zum toten Mr. Collicutt brachte.

In der vergangenen Nacht hatte ich die Gelegenheit verschlafen, den Friedhof noch einmal aufzusuchen und den Tunnel zu erforschen, der die Kirche mit Cassandra Cottlestones Grabmal verband.

War es dafür jetzt zu spät? Hatte die Polizei den Geheimgang bereits entdeckt? Oder hatten ihn die Beamten in ihrem Eifer, Mr. Collicutts Mörder zu finden, glatt übersehen?

Um das herauszufinden, gab es nur eins.

»Gute Nacht, Dogger.« Ich gähnte mit sperrangelweit aufgerissenem Mund. »Ich muss jetzt schlafen, damit ich morgen früh genug wach werde.«

Wie früh, behielt ich für mich.

Um Viertel nach zwei in der Nacht war die Landstraße ein Band aus Mondlicht, wie in Mr. Noyes' Ballade *Der Straßenräuber*. In meinem langen, dunklen Kirchgangswintermantel hätte ich selbst der Straßenräuber sein können, bloß dass ich mit dem Fahrrad fuhr und nicht beabsichtigte, am Ende wie ein toter Hund am Straßenrand zu liegen.

»Pack dich schön warm ein«, bekam ich von Mrs. Mullet ständig zu hören. Diesmal hatte ich ihren Rat befolgt. In dicken braunen Strümpfen und dem Wollpullover unter dem Sonntagsmantel war mir so mollig warm wie einer Scheibe Toast – die ideale Kleidung für den Abstieg in die Unterwelt.

Kalte Morgenluft wehte mir ins Gesicht, und eine Eule auf der Jagd segelte dicht vor mir über die Straße. Am liebsten hätte ich »Haruh!« gerufen, traute mich aber nicht. Man konnte nie wissen, wer im Dunkeln so alles lauerte und lauschte.

Ich holte meine Taschenlampe heraus und vergewisserte mich, dass sie funktionierte. Weil ich den Strahl nicht auf die Straße richten und mich so eventuell verraten wollte, steckte ich das vordere Ende kurzerhand in den Mund und betätigte den Schalter. Meine aufgepusteten Wangen leuchteten knallrot. Die Lampe funktionierte einwandfrei.

Jedem anderen, der sich zu dieser unchristlichen Stunde draußen herumtrieb, Wilddiebe und dergleichen, muss ich wie ein geisterhafter Halloween-Kürbis erschienen sein, der die Straße nach Bishop's Lacey entlangschwebte, mit schwarzen Augenhöhlen und einem von überirdischem Licht erleuchteten Schädel.

Ich wandte den Kopf nach rechts und links und starrte geisterhaft in die Straßengräben.

Legenden würden sich um mich ranken: »Der Jäger aus der Hölle«, würden die Eltern ihren Kindern mit gedämpfter Stimme zuraunen und behaupten, sie hätten sogar die Hufschläge eines Geisterpferdes vernommen.

Sie würden die Kleinen ermahnen, ja nicht zu lügen oder Süßigkeiten zu stibitzen. Sonst ...

Obwohl es Spaß machte, sich das auszumalen, war mir sehr wohl bewusst, dass ich mich damit nur von meiner eigenen Angst ablenken wollte.

Welche Schrecknisse mochten mich in dem feuchten, lehmigen Tunnel unter der Kirche erwarten? Es war weniger der Gedanke an irgendwelche Untoten, der mich beunruhigte, sondern vielmehr die Gewissheit, dass in Bishop's Lacey ein Mörder frei herumlief.

Um diese frühe Stunde würden keine Polizeibeamten vor Ort sein. Niemand würde mich retten, falls ich in der Klemme saß.

Diesmal glich der Friedhof den schaurigen Illustrationen in Daffys Gruselromanen: schwarze Schatten und schiefe Grabsteine wie abgebrochene Zähne, und überall das unheimliche Friedhofsmoos, das im kalten Licht des fast vollen Märzmondes ein fahles grünblaues Leuchten verströmte.

Ich stellte Gladys auf der Nordseite von Cassandra Cottlestones Grabmal ab und tätschelte ihren Sattel. Das silbrige Schimmern ihrer Lenkerenden ließ mich an ein ängstliches Pferd denken, bei dem man das Weiße in den Augen sieht.

»Sei wachsam!«, raunte ich ihr zu. »Ich bin bald wieder da.«

Der Erdhügel und die Plane sahen noch so aus, wie ich sie zurückgelassen hatte. Soweit bei Mondschein zu beurteilen, waren keine neuen Fußspuren dazugekommen, keine frischen Abdrücke hochoffizieller Stiefel.

So weit, so gut, dachte ich.

Ich kroch unter die Plane, ließ die Füße einen Augenblick im Leeren baumeln – dann hüpfte ich ins Grab hinein.

Wie schon beim ersten Mal schlug mir ein überwältigender Gestank entgegen, aber ich war fest entschlossen, ihn diesmal einfach zu ignorieren.

Weil jetzt keine Gefahr mehr bestand, dass jemand das Licht entdeckte, knipste ich die Taschenlampe an und wandte mich der schweren Holztür zu.

Ich hatte eines meiner Lieblingswerkzeuge eingesteckt: die Zahnspange aus Draht, die ich letzten Sommer ruiniert hatte, als ich sie in Greyminster einem ähnlichen Zweck zugeführt hatte. Die Spange und eine zurechtgebogene Gurkengabel – die hoffentlich niemand vermissen würde – waren alles, was man brauchte, um praktisch jedes Schloss auf Gottes weitem Erdboden zu knacken.

Allerdings war dieses Schloss hier verrostet. Es konnte jedoch noch nicht allzu sehr oxidiert sein, dachte ich, denn wenn meine Vermutung zutraf, war es zumindest vor sechs Wochen geöffnet worden. Trotzdem klemmte das Biest.

Wo sollte ich um halb drei Uhr morgens in einem stinkenden Grab Schmieröl auftreiben?

Die Antwort folgte der Frage auf dem Fuße.

Es gibt einen ungesättigten Kohlenwasserstoff mit der Molekülformel $C_{30}H_{50}$ und dem unschönen Namen »Squalen«, den man in Hefe, Olivenöl, Fischrogen, der Leber bestimmter Haiarten und auf der menschlichen Nase findet.

Wegen seiner besonders hohen Viskosität wird Squalen von Uhrmachern zum Ölen von Zahnrädchen benutzt, von Butlern, um Elfenbein zu polieren, von Räubern, um Revolver zu schmieren, und von Rauchern, um ihre Lieblingspfeifenköpfe damit zu verwöhnen.

Guter alter stinknormaler Nasentalg, mit dem man ein gutes altes stinknormales Einsteckschloss gängig machen konnte.

Das Türblatt selbst war aus dicken Brettern zusammengezimmert. Sie trugen noch die Spuren des Stemmeisens, mit dessen Hilfe das Schloss eingepasst worden war. Es war ein einfaches Buntbartschloss, das mit einem Bartschlüssel zu öffnen war.

Ein Kinderspiel.

Ich kratzte mit dem Fingernagel über meinen Nasenflügel und schmierte das ölige Resultat auf das Ende der verbogenen Zahnspange. Dann klemmte ich mir die Taschenlampe zwischen Kinn und hochgezogene Schulter, schob den Drahthaken ins Schlüsselloch und fuhrwerkte so lange darin herum, bis ich fand, dass die Sperrriegel ausreichend geschmiert waren.

Anschließend bewegte ich den improvisierten Dietrich hin und her, bis er fasste, und drehte ihn dann mit einem Ruck um.

Erst … nichts. Widerstand. Aber dann … ein erlösendes *Klick*!

Ich betätigte den Knauf, und die Tür schwang mit dumpfem Ächzen auf.

Schon machte ich einen Schritt über die grobe Holzschwelle und stand in dem unterirdischen Gang.

Mit den Wörtchen »modrig« und »beißend« lässt sich der Geruch, der mich empfing, am treffendsten beschreiben. Ich war gut anderthalb Meter unter der Erdoberfläche, und der Gang führte abwärts in Richtung Kirche. Wer ihn auch ausgehoben hatte, er wollte offenbar rasch *unter* den schaurigen Inhalt der Gräber gelangen.

Als ich mich Schritt für Schritt voranbewegte, war mir nur allzu bewusst, dass die Erde über und neben mir das enthielt, was von den Toten des Dorfes noch übrig war. Allerdings waren die Gebeine der allermeisten vermutlich längst zerfallen und ihre Körperflüssigkeiten in dem sumpfigen Boden versickert.

Ganz unerwartet kam mir eine Predigt des Vikars in den Sinn, in der es darum gegangen war, dass wir alle nur Lehm waren und der Herr unser Töpfer – eine Botschaft, die mir erst jetzt, hier unter dem Friedhof, so richtig lebendig vor Augen stand. Wo ich auch hinschaute, fiel mein Blick auf Knochenstückchen, die im Schein der Taschenlampe weiß wie Porzellanscherben leuchteten.

Was sich meinen Blicken darbot, war nicht minder staunenswert als die dreidimensionalen Geologie-Ausstellungen im Naturkundemuseum.

Reiß dich zusammen, Flavia, ermahnte ich mich. *Jetzt ist nicht der rechte Augenblick, um über die Wunder der Zersetzung nachzusinnen.*

Mit jedem Schritt gelangte ich tiefer unter die Erde. Hier unten kam mir die Strecke bis zur Kirche viel länger vor als oben. Inzwischen musste ich doch schon an den Grundmauern angelangt sein!

Vielleicht führte der Tunnel ja gar nicht zur Kirche, sondern in eine ganz andere Richtung.

Nein – ich war die ganze Zeit geradeaus gegangen, jedenfalls soweit ich das beurteilen konnte.

Plötzlich ging es steil bergauf. Ein gemauerter Torbogen kam in Sicht.

Und die nächste abgeschlossene Tür.

Dieses Schloss war älter und viel kniffliger zu knacken. Der Mechanismus war klobiger und schwergängiger, und er ließ sich mit dem dünnen Zahnspangendraht kaum bewegen.

Ich gratulierte mir im Stillen dazu, dass ich die Gurkengabel als Reserve eingesteckt hatte.

Noch eine Portion Squalen von meiner Nase, ein bisschen Geruckel mit der Zahnspange in den Innereien des Schlosses, ein paar energische Drehungen mit der Gabel, und die Sache war geritzt! Die Tür schwang nach innen auf.

Hier hörte der Tunnel auf.

Ich stand in einer niedrigen, gemauerten Kammer, die offensichtlich zur Krypta gehörte.

Eiserne Spangen an den Wänden hatten früher einmal Fackeln gehalten: Dicke Rußflecken an der Decke, wahrscheinlich Hunderte von Jahren alt, bewiesen, dass die Fackelhalter auch benutzt worden waren.

Die Wände waren mit eingeritzten Namen und Initialen bedeckt: D.C., R.O., Playfayre, Madrigall, Wenlock – manche der Familien lebten heute noch in Bishop's Lacey.

Ein de Luce war nicht dabei.

In der hinteren Wand erspähte ich etwas, das ich anfangs für ein Loch hielt: ein schwarzes Rechteck, ungefähr anderthalb Meter über dem Boden. Ich leuchtete mit der Taschenlampe hinein, sah aber nicht viel, weil ich zu klein war.

Zum Glück hatte jemand einen Granitbrocken, wahrscheinlich ein Bruchstück von einem alten Grabstein, als Tritt vor die Öffnung gelegt.

Auch ohne die Fußspuren, die überall im Staub zu sehen waren, hätte man gemerkt, dass erst vor Kurzem jemand durch die Öffnung geschlüpft war.

Ich stieg auf den Stein, spähte noch einmal durch die Öffnung und zwängte mich dann hindurch. Die gemauerte Kammer, in der ich nun stand, war erstaunlich geräumig, und von einer ihrer Seiten ging ein schmaler, niedriger Gang ab.

Ich ging in die Knie und krabbelte auf allen vieren in den Gang hinein. Dabei musste ich an Howard Carter denken, wie er durch die labyrinthischen Gänge der Pyramiden gekrochen war. War er nicht gestorben, weil er sich einen Fluch zugezogen hatte?

In dem engen Gang hörte ich meinen eigenen Herzschlag.

Tank-red, Tank-red, Tank-red, Tank-red …

Hatte der Heilige, so wie Shakespeare, einen Fluch über sein Grab verhängt? Verflucht sei der, der meine Gebeine bewegt und so weiter?

Hatte das den armen Mr. Collicutt umgebracht?

Unwahrscheinlich. Selbst wenn die Geister der Toten tatsächlich jemanden umbringen konnten, bezweifelte ich doch sehr, dass sie es schafften, ihrem Opfer eine Gasmaske übers Gesicht zu stülpen.

Trotzdem erschauerte ich beim Gedanken an Mr. Collicutt, der, wenn ich nicht völlig danebenlag, diesen Gang tot oder lebendig entlanggeschleift worden war.

Ich machte mir gedanklich einen Knoten ins Taschentuch. Am Ostersonntag wollte ich für ihn beten.

Jetzt verzweigte sich der Kriechtunnel auf einmal, und ich blickte von oben in eine noch größere Kammer hinein. Wie am anderen Ende hatte jemand Steintrümmer unter den Eingang gestapelt, sodass ich ohne große Schwierigkeiten auf den mit Schutt übersäten Boden hinuntersteigen konnte.

Dieser Teil der Ganges endete hier.

Ich ließ den Taschenlampenstrahl langsam umherwandern, aber abgesehen von mehr in die Steinmauern gekritzelten Namen und Initialen gab es nicht viel zu sehen.

Die Kammer war leer.

Abgesehen von zwei Eisenschellen, die aus der Wand ragten.

Es waren Griffe, die links und rechts in die Schmalseiten eines Steinquaders geschraubt waren. Sie konnten keinem anderen Zweck dienen als dem, den Stein von der Stelle zu bewegen.

Eine kurze Begutachtung bestätigte diesen Eindruck. Über dem Stein verlief ein rasierklingendünner Spalt, ebenso an beiden Seiten. Im Gegensatz zu den anderen Mauersteinen war dieser Quader ohne Mörtel in die Wand eingepasst.

Er war dafür da, dass man ihn herauszog.

Als ich den Spalt mit dem Finger nachfuhr, spürte ich einen Luftzug – einen Luftzug, wie ich ihn auch in der Gruft gespürt hatte, daran hegte ich keinen Zweifel.

Wenn ich nicht komplett auf dem Holzweg war, befand ich mich hinter der Wand der Kammer, in der Mr. Collicutts Leiche versteckt gewesen war.

Von hier aus hatte ihn der Mörder – oder, was wahrscheinlicher war, hatten ihn die Mörder – in die verschlossene Gruft befördert.

Anfangs war es nur ein bloßer Hauch, der meine Ohren umspielte. So verhielt es sich immer mit dem überempfindlichen Gehör, das ich von Harriet geerbt hatte: Geräusche waren zu Anfang nur eine Art hörbare Stille.

Erst wenn ich mir ihrer richtig bewusst wurde, nahmen sie Gestalt an. So auch diesmal.

Da redete jemand.

Die Stimme klang wie eine Fliege, die sich in eine leere Flasche verirrt hat, ein dumpfes und zugleich blechernes Summen, das an- und wieder abschwoll, an- und abschwoll.

Einzelne Worte waren nicht zu verstehen, ich vernahm nur das Brummen der Insektenstimme.

Reflexartig knipste ich die Taschenlampe aus.

Und stand im Stockfinstern.

Mir fiel sofort auf, dass durch den Mauerspalt Lichttupfen zu mir hereindrangen.

Ob hinter der Wand auch der Schein meiner Taschenlampe zu sehen gewesen war? Eher nicht, denn die Gruft wurde ja mit Glühbirnen beleuchtet.

Aber wer hielt sich mitten in der Nacht in der Krypta auf? Es mussten mindestens zwei Leute sein, denn ein Einzelner würde wohl kaum mit sich selbst reden.

Ich legte das Ohr an den Spalt und konzentrierte mich.

Vergebens. Der Spalt über dem Stein hatte einen eigenartigen Filtereffekt. Es war, als hörte ich nur einen ganz schmalen Ausschnitt aus dem Frequenzbereich dieser Stimme – jedenfalls nicht genug, um die Worte unterscheiden zu können.

Nach ungefähr einer halben Minute gab ich auf und machte mich an die nähere Untersuchung des Steinquaders, wobei ich mich auf mein Fingerspitzengefühl verließ.

Er war ungefähr vierzig Zentimeter breit und dreißig Zentimeter hoch. Seine Dicke entsprach vermutlich der Dicke der Wand, die ich ebenfalls auf vierzig Zentimeter schätzte.

Vierzig mal dreißig mal vierzig, das ergab achtundvierzigtausend Kubikzentimeter oder null Komma null vier acht Kubikmeter. Wie viel der Stein wohl wiegen mochte?

Das hing natürlich von seiner relativen Dichte ab. Aus den Tabellen in Onkel Tars Handbüchern wusste ich, dass Gold eine relative Dichte von über neunzehntausend Kilogramm pro Kubikmeter hatte, Blei etwas mehr als elftausend.

St. Tankred war für die Schönheit seines Sandsteins bekannt, der, wenn ich mich recht entsann, eine relative Dichte von fast zweieinhalbtausend Kilogramm pro Kubikmeter besaß. Demnach war der Steinquader zwischen hundertzehn und hundertzwanzig Kilo schwer. Ob ich ihn überhaupt bewegen konnte? Doch jetzt, da sich jemand dahinter befand, war eindeutig nicht der richtige Zeitpunkt, das auszuprobieren.

Trotzdem wollte ich unbedingt feststellen, ob der Kriechgang und der Steinquader tatsächlich mit dem Hohlraum verbunden waren, in dem ich Mr. Collicutts Leiche entdeckt hatte.

Tja, vielleicht musste ich eben so lange im Dunkeln herumhocken, bis hinter der Mauer das Licht erlosch.

Wie lange das wohl dauern mochte? Was hatten die Leute dort drüben überhaupt zu suchen?

Da konnte ich es mir ebenso gut bequem machen. Ich lehnte mich mit dem Rücken an die Wand und ließ mich daran herabgleiten, damit ich mich auf den Boden setzen konnte.

Leider rutschte ich mittendrin auf einem Steinchen aus.

Ich plumpste unsanft auf den Hintern.

Viel schlimmer war, dass ich die Taschenlampe fallen ließ.

13

Kleng!, schepperte es schauerlich laut.

Ich hielt den Atem an.

Das Insektengesumm verstummte schlagartig.

Ich spitzte die Ohren, hörte aber nicht mehr als mein eigenes Herzklopfen.

Dann ein Knirschen … das Scharren von Stein auf Stein, das von einer Wand zur anderen zurückgeworfen wurde. Ich kroch ein Stück vorwärts und legte die Hand auf den Steinquader.

Er bewegte sich!

Die Männer auf der anderen Seite drückten ihn in meine Richtung!

Ich tastete nach meiner Taschenlampe, konnte sie aber im Stockdunkeln nicht finden. Hier und da bekam ich einen Schuttbrocken zu fassen, ansonsten kratzten meine Nägel über den harten Boden.

Der Steinquader bewegte sich immer noch. Ich sah ihn zwar nicht, hörte ihn aber knirschen. Es konnte nicht mehr lange dauern, bis jemand durch die Öffnung gekrochen kam.

Wenn ich den Stein doch bloß hätte blockieren können! Zum Beispiel mit einem langen Balken, den ich an der gegenüberliegenden Wand verkeilen konnte …

Aber in dieser leeren Kammer gab es nichts dergleichen. Es gab überhaupt nichts.

Nur Flavia de Luce.

Die rettende Eingebung kam aus heiterem Himmel – jedenfalls erschien es mir damals so.

Später wurde mir klar, dass mein verzweifelter Verstand die Erinnerung daran ausgewürgt hatte, wie ich auf der Suche nach Feelys Tagebuch in der Schublade mit ihren Unaussprechlichen kramte. Als ich es schließlich aufgegeben hatte, musste ich ärgerlicherweise feststellen, dass sich die Schublade nicht mehr richtig schließen ließ. Ich konnte drücken und schieben, so viel ich wollte, sie ging einfach nicht zu.

Erst als ich sie ganz herauszog, sah ich, dass das Tagebuch mit Heftpflaster an die Rückseite geklebt war. Wieder was dazugelernt!

Ich ließ mich auf den Rücken fallen, stellte die Füße auf den beweglichen Mauerquader und stemmte die Schultern gegen die Wand hinter mir.

Ich spannte sämtliche Muskeln an und verwandelte mich in einen menschlichen Keil.

Der Stein bewegte sich nicht mehr.

Nach kurzer Stille ging man drüben erneut ans Werk.

Abermals schob sich der Stein langsam auf mich zu.

Hatten die Kerle etwa eine Brechstange dabei?

Vielleicht drückten sie jetzt mit vereinten Kräften dagegen.

Meine Knie gaben nach. Ich versuchte sie durchzudrücken, aber sie zitterten wie Bogensehnen.

Daffy hatte mir mal eine Geschichte vorgelesen, in der das Opfer mit einem Marterwerkzeug namens »Storch« gefoltert wurde, das den Körper nicht wie eine Streckbank auseinanderzog, sondern ihn zusammendrückte, bis er vom Druck der aufgestauten Körperflüssigkeiten platzte wie ein übergroßer Pickel.

Ich streckte beide Arme weit aus und suchte auf dem Boden verzweifelt nach irgendeinem Halt, um meinen Widerstand zu verstärken.

Ein Lichtspalt wurde sichtbar. Der Stein war schon fast aus der Wand heraus.

Jetzt verstand ich auch, was die Männer sagten.

»Das verdammte Ding sitzt fest«, sagte der eine. »Gib mal die Brechstange her.«

Es schepperte metallisch, und ich spürte, wie der Stein noch energischer gegen meine Fußsohlen gedrückt wurde. Lange würde ich das nicht mehr durchhalten.

Dann ging das Licht aus – flammte aber nach ein paar Sekunden wieder auf.

»Da kommt wer!«, zischelte es, und der Stein rührte sich nicht mehr.

»Da ist jemand oben an der Treppe«, sagte eine zweite Stimme. »Die haben das Licht an- und ausgeschaltet.«

»Los, wir hauen ab!«, flüsterte der Erste panisch.

»Los, hinter den Heizkessel. Und dann durch die Kohlenluke.«

Hastige Schritte, dann Totenstille.

Sie waren weg.

Ich zählte langsam bis hundert.

Wie bei einem Kommandounternehmen wieder zurück in das Cottlestone-Grab zu kriechen, wenn ich der Freiheit schon so nah war, fand ich witzlos.

Also packte ich die beiden Eisengriffe und zog kräftig an dem Stein. Er schien sich ein paar Millimeter zu bewegen.

Ich setzte mich so auf den Boden, dass der Stein zwischen meinen Knien war, stemmte die Füße gegen die Wand und zog noch einmal. Diesmal waren es vielleicht zwei Zentimeter oder sogar mehr.

Wenn ich nur an einer Seite zog, ließ sich der Stein mit etwas Glück wie eine Tür aufziehen, zumindest so weit, dass ich mich durch die Öffnung zwängen konnte.

Schließlich klaffte ein knapp zehn Zentimeter breiter Spalt in der Wand. Zu schmal, um durchzupassen, aber doch groß genug, um durchzuschauen. Ich ließ mich auf alle viere nieder und spähte in die Krypta hinüber. Die Brechstange lag noch dort, wo die Männer sie fallen gelassen hatten, ungefähr einen halben Meter von der Öffnung entfernt.

Ich legte mich auf den Bauch und streckte den Arm durch den Spalt, so weit es ging. Dabei drückte ich das Gesicht so fest an den Stein, dass ich wahrscheinlich aussah wie ein Tiefseebewohner.

Meine Finger streiften das abgeschrägte Ende der Brechstange. Jetzt hieß es aufpassen, dass ich sie nicht versehentlich noch weiter wegschob.

Langsam und vorsichtig hakte ich die Fingernägel hinter die Kante und zog die Brechstange Millimeter für Millimeter zu mir heran.

Seit ich im Kinderwagen gelegen hatte, hatte mich Feely damit gehänselt, dass ich an den Fingernägeln kaute, und ich war erst vor Kurzem zu dem Schluss gekommen, dass sie eigentlich recht hatte. An einer Chemikerin, die schon bald von den *Londoner Illustrierten Nachrichten* dabei fotografiert werden würde, wie sie ein Reagenzglas in der Hand hielt und gespannt hineinspähte, mussten die Finger halbwegs anständig aussehen.

Noch waren die Nägel nicht so lang wie gewünscht, aber es reichte trotzdem.

Die Brechstange rutschte auf mich zu. Als sie endlich in Reichweite war, zog ich sie durch die Öffnung und bedankte mich beim heiligen Tankred, der bestimmt nicht besonders tief unter mir lag.

Jetzt war es keine große Sache mehr, den Stein endgültig aus der Wand zu hebeln.

Das reinste Kinderspielsteinchen, dachte ich und grinste dabei vermutlich albern.

Jetzt war es auch so hell, dass ich die Taschenlampe wiederfand, die in die hinterste Ecke gerollt war. Ich knipste sie probehalber an – sie funktionierte noch! –, dann zwängte ich mich durch die Wand.

Erst als ich mich drüben in der Krypta wieder aufrichtete, merkte ich, wie steif und schmerzhaft verspannt ich war. Meine Knie und Hände waren zerkratzt und aufgeschürft.

Ich war stolz auf mich. So mussten sich die Veteranen fühlen, die im Krieg eine Verwundung davongetragen hatten.

Bevor ich mich in den Hauptraum der Krypta begab, spitzte ich noch einmal angestrengt die Ohren.

Nichts.

Wer sich in der Gruft auch aufgehalten haben mochte, hatte sich aus dem Staub gemacht. Daran bestand kein Zweifel. Ringsum herrschte ein so tiefes Schweigen, wie man es nur antrifft, wenn sämtliche anderen Anwesenden tot sind.

Trotzdem muss ich zugeben, dass sich meine Nackenhaare aufstellten, als ich am Heizkessel vorbeischlich – aber nur ein kleines bisschen.

Ich stand nun am Fuß der Treppe, die zur Kirche hinaufführte. War die Gefahr wirklich gebannt? Oder lauerten mir die mitternächtlichen Besucher womöglich vor der Kirche auf?

Sie mussten sich nur hinter den Grabsteinen verstecken, dort, wo ich Gladys abgestellt hatte, und sich dann auf mich stürzen; ein Mädchen mitten in der Nacht auf einem Friedhof zu entführen war keine große Kunst.

Vielleicht sollte ich lieber hierbleiben, mich auf einer Kirchenbank zusammenrollen, ein Nickerchen machen und bei Sonnenaufgang nach Hause radeln. Kein Mensch würde mitbekommen, dass ich weg gewesen war.

Ja, so würde ich es machen.

Ich stapfte die Steinstufen hoch, einen steifbeinigen Schritt nach dem anderen.

Die Außentür im Vorraum war geschlossen, aber nicht abgesperrt, so wie wohl schon seit den Zeiten Heinrichs VIII., als Englands Kirchen geplündert und verwüstet worden waren.

Links von mir lag der Teppich im Mittelgang wie ein rotes

Band im Mondlicht, das durch die bunten Kirchenglasfenster hereinfiel.

Wieder musste ich an das Gedicht vom Straßenräuber denken, der wie ein streunender Hund auf der Landstraße abgeknallt wurde.

Und aus irgendeinem Grund musste ich auch an den toten Mr. Collicutt denken.

Natürlich hatte Mr. Collicutt nicht mit einem Spitzenkragen um den Hals in seinem Blut auf der Landstraße gelegen – aber so hätte es ebenso gut sein können.

Der Geistesblitz flammte so jäh auf wie das Blitzlicht eines Zeitungsreporters.

Mr. Collicutt hatte tatsächlich einen Spitzenkragen um den Hals getragen.

Jedenfalls etwas sehr Ähnliches.

Der Straßenräuber war aus Liebe gestorben, oder? Um ihn davor zu warnen, dass ihm im Gasthaus eine Horde von König Georgs Leuten auflauerte, hatte sich die schwarzäugige Wirtstochter Bess in die Brust geschossen.

Sie hatten alle beide den Tod gefunden.

Würde es auch in Bishop's Lacey ein zweites Opfer geben?

Schmiedeten Mr. Collicutts Mörder bereits Pläne, noch jemanden zum Schweigen zu bringen? Jemanden, der den unglücklichen Organisten geliebt hatte?

Ich ging durch den Mittelgang, ließ die Fingerkuppen über das Ende jeder Bankreihe gleiten und absorbierte die tröstliche Festigkeit des alten Eichenholzes.

Es war eben hell genug, dass ich die Treppe zur Orgelempore ohne Taschenlampe emporsteigen konnte.

Dann wollen wir mal, dachte ich.

Die Geheimtür in der Wandvertäfelung war so gut wie unsichtbar, aber Feely hatte sie auf Anhieb geöffnet. Ob ich den Mechanismus entdecken würde?

Ich tastete über das polierte Holz und die geschnitzten Vertiefungen, aber sie saßen allesamt so bombenfest, wie sie aussahen. Ich drückte hier und da, aber nichts geschah.

Ein geschnitzter Gnom grinste mich frech aus dem Halbdunkeln an. Ich packte seine geblähten Wangen und versuchte, sein Gesicht zu verdrehen.

Es klickte, und die Holzverkleidung glitt auf.

Ich schlüpfte durch die Öffnung.

Als ich die Verkleidung wieder hinter mir zugeschoben hatte, knipste ich die Taschenlampe an.

Dank sei St. Tankred, dem Schutzheiligen der Indizien!

Der Lichtstrahl fiel auf Feelys und meine Fußabdrücke auf dem staubigen Boden. Sie waren unversehrt. Die Polizei hatte offenbar keinen Anlass gesehen, das Orgelgehäuse zu durchsuchen. Wozu auch? Die Orgel war viel zu weit weg vom Fundort der Leiche.

Nicht einmal Mr. Haskins war hier gewesen, um die Fledermaus aus der Orgelpfeife zu befreien – die Abdrücke seiner Totengräberstiefel hätte ich aus hundert Metern Entfernung erkannt –, was wiederum hieß, dass der kleine Kadaver höchstwahrscheinlich immer noch auf dem Boden des fünf Meter hohen Prinzipals lag.

Ruhe in Frieden, kleines Wesen, dachte ich.

Das Tierchen war anscheinend durch die Kohlenluke hereingeflogen, und zwar während des nächtlichen Kommens und Gehens der Täter, die Mr. Collicutt hinter die Wand der Krypta geschoben hatten.

Ich klopfte mit den Knöcheln gegen die lange Pfeife, aber nichts regte sich. Die Fledermaus war so gut wie sicher tot.

Der Lichtkegel der Taschenlampe fiel auf ein paar frische Kratzer im Holz des Orgelgehäuses. Ich kniete mich hin und beugte mich weiter vor.

Doch, ich hatte richtig gesehen.

»Jesses!«

Mich traf fast der Schlag, als die Windlade ganz hinten in

der Ecke plötzlich ein Röcheln von sich gab. Hezekiah Whytefleets Grabstein hatte sich gesenkt und drückte Luft in das Innenleben der Orgel.

Auch hinter mir zischte es.

Ich schwenkte die Taschenlampe herum und hatte die Quelle des Geräuschs sogleich erfasst. In das hölzerne Röhrenwerk war ein rundes Loch gebohrt, vom Durchmesser her etwas dünner als ein Bleistift, und durch dieses Loch strömte zischend Luft aus.

Auf dem Boden darunter befand sich ein getrockneter roter Fleck.

Als ich einen Schritt näher ging, knirschte es unter meiner Schuhsohle.

Ohne hinzusehen, wusste ich, dass es sich um Glas handelte.

Durch meine Arbeit im Chemielabor war ich mit dem Prinzip des Manometers vertraut, einem u-förmigen, mit Flüssigkeit gefüllten Glasröhrchen, mit dem man den Luftdruck messen konnte.

Es war einleuchtend, dass auch eine Orgel mit einem solchen Gerät ausgerüstet war. Auf diese Weise ließ sich der Winddruck in der Windlade überprüfen. Das mit einer Zollskala versehene Röhrchen war teilweise mit gefärbtem Alkohol gefüllt gewesen, an dessen Stand sich der entsprechende Wert ablesen ließ, ähnlich wie bei einem Thermometer.

Jetzt allerdings waren von dieser sinnreichen Erfindung nur noch die knirschenden Splitter auf dem Boden übrig und ein gezackter Glasring an der Stelle, an der das Manometer von der hölzernen Halterung abgebrochen war.

Den Rest des Glasröhrchens hatte, wenn mir meine Augen keinen Streich gespielt hatten, der verstorbene Mr. Collicutt in der Hand gehalten.

Demnach hatte der Organist genau hier, im Herzen der großen Orgel, die er mit so viel Inbrunst gespielt hatte, den Tod gefunden.

Da war ich mir ganz sicher.

Zwar hatte ich kein Taschenmesser dabei, um eine Probe von dem roten Fleck abzuschaben, aber das war nicht weiter schlimm. Um eine Verunreinigung durch meine Finger auszuschließen, würde ich das untere Ende der Taschenlampe aufschrauben und den Metalldeckel als Spatel benutzen.

Erst als der Lichtstrahl über meine Knie glitt, entdeckte ich, in welchem Zustand meine Kleider sich befanden. Mein Sonntagsmantel sah aus, als hätte ich mich im Schlamm gewälzt. Er war mit Grabschmadder verdreckt, mit Lehm aus dem Tunnel beschmiert und mit einer Staubschicht paniert. Auch dieses Kleidungsstück würde ich wohl den Flammen übergeben müssen.

Mein Gesicht sah vermutlich nicht besser aus. Ich strich mir mit dem Handrücken über die Stirn. Als ich die Hand ins Licht hielt, war sie widerlich schwarz verschmiert.

Bevor ich nach Hause gehe, muss ich mich gründlich waschen, dachte ich. Hoffentlich gab es irgendwo in der Kirche Wasser. Wenn ja, war es angesichts der Stunden, die mir bis zum Tagesanbruch noch blieben, durchaus machbar, mich bis zum Frühstück einigermaßen vorzeigbar herzurichten.

Das Taufbecken!, schoss es mir durch den Kopf.

Ich verließ das Orgelgehäuse und begab mich in die Altarnische. Dabei achtete ich darauf, dass ich nicht mit irgendwelchen kirchlichen Ausstattungsgegenständen in Berührung kam.

Zur Not konnte ich sogar auf den Abendmahlswein zurückgreifen und ihn als Fleckenlöser benutzen.

Beim Gedanken daran, was der Vikar wohl dazu gesagt hätte, entfuhr mir ein ersticktes Prusten. Sein Gesichtsausdruck …

Ein gellender Schrei ließ das Bild zerbersten.

Ich fuhr herum und sah mich einer von Kopf bis Fuß schwarz gekleideten Gestalt gegenüber.

Das Blut gefror mir in den Adern, und es dauerte ein paar

Sekunden, bis mein alarmierter Verstand das Phantom identifizierte.

Es war Cynthia Richardson.

Sie hatte mich dabei beobachtet, wie ich allem Anschein nach aus der geschlossenen Wand herausgetreten war; dazu kam, dass meine Kleidung womöglich noch mehr nach Grab aussah als bei unserer Begegnung auf dem Friedhof.

Ihr zum Schrei aufgerissener Mund stand offen, die Augen wollten ihr schier aus dem Kopf springen.

»Hannah!«, keuchte sie.

Dann verdrehte sie die Augen und kippte um, als hätte sie ein Schuss ins Herz getroffen.

Mein Rückgrat war plötzlich ein Rinnsal aus Eiswasser.

»Hannah!«, hatte auch der Vikar in jener Nacht im Schlaf gerufen, in der er und Cynthia wegen eines Schneesturms auf Buckshaw festgesessen hatten. *»Nein, Hannah, bitte nicht!«* Ich konnte sein gequältes Flüstern noch deutlich hören. Schon damals hatte ich mich gefragt, wer Hannah wohl gewesen sein mochte, und als ich jetzt auf die bewusstlose Cynthia Richardson hinabblickte, beschäftigte mich die gleiche Frage.

Bewusstlos? Oder war sie etwa tot?

War sie vor Schreck tot umgefallen? Sie wäre nicht die Erste gewesen.

Ich kniete mich hin und legte den Finger an ihre Halsschlagader, so wie ich es Dogger bei mehr als einer Gelegenheit hatte tun sehen. Ich spürte einen unmissverständlich kräftigen, gleichmäßigen Puls.

Ich atmete auf. Wenigstens hatte ich sie nicht umgebracht!

Aber ich musste dafür sorgen, dass sie bequem lag und genug Luft bekam. Vom Erste-Hilfe-Kurs bei den Pfadfinderinnen wusste ich noch, dass Schockopfer auf keinen Fall auskühlen durften.

Ich schälte mich aus meinem dicken Mantel und legte ihn

über Cynthia, wobei mir auffiel, wie mitleiderregend klein sie war – kaum größer als ich.

Während ich mit dem Ohr an ihrem Mund lauschte, wie sie ein- und ausatmete, sah ich wieder vor mir, wie sie mich eines Tages ertappt hatte, als ich auf den Altar gestiegen war und für eine chemische Analyse ein Pröbchen Smalte von einem Buntglasfenster abschaben wollte. Damals hatte sie mich an Ort und Stelle übers Knie gelegt und mir eine Tracht Prügel verpasst, wozu sie schändlicherweise ein Gesangbuch zweckentfremdete.

Im Nachhinein war der Vorfall fast komisch, aber nur fast. Ich hatte sie ihr nie ganz verziehen, diese erste richtige Bestrafung, die ich in meinem ganzen Leben erfahren hatte – abgesehen natürlich von den Strafen, mit denen mich meine Schwestern peinigten.

Als ich jetzt neben ihr kniete, hätte ich gerne so etwas wie den Genuss der Rache gespürt.

Aber es ging nicht. Es funktionierte einfach nicht.

Sollte ich bei ihr bleiben? Bei ihr wachen, bis die Sonne aufging?

Oder sollte ich lieber Dr. Darby holen? Oder zum Pfarrhaus laufen und den Vikar wecken?

Während ich noch fieberhaft überlegte, vernahm ich hinter mir leise Schritte. Ich sprang auf und drehte mich blitzschnell um.

Vor mir stand mit kreidebleichem Gesicht der Vikar.

»Meine Güte«, stammelte er, »meine Güte! Ich hatte schon befürchtet, dass es irgendwann so weit kommt.«

Nicht: *Was hast du mitten in der Nacht in der Kirche zu suchen?* Nicht: *Wieso hockst du über meiner geliebten Frau?* Nicht: *Was hast du mit ihr angestellt?*

Sondern schlicht: »Meine Güte. Ich hatte schon befürchtet, dass es irgendwann so weit kommt.«

So weit? Was meinte er damit?

Und wenn es schon so weit gekommen war, was hatte *Cynthia* eigentlich mitten in der Nacht in der Kirche zu suchen? War sie es womöglich gewesen, die …

Diesen verstörenden Gedanken mochte ich nicht zu Ende denken.

»Ich glaube, Ihre Frau ist ohnmächtig geworden«, sagte ich ziemlich dämlich und ertappte mich dabei, dass ich unwillkürlich die Hände rang.

»Es ist nicht das erste Mal«, sagte der Vikar wie im Selbstgespräch und schüttelte den Kopf. »Nein, leider ist es nicht das erste Mal.«

Weil ich nicht wusste, was ich machen sollte, stand ich einfach nur da wie ein Schaf.

»Flavia, meine Liebe«, sagte der Vikar schließlich zu mir und kniete sich ebenfalls neben die reglose Cynthia, »du musst mir helfen, sie nach Hause zu bringen.«

Die Worte klangen merkwürdig angespannt. Warum ließ er sie nicht einfach liegen, bis sie wieder zu sich kam? Warum wollte er sie in diesem Zustand ins Pfarrhaus schleppen?

Schließlich hatte sie sich nicht irgendwo heillos betrunken und musste deshalb weggebracht werden, ehe jemand von der Gemeinde sie so sah.

Oder doch?

Nein, das war unmöglich. Mir war nicht der leiseste Hauch von Alkohol aufgefallen, und ich bildete mir wirklich etwas darauf ein, die Ketone überall herausschnüffeln zu können.

»Selbstverständlich«, erwiderte ich.

Der Vikar hob seine Frau so mühelos hoch, als wäre sie eine Puppe, und ging mit langen Schritten in Richtung Kirchentür.

Ich folgte ihm durch das nasskalte Friedhofsgras bis zum Pfarrhaus, wobei ich mich immer wieder umsah, ob nicht doch jemand hinter einem Grabstein lauerte, aber da war niemand. Die Eindringlinge hatten sich verdrückt.

Dann lief ich vor dem Vikar die Treppe hoch und hielt ihm die Haustür auf.

»Ins Arbeitszimmer«, sagte der Vikar, als ich die schwache Glühbirne in der kleinen Diele anknipste.

Im Arbeitszimmer sah es wie immer aus, als hätte dort ein Erdrutsch an Büchern stattgefunden. Ich räumte mehrere Stapel zundertrockener Bände von dem Rosshaarsofa auf den Boden. Es war dasselbe Sofa, auf dem die verrückte Meg während der Rupert-Porson-Geschichte gelegen hatte.

Der Vikar drapierte meinen Mantel so sorgfältig um seine Frau, als brächte er ein kleines Kind ins Bett.

Sie regte sich kaum merklich und stöhnte leise. Er streichelte ihr sanft das Gesicht.

Ihre wasserblauen Augen öffneten sich, und ihr Blick huschte unruhig hin und her.

»Es ist alles gut, Liebling«, sagte der Vikar. »Alles ist gut.«

Sie richtete den Blick auf ihn, und dann geschah das Wunder.

Sie lächelte!

Cynthia Richardson lächelte!

Für mich hatte die Frau immer ein wenig wie eine Ratte ausgesehen, aber ich war zugegebenermaßen etwas voreingenommen. Die gebleckten, vorstehenden Zähne und der mürrische Blick unter der dauergerunzelten Stirn verliehen ihr das Aussehen eines schlecht gelaunten Nagetiers.

Und doch lächelte Cynthia Richardson jetzt!

Um nicht ungerecht zu sein, muss ich zugeben, dass ihr Lächeln durchaus zu der Sorte gehörte, die man im Allgemeinen als strahlend bezeichnet.

Keine Madonna hatte je so zärtlich ihr Kind betrachtet, keine Braut hatte ihren Bräutigam je so liebevoll angeschaut, wie Cynthia Richardson ihren Mann anschaute.

Um ein Haar wären mir die Tränen gekommen.

»Soll ich Dr. Darby holen?«, fragte ich. »Ich bin in nullkommanix dort und wieder zurück.«

In Wahrheit wollte ich die beiden in diesem Augenblick lieber allein lassen. Ich war ein Eindringling.

»Nein, nein«, antwortete der Vikar. »Cynthia braucht nur etwas Ruhe. Siehst du, sie schläft schon.«

Das stimmte. Mit dem letzten Anflug jenes wunderschönen Lächelns um die Mundwinkel war Cynthia Richardson eingenickt.

Ein leises Schnarchen war die Bestätigung.

»Was ist denn passiert?«, fragte der Vikar nun fast zaghaft. »Sie muss sich ... sehr erschreckt haben.«

»Das ist eine lange Geschichte.«

»Erzähl sie mir«, sagte er sanft. »Wir haben die ganze Nacht Zeit.«

Was ich unter anderem an unserem Vikar Denwyn Richardson so mag, ist, dass er mich nimmt, wie ich bin. Er stellt keine idiotischen Fragen.

Zum Beispiel will er nicht wissen, warum ich um drei Uhr früh mit Graberde verdreckt in seiner Kirche hinter der Wandtäfelung hervorkomme.

Er will nicht wissen, warum ich nicht zu Hause bin und in meinem warmen Bettchen süße Kinderträume träume.

Kurz gesagt, er behandelt mich wie eine Erwachsene.

Das ist ein Geschenk.

Für uns beide.

Darum brach ich ausnahmsweise mit meiner eisernen Regel und übernahm nicht nur Verantwortung, sondern gab auch freiwillig Informationen preis.

»Ich glaube, ich bin schuld«, sagte ich. »Ich habe Ihre Frau erschreckt. Sie hat mich wohl mit jemandem verwechselt.«

Der Vikar zog bekümmert die Augenbraue hoch. Das reichte schon, damit ich weitersprach.

»Sie hat ›Hannah‹ gesagt. Dann ist sie zusammengeklappt.«

Eine jener langen Pausen entstand, in denen man schon deshalb, weil sie einem peinlich sind, etwas sagen will, aber aus Furcht davor, dass es dann womöglich noch peinlicher wird, dann doch lieber schweigt.

»Hannah …«, wiederholte er gedehnt. »Hannah war … unsere Tochter.«

Ich spürte, wie sich eine erdrückende Last auf mir niederließ, so schwer wie das ganze Universum, aber dennoch unsichtbar.

Ich schwieg.

»Sie wurde nur vier Jahre alt«, fuhr der Vikar fort. »Ich habe sie umgebracht.«

14

Das verschlug mir den Atem.

»Ganz bestimmt nicht!«, stammelte ich schließlich.

Wieder verging eine Ewigkeit, bis der Vikar weitersprach: »Es war vor sieben Jahren, in der Weihnachtswoche. Ich hatte Hannah zum Bahnhof in Doddingsley mitgenommen, wo ich wie jedes Jahr die Stechpalmen für die Kirche abholen wollte. Hannah war völlig begeistert von Weihnachten … und sie wollte immer überall dabei sein. Auf dem Bahnsteig hielt mich jemand auf, ein ehemaliges Gemeindemitglied, eine Frau, die ich seit Jahren nicht mehr gesehen hatte … Sie wollte mir schöne Weihnachten wünschen, und ich habe Hannahs Hand losgelassen, nur ganz kurz, verstehst du, aber … aber dann … Der Zug … der Zug …«

Tränen liefen ihm über die Wangen.

Ich sah, wie meine Hand nach der seinen fasste.

»Ich habe ihr noch etwas nachgerufen, wollte sie aufhalten …«

»Das tut mir leid«, sagte ich und spürte im selben Augenblick, wie nutzlos solche Beileidsfloskeln sind, auch wenn uns manchmal nichts anderes zu sagen bleibt.

»Das tut mir wirklich leid«, wiederholte ich.

»Wenn sie noch am Leben wäre«, sagte der Vikar mit tränenumflorten Augen, »dann wäre sie heute in deinem Alter. Cynthia und ich sagen oft zueinander, wie sehr du …« Er unterbrach sich. »Cynthia und deine Mutter sind nämlich dicke Freundinnen, Flavia. Sie waren zur selben Zeit schwanger.«

Wieder fand sich ein Teil des unvollständigen Puzzles, das Harriet für mich darstellte.

»Das tut mir leid«, sagte ich zum dritten Mal. »Das wusste ich nicht.«

»Wie auch? Die braven Leute hier im Dorf haben sich darauf verständigt, Stillschweigen darüber zu bewahren. Niemand spricht über Hannahs Tod. Sie glauben, dass wir nichts merken, aber … wir wissen natürlich, was los ist.«

»Trotzdem dürfen Sie sich keine Vorwürfe machen!«, platzte ich heraus. Wut stieg in mir hoch. »Es war nicht Ihre Schuld. Es war ein Unfall.«

Der Vikar lächelte mich nur traurig an und gab mir damit zu verstehen, dass meine Worte nichts daran ändern konnten.

»Wo liegt Ihre Tochter denn begraben?«, fragte ich mit plötzlicher Kühnheit. Ich nahm mir vor, öffentlich ein paar Blumen auf das Grab des kleinen Mädchens zu legen und dem lächerlichen Schweigegebot ein Ende zu setzen.

»Hier. Auf dem Friedhof. Nicht weit vom Cottlestone-Grab. Erst konnten wir uns keinen Stein leisten. Das Gehalt eines Landpfarrers ist nicht gerade … na ja, und irgendwann war es dann zu spät. Trotzdem geht Cynthia noch oft hin, aber ich fürchte, dass sie …«

Als mir die schreckliche Bedeutung seiner Worte aufging, lief es mir eiskalt den Rücken herunter.

Ihre Tochter war an der Stelle begraben worden, an der mich Cynthia dem Erdboden hatte entsteigen sehen. Und danach in der Kirche …

Wie konnte ich das je wieder gutmachen?

»Sie hat mich für Hannah gehalten«, rang ich mich zu einem ersten Schritt durch. »Ich habe im Orgelgehäuse nach Spuren gesucht. Für sie muss es ausgesehen haben, als käme ich aus der Wand.«

Während ich sprach, stöhnte Cynthia leise und warf den Kopf hin und her.

»Ein Glück, dass Sie dazugekommen sind«, sagte ich. »Ich weiß nicht, was ich sonst getan hätte.«

»Ich bin ihr gefolgt«, sagte der Vikar leise. »Das mache ich öfter. Um mich zu vergewissern, dass ihr nichts zustößt.«

Cynthia regte sich wieder.

Er nahm ihr behutsam meinen ekligen Mantel ab, reichte ihn mir und deckte sie stattdessen mit der Wolldecke zu, die zusammengefaltet am Ende des Sofas gelegen hatte.

Ich verstand den Wink. »Dann geh ich jetzt mal.«

Kleine Lehmbatzen bröckelten von meinem Mantel, als ich ihn überzog.

Ich war schon an der Tür, als der Vikar sagte: »Flavia ...« Er blickte mich mit tränenfeuchten Augen an. »Pass auf dich auf.«

Auch das gehört zu den Dingen, die ich an Denwyn Richardson so mag.

Buckshaw im Mondschein glich einem Traumbild. Als ich durch die Kastanienallee auf das Haus zu fuhr, lag eine Hälfte im blasssilbernen Mondlicht, die andere war dunkel. Ein lang gestreckter schwarzer Schatten kroch ostwärts über den Trafalgar-Rasen, als suchte er Zuflucht zwischen den fernen Bäumen.

Ich lehnte Gladys an die Ziegelmauer des Küchengartens und blickte nach oben zu den Fenstern im Obergeschoss. Nirgends brannte Licht, keine bleichen Gesichter schauten auf mich herab.

Wunderbar!, dachte ich. Ich brauchte Zeit, um eine chemische Reinigungslösung zusammenzumischen, am besten in einem Kohleneimer. Ein Gebräu aus Ammoniak und irgendeinem auf Chlor basierendem Oxidationsmittel. Ich konnte auch Benzin verwenden und mir ein paar Liter aus Harriets Phantom II abzapfen. Ich würde meinen verdreckten Mantel zusammenknüllen, eine halbe Stunde einweichen und zum Trocknen aus meinem Laborfenster in den Wind hängen. Hinterher wäre er so makellos sauber und würde so frisch riechen, als käme er geradewegs aus der Reinigung Armfields in Belgravia.

Als ich das Haus durch die Küchentür betrat, merkte ich auf einmal, dass ich einen Bärenhunger hatte. Ich hatte seit Ewigkeiten nichts mehr gegessen, und der Magen hing mir schon auf den Knien. Ich beschloss, mir in der Speisekammer ein paar Scheiben Brot abzuschneiden und mit nach oben zu nehmen, um sie über meinem Bunsenbrenner zu toasten.

Ich hatte die Küche noch nicht ganz durchquert, als eine ernste Stimme »Flavia!« sagte. Es klang wie das Läuten einer Sterbeglocke.

Es war Vater.

Auf den ersten Blick hätte ich ihn beinahe nicht erkannt. Er saß in Morgenmantel und Pantoffeln am Küchentisch. Ich hatte ihn noch nie in anderer Kleidung als seiner üblichen gesehen: Hemd, Krawatte, Weste, Jacke, lange Hose und spiegelblank geputzte Stiefel.

»Äh … ich war in der Kirche«, setzte ich an, in der Hoffnung, mir dadurch mildernde Umstände zu verschaffen, auch wenn ich nicht wusste, worin die eigentlich bestehen sollten.

»Ich habe mit dem Vikar gesprochen«, ergänzte ich lahm.

»Weiß ich«, erwiderte er.

Woher denn? Hatte mich der Vikar etwa verpfiffen?

»Der Justiziar des Bischofs hat angerufen.«

Ich traute meinen Ohren nicht. Vater hatte uns die Benutzung des von ihm als »das Instrument« bezeichneten Apparats verboten, es sei denn, es wäre der äußerste Notfall eingetreten. In seinen Augen war das Telefon das, was der Galgen für einen zum Tode Verurteilten war.

»Er hat mir nahegelegt, dir zu untersagen, dich weiterhin rings um die Kirche herumzutreiben, solange dort Ausgrabungen stattfinden. Er meinte, dir könnte dort leicht etwas zustoßen.«

Und woher weiß der Justiziar des Bischofs, dass ich mich an der Kirche herumgetrieben habe?, hätte ich am liebsten gefragt.

Aber die Antwort lag auf der Hand. Sein Helfershelfer Marmaduke Parr hatte es ihm gesteckt.

»Außerdem weißt du doch«, fuhr Vater fort, »dass in der Krypta ein Mord geschehen ist.«

Ich sprach ein stummes Dankgebet. Wenigstens hatte nicht Inspektor Hewitt Vater angerufen und angeordnet, dass ich mich von der Kirche fernhalten sollte.

»Hat er den armen Mr. Collicutt erwähnt? Der Justiziar, meine ich?«

»Nein. Trotzdem möchte ich, dass du …«

»Mrs. Richardson ist vor dem Altar in Ohnmacht gefallen«, unterbrach ich ihn rasch. »Sie hat mich mit ihrer Tochter Hannah verwechselt.«

Vater sah mich an. Im Mondlicht zeichneten sich tiefe Falten in seinem Gesicht ab. Er war unrasiert, und die Stoppeln auf seinen Wangen glitzerten mitleidlos. Er hatte noch nie so alt ausgesehen.

»Das hat mir der Vikar von ganz allein erzählt«, sagte ich. »Ich habe ihn nicht danach gefragt.«

Die Küchenuhr tickte. Vater stieß einen langen Seufzer aus.

»Ich kann dich nicht richtig sehen«, sagte er nach einer Weile. »Meine Augen sind auch nicht mehr das, was sie mal waren. Hol doch bitte eine Kerze aus der Vorratskammer. Lass das Deckenlicht aus.«

Ich holte einen Messingkerzenhalter und eine Schachtel Streichhölzer, dann saßen wir einander im flackernden Schein der Wachskerze gegenüber.

»Denwyn und Cynthia hatten es nicht leicht«, sagte Vater.

»Nein«, stimmte ich ihm zu. Mir wurde allmählich klar, dass die beste Unterhaltung manchmal darin bestand, zuzuhören und gar nichts zu sagen, und wenn doch, sich auf Worte zu beschränken, die mit einer Silbe auskamen.

»Er gibt sich die Schuld daran«, sagten Vater und ich gleichzeitig.

Nicht zu fassen! Er und ich hatten im selben Augenblick dieselben fünf Worte gesprochen – als hätten wir unisono einen Text aufgesagt.

Ich traute mich nicht zu lächeln.

»Stimmt«, sagten wir dann gleich noch mal wie aus einem Mund.

Es war richtig unheimlich.

Bis dahin hatte Vater nur ein einziges Mal mit mir geredet, ich meine, richtig geredet, und das war, als er in Hinley im Gefängnis gesessen hatte, weil er des Mordes an Horace Bonepenny verdächtigt wurde. Damals hatte er erzählt, und ich hatte zugehört.

Diesmal redeten wir beide gleichzeitig.

»Es war einfach nur ein dummer Unfall, so einfach und dumm, wie ein Unfall nur sein kann. Tragisch. Trotzdem blieb einem unter den gegebenen Umständen nichts anderes übrig, als weiterzumachen. Es herrschte Krieg. Jeder musste auf die eine oder andere Weise Verluste verkraften. Es war sehr schwer für die beiden, ihr kleines Mädchen zu verlieren.«

»Warst du hier, als es passierte?«, fragte ich und erschrak selbst über mich. Woher nahm ich auf einmal diesen Mut?

Ein Schatten verfinsterte Vaters Gesicht. Die Uhr tickte.

»Nein«, antwortete er dann. »Ich war nicht hier.«

Wie ich sehr wohl wusste, hatte er damals mit Dogger in Kriegsgefangenschaft gesessen, ein Thema, über das auf Buckshaw nicht gesprochen wurde.

Wirklich seltsam, dachte ich: Da gab es vier große Trauernde – Vater, Dogger, den Vikar und Cynthia Richardson –, und sie weigerten sich allesamt, auch nur ein Quäntchen ihres Kummers mit jemandem zu teilen, nicht einmal untereinander sprachen sie darüber.

War Kummer letztendlich eine Privatsache? Ein verschlossener Behälter? Etwas, das man wie einen Eimer Wasser nur auf einer Schulter tragen konnte?

Und um alles noch schlimmer zu machen, hatte das ganze Dorf jeden der vier in einen Kokon des Schweigens gehüllt.

Diese lieben, elenden Menschen! Sowohl diejenigen, die den Segen sprachen, als auch diejenigen, die ihn empfingen!

Als mir wieder einfiel, dass ich mir geschworen hatte, in aller Öffentlichkeit Blumen auf Hannah Richardsons Grab zu legen, stieg mir das Blut in die Wangen.

Aber damit wollte ich Vater nicht behelligen. Er hatte auch so schon genug Sorgen.

»Was sollen wir bloß mit dir machen?«, fragte er plötzlich.

»Keine Ahnung, Sir«, antwortete ich. Das »Sir« überraschte mich selbst. So hatte ich meinen Vater noch nie angeredet, aber in diesem Augenblick schien es mir einfach passend. »Es ist nur … na ja … manchmal kommt es mir vor, als sei ich meiner … meiner Mutter sehr ähnlich.«

Da! Jetzt war es raus!

Ich konnte nur noch abwarten, welchen Schaden ich damit angerichtet hatte.

»Du bist deiner Mutter nicht ähnlich, Flavia.«

Auf diesen Tiefschlag hin musste ich erst einmal schlucken.

»Du bist *genau wie deine Mutter.*«

In meinem Kopf ging es drunter und drüber, wie in einem Bienenstock, einem Tornado, einem tropischen Wirbelsturm. Hatten meine Ohren das tatsächlich gehört? In den letzten Jahren hatten mir meine Schwestern immer wieder einreden wollen, ich sei nur adoptiert: ein Wechselbalg, ein Kohlebrocken, den ihnen ein hinterhältiger Weihnachtsmann in die am Kamin aufgehängten Strümpfe gesteckt hatte.

»Ich wollte schon länger mal mit dir darüber reden.« Vater zappelte herum, als suchte er etwas in den Taschen seines Morgenmantels. »Da kann ich es ebenso gut jetzt gleich erledigen.«

Mein Kinn zitterte. Was kam jetzt?

Würde er mir eine Standpauke halten, weil ich meinen Sonntagsmantel ruiniert hatte?

»Ich bin mir darüber im Klaren, dass dein Leben nicht immer …«, fing er überraschenderweise an. »Soll heißen, ich weiß, was du manchmal …«

Er schaute mich jämmerlich an, in seinem Gesicht zuckte es. »Ach, verdammt aber auch!«, sagte er.

Er nahm einen zweiten Anlauf. »Wie deine Mutter besitzt auch du die verhängnisvolle Gabe, ein Genie zu sein. Dein Leben wird nie einfach sein … und am besten erwartest du das gar nicht erst. Große Gaben haben immer ihren Preis, vergiss das nicht. Noch Fragen?«

Der gute Vater! Noch seine zärtlichsten Anwandlungen gerieten ihm zum Exerzierplatzvortrag. Wie sehr ich ihn doch liebte!

»Nein, Sir«, erwiderte ich wie ein Pionier, der soeben den Auftrag bekommen hat, die feindlichen Linien in die Luft zu sprengen. »Keine Fragen.«

»Sehr gut. Sehr gut.« Vater stand auf und rieb sich die Hände. »Dann solltest du jetzt zusehen, dass du ins Bett kommst.«

Damit war er auch schon zur Tür hinaus und ließ mich allein am Tisch sitzen.

Ich dachte über alles nach, was er gesagt hatte.

Seine Äußerungen über Harriet gehörten allerdings nicht zu den Themen, über die man am Küchentisch sinniert. Darüber musste ich ganz in Ruhe nachdenken, wenn ich erst einmal im warmen Bett lag.

Eines stand aber jetzt schon fest. Vater hatte mir nicht ausdrücklich verboten, mich der Kirche zu nähern.

15

Es heißt, er blutet, weil seine Gebeine gestört wurden!« Mrs. Mullet löffelte mir noch einen Schlag lavaähnlichen Haferbrei in die Schüssel. Ich kam mir vor wie Oliver Twist, nur ins Gegenteil verkehrt: *»Bitte, Madam, ich möchte nichts mehr.«*

»Iss, solange es noch warm ist, Liebes. So ist's recht. Und nie vergessen:

Was ich dir sage, hör gut drauf –
Porridge polstert die Rippen auf.

Ach herrje! Ich wusste gar nicht, dass ich 'ne Dichterin bin!«

Sie kicherte über ihren eigenen Witz.

Die bloße Vorstellung, dass diese graue Pampe an meinen Rippen – oder sonst wo – klebte, versetzte meinen Magen in Winterstarre.

»Danke, Mrs. M.«, sagte ich benommen und kippte noch einen großzügigen Schluck Milch in den Haferbrei. Vielleicht konnte ich ja einfach nur ein bisschen von der Flüssigkeit auflöffeln und das wabblige Grauen unter der Oberfläche schlummern lassen wie das Ungeheuer von Loch Ness.

Ich hatte kaum geschlafen und war nicht in Bestform. Die Reinigung meines Mantels hatte sich in chemischer Hinsicht als unerwartet kompliziert erwiesen und mich letztendlich dazu gezwungen, Michael Faradays berühmtes Experiment von 1821 zu wiederholen, bei dem er Tetrachlorethen synthetisierte, indem er Hexachlorethan thermisch zersetzte.

Infolgedessen war ich die ganze Nacht wach gewesen.

»Eigentlich wurden seine Gebeine noch gar nicht gestört«, sagte ich. »So tief haben die Männer noch nicht gegraben.«

»Er weiß trotzdem verdammt gut, dass sie drauf und dran sind«, erwiderte Mrs. Mullet. »Denk an meine Worte. Heilige sind nicht wie du und ich. Die wissen Bescheid. Die sehen und hören Dinge, die weit weg sind, so wie das Fernsehen. Sie hören, wenn Mrs. Frampton betet, dass ihrer Elsie ihr Bert im Toto gewinnt, damit sie ihre Mutter im Juli nach Blackpool in Urlaub schicken kann und sie ihr mal vierzehn Tage aus dem Weg ist, damit sie die Böden schrubben und die Teppiche ausklopfen kann. Aber du weißt ja: Von mir hast du das nicht.«

Ich frühstückte in der Küche, weil Mrs. Mullet den Tisch im Esszimmer schon längst abgeräumt hatte, als ich mich endlich dazu hatte aufraffen können, mich aus dem Bett zu quälen.

»Das weiß ich alles von meiner Freundin, Mrs. Waller. Sie hat gesagt, alles war voller Blut, wie im Schlachthaus.«

»So viel war's auch wieder nicht«, erwiderte ich. »Ich hab's ja selbst gesehen.«

Mrs. Mullets Augen wurden ganz groß.

»Höchstens ein paar Teelöffel voll, wenn man es zusammengekratzt hätte. Blut sieht immer nach mehr aus.«

Falls es überhaupt Blut gewesen war. Ich konnte es kaum erwarten, in mein Labor hochzugehen und die eingetrockneten Reste an meiner weißen Zopfschleife zu analysieren.

Mrs. Mullett ließ sich nicht beirren. »Jedenfalls musste Miss Tanty sofort ins Bett, und der Doktor musste kommen. Sie war fix und fertig, hat irgendwelchen Unsinn von Mr. Collicutt gefaselt und von den vier Reitern der Apoklippse. Sie hat 'nen Schock, wenn du mich fragst.«

»Da könnten Sie recht haben, Mrs. M.«, sagte ich und änderte beim Sprechen meine Pläne. »Ich bringe ihr ein paar Blumen vorbei und sage ihr, dass der Strauß von uns allen hier auf Buckshaw kommt.«

»Das wär wirklich nett, Kindchen«, sagte Mrs. Mullet. »Du bist immer so aufmerksam.«

Selbstverständlich war ich aufmerksam. Falls das Laudanum Miss Tanty die Zunge löste, wollte ich unbedingt unter den Ersten sein, die hörten, was sie zu erzählen hatte.

Miss Tanty wohnte in einem kleinen Haus auf der Westseite der Cater Street, die von der Hauptstraße aus nach Norden führte, ganz in der Nähe des *Dreizehn Erpel.*

Ich stellte Gladys neben am Gartentor ab, als Miss Gawl, die Schatzmeisterin der Altardienstgruppe, aus der Haustür trat.

»Miss Tanty ist für niemanden zu sprechen, Kindchen, tut mir leid. Ärztliche Anweisung. Die Blumen kannst du mir geben. Ich stell sie in eine Vase und bring sie ihr nachher.«

Das würde sie nicht tun, da war ich mir sicher. Sie würde die Blumen kurzerhand zur Hintertür hinaus auf den Abfall werfen. Was nicht weiter schlimm war, denn ich hatte sie wie schon den ersten Strauß an der Friedhofsmauer gepflückt.

»Das ist sehr nett von Ihnen, Miss Gawl.« Ich übergab ihr die Blumen und zog einen besorgten Ausdruck über mein Gesicht wie eine Sturmhaube. »Aber wie geht es ihr denn nun?«

»Sie ruht sich aus«, lautete die Antwort. »Aber sie darf nicht gestört werden. Wir haben ihr eine Injektion verpasst, damit sie schläft.«

Wir haben ihr eine Injektion verpasst?

Dann fiel es mir wieder ein: Miss Gawl war früher Gemeindeschwester gewesen. Deshalb hatte sie auch den Ausdruck »Injektion« benutzt. Jeder andere hätte gesagt: »Wir haben ihr eine Spritze gegeben« oder »was zu schlafen« oder »ein *Beruhigungsmittel*, damit sie schlafen kann«. Außerdem hätte niemand sonst *wir* gesagt, sondern: »*Der Doktor* hat ihr was gegeben, damit sie schläft.«

Was man doch alles aus so einem kleinen Wörtchen schließen kann!

Ich setzte für die Frau mein schönstes Dorftrottelgrinsen auf.

»Dann will ich mal weiter«, sagte ich und musste mich schwer beherrschen, um nicht noch »zur Osterkuh-Preisverleihung« draufzusetzen.

Auch Dreistigkeit hat ihre Grenzen.

Ich schob Gladys bis zum Flussufer am Ende der Straße. Mit demonstrativer Beschränktheit suchte ich eine Handvoll Kiesel zusammen und ließ sie, mit konzentriert aus dem Mundwinkel geschobener Zunge, über die Wasseroberfläche hüpfen.

Eins ... zwei ... drei ...

Als ich mich umdrehte, war Miss Gawl weg.

Ich kehrte sofort zu Miss Tantys Haus zurück, schaute nach links und rechts, um mich zu vergewissern, dass mich niemand sah – dann öffnete ich die Haustür und trat ein.

Drinnen war es viel zu warm, heiß wie im tropischen Dschungel.

Rechts befand sich das Esszimmer mit einem übergroßen Tisch und mehr Stühlen, als wir auf ganz Buckshaw hatten.

Links ging es in das kombinierte Wohn-Musikzimmer mit der üblichen Einrichtung: ein kleiner Flügel, Notenständer, Gipsbüsten von Beethoven und Mozart und noch einem Komponisten, den ich nicht kannte – aha! – Wagner. Sein Name war in den Sockel graviert, und alle drei Herren sahen so kalt aus, als seien sie aus Mondgestein gemeißelt. An das Musikzimmer schloss sich ein kleiner, mit exotisch aussehenden Pflanzen vollgestopfter Wintergarten an. In einem kunstvoll verzierten Drahtkäfig hockte ein Papagei.

»Brave Polly«, sagte ich, um mich mit dem Vogel gutzustellen.

Der Papagei beäugte mich griesgrämig.

»Du bist ja ein hübscher Vogel«, setzte ich hinzu und kam mir dabei reichlich blöd vor, aber es gibt nun mal nicht allzu viele Themen, über die man sich mit einem Vogel unterhalten kann.

Das Vieh ignorierte mich. Vielleicht hatte es ja Hunger. Vielleicht war Miss Tanty so fix und fertig, dass sie vergessen hatte, ihren Vogel zu füttern.

Ich griff nach dem Stück Rindertalg, das zwischen den Käfigstangen klemmte.

Der Papagei stürzte blitzschnell vor, und ich riss die Hand zurück, ehe er mir noch einen Finger abbiss.

Gut möglich, dass ich Polly daraufhin mit einem hässlichen Schimpfnamen bedachte.

»Dann verhungere halt!«, sagte ich und kehrte in die Diele zurück.

Die Küche im hinteren Teil des Hauses war der Ursprung der hohen Temperatur. Dort gab ein großer schwarzer Herd so viel Hitze ab wie die Heizkessel auf der *Queen Elizabeth*. Außerdem roch es nach Gekochtem. Ich öffnete die größte Herdklappe und lugte hinein. Auf einem Bett aus Kartoffeln, Karotten, Zwiebeln, Kohlrüben und Äpfeln brutzelte ein gewaltiger Rinderbraten vor sich hin.

Das Fleisch war schön braun. Es musste schon seit mindestens einer Stunde schmoren.

Miss Gawl hatte gesagt, Miss Tanty würde sich ausruhen, was sich vermutlich auf ein Schlafzimmer im Obergeschoss bezog.

Ich kehrte abermals in die Diele zurück.

»Hallo, Quentin«, hörte ich den Papagei im Plauderton sagen. Das dämliche Vieh hatte wahrscheinlich kapiert, dass ich es hatte füttern wollen, und wollte sich jetzt bei mir einschmeicheln. Zu spät, mein Freund!

Versöhnlichkeit gehört nicht unbedingt zu meinen Vorzügen.

Die Treppenstufen waren so lackiert, dass sie wie Klaviertasten aussahen, die Trittflächen schwarz und die Setzstufen dazwischen weiß.

Ich stieg die ansteigende Tastatur langsam hoch und betrachtete dabei die vielen schwarz gerahmten Fotos, die links und rechts an der Wand hingen: Miss Tanty in jungen Jahren, wie sie im langen Abendkleid auf einer Bühne steht und singt, die Hände vor dem ausladenden Bauch gefaltet; Miss Tanty, wie ihr von einem mürrisch dreinblickenden Herrn, dessen Miene verrät, dass er den Preis lieber jemand anderem verliehen hätte, ein Pokal überreicht wird; Miss Tanty vor einem mittelalterlichen Fachwerkhaus, das irgendwo in Deutschland hätte stehen können; Miss Tanty, die einen Mädchenchor dirigiert, der einheitlich – Miss Tanty inbegriffen – in Schuluniform gekleidet ist: Pullover, Bluse und schwarze Kniestrümpfe; Miss Tanty in der Mitte der vordersten Chorgestühlreihe von St. Tankred, und daneben – gerade noch zu erkennen – Mr. Collicutts blond gelockter Hinterkopf vor der Orgel. Hoch oben unscharf im Hintergrund das geschnitzte Gesicht des heiligen Tankred.

Er blutet nicht.

Oben angekommen, wandte ich mich nach rechts, zu dem Zimmer, das zur Straße ging. Eine Miss Tanty schlief bestimmt nicht nach hinten raus.

Die meisten Türen im Obergeschoss standen offen, nur eine einzige, nämlich die zu dem bewussten Zimmer zur Straße, war geschlossen.

Ich öffnete sie und streckte die Nase ins Zimmer.

Die gebirgige Miss Tanty lag mit auf der Brust gefalteten Händen reglos im Bett. Zwar thronte die Brille mit den dicken Gläsern auf ihrer Nase, aber die Augen waren geschlossen.

Ich huschte auf Zehenspitzen näher.

Dass sie nicht schnarchte, beunruhigte mich ein bisschen. Miss Tanty schien mir jemand zu sein, der keine halbe Sachen machte, weshalb ich davon ausging, dass sie keine leise Schläferin war. Andererseits konnten ausgebildete Sängerinnen ihr Zäpfchen womöglich sogar im Schlaf kontrollieren – diesen kleinen Fleischfinger, der wie ein kleiner rosiger Eiszapfen ganz hinten im Gaumen hängt.

Schlief Miss Tanty denn überhaupt? Oder hatte jemand sie abgemurkst? War Mr. Collicutts Mörder zum zweiten Akt zurückgekehrt? Brachte da jemand ganze Chöre um, immer einen nach dem anderen? Würde Feely die Nächste sein?

Alle diese Gedanken schwirrten mir gleichzeitig durch den Kopf.

Die dunkle Flasche, die auf einem zwischen Bett und Wand gezwängten, überfüllten Bücherregal stand, hatte ich bereits erspäht. Als ich mich über das Bett beugte, um sie zu inspizieren, öffnete Miss Tanty träge ein Auge.

Ich hätte vor Schreck beinahe meine Zunge verschluckt.

Das von den flaschenbodendicken Linsen vergrößerte wässrige Auge erschien so riesig, als wäre plötzlich ein blutunterlaufener Erntemond aufgegangen.

Sie blinzelte und öffnete das andere Auge, das noch erschreckender aussah als das erste. Die Pupillen wanderten in der suppigen Flüssigkeit hin und her und richteten sich schließlich auf mich.

Sie schien sich gar nicht zu wundern, mich zu sehen. Es war fast, als hätte sie auf mich gewartet.

»Ich … ich bin einfach reingekommen. Ich wollte nachschauen, wie es Ihnen geht«, sagte ich rasch. »Ich hab mir Sorgen um Sie gemacht.«

Miss Tantys massiger Leib erbebte unter stummen Erschütterungen, die von ihren Schultern und dem üppigen Busen ausgingen und sich nach unten fortsetzten, bis sie an den Fußgelenken verebbten. Ich musste, wenn auch nur flüchtig, an Mrs. Mullets missglückte Sülzen denken.

»Tatsächlich«, sagte sie, und es war nicht als Frage gemeint.

Ich begriff nicht gleich, dass sie lachte. Ihre Wangen wackelten heftig, sie biss sich auf die Unterlippe, und ihre riesigen feuchten Augen glitten wie wild in den Höhlen hin und her.

Es war ein gruseliger Anblick.

»Ha!«, schnaufte sie. »Was du nicht sagst!«

Sie wälzte sich auf die Seite und griff nach der Flasche auf dem Regal. Nachdem sie den Korken mit dem Daumen herausgeschoben hatte, goss sie zwei Fingerbreit einer rotbraunen Flüssigkeit in ein bereitstehendes Glas.

»Für meine Stimmbänder«, verkündete sie und kippte den Inhalt mit einem einzigen Schluck herunter.

Anschließend gab sie übertriebene Gurgelgeräusche von sich, als wollte sie mich von ihrer Aussage überzeugen.

Ich erkannte den Geruch von Sherry sofort. Mrs. Mullet goss zu Weihnachten immer einen Schuss davon in den Plumpudding sowie in ihren, wie sie ihn nannte, »Sündigen Eintopf«.

»Die Stimmbänder brauchen hin und wieder eine kleine Belohnung.« Miss Tanty drückte den Korken wieder in die Flasche. »Man muss sie behandeln wie dressierte Löwen: die Peitsche immer dabei, aber ab und zu gibt's ein Leckerli.«

War das die gleiche Miss Tanty, die sich ausruhen und zu der der Doktor kommen musste? Die Miss Tanty, der man eine Injektion zum Schlafen verabreichen musste?

Wenn das stimmte, dann war sie innerhalb erstaunlich kurzer Zeit schon die zweite Frau in Bishop's Lacey, die eine Spritze gebraucht hatte. Die erste war Cynthia Richardson gewesen, die sich auf dem Friedhof zu Tode erschreckt hatte. Und jetzt Miss Tanty, der in der Kirche der Schreck ihres Lebens eingejagt worden war.

Die gleiche Miss Tanty, die vor meinen Augen ihre Stimmbänder mit einem Schluck Sherry kurierte.

»Tut mir leid, dass ich einfach so reinplatze«, sagte ich, ohne Miss Gawl zu erwähnen. »Ich wusste ja, dass Sie von dem Blut in der Kirche und so weiter einen Schock erlitten haben. Da wollte ich …«

»Red keinen Stuss!« Sie fixierte mich mit flackerndem Blick. »Ich war nicht schockierter als du.«

»Aber …«

Sie lachte wieder. Ihr Leib wackelte, auf ihrer Haut bildeten sich Schaumkronen.

»Natürlich hab ich mir die größte Mühe gegeben, dass es so aussieht. Ein Zitat aus der Offenbarung verfehlt selten seine Wirkung. Andererseits ... so groß war die Mühe nun auch wieder nicht. In einem Dorf bewirkt ein einziger Telefonanruf genauso viel wie eine Schlagzeile in der *Times*.«

»Aber ... «

»Das war alles nur gespielt, Schätzchen. Eine Aufführung! Und zwar eine umwerfend gute, wenn ich mich selbst loben darf. Besonders stolz bin ich darauf, dass sogar du darauf reingefallen bist. ›Vergib mir, o Herr‹ – das hat dich überzeugt, stimmt's? Du kannst es ruhig zugeben. Und dass ich mich dann noch mit der Flüssigkeit bekreuzigt habe, war ein echter Geniestreich – auch wenn ich einen Augenblick lang dachte, jetzt hättest du mich durchschaut.«

In meinem Kopf schlugen die Gedanken reihenweise Purzelbäume. Ich kam mir vor, als sei ich soeben beim Sackhüpfen als Letzte ins Ziel gehechelt. Diese widerliche alte Frau hatte mich mit meinen eigenen Waffen geschlagen.

»Mich überzeugt?«, brachte ich mühsam hervor. »Von wegen! Warum wäre ich sonst hier?«

Es war nur ein schwacher Gegenschlag, aber unter den gegebenen Umständen bekam ich es nicht besser hin.

Miss Tantys Wellengang hatte sich unterdessen zu einem ausgewachsenen Tropensturm aufgeschaukelt.

»Meine Güte!« Sie nahm die Brille ab und tupfte sich mit dem Zipfel des malvenfarbenen Bettbezugs die nassen Augen. »Meine Güte aber auch!«

»Warum ...«, fragte sie dann und deutete auf das Bücherregal, »warum sollen wir eigentlich Miss Wie-heißt-sie-doch-gleich allen Detektivruhm allein überlassen?« Erst jetzt fiel mir auf, dass ihre Bibliothek ausschließlich aus Kriminalromanen in grünen Taschenbuchausgaben bestand – wie die Bände, die

Daffy ganz hinten in ihrer Unterwäscheschublade vor neugierigen Blicken verbarg.

»Ich habe mich schon immer für eine ausgesprochen intelligente Frau gehalten«, fuhr Miss Tanty fort. »Nicht direkt genial, aber nahe dran. Ich bin immer die Erste, die rauskriegt, wer die vergifteten Pflaumen im Plumpudding versteckt hat, wer die umgedrehten Fußabdrücke in der Pferdekoppel hinterlassen hat und lauter solche Sachen. Genau wie du«, setzte sie nach einer kurzen Pause hinzu und funkelte mich vernichtend und plötzlich sehr konzentriert an.

Mir rutschte das Herz in die Hose.

Ich hatte eine Konkurrentin.

»Tja, da haben wir drei also hemmungslos drauflos ermittelt und waren doch so klug als wie zuvor!«

Wir drei? Was redete die Frau da?

»Aber ich hatte die Nase vorn, würde ich behaupten. Ich lag auf den Knien und hatte eine Probe von dem, was Jack the Ripper, glaube ich, ›das rote Zeug‹ nannte, am Finger, auf dem Kragen und – du musst zugeben, dass das eine Meisterleistung war – im Zeichen des Kreuzes auf meiner Stirn.«

Diese verflixte …!

»Beinahe hätte mich dieser Sowerby mit seinem Taschentuch übertrumpft. Dass er noch dran geleckt hat, war ein netter Einfall, wenn auch ein bisschen aufgesetzt. Und dann kamst du natürlich noch und hast dein Zopfband reingetunkt, in der Hoffnung, dass es niemand mitkriegt.«

Diese doppelt verflixte …!

»Da standen wir nun um den Tatort mit der Blutlache herum, wir, die drei Oberschnüffler, vom Schicksal überraschend zusammengeführt. Was für ein Bild! Was für ein unsterblicher Augenblick! Was für ein Schnappschuss für einen Buchdeckel! Zu schade, dass ich meine Kodak nicht dabeihatte!«

Was für eine Niederlage. Ich hätte froh und glücklich sein

sollen, in Bishop's Lacey eine verwandte Seele gefunden zu haben, aber ich war nicht froh und glücklich.

Ganz im Gegenteil.

Wie sollte ich Mr. Collicutts unglückseligem Ableben jemals auf den Grund gehen, wenn eine Miss Tanty mir das Wasser trübte?

Von der Polizei ganz zu schweigen.

»Wir könnten doch einen Club gründen«, fuhr Miss Tanty mit wachsender Begeisterung fort. »Wir könnten uns ›Die großen Drei‹ nennen. Oder ein Unternehmen: TSD könnten wir es nennen: Tanty, Sowerby & de Luce. Natürlich mit einem Kaufmanns-Und.«

Das ging jetzt endgültig zu weit!

Ich hatte nicht vor, den Rest meines schwer verdienten Lebens die dritte Geige für zwei Amateure zu spielen.

Amateure?

Miss Tanty hatte mich immerhin auf etwas aufmerksam gemacht, das ich bis dahin übersehen hatte – Adam Sowerby.

Ich schloss die Augen und rief mir seine Visitenkarte ins Gedächtnis. Wie hatte der Text doch gleich gelautet?

Adam Tradescant Sowerby, M. A.
Mitglied der Königlichen Gartengesellschaft
Pflanzenarchäologe
Alte Pflanzensamen – Nachzüchtungen – Recherchen
Tower Bridge, London E.1 TN Royal 1066

Recherchen!

Das war mir glatt entgangen. So was Blödes aber auch!

Der Mann war *Privatdetektiv*.

Das warf ein ganz neues Licht auf die Sache. Wie viel wusste er bereits über die Umstände von Mr. Collicutts Tod? Und wie konnte ich ihm seine Erkenntnisse aus den Rippen leiern?

Auch Miss Tanty war womöglich, wenn sie auf der Suche

nach Hinweisen im Dorf herumgeschnüffelt hatte, eine ergiebigere Informationsquelle als zunächst gedacht.

Ich musste mich gut mit ihr stellen.

Zumindest vorläufig.

»Natürlich habe ich schon davon gehört, wie glänzend Sie den Fall der verschwundenen Stricknadeln gelöst haben.«

Mrs. Mullet hatte uns die Geschichte erzählt, als sie den Fisch auftrug. »Passt auf die Gräten auf«, hatte sie warnend gesagt. Und dann hatte sie uns den Dorfkrimi erzählt.

»Stimmt«, sagte Miss Tanty nicht ohne Stolz. »Die arme Mrs. Lucas. Sie ist immer so was von *geistesabwesend*. Ihr ist ums ... ihr ist beim besten Willen nicht mehr eigenfallen, wo sie ihre Stricknadeln gelassen hatte. Sie waren wie vom Erdboden verschluckt. Von jetzt auf gleich. ›Haben Sie schon in Ihrer Frisur nachgeschaut?‹, hab ich sie gefragt. Sie trägt immer einen großen Dutt, wie diese schrecklichen Tänzerinnen bei Toulouse-Lautrec. La Goulue und so weiter ... *Die Königin von Montmartre*. Mrs. Lucas hat mir einen scheelen Blick zugeworfen, aber dann hat sie nach oben gegriffen und – siehe da! Sie hatte die Nadeln in ihre *Coiffure* geschoben, als der Postbote ans Tor gekommen war. ›Nein so was! Sie sind ja ein echter Sherlock Holmes‹, hat sie gesagt.«

Ich lächelte mit professioneller Höflichkeit.

»Wegen Mr. Collicutt ...«, setzte ich zaghaft an.

Aber diese Pumpe musste nicht mit Gewalt in Schwung gesetzt werden. Man brauchte nur den Schwengel anzutippen, schon kam die ganze Geschichte herausgesprudelt.

»Es war an einem Dienstag. Am Dienstag vor Aschermittwoch, um genau zu sein. Genauigkeit ist wichtig, nicht wahr, Schätzchen? Wenn es um die Kunst des Beschattens geht, kann man gar nicht genau genug sein.«

Jetzt mach schon hin!, hätte ich am liebsten ausgerufen. Aber ich musste mich ja gut benehmen. Darum lächelte ich nur gequält.

»Es muss der Dienstag vor Aschermittwoch gewesen sein, weil wir am nächsten Tag in der Frühmesse Chaillots Satz des *Benedictus* singen sollten. Wir hatten das Stück schon eine ganze Weile geprobt, aber wie dir deine Schwester Ophelia bestätigen wird, handelt es sich um einen teuflisch schwierigen Satz. Er klingt ganz einfach, wie alle großartige Musik, enthält für den Unachtsamen jedoch ein gerüttelt Maß an Schlingen und Fußfallen. Weil ich nicht genug Zeit gehabt hatte, mich mit der Partitur zu befassen, musste ich mich auf meine Fähigkeit verlassen, vom Blatt zu singen, eine Fähigkeit, die im Allgemeinen von jenen, die mich schon mal erlebt haben, als bemerkenswert bezeichnet wird.«

Sie machte eine Kunstpause und erntete einen bewundernden Blick von mir für diese bemerkenswerte Fähigkeit, und sogleich erzählte sie weiter.

»Die einzige Schwierigkeit – das Haar in der Suppe sozusagen – war die Tatsache, dass mir meine Augen Ärger machten. Manchmal, vor allem bei heftigen Gefühlswallungen, sehe ich anstelle der Noten nur verschwommene Schlieren. Mir war klar, dass entweder meine Brille schnellstens korrigiert werden musste oder dass ich andere Augentropfen brauchte. Darum hatte ich einen Termin mit dem guten Mr. Gideon in Hinley ausgemacht. Sonst fährt mich immer Mildred Battle, wenn ich wieder einmal meine ›Pilgerfahrt‹, wie ich es nenne, antreten muss. Sie ist eine wahre Heilige und somit auf einer Pilgerfahrt wahrlich die passende Begleitung, findest du nicht auch?«

Ich lächelte pflichtbewusst.

»Aber an besagtem Morgen rief mich ihre Nichte Florence noch vor dem Frühstück an. ›Tante Mildred ist krank‹, sagte sie. ›Wahrscheinlich hat sie was Falsches gegessen.‹ ›Ojeoje‹, habe ich gesagt, ›das tut mir aber leid. Dann muss ich wohl Clarence Mundy anrufen, dass er mit dem Taxi kommt, obwohl mir ganz schlecht wird, wenn ich daran denke, was das wieder kostet, wenn er in Hinley den ganzen Tag warten muss.‹ Ich hätte vielleicht etwas einfühlsamer sein sollen, was Mildreds Unpässlichkeit betraf, aber so war es nun mal. Ich dachte wohl eher daran, wie zutiefst enttäuscht die Gemeinde sein würde und – jawohl – auch unser Herr Vikar, falls ich dem *Benedictus* meine Stimme nicht würde leihen können. Du verstehst sicherlich, in welcher Zwickmühle ich steckte, oder?«

Ich nickte.

»›Keine Bange‹, sagte Florence, bevor ich noch ausgesprochen hatte. ›Mr. Collicutt hat schon angeboten, Sie zu fahren, und Tante Mildred hat netterweise nichts dagegen, dass er ihren Wagen nimmt. Er holt Sie um fünf nach halb neun ab.‹«

Ich hatte gar nicht mehr daran gedacht, dass Mr. Collicutt bei Mr. und Mrs. Battle zur Untermiete gewohnt hatte. Zum Glück hatte mich Miss Tanty wieder daran erinnert. Noch zwei Leute – drei, wenn ich die Nichte Florence mitzählte –, die befragt werden mussten.

»Das kam mir natürlich wie gerufen«, fuhr Miss Tanty fort. »Mein Termin bei Mr. Gideon war um halb zehn, und auch wenn man mit dem Wagen nur zehn, fünfzehn Minuten bis Hinley braucht, bin ich lieber etwas zu zeitig da. Wenn jemand anders seinen Termin absagt, kommt man nämlich früher dran, und dann ist man natürlich auch viel früher wieder zu Hause. ›Ich warte am Gartentor‹, sagte ich zu Florence. Und daran hielt ich mich auch. Als Mr. Collicutt um neun Uhr noch nicht da war, wollte ich Florence anrufen, aber es war besetzt. Ich war außer mir. Aber als ich es um Viertel nach noch mal probierte, kam der Anruf problemlos durch. Florence nahm sofort ab und meinte, Mr. Collicutt habe das Haus Punkt halb neun verlassen. Ich war so was von sauer! Ich hätte den Kerl umbringen können …«

Ich muss wohl ein entsetztes Gesicht gemacht haben, denn Miss Tanty wurde rot.

»Das ist natürlich nur eine Redewendung. Ich könnte den guten Mr. Collicutt – und natürlich auch sonst niemanden –

ebenso wenig umbringen, wie ich mir Flügel wachsen lassen und davonfliegen kann. Aber das weißt du ja.«

»Klar«, erwiderte ich, aber ich behielt die Frau ab jetzt sicherheitshalber im Auge.

Der gute Mr. Collicutt? War das die gleiche Miss Tanty, die zu mir gesagt hatte, ich solle meine Krokusse nicht vergeuden?

Hier war irgendwas im Gange – aber es war nicht die Himmelsmacht der Liebe.

»Er war ein äußerst fähiger Musiker, aber wie alle fähigen Musiker halste er sich oft zu viel Arbeit auf. Wenn er nicht Privatunterricht gab, mit dem Chor probte oder bei diesem oder jenem Musikwettbewerb als Preisrichter dabei war, rang er mit seinen Kompositionen. Mildred meinte, sie und George hätten ihn immer wieder oben in seinem Zimmer auf und ab gehen gehört, manchmal sogar spät in der Nacht. Wären sie nicht auf das Geld angewiesen gewesen, hätten sie ihn deswegen wohl längst zur Rede gestellt. So leicht wie in Kriegszeiten findet man heutzutage zwar keine Untermieter mehr, aber einer, der zu nachtschlafender Zeit auf und ab wandert, ist für einen Steinmetz, der den ganzen Tag schwer schuftet und vor Tau und Tag aufstehen muss, auch kein leichtes Los.«

»Zu nachtschlafender Zeit?«, fragte ich. »Warum hat er das gemacht?«

»Weil es ihn umgetrieben hat, nehme ich an. Wahrscheinlich schwirrten ihm lauter Harmonien und Kontrapunkte durch den Kopf. Ich weiß, dass er manchmal auch in die Kirche hinüberging. Wenn der Wind von Westen kam, hörte ich zu den unmöglichsten Zeiten Orgelklänge herüberwehen. Nicht nur einmal habe ich daran gedacht, dem guten Mann eine Thermosflasche mit heißem Tee zu bringen, aber ich wollte ihn nicht stören. Die Musik kann eine strenge Geliebte sein, weißt du?«

Sie fixierte mich mit einem riesenhaften Auge.

Wollte sie mich aushorchen?

Auch Daffy hatte sich gelegentlich zum Thema »Geliebte« geäußert, aber ich fand solche Damen nicht halb so spannend wie sie. Solange kein Mord im Spiel war oder Gift, so wie im Fall der Madame de Brinvilliers und des Chevaliers de Sainte-Croix, war es mir schnurzegal, was andere Leute in ihrer Freizeit trieben.

»Ich wandere selbst manchmal zu nachtschlafender Zeit umher«, sprach Miss Tanty weiter. »Es heißt zwar, Nachtluft sei schädlich für die Stimme, aber man kann ja auch mit geschlossenem Mund spazieren gehen und gleichmäßig durch die Nase atmen.«

Bei der Vorstellung, wie Miss Tanty nächtens mit geschlossenem Mund durchs Dorf geisterte und gleichmäßig durch die Nase atmete, überlief es mich kalt.

Kein Wunder, dass die Leute Gespenster gesehen hatten!

Die geheimnisvollen Lichter, die die Männer vom Luftschutz und der Brandwache angeblich während des Krieges auf dem Friedhof gesehen hatten, waren vermutlich einfach nur Miss Tantys gigantische Brillengläser gewesen, in denen sich der Mond gespiegelt hatte.

Oder hatte es sich doch um etwas Ernsteres gehandelt?

»Ich mach mich dann mal wieder auf den Weg«, sagte ich. »Ich finde allein raus. Freut mich, dass es Ihnen schon wieder besser geht, Miss Tanty.«

Meine schamlose Anbiederei kam mir vor, als spielte man noch weiter, obwohl die letzten Zuschauer den Theaterpavillon bereits verlassen haben. Aber meine gespielte Anteilnahme sollte die Tür für eine eventuelle spätere Befragung offenhalten.

»Denk noch mal drüber nach, was ich vorhin gesagt habe«, rief mir Miss Tanty hinterher, als ich schon an der Tür war. »Wenn wir drei uns zusammentun, können wir es mit der ganzen Welt aufnehmen!«

Ich lächelte sie unverbindlich an und ging die Treppe hinunter, vorbei an der musikalischen Bildergalerie. Ich blieb nur kurz stehen, um den sauertöpfischen Herrn näher zu betrachten, der Miss Tanty den Pokal überreichte. Ich hatte sein Gesicht schon irgendwo gesehen, aber mir wollte nicht einfallen, wo.

Aus lauter Übermut sprang ich die letzten drei Stufen auf einmal hinunter und landete polternd auf beiden Füßen.

»Geronimo!«, rief ich. Diesen Schlachtruf hatten amerikanische Fallschirmspringer berühmt gemacht, jedenfalls hatte mir Carl Pendracka das erzählt.

Im Salon richtete sich ein Mann, der an Miss Tandys Schreibtisch stand, ruckartig auf und fuhr herum. Er hatte in ihren Papieren gekramt.

Es war Adam Sowerby.

Aber er starrte mich nur einen Sekundenbruchteil erschrocken an, dann zog sich ein breites Grinsen über sein Gesicht.

»Beim Jupiter! Auf frischer Tat ertappt. Du hast mir ja einen schönen Schrecken eingejagt.«

»Sie sind Privatdetektiv«, sagte ich.

»Tja«, erwiderte er, »ich muss wohl zugeben, dass es gewisse Aspekte in meinem Berufsbild gibt, die nichts mit Blümchen zu tun haben.«

»Sie sind Privatdetektiv«, wiederholte ich. Ich würde mich nicht düpieren lassen, oder wie man das nannte. Ich musste Daffy noch mal fragen.

»Wenn du es unbedingt so nennen willst, ja.«

»Hab ich mir gedacht. Es steht ja auch auf Ihrer Visitenkarte: Recherchen.«

»Sehr scharfsinnig von dir.«

»Bitte reden Sie nicht so gönnerhaft mit mir, Mr. Sowerby. Ich bin kein Kind mehr. Na ja, den Buchstaben des Gesetzes nach streng genommen schon, aber ich lasse mich trotzdem nicht gern wie ein Kind behandeln.«

»Dann werfe ich mich wohl lieber vor dir auf den Bauch

und weine heiße Tränen in den Teppich«, sagte er feixend und fuchtelte wie ein Geisteskranker mit den Armen.

Ich ging entschlossen in Richtung Haustür.

»Flavia ... warte mal.«

Ich blieb stehen.

»Es tut mir leid. Es ist nicht ganz leicht, von einem Moment zum anderen nicht mehr den Deppen zu spielen. Stell dir vor, jemand lenkt ein Automobil von der Straße runter in eine Wiese. Dann braucht er auch ein paar Meter, bis er zum Stehen kommt.«

»Vielleicht gehen wir lieber nach draußen«, entgegnete ich. »Bevor Miss Tanty noch die Treppe runterkommt und Sie dabei erwischt, wie Sie in ihren Sachen wühlen.«

»Wie bitte? Soll das etwa heißen, dass sie zu Hause ist?«

»Sie ist oben.« Ich deutete mit dem Kinn auf die Decke.

»Dann heißt es für uns: *exeunt omnes*«, flüsterte er, legte den langen Zeigefinger auf die Lippen und stakste übertrieben wie ein Storch zur Tür, als spielte er in einer Pantomime den schwarz maskierten Einbrecher.

»Das ist wirklich albern«, sagte ich. »Können Sie das nicht lassen?«

16

Wir standen am Ende der Cater Street am Flussufer, wo uns Miss Tanty auf keinen Fall hören konnte. Den Weg dorthin hatten wir schweigend zurückgelegt.

Auch jetzt war bis auf das Gurgeln des Flusses und das gedämpfte Geschnatter einiger Enten, die in der Strömung im Kreis herumpaddelten, nichts zu hören.

»Tut mir leid«, entschuldigte er sich noch einmal. »Alte Gewohnheiten sind hartnäckig.«

»Gehört das zu Ihrer Deckidentität?«, fragte ich. »Sich als Einfaltspinsel aufzuführen?«

Den Begriff »Deckidentität« hatte ich aus einem der Radiokrimis mit Philip Odell. *Der Fall der neugierigen Königin,* wenn ich mich recht entsinne. Es bedeutete, sich als jemand anders auszugeben. Jemand, der man in Wirklichkeit nicht war.

Ich selbst hatte noch nicht oft Gelegenheit gehabt, diese Technik anzuwenden, weil in Bishop's Lacey praktisch jeder Flavia de Luce so gut kannte wie seine eigene Mutter. Nur in sicherem Abstand von zu Hause konnte ich eine andere Identität annehmen.

»Vermutlich«, antwortete Adam und tat so, als drehte er seine Nase um. »So. Ich hab sie abgeschaltet. Jetzt bin ich wieder ich selbst.«

Sein Grinsen war verschwunden, und ich nahm ihn beim Wort.

»Miss Tanty findet, wir sollten uns zusammentun«, berichtete ich ihm. »So was wie einen Detektivclub gründen.«

»Informationen austauschen?«

»Darauf wollte sie wahrscheinlich hinaus, ja.«

»Ich wusste gar nicht, dass sie in dieser Hinsicht Ambitionen hegt«, sagte er. »Hätte mir vielleicht auffallen sollen. Das heißt vermutlich, dass ihr erschütternder Auftritt gestern in der Kirche nur gespielt war. Ebenso wie ihr gut inszenierter Zusammenbruch heute Morgen. Sehr schlau von dir, dass du darauf gekommen bist.«

»Ich bin nicht darauf gekommen. Sie hat es mir gestanden, kaum dass ich zur Tür herein war.«

»Wieso das? Das ist doch unlogisch. Warum gibt sie sich erst solche Mühe, nur um dann ohne Not alles auszuplaudern?«

Endlich sprach er mit mir wie mit einer Erwachsenen, und ich gebe zu, dass mir das sehr gefiel.

»Dafür kann es nur einen Grund geben«, erwiderte ich, um mich zu revanchieren. »Dass sie mich unbedingt als Verbündete gewinnen wollte.«

Adam schloss einen Moment die Augen, dann sagte er: »Da könntest du recht haben. Wärst du denn bereit mitzuspielen?«

Bis zu diesem Augenblick hätte meine übliche Antwort in einem unverbindlichen Nicken bestanden.

»Ja«, antwortete ich stattdessen.

»Gut. Ich auch.«

Er hielt mir die Hand hin, und ich schlug ein, um keine große Sache draus zu machen.

»Wo wir jetzt sozusagen Partner sind, solltest du noch etwas wissen. Aber bevor ich dich einweihe, musst du schwören, dass du niemandem etwas davon sagst.«

»Das gelobe ich feierlich.« Diese Formulierung hatte ich irgendwo aufgeschnappt und fand, dass sie zu diesem Anlass passte wie die Faust aufs Auge. Wir waren zwar mitnichten Partner, aber das würde ich ihm nicht auf die Nase binden.

»Außerdem musst du mir versprechen, dass du nicht mehr

in der Kirche herumschnüffelst – zumindest nicht allein. Wenn du glaubst, aus irgendeinem Grund wieder hingehen zu müssen, sag mir vorher Bescheid. Dann komme ich mit.«

»Warum?«

Ich hatte nicht die Absicht, mir jemanden ans Bein zu binden, der alt genug war, mein Vater zu sein.

»Hast du schon mal von *Luzifers Herz* gehört?«

»Klar. Das kam in der Sonntagsschule vor. Es ist eine Legende.«

»Was weißt du noch darüber?«

»Nach der Kreuzigung unseres Herrn«, plapperte ich Miss Lavinia Puddocks für unsere kindlichen Ohren aufbereitete Version wie ein Papagei nach, »hat Josef von Arimathäa, so heißt es, den Heiligen Gral nach Britannien gebracht – das Gefäß, in dem das Blut Christi aufgefangen wurde. Als Josef seinen Stab an der Abtei von Glastonbury niederlegte, schlug er Wurzeln, und daraus entsprang ein Weißdornbusch, wie noch keiner gesehen ward. Das war der berühmte Glastonbury Thorn. Aus einem seiner Äste wurde der Krumm- oder Hirtenstab unseres guten heiligen Tankred geschnitzt, und ein kostbarer Stein mit Namen ›Luzifers Herz‹ wurde darin eingelassen, der angeblich vom Himmel gefallen war und den einige für den Heiligen Gral selbst halten. – Ich finde ja, das Ganze klingt ziemlich verworren«, setzte ich hinzu.

»Sehr gut«, sagte Adam. »In der Schnitzerei in der Kirche sieht man das gebogene Ende des Krummstabes gleich neben seinem Gesicht.«

»Sie meinen die Schnitzerei, aus der es geblutet hat!«, sagte ich eifrig.

»Hat sich das eigentlich in deinem Labor bestätigt?«

»Ich bin noch nicht dazu gekommen, weil ich unterbrochen wurde. Ich habe aber gesehen, dass Sie in der Kirche eine Kostprobe genommen haben. Was meinen Sie denn dazu?«

»Ich warte lieber deine chemische Analyse ab. Dann sehen

wir, ob deine Reagenzgläser mit meinen Geschmacksknospen übereinstimmen.«

»Was wollten Sie mir eigentlich sagen?«, fragte ich. »Sie meinten doch vorhin, ich müsse unbedingt etwas wissen.«

Adams Gesicht wurde plötzlich ernst. Dann sagte er: »In den letzten Kriegsjahren führte ein gewisser Jeremy Pole, den ich flüchtig von der Universität kannte, im Nationalarchiv irgendwelche Recherchen durch. Dabei machte er eine erstaunliche Entdeckung. Beim Durchforsten von stapelweise langweiligen mittelalterlichen Urkunden stieß er auf ein kleines Buch, das aus der Bibliothek – dem Skriptorium – der Abtei von Glastonbury stammte, die von Heinrich VIII. im Jahre 1539 geplündert wurde – anders kann man es nicht ausdrücken –, und das, obwohl die Benediktinermönche angeblich gut mit dem Königshaus auskamen. Ich würde mal sagen, das beweist vermutlich, dass das Königshaus mit den Benediktinern nicht besonders gut auskam. Du weißt sicherlich, dass auch Westminster Abbey ursprünglich mal ein Benediktinerkloster war. Die Bibliotheken der Benediktiner waren als Schatzkammern seltener, einzigartiger Dokumente bekannt. Besonders die Bibliothek von Glastonbury erhielt eine ganze Reihe früher, originaler Geschichtsschreibungen Englands.«

Offen gestanden hatte ich das nicht gewusst. Dieser Abschnitt unserer Geschichte war mir bis jetzt noch nicht untergekommen, aber ich wusste es zu schätzen, dass Adam so tat, als wüsste ich Bescheid. Er machte eindeutig Fortschritte.

»Das Eigenartige an Poles Entdeckung war, dass das kleine ledergebundene Buch, obwohl es zwischen lauter schimmelfleckigen Pergamentrollen steckte, weder auf der Ober- noch auf der Unterseite ähnliche Spuren aufwies.«

»Demnach lag es noch nicht so lange dort«, sagte ich.

»Genau. Den gleichen Schluss zog auch Pole.«

»Jemand hatte das Buch dort versteckt.«

»Volltreffer. Bravo.«

Ich widerstand der Versuchung, mir selbst auf die Schulter zu klopfen.

»Als Pole in dem Buch blätterte, stellte er fest, dass es sich um ein auf Lateinisch verfasstes Wirtschaftsbuch handelte, das der Kellermeister von Glastonbury, ein gewisser Ralph, geführt hatte: Ausgaben und so weiter und so fort. Nichts besonders Spannendes. Ein paar Notizen hier und dort, Kommentare zu den Ereignissen in der Abtei: Unwetter, Todesfälle und Dürren. Keine Chronik im eigentlichen Sinne, eher die Aufzeichnungen eines viel beschäftigten Mannes, der sich vor allem mit den Vorratskammern, den Bienen und dem Zustand des Kräutergartens befasste. Wegen des Kräutergartens machte Pole mich auf das Buch aufmerksam. Wie bei vielen klösterlichen Dokumenten waren auch hier die Seitenränder vollgekritzelt – ›Marginalien‹ nennt man das: Notizen wie ›Eier nicht vergessen‹ oder ›Würzwein für die Magenverstimmung des Abts‹. Würzwein war ein mit Gewürzen versetzter Met aus vergorenem Honig, ein Nebenprodukt der Imkerei, und in den Klöstern damals der letzte Schrei, sozusagen das Guinness des Mittelalters«, meinte Adam augenzwinkernd. Als ich keine Reaktion zeigte, kam er zum Eigentlichen.

»Pole blätterte also lustlos in den Notizen herum – denn eigentlich gehörte so etwas nicht zu seinem Fachgebiet –, als ihm das Wort *Adamas* ins Auge sprang: das lateinische Wort für ›Diamant‹. Ein sehr ungewöhnliches Wort in den Aufzeichnungen eines Mönchs. In der dazugehörenden Notiz war erstaunlich kurz und knapp der Tod des Bischofs vermerkt: Tankred de Luci.«

Es dauerte einen Augenblick, bis mein Verstand aufnahm, was meine Ohren soeben gehört hatten.

»De Luci?«, wiederholte ich gedehnt. »Heißt das etwa, dass …?«

»Es ist durchaus wahrscheinlich. Der Name de Luce ist bekanntlich schon sehr alt und normannischen Ursprungs. Er taucht in vielen verschiedenen Schreibweisen auf. Zum Beispiel gab es den berühmten Sir Thomas Lucy aus Charlecote Park in Warwickshire, dem angeblich – was natürlich nicht stimmen muss – eines Tages ein junger Mann namens William Shakespeare vorgeführt wurde, dem man vorwarf, im Wildbestand der Charlecotes gewildert zu haben.«

»Wahnsinn!«, sagte ich.

»Allerdings«, pflichtete mir Adam bei.

Er hob einen Kiesel auf und warf ihn neben den gründelnden Enten ins Wasser. Aufgeregtes Quaken und wildes Geflatter waren die Folge, dann widmeten sich die Enten wieder ihrem unermüdlichen Paddeln und Tauchen.

»Aber es kommt noch besser«, fuhr Adam fort. »Willst du's hören?«

Der Blick, den ich ihm zuwarf, bedurfte keiner Worte.

»Ein paar Seiten danach vermerkt der Kellermeister Ralph, dass der Bischof zur ewigen Ruhe gebettet wurde, und zwar – das dürfte dich interessieren – ›zu Lacey‹.«

»Nicht in *Bishop's Lacey*?«

»Nein. Diesen Namen erhielt das Dorf erst nach seinem Tod. Er wurde, laut Ralph, der offenbar an der Beerdigung teilgenommen hat, ›mit gar grossem und feyerlichtem Prunke mit seyner Mitre, Mantel und Hirtenstabe‹ beigesetzt.«

»Mit dem Hirtenstab, in den Luzifers Herz eingelassen war?«

»Mit ebendem«, bestätigte Adam mit gesenkter Stimme, als fürchtete er, belauscht zu werden. »An den Rand der Seite schrieb Ralph: ›*Oculi mei conspexi*‹, und dann als Einzelwort ›*adamas*‹, was mehr oder weniger bedeutet: ›Ich habe den Diamanten mit eigenen Augen gesehen.‹ Auffallend ist, dass er die Marginalie auf Latein verfasst hat.«

»Wieso?«

»Weil die Anmerkung damit für alle Klosterbewohner genauso verständlich war wie die anderen Marginalien, die er auf Englisch abfasste.«

»Vielleicht hat ja jemand anders die Notiz geschrieben.«

»Es handelte sich zweifelsfrei um dieselbe Handschrift. Das bedeutet, dass wir hier einen Augenzeugenbericht – zumindest so gut wie – vorliegen haben, der belegt, dass der heilige Tankred mitsamt seiner Mitra, seinem Mantel und seinem Bischofsstab beigesetzt wurde – und mit Luzifers Herz.«

»Und warum ist noch nie jemand darauf gekommen?«

»Geschichte ist wie eine Küchenspüle«, antwortete Adam. »Alles dreht und dreht sich, bis das meiste früher oder später im Abfluss verschwindet. Dinge geraten in Vergessenheit. Dinge werden verlegt. Dinge werden vertuscht. Manchmal nur aus purer Nachlässigkeit. In den letzten anderthalb Jahrhunderten gab es immer wieder Laienforscher, die sich aus reinem Sportsgeist durch das ganze Geraffel der Geschichte unserer Insel gewühlt haben, überwiegend zu ihrer eigenen Erbauung oder schlicht zum Vergnügen. Aber nach den beiden jüngsten Kriegen kam diese Art Forschung fast völlig zum Erliegen. Heutzutage ist die Vergangenheit ein Luxus, den sich niemand leisten kann. Niemand hat mehr die Zeit dafür.«

»Sie schon, oder?«

»Ich versuch's. Wenn auch nicht immer mit Erfolg.«

»War das jetzt alles?«, fragte ich.

»Alles?«

»Alles, was Sie mir sagen wollten? Was ich auf keinen Fall weitererzählen darf, wie ich es gelobt habe?«

Ein Schatten huschte über sein Gesicht. »Leider war das erst der Anfang«, erwiderte er.

Er hob wieder einen Kiesel auf, als wollte er die Enten noch einmal aufscheuchen, überlegte es sich aber anders und ließ den Stein fallen.

»Die Sache ist die, dass in den letzten … sagen wir zehn Jahren irgendwer auf das Gekritzel des Kellermeisters Ralph gestoßen ist und diesen Fund immerhin so wichtig nahm, dass er ihn unter einem Stapel alter Handschriften versteckt hat. Und wie so oft ist es sehr wahrscheinlich, dass es dabei letztendlich um einen Diamanten geht.«

»Um den Diamanten im Bischofsstab des heiligen Tankred!« Ich stieß einen Pfiff aus.

»Du hast's erfasst.«

»In seiner Gruft!« Ich hüpfte aufgeregt von einem Fuß auf den anderen.

»Ich glaube schon«, sagte Adam. »Kennst du dich mit der historischen Bedeutung von Diamanten aus?«

»Nicht besonders. Ich weiß nur, dass man früher glaubte, sie seien sowohl ein Gift als auch das Gegengift dazu.«

»Ganz recht. Man glaubte außerdem, dass Diamanten unsichtbar machen und vor dem bösen Blick schützen und, laut Plinius dem Älteren, es den Menschen erlaubten, die Gesichter der Götter zu schauen: ›*Anancitide in hydromantia dicunt evocari imagines deorum.*‹ Zu Anfang des 16. Jahrhunderts glaubte ein Venezianer namens Camillus Leonardus, Diamanten seien ›*eine Arzney für Irrsinnige und jene, die vom Teuffel besessen sind*‹. Er glaubte auch, dass man mithilfe von Diamanten wilde Tiere zähmen und Albträumen vorbeugen könne. Von dem Stein im Brustharnisch des Hohepriesters der Juden hieß es einst, er werde in Anwesenheit eines Unschuldigen durchsichtig und trübe sich in der Anwesenheit eines Schuldigen. Und vom Rabbi Jehuda sagt der Talmud, er habe auf einer Reise einen Diamanten auf ein paar gepökelte Vögel gelegt, die daraufhin wieder lebendig wurden und mitsamt dem Stein davonflogen!«

»Glauben Sie das denn alles?«

»Nein. Aber ich glaube, dass etwas, dem man eine bestimmte Wirkung zuschreibt, diese Wirkung oft auch hat. Außerdem tut man gut daran, nie zu vergessen, dass Diamanten auf jeden Fall *eine* Eigenschaft besitzen: Sie bewirken, dass Menschen andere Menschen umbringen!«

»Sprechen Sie von Mr. Collicutt?«

»Wenn ich ehrlich sein soll: ja. Darum möchte ich auch, dass du dich von der Kirche fernhältst. Überlass das mir. Das ist meine Aufgabe. Aus keinem anderen Grund bin ich in Bishop's Lacey.«

»Ach ja? Ich hätte gedacht, das ist Inspektor Hewitts Aufgabe.«

»Es gibt mehr Dinge zwischen Himmel und Erde als nur Inspektor Hewitt«, entgegnete Adam.

Ich nahm all meinen Mut zusammen. »Darf ich Sie was fragen?«

»Du kannst es ja mal versuchen.«

»Für wen arbeiten Sie?«

Urplötzlich kühlte sich die Stimmung zwischen uns ab, als hätte uns eine geisterhafte Brise aus der Vergangenheit gestreift.

»Diese Frage kann ich dir leider nicht beantworten«, sagte er.

17

Zu Hause auf Buckshaw in meinem Labor nahm ich mir mein Notizbuch vor. Aus Erfahrung wusste ich, dass sich beim Niederschreiben vieles klärte, ungefähr so (das wusste ich von Mrs. Mullet), wie Eierschale eine Bouillon oder den Kaffee klarer machte, wobei es sich dabei natürlich nur um eine simple chemische Reaktion handelte. Das in der Eierschale enthaltene Albumin hat die Eigenschaft, die Rückstände, die in der dunklen Flüssigkeit dümpeln, zu sammeln und zu binden, worauf man den streng riechenden Klumpen herausfischen und wegwerfen kann: eine ziemlich treffende Beschreibung des Schreibprozesses.

Ich hob den Kopf und schaute zu Esmeralda hinüber, die auf ihrem gusseisernen Laborständer hockte und mit schief gelegtem Kopf die beiden Eier betrachtete, die sie in mein Bett gelegt hatte; zwei Eier, die ich jetzt in einem Glaskolben mit Deckel kochte. Falls sie der Anblick ihrer Nachkommenschaft bekümmerte, die über dem Bunsenbrenner lebendig gesotten wurde, ließ sie sich zumindest nichts anmerken.

»Schnabel hoch!«, rief ich ihr zu, aber sie interessierte sich mehr für das sprudelnde Wasser als für mein gespieltes Mitgefühl. Hühner sind lange nicht so gefühlsduselig wie Menschen.

Dampfeier Deluxe de Luce nannte ich meine Erfindung.

Mrs. Mullets widerlichen hart gekochten Eier mit dem grünen Kringel um das Eigelb, die aussahen, als hätte jemand den Ring um den Planeten Saturn vergiftet – beim bloßen Gedanken an die Dinger bekam ich Ausschlag –, hatten mich gezwungen, eine chemische Lösung für das Problem zu ersinnen.

Eine Eierschale, so meine Überlegung, besteht hauptsächlich aus Kalziumkarbonat, $CaCO_3$, das obwohl es selbst erst bei hohen Temperaturen schmilzt, trotzdem bei 100 Grad Celsius, dem Siedepunkt von Wasser, anfängt, sich zu zersetzen.

Nach zehn Minuten in einem geschlossenen Gefäß im Wasserdampf verändert sich die kristalline Struktur des Kalziumkarbonats. Nach weiteren zehn Minuten in kaltem Wasser kann man das Ei dann auf einer harten Oberfläche leicht anschlagen und entlang seines Äquators unter der Hand hin und her rollen, bis die Schale in Kristalle zerfällt und fast in einem Stück entfernt werden kann, beinahe so leicht, wie man eine Mandarine schält. Das Eiweiß ist dann fest, aber nicht wie Gummi, und der Dotter hat eine wunderschöne narzissengelbe Färbung.

Ade, hart gekochte Eier! Willkommen, *Dampfeier Deluxe de Luce!*

Es war die ideale Lösung sowohl für diejenigen, die sich nicht gern mit Eierschälen abplagten, als auch für Leute mit abgeknabberten Fingernägeln. Eines Tages würde ich ein Kochbuch schreiben und berühmt werden. *Flavia kocht!* würde ich das Werk nennen und wäre bald landesweit als »die Eierfrau« bekannt.

»Besser leben durch Chemie«, wie uns die Leute bei Du-Pont immer in den Anzeigen in der Bildpost weismachen.

Ich griff nach meinem Stift.

Luzifers Herz, schrieb ich und strich es gleich wieder durch. Nach kurzer Überlegung riss ich die Seite heraus und hielt sie über die Flamme des Bunsenbrenners, dann spülte ich die schwarze Asche in den Abfluss. Zwar juckte es mich gewaltig in den Fingern, die Geschichte des kostbaren Steins niederzuschreiben, aber es war viel zu riskant. Manche Dinge brachte man lieber nicht zu Papier. Tagebücher und Notizhefte können immer von Unbefugten gelesen werden. Dergleichen soll schon vorgekommen sein.

Ich würde mich vorerst auf Menschen beschränken.

ADAM TRADESCANT SOWERBY schrieb ich auf ein neues Blatt und unterstrich den Namen. Jetzt wurde es kompliziert. Meine Gefühle dem Mann gegenüber waren reichlich verworren.

Gibt zu, dass er Privatdetektiv ist, aber in wessen Auftrag? Und wie viel weiß er?

Seltsam, dass er mich nicht gefragt hatte, was ich schon herausgefunden hatte. Er schien nicht im Mindesten neugierig darauf zu sein, was ich alles entdeckt hatte.

Ich zog wieder einen Strich, ließ aber viel Platz darüber. Auf Adam Sowerby würde ich später zurückkommen.

Miss Tanty hält sich für eine Amateurdetektivin. Zum Glück hält sie Adam und mich für Ihresgleichen. Als Vorsitzende des Altardienstes hat sie rund um die Uhr Zugang zur Kirche. Hat zugegeben, dass sie stinksauer auf Mr. Collicutt war, weil er sie nicht zu ihrem Arzttermin abgeholt hat – aber das war wohl kaum Grund genug, ihn umzubringen. Andere Motive? Musikalische vielleicht? Beim Anblick des tropfenden Blutes in der Kirche hat sie »Vergib mir, o Herr« gerufen – und mir hinterher einreden wollen, alles sei nur gespielt gewesen. Was sollte der Herr ihr denn vergeben? (PS: Feely aushorchen.)

Was mich wieder daran erinnerte, dass ich die rote Substanz an meiner Haarschleife immer noch nicht analysiert hatte. Ich griff in die Tasche.

Sie war leer.

Ich sprang auf und wühlte fieberhaft beide Taschen durch. Das Haarband war weg.

Als ich mich heute Morgen mit Mrs. Mullet unterhalten hatte, war es noch dagewesen. Oder doch nicht? Ich hatte zwar schon beim Frühstück über die bevorstehende chemische Analyse nachgedacht, aber hatte ich das Band in meiner Tasche dabei auch berührt? Eher nicht.

Hatte ich es vielleicht während meines Gesprächs mit Adam am Fluss verloren? Oder irgendwo in Miss Tantys Haus?

»So ein Mist aber auch!«, entfuhr es mir.

Ich konnte das Band überall verloren haben: in der Krypta, auf dem Friedhof, im Tunnel, auf der Landstraße nach Nether-Wolsey, sogar in der Metzgerei des sonderbaren Dorfes. Oder war es mir etwa auf Bogmore Hall aus der Tasche gefallen? Lag es irgendwo in einem staubigen Flur oder gar in der Gefängniszelle von Jocelyn Ridley-Smith und wartete nur darauf zu verraten, dass ich mich dort aufgehalten hatte? Vielleicht hatte Jocelyns Vater, der Richter, das Band längst gefunden, oder der Bedienstete – wie hieß er doch gleich? Benson?

Egal. Ich musste weiterschreiben, bevor ich die Einzelheiten vergaß.

Die verrückte Meg – eher harmlos. Glaube ich jedenfalls. Obwohl sie das Blut als Erste entdeckt hat, wirkte sie gar nicht überrascht. Stattdessen fing sie gleich an, aus der Offenbarung zu zitieren – als wäre sie eigens in die Kirche gekommen, um das Wunder zu verkünden. Marmaduke Parr – ohne den Kerl zu kennen, weiß ich, dass er zu den Menschen gehört, die Vater »geistliche Chamäleons« nennt. Insgesamt ein unangenehmer Zeitgenosse. Warum ist er so versessen darauf, die Exhumierung des heiligen Tankred zu unterbinden? Oder steckt wirklich der Bischof selbst dahinter? Oder sein Justiziar?

Damit wären wir bei:

Richter Ridley-Smith – ein Mann, den ich noch gar nicht zu Gesicht bekommen habe, aber schon jetzt zutiefst verabscheue, und sei es nur deshalb, weil er seinen armen Sohn Jocelyn wie eine Prinzessin im Turm gefangen hält.

Meine Schreibhand hielt inne.

War es nicht »überaus absonderlich«, wie Daffy sich ausgedrückt hätte, dass Harriet, obwohl sie Jocelyn Ridley-Smith in seinem Kerker besucht hatte – und das offenbar regelmäßig –, nie verlangt hatte, dass er freigelassen wurde? Warum nicht? Das war womöglich das größte Rätsel von allen.

Knack!, machte mein Bleistift und brach mittendurch.

Erst jetzt merkte ich, dass ich zwischendurch daran gekaut und den Stift beinahe durchgebissen hatte. Ich musste das Weiterschreiben auf später verschieben.

Esmeralda gackerte, und ich stellte fest, dass das ganze Wasser verkocht war. Wahrscheinlich waren die Eier hinüber. Ich stellte den Bunsenbrenner aus und holte die dampfenden Dinger mit einer vernickelten Laborzange aus dem Glas.

Nachdem ich einen Glastrichter in einen Kolben gesteckt und so zum Eierbecher umfunktioniert hatte, schlug ich mit einem Messlöffel, den ich aus der Küche hatte mitgehen lassen, kräftig gegen das Ei und hob die Spitze ab.

Der Duft von Schwefelwasserstoff erfüllte die Luft.

Es stank nach faulen Eiern.

»Ein zu lange gekochtes Ei riecht wie Du-weißt-schon«, hatte mir Mrs. Mullet einmal gesagt. Damit hatte sie den Nagel auf den Kopf getroffen, auch wenn ihr die chemischen Feinheiten nicht bewusst waren.

Abgesehen von Fetten enthält ein Ei Magnesium, Kalium,

Kalzium, Eisen, Phosphor und Zink, dazu kommt ein Hexengebräu aus Aminosäuren, Vitaminen (was die Königliche Marine bis vor Kurzem noch abgestritten hatte) sowie eine lange Liste von Proteinen und Enzymen, darunter Lysozym, das man in Milch ebenso findet wie in menschlichen Sekreten wie Tränen, Spucke und Rotz.

Wie auch immer: Ich hatte Hunger.

Als ich gerade den ersten Löffel zum Mund führte, flog die Tür auf, und Daffy stürmte herein. Ich hatte anscheinend vergessen abzuschließen.

»Sieh dich an!«, rief sie. Ihr anklagend ausgestreckter Zeigefinger bebte.

»Was ist denn?« Soweit ich wusste, hatte ich in letzter Zeit nichts Schlimmes angestellt.

»Sieh dich an!«, wiederholte sie. »Sieh dich nur an!«

»Willst du ein Ei?« Ich deutete auf einen leeren Hocker. »Sie sind ein bisschen hart geworden.«

»Nein!«

Nach kurzer Pause fügte sie ein »Danke!« an. Ihre guten Manieren klebten so hartnäckig an Daffy wie ein Staubkörnchen, das einem ins Auge geflogen ist.

»Setz dich trotzdem«, sagte ich. »Du machst mich nervös.«

»Was ich dir zu sagen habe, muss im Stehen gesagt werden.«

Ich zuckte die Achseln.

»Dann mach's dir halt unbequem«, erwiderte ich, aber sie lächelte nicht mal ansatzweise.

»Hast du keinen Grips im Kopf?«, rief sie. »Hast du denn keinen Funken Grips im Kopf?«

Ich wartete auf die Erklärung, die vermutlich nicht lange auf sich warten lassen würde.

»Merkst du denn gar nicht, was du Vater antust? Er ist niedergeschlagen, er ist krank, er schläft nicht mehr, und dir fällt nichts Besseres ein, als immer noch mehr Ärger zu machen! Wie kannst du überhaupt noch in den Spiegel schauen?«

Ich zuckte abermals die Achseln. Ich hätte natürlich erwidern können, dass ich erst in der vergangenen Nacht ein ausgesprochen zivilisiertes Gespräch mit ihm geführt hatte.

Aber dann fiel mir ein, dass ich Vater allein in der dunklen Küche vorgefunden hatte.

Es war klüger zu warten, bis Daffys Wut verraucht war. Sogar einer Rakete geht irgendwann der Treibstoff aus. Momentan war Daffy noch so auf hundertachtzig, dass sie nicht einmal Esmeralda wahrgenommen hatte, obwohl sie schon mehrfach in ihre Richtung geschaut hatte.

Ich ließ sie noch ungefähr zehn Minuten weitertoben, im Zimmer auf und ab marschieren, mit den Armen fuchteln, meine sämtlichen großen und kleinen Vergehen seit dem Tag meiner Geburt aufzählen und sogar Zwischenfälle hervorkramen, die ich selbst längst vergessen hatte.

Ein wirklich eindrucksvolles Spektakel.

Dann brach sie unvermittelt in Tränen aus und schluchzte wie ein kleines Mädchen, das sich verlaufen hatte, und auf einmal stand ich neben ihr, hatte sie im Arm und stellte fest, dass auch vor meinen Augen alles unerklärlicherweise verschwamm.

Keine von uns beiden sagte etwas, was auch nicht nötig war. Wir standen einfach nur da und hielten einander umschlungen wie zwei Tintenfische, feucht, zitternd und unglücklich.

Was sollte nur aus uns werden?

Vor dieser Frage drückte ich mich inzwischen schon länger, als mir lieb war.

Wo sollten wir hin, wenn Buckshaw verkauft wurde? Was sollten wir tun?

Auf diese Fragen gab es keine Antworten. Es gab kein gutes Ende.

Wenn wir Glück hatten, würde der Verkauf von Buckshaw so viel einbringen, dass Vater seine Schulden bezahlen konnte, aber dann hatten wir kein Dach mehr über dem Kopf und waren pleite.

Vater würde niemals Almosen annehmen, das wusste ich. Das lag ihm einfach nicht im Blut.

Schon wieder dieses Wort: *Blut*. Es war überall, so kam es mir vor. Es rann vom abgeschlagenen Haupt Johannes des Täufers, tropfte von St. Tankreds geschnitztem Antlitz, tränkte mein Zopfband, glibberte in all seiner roten wundersamen Pracht auf den Objektträgern unter meinem Mikroskop …

Überall. Blut.

Es war dieser ganz besondere Saft, der uns zusammenhielt – Daffy, Feely, Vater und mich.

In diesem Augenblick spürte ich mit unerschütterlicher Gewissheit, dass wir vier eins waren. Den albernen Ammenmärchen zum Trotz, mit denen mich meine Schwestern gequält hatten, sagte mir die Stimme meines Blutes unüberhörbar, dass wir alle eins waren und dass nichts uns jemals trennen konnte.

Es war der glücklichste und zugleich traurigste Augenblick in meinem Leben.

Wir blieben eine halbe Ewigkeit so stehen, Daffy und ich, hielten uns umarmt und wollten uns nicht mehr loslassen, denn dann hätten wir einander anschauen müssen. Bei solchen Gelegenheiten sind Gesichter an der Schulter des Gegenübers am besten untergebracht.

Schließlich hörte ich mich unglaublicherweise sagen: »Ist ja gut«, und ich tätschelte Daffys Schulter.

Wir hätten laut loslachen können, aber das taten wir nicht. Stattdessen machte sich Daffy irgendwann schniefend los und ging zur Tür. Unsere Blicke begegneten sich nicht.

Alles war wieder beim Alten.

Als ich die Osttreppe hinunterging, war ich ganz durcheinander. Was passierte da mit mir?

Einerseits bewog mich irgendetwas dazu, Daffy zu folgen: nämlich das unbestimmte Bedürfnis, die Verbindung aufrechtzuerhalten, die wir soeben zueinander hergestellt hatten. Andererseits hätte ich sie am liebsten umgebracht.

Daffy war von meinen beiden Schwestern diejenige, vor der ich mich am meisten fürchtete. Das mochte daran liegen, dass sie so wenig redete. Meistens lag sie irgendwo mit einem Buch in der Ecke, was eigentlich ein hübscher und friedlicher Anblick war, aber sie war immer so zusammengerollt – wie eine Schlange.

Man wusste nie, wann sie zustoßen würde, und wenn sie dann den Mund aufmachte, spuckte sie Gift.

Ich blieb auf dem Treppenabsatz stehen und horchte in mich hinein.

Ich war hin- und hergerissen: zwischen einer bescheuerten Dankbarkeit, die mir die Brust ganz weit machte, und dem gewaltigen Druck unserer Lage, der mir die Luft abschnürte.

Würde ich eher platzen oder ersticken?

Halb benommen ging ich weiter treppab bis in die Eingangshalle und von dort aus, ohne mir dessen so richtig bewusst zu sein, in die Küche.

Mrs. Mullet hing bis zu den Ellbogen in der mit Töpfen vollgestellten Spüle.

»Was hast du denn, Liebes?« Sie trocknete sich die Hände ab. »Du machst ja ein Gesicht, als hättest du 'n Geist gesehen.«

Vielleicht hatte sie recht.

Vielleicht hatte ich ja den Geist unserer Familie gesehen, so wie diese Familie sein könnte, wenn wir alle nicht so wären, wie wir nun mal waren.

Ach, es war alles furchtbar kompliziert!

Mrs. Mullet tat etwas, das sie nicht mehr getan hatte, seit ich klein gewesen war. Sie kniete sich vor mich hin, legte mir beide Hände auf die Schultern und schaute mir tief in die Augen.

»Erzähl's mir«, sagte sie sanft und strich mir das Haar aus dem Gesicht. »Erzähl's der Mrs. M.«

Ich hätte der Aufforderung folgen können, tat es aber nicht.

»Ich glaube, es liegt daran, dass Feely bald heiratet und wegzieht«, sagte ich mit zitternder Unterlippe. »Sie wird mir fehlen.«

Wie kommt es bloß, überlegte ich beim Sprechen, dass wir am geschicktesten lügen, wenn es um unsere Gefühle geht?

Dieser Gedanke kam mir zum allerersten Mal. Er machte mir Angst. Was tun, wenn das eigene Hirn Fragen zutage bringt, auf die man selbst keine Antworten weiß? Fragen, die man nicht mal versteht?

»Sie wird uns allen fehlen, Liebes«, erwiderte Mrs. Mullet. »Und ihre wunderschöne Musik auch.«

Das war zu viel. Ich brach in Tränen aus.

Warum?

Schwer zu sagen. Teilweise lag es an dem Gedanken, dass Mrs. Mullet sowohl Ludwig van Beethoven als auch Johann Sebastian Bach vermissen würde, ebenso wie Franz Schubert, Domenico Scarlatti, Pietro Domenico Paradisi und hundert andere, die sich in Buckshaws Hallen herumgetrieben hatten, solange ich denken konnte.

Wie leer es hier sein würde. Wie verdammt und elendiglich leer.

Mrs. Mullet tupfte mir die Augen mit dem Schürzenzipfel.

»Ist ja gut, Liebes«, sagte sie, wie ich vorhin zu Daffy. »Ich hab ein paar Hörnchen im Ofen. So ein warmes Hörnchen trocknet Tränen wie nix andres.«

Bei dieser Vorstellung musste ich lächeln, aber nur ganz kurz.

»Setz dich an den Tisch, ich stell Wasser auf«, sagte sie. »Eine schöne Tasse Tee ist gut für den Magen, sagte der Bischof zur Revuetänzerin. Huch! Entschuldige, Liebes! Das hätte mir nicht rausrutschen dürfen. Solche Sprüche bringt mein Alf von seinen Veteranentreffen mit, und dann muss ich immer lachen. Ich weiß auch nicht, was in mich gefahren ist.«

Wovon redete sie? Ihre Bemerkung war nicht im Mindesten amüsant gewesen. Genau genommen war sie völlig sinnlos.

Trotzdem erinnerte sie mich an etwas: an den Bischof.

Beim Gedanken an den Bischof fiel mir wiederum sein Justiziar ein.

»Wissen Sie irgendwas über Mr. Ridley-Smith, den Richter?« Schon war die Frage heraus.

»Nur, dass er ein Hitzkopf ist. Diese Ridley-Smiths sind ein komischer Haufen. Mit denen stimmt was nicht.«

»Der eine soll ja aus Glas gewesen sein«, schob ich probehalber nach. »Und das Krokodil von einer anderen soll das Zimmermädchen gefressen haben.«

Mrs. Mullet rümpfte die Nase. »Verglichen mit dem Jetzigen waren die harmlos, Richter hin oder her. Bleib bloß weg von dem Kerl.«

»Aber Harriet ist doch früher oft nach Bogmore Hall gegangen.«

Mit dem Teekessel in der Hand blieb Mrs. Mullet auf halbem Weg zum Herd wie angewurzelt stehen.

»Wo hast du das denn her, Frolleinchen?«

Mit einem Mal war es in der Küche eiskalt. Ich ahnte, dass ich zu weit gegangen war.

»Ach, das weiß ich nicht mehr«, sagte ich leichthin. »Kann sein, dass Daffy oder Feely mal so was erwähnt haben.«

»Miss Daphne und Miss Ophelia wissen nichts davon. Das war ein Geheimnis zwischen Miss Harriet und mir. Nicht mal der Colonel hat Bescheid gewusst. Ich hab immer die Fresskörbe gepackt, und sie hat sie mitgenommen.«

»Zu Jocelyn Ridley-Smith?«

»Jetzt hör mal gut zu, Fräulein Neunmalklug! Diesen Namen erwähnst du in diesem Haus nie wieder, verstanden? Sonst heißt es am Ende, ich bin schuld, und ich werde entlassen, weil ich zu viel plaudere. Und jetzt raus mit dir – und schlag dir die Ridley-Smiths aus dem Kopf!«

»Denken Sie, es war unrecht, dass Harriet mit Jocelyn befreundet war?«

»Was *ich* denke, interessiert keinen. Ich werde hier nicht fürs

Denken bezahlt. Ich komme jeden Tag her und koche für euch, und dann gehe ich wieder heim, und damit basta.«

»Aber ...«

»Basta, hab ich gesagt!«, unterbrach mich Mrs. Mullet energisch. »Ich will nicht wissen, was mein Alf dazu sagt, wenn ich heimkomme und ihm mitteilen muss, dass ich meine Stelle verloren habe. Und jetzt troll dich.«

Ich trollte mich.

Aber Mrs. Mullet hatte mich auf eine Idee gebracht.

Mrs. Mullet und ihr Alf wohnten in einem malerischen Häuschen fast am Ende der Cobbler's Lane, einem schmalen Sträßchen, das von der Hauptstraße abging und nirgendwo hinführte.

»Alf sagt, wir wohnen in der Sackgasse«, hatte mir Mrs. Mullet erklärt. »Weil die Straße hinten ganz plötzlich zu ist, wie ein Sack.«

Eine rotbraune Katze saß im Fenster und beobachtete mich aus einem geöffneten Auge.

Ich klopfte und setzte eine ehrerbietige Miene auf.

Über das Familienleben der Mullets wusste ich nicht viel, abgesehen von den kleinen Episödchen, die Mrs. M. gelegentlich zum Besten gab. So war ich zum Beispiel im Bilde darüber, dass Alf für sein Leben gern Sahnetorte aß, dass ihre Tochter Agnes im letzten Kriegsjahr zu Hause ausgezogen war, um Stenografie zu lernen, und dass ihr Zimmer seither unverändert wie ein Schrein der Mächte der Schreibmaschine bewahrt wurde, aber das war auch schon so gut wie alles.

Die Tür ging auf, und da stand er vor mir. Alf. Er war mittelalt, mittelgroß, hatte mittelviele Haare und war mitteldick. Das einzig Auffällige an ihm war seine Haltung: aufrecht wie ein Ladestock. Mir fiel wieder ein, dass auch Alf in der Armee gewesen war und wie Vater und Dogger vieles erlebt hatte, von dem nie gesprochen werden durfte.

»Sieh da, sieh da«, sagte er, als er mich erblickte. »Welchem Umstand haben wir denn diese außerordentliche Freude zu verdanken?«

Mit den gleichen Worten hatte er mich schon bei meinem letzten Besuch vor einem halben Jahr begrüßt.

»Ich stelle ein paar Nachforschungen an«, antwortete ich. »Und da hätte ich gern Ihren Rat.«

»Nachforschungen, soso. Dann komm am besten rein und erzähl mal.«

Bevor man die ersten beiden Takte von »Rule, Britannia« hätte pfeifen können, saß ich auch schon in der winzigen Küche, die makellos sauber und aufgeräumt war.

»Entschuldige, dass ich dich nicht in den Tanzsaal bitte«, sagte Alf, »aber die gnädige Frau hat's nicht gern, wenn man ihre Kissen durcheinanderbringt.«

»Ist schon gut, Mr. Mullet. Geht mir genauso.«

»Bist'n vernünftiges Mädel. Ganz famos.«

Ich kam gleich zur Sache. »Ich habe mich vorhin mit Mrs. Mullet über die Ridley-Smiths unterhalten«, sagte ich in sachlichem Ton.

Was nicht gelogen war, jedenfalls nicht direkt.

»Aha«, brummte Alf unverbindlich, ohne mich anzuschauen. »Sonst noch über was?«

»Nein … nur über die Ridley-Smiths. Vor allem über den Richter.«

»Aha«, brummte Alf wieder.

»Er hatte eine sehr hübsche Frau. Ich glaube, ich habe schon mal eine Fotografie von ihr gesehen.«

»Ist schon ulkig«, entgegnete Alf, »dass jedes Dorf so sein Geheimnis hat, nicht wahr? Irgendwas, worüber nicht gesprochen wird. Ist dir das schon mal aufgefallen? Also mir schon.«

»Und dieses Thema gehört auch dazu, oder?«

Alf hantierte mit dem Teekessel, und zwar mit den gleichen Bewegungen wie seine Gattin in unserer Küche auf Buckshaw.

Wenn zwei Leute seit hunderttausend Jahren miteinander verheiratet sind, werden sie wahrscheinlich irgendwann zu Zwillingen.

»Schöner Tag heute.« Alf nahm mir gegenüber am Küchentisch Platz. »Bisschen windig. Aber für März nicht übel.«

»Ich war auf Bogmore Hall«, sagte ich. »Ich bin Jocelyn Ridley-Smith begegnet. Ich habe mit ihm geredet.«

Alf zuckte kaum merklich zusammen. Hätte ich nicht bewusst darauf geachtet, wäre mir nichts aufgefallen.

»Ach ja? Donnerwetter.«

»Ja.«

Die Unterhaltung war an einem toten Punkt angekommen.

Alf schnipste einen Krümel vom Tisch, dann beugte er sich vor, hob ihn wieder auf und betrachtete ihn so eingehend, als handelte es sich um ein Krümelchen Mondstaub.

»Ich brauche Ihre Hilfe, Mr. Mullet«, versuchte ich es noch einmal. »Ich führe eine genealogische Untersuchung durch, weil ich einen Artikel schreiben möchte: *Die normannischen Wurzeln einiger Familien in der Pfarrgemeinde von …*«

Noch ehe ich ausgesprochen hatte, erkannte ich an seinem Grinsen, dass dieser Trick bei ihm nicht verfing.

»Ich weiß ja, dass Sie beim Militär waren«, änderte ich meine Taktik. »Ich weiß, dass Sie wegen der Geheimhaltungsvorschriften über gewisse Dinge immer noch nicht sprechen dürfen. Das respektiere ich. Ich werde Ihnen zum Beispiel keine Fragen zu meinem Vater stellen, und auch nicht zu Dogger. Damit würde ich Sie nur in Verlegenheit bringen.«

Alf nickte.

»Aber ich möchte Sie nach Mrs. Ridley-Smith fragen, weil … weil ich Bescheid wissen muss. Auch für Jocelyn ist das wichtig. Ich baue auf Ihr Verständnis. Womöglich geht es sogar um Leben und Tod.«

Nach einer kurzen Pause fügte ich hinzu: »Dorfgeheimnisse hin, Dorfgeheimnisse her.«

Daran, wie er meinem Blick auswich, merkte ich, dass er ins Wanken geriet.

»Sie sind ein echter Experte für alle Fragen, die das britische Militär betreffen. Das weiß ganz Bishop's Lacey. Man nennt Sie ›das wandelnde Lexikon‹.«

»Ehrlich?«

»Ja.« Ich legte zwei gekreuzte Finger aufs Herz und streckte die andere Hand aus, damit er sah, dass ich den Schwur nicht hinter meinem Rücken heimlich wieder aufhob. »Es stimmt. Mrs. Mullet sagt das auch.«

Er wurde sichtlich weich.

»Du hast von der Schlacht bei Plassey gehört.« Es war eine Feststellung, keine Frage.

Ich schüttelte nur stumm den Kopf. Nachdem er endlich in die Gänge kam, wollte ich ihn nicht gleich wieder unterbrechen.

»Und von Clive von Indien?«

Abermals schüttelte ich den Kopf.

»Empörend!«, sagte er. »Da müssen wir was gegen unternehmen, und zwar auf der Stelle!«

Was hatte das alles mit den Ridley-Smiths zu tun?

Ich hatte nicht die leiseste Ahnung.

18

Damals war Indien wie Himmel und Hölle in 'nem Kessel zusammengeschmissen und aufgekocht. Trotzdem wollten alle unbedingt dorthin – die Franzosen, die Holländer, die Portugiesen und, ja, auch die Engländer, und alle traten und bissen wie wild um sich, weil jeder die anderen ausstechen wollte. Von den Mohammedanern und Moguln ganz zu schweigen, die natürlich nicht hergeben wollten, was ihnen von Rechts wegen gehörte. Es gab mehr Kriege, als du an deinen Fingern und Zehen abzählen kannst, und dabei ging es um ein Land voller Schlangen, Elefanten, Löwen, Leoparden, Tiger, Flüsse, Berge, Monsune und Malaria.«

»Aber warum?«

»Geschäfte«, antwortete Alf. »Landwirtschaft. Tee und Tropenholz. Reis. Kaffee und Baumwolle. Opium.«

»Ach so.« Ich verstand kein Wort. »Und wer hat gesiegt?«

»Wir natürlich.«

»In der Schlacht bei Plassey?«, fragte ich auf gut Glück.

»Unter anderem. Aber das war nur eine von vielen Schlachten. Wenn auch eine der erfolgreichsten. Bengalen, Trichinopoly, Pondicherry, Koromandel ... solche Namen gibt es heutzutage gar nicht mehr.«

Er stand auf, öffnete eine Schublade und holte zwei Hände voll Besteck heraus – Messer, Gabeln und Löffel, die er klirrend auf den Tisch fallen ließ.

»Das Schwarze Loch von Kalkutta.« Er setzte sich wieder. »*Davon* musst du doch schon gehört haben.«

»Leider nein.«

»Hundertsechsundvierzig Engländer, zusammengepfercht in einer Zelle, nicht größer als die Anrichtekammer bei euch auf Buckshaw. Im Juni, im heißesten Monat des Jahres. Und am nächsten Morgen sind nur noch dreiundzwanzig am Leben.«

Ich versuchte mir vorzustellen, wie ich die Tür zur Anrichtekammer öffnete und hundertdreiundzwanzig Leichen auf den Küchenboden purzelten – und weitere dreiundzwanzig arme Kerle zu Tode verängstigt in der hintersten Ecke kauerten. Aber es gelang mir nicht. So etwas war unvorstellbar.

»Bei dieser Bullenhitze«, fuhr Alf fort. »Und ohne frische Luft. So was ist vorsätzlicher Mord. Was also tun?«

»Rache?«, fragte ich zurück. Die folgerichtige Reaktion darauf, so schien es mir.

»Rache, ganz genau!« Alf schlug krachend mit der Faust auf den Tisch, dass das Besteck in die Höhe sprang.

»Das hier ist der Fluss Bhagirathi.« Er legte ein Messer vor sich hin. »Und hier ...«, er stellte einen Salzstreuer daneben, »das hier ist Siraj-ud-Daula, der letzte Naab von Bengalen. Der Feind. Er ist neunzehn Jahre alt und so unberechenbar wie 'ne Kobra mit 'nem vereiterten Giftzahn. Er hat ein Heer von fünfzigtausend Fußsoldaten, achtzehntausend Reitern, dreiundfünfzig Kanonen und vierzig französischen Kanonieren.«

Alf war in seinem Element. Es war unübersehbar, dass er die gleiche Leidenschaft für britische Militärgeschichte hegte wie ich für Gifte.

»Hier drüben im Westen steht Clive mit dem neununddreißigsten Regiment. Robert Clive. Der Mann war nicht mal gelernter Soldat, wenn man's genau nimmt. Er war *Buchhalter*! Aber eben ein *britischer* Buchhalter.

Trotzdem hat er seine Männer einfach mitten in 'nem Gewitter in die Schlacht geführt – durch Blitz und Donner, dass man schier blind und taub wurde. Die Eingeborenen haben ihn für 'nen Kriegsgott oder so was gehalten.«

Alf seufzte tief. »Das waren noch Zeiten ... Bei Plassey hat er jedenfalls dreitausendzweihundert Mann und neun Kanonen. Mitten in der Monsunzeit. Es schüttet wie aus Kübeln. Der Feind hat fünfzehnmal so viele Soldaten. Was glaubst du wohl, was Clive getan hat?«

»Er ist zum Angriff übergegangen«, erwiderte ich aufs Geratewohl.

»Und ob er zum Angriff übergegangen ist!« Alf schwenkte einen Zuckerlöffel und ließ ihn über die Tischplatte hüpfen. »Siraj-ud-Daula hat sich auf 'nem Kamel aus dem Staub gemacht.«

Er fegte die Löffel und Gabeln der Armee des Nawabs schwungvoll auf den Boden.

»Ich spül sie nachher ab. Fünfhundert Tote. Und die Verluste der Briten? Zweiundzwanzig Tote und fünfzehn Verwundete.«

Ich stieß einen anerkennenden Pfiff aus. »Wie kam das?«

»Der Nawab hat sein Pulver nicht trocken gehalten«, antwortete Alf. »Mit nassem Pulver kann man nicht kämpfen.«

Ich nickte wissend. »Sehr interessant. Und was wurde aus ihm?«

»Aus dem Nawab? Der wurde eine Woche später von seinem Nachfolger hingerichtet.«

»Und Clive?«

»Hat sich Jahre später in London die Kehle durchgeschnitten.«

»Uääääh!«, machte ich, obwohl ich diese Auskunft ausgesprochen spannend fand.

»Jetzt fragst du dich wahrscheinlich, warum ich dir das alles erzähle«, sagte Alf.

»Schon.«

»Weil ...« – Alf beobachtete mich scharf – »... weil einer der Offiziere im 39. Infanterieregiment Seiner Majestät – damals saß George II. auf dem Thron – ein Vorfahr von Mrs. Ridley-Smith war.«

Ich schnappte hörbar nach Luft. »Von Mrs. Ridley-Smith? Der Frau des Richters? Jocelyns Mutter?«

»Von der und keiner anderen. Es gibt schon komische Zufälle, was?«

»Aber woher wissen Sie das alles?«

»Vom alten Beatty. Der war Gärtner auf Bogmore Hall, sein ganzes Leben lang, sechzig Jahre oder noch mehr. Ich hab ihm oft geholfen. Ich war damals noch ein kleiner Stöpsel, aber der alte Beatty hat sich immer gefreut, wenn er jemanden hatte, dem er seine alten Geschichten auftischen konnte. War ein guter Erzähler, der alte Beatty. Und die Ridley-Smiths haben große Stücke auf ihn gehalten. Der Richter hat ihn nach Indien mitgenommen, damit er sich dort um den Garten kümmert. Irgendwo außerhalb von Kalkutta war das. Wunderschöne Blumen, hat der alte Beatty immer gesagt. Wun-der-schön.«

»Moment mal«, unterbrach ich ihn. »Jetzt komme ich nicht mehr ganz mit. Hat Mr. Ridley-Smith denn in Indien gelebt?«

»Als junger Mann, ja. Er war da so was wie ein Bezirksrichter. Dort hat er auch seine Frau kennengelernt. Ada hieß sie. Ihre Familie lebte schon ewig und drei Tage in Indien. Engländer natürlich, aber schon seit Generationen dort. Jocelyn ist in Indien zur Welt gekommen.«

»Und seine Mutter?«

»Die ist gestorben.«

»Bei seiner Geburt?«

»So hat's mir der alte Beatty erzählt.«

So war das also! Die Frau mit den traurigen Augen auf dem Foto an Jocelyns Wand war tatsächlich Mrs. Ridley-Smith.

»War sie denn krank?«, hakte ich nach. »Ich meine, schon vor Jocelyns Geburt?«

»Sie hatte es mit den Nerven. Hat sehr zurückgezogen gelebt. Hat die ganze Zeit mit ihren Soldaten verbracht.«

Wieder beobachtete er mich gespannt.

»Was denn für Soldaten?«

»Zinnsoldaten. Tausende.«

»Hat sie die für ihren Sohn gekauft?«

»Nein. Ich hab doch gesagt, dass sie bei seiner Geburt gestorben ist.«

»Vielleicht wollte sie ihm die Soldaten schenken, wenn er älter war.«

Alf schmunzelte. »Nein. Die Figuren stammten aus ihrer eigenen Kindheit. Von ihren Militärvorfahren. Jeder von ihnen hatte die Sammlung vergrößert. War wohl eine Art Familienhobby.«

»Soldaten!«, wiederholte ich ungläubig.

»Ja, Soldaten.« Alf bückte sich und klaubte das Besteck Stück für Stück wieder vom Boden auf. Dann legte er die Messer, Gabeln und Löffel auf den Tisch in säuberliche Reihen und gab jeder einen Namen.

»Das ist die erste Division. Das Erste Madras-Regiment. Das hier ist die zweite Division – Erstes Madras- und Bombay-Regiment. Die dritte Division, Seiner Majestät neununddreißigstes Infanterieregiment, und einer der Soldaten – Gott allein weiß, welcher – war Mrs. Ridley-Smiths Ur-ur-ur-oder-was-auch-immer-Großvater. Die vierte Division, das Bombay-Regiment – und hier haben wir noch zweitausend Sepoys, die einheimische Infanterie, das erste bengalische Regiment, Königliche Artillerie. – Das wär's dann«, kam er zum Schluss. »Alle vollzählig angetreten.«

»Und der Nawab? Mit seinen fünfzigtausend Kriegern?«

»Die gab's natürlich auch. Der alte Beatty meinte, sie hätte für jeden Einzelnen 'ne kleine Spielzeugfigur gehabt. Für jeden verfluchten Einzelnen.«

Er wartete ab, bis ich diese Information verdaut hatte.

»Heißt das …?«

»Ganz recht, Frolleinchen. In einem eigens dafür eingerichteten Zimmer. Das hat sie immer abgeschlossen, wie eine Schatzkammer. Niemand außer ihr durfte da rein. Der alte

Beatty hat auch nur davon gewusst, weil er mal geholt wurde, um sie rauszutragen, weil sie in Ohnmacht gefallen war. Dabei hat er natürlich die Gelegenheit genutzt und sich kurz umgeschaut.«

Ich rutschte auf meinem Stuhl nach vorn und schaute ihn flehentlich an.

»Sie hatte das Schlachtfeld von Plassey aufgebaut, wie ein Modell. Alles nach Maßstab. Das Ganze war riesengroß. Felsen, Hügel, Bäume aus Pfeifenreinigern. Der Bhagirathi war aus blau angemaltem Spiegelglas. Diese Inder sind sehr geschickt mit den Händen. Das ganze Zimmer war voll, von einer Wand zur anderen. Wunderschön, hat der alte Beatty gemeint.«

»Und Mrs. Ridley-Smith?«

»Die hat sich von früh bis spät dort eingeschlossen und die Figuren hin und her geschoben. Sie hat die Schlacht bei Plassey immer und immer wieder durchgefochten.«

»Aber ihr Mann ... der Richter ... dachte er vielleicht, sie wäre ...?«

»Nicht ganz klar im Kopf? Das weiß keiner. Er spricht ihren Namen niemals aus.«

Ich erschauerte. Erst später ging mir richtig auf, warum.

»›Depressionen‹ heißt das ja wohl heutzutage. Damals nannte man es ›Schwermut‹.«

»Und ihre Familie? Waren die anderen Mitglieder auch so?«

»I wo. Die hat so schnell nix umgehauen, einer wie der andere. Seit anno Tobak Soldaten, Anwälte oder Nabobs in der Ostindischen Gesellschaft. Sie haben sich nicht viel um Ada und ihr Spielzeug gekümmert. Jedenfalls hat das der alte Beatty erzählt.«

»Vielen Dank, Mr. Mullet.« Ich stand auf, schob meinen Stuhl zurück und schüttelte ihm die Hand. »Ich muss los. Nicht, dass sich zu Hause noch jemand Sorgen macht.«

In Wahrheit musste ich dringend mit Dogger reden.

Es ging um Leben und Tod.

Als ich an St. Tankred vorbeiradelte, fiel mir eine Menschenmenge auf, die sich vor der Kirche versammelt hatte.

Ich bremste scharf.

Unter dem Kirchenvordach stand mit erhobenen Händen der Vikar.

»Meine Herren ... meine Herren!«, sagte er.

Ich lehnte Gladys an die Mauer und schlich mich lautlos an. Die meisten Anwesenden stammten aus Bishop's Lacey, einige aber nicht.

Zu den Fremden gehörte ein großer, hagerer Mann im grauen Staubmantel. Er trug eine rote Fliege und hielt ein Notizbuch in der Hand. Neben ihm stand ein zweiter, kleinerer Mann, der genauso gekleidet war und sich einen Fotoapparat vor die Augen hielt.

»Aber es heißt, es sei ein Wunder, Herr Vikar! Da können Sie doch bestimmt ein paar Worte dazu sagen!«

Der Vikar versuchte erfolglos, sein vom Wind zerzaustes Haar zu bändigen. Dabei erwischte ihn ein Blitzlicht.

»Was haben Sie gedacht, als Sie das Blut gesehen haben?«, rief ein anderer Mann. »Wir haben gehört, ein Gelähmter habe seine Krücken weggeworfen. Stimmt das?«

Ein Raunen ging durch die Menge.

»Ich bitte Sie, meine Herren! Alles zu seiner Zeit.«

»Was ist mit der Leiche in der Krypta?«

Ich sah die sensationsheischenden Schlagzeilen im *Hinley-Kurier* und im *Posthorn am Morgen* schon vor mir, und dem Vikar ging es garantiert genauso.

LEICHE IN DER KRYPTA! HEILIGER WEINT BLUT!

Mit derlei öffentlicher Aufmerksamkeit würde der Bischof unseren Vikar schon bald im Kanu zu seiner neuen Dienststelle den Amazonas hinaufschicken. Die Presse war erbarmungslos, aber die Kirche nicht minder.

»Meine Herren, ich bitte Sie ... heute ist schließlich Karfreitag. Ich kann nicht zulassen, dass irgendwelche profanen ...«

»Lassen Sie mich durch«, rief ich. »Es ist ein Notfall. Bitte lassen Sie mich durch!«

Ich drängte mich durch die Menge, trat neben den Vikar, nahm ihn beim Ellbogen und raunte vernehmlich, damit es die Reporter auch ja mitbekamen: »Ich fürchte, es geht zu Ende. Der Doktor meint, sie kommt womöglich nicht durch. Sie müssen sofort kommen.«

Ich hüpfte von einem Fuß auf den anderen und blinzelte kräftig, in der Hoffnung, eine Träne hervorzulocken.

Der Vikar starrte mich so ungläubig an, als wäre er urplötzlich auf einem anderen Planeten erwacht.

»Bitte!«, wimmerte ich und setzte mit anschwellendem Heulen hinzu: »Sonst ist es ZU-HU SPÄ-HÄ-HÄT!«

Ich packte ihn am Arm, drehte ihn um die eigene Achse, zerrte ihn in die Kirche, knallte die schwere Tür zu und schob den Riegel vor.

»Uff!«, schnaufte ich. »Die reinste Belagerung! Wie in *Ivanhoe*. Wir können uns durch die Sakristei rausschleichen.«

Der Vikar sah mich mit leerem Blick an. Er stand völlig neben sich. Die ganze Geschichte forderte allmählich ihren Tribut, von seinen Sorgen um Cynthia ganz zu schweigen.

Ich führte ihn zu einer der hinteren Bankreihen und setzte mich neben ihn.

»Alles wird gut«, sagte ich. »Ich habe den Fall schon fast gelöst.«

Sein Gesicht, das von den Buntglasfenstern über uns in malvenfarbenes Licht getaucht wurde, wandte sich mir widerstrebend zu.

»Ach, Flavia … wenn es doch so wäre!«

19

Erst als ich schon halb zu Hause war, holte mich die Empörung ein.

»*Ach, wenn es doch so wäre*« – also ehrlich! Diese Worte bewiesen, dass der Vikar, trotz seiner Berufung, ein Kleingläubiger war.

Ich hatte ihn an der Hand genommen und durch die Sakristei ins Freie geführt, war mit ihm über den Friedhof geschlichen und hatte ihn wohlbehalten an der Pfarrhaustür abgeliefert. Dann hatte ich mich hinter einem großen Grabstein versteckt und so lange gewartet, bis sich die murrende Menge allmählich auflöste und entfernte.

Keiner der Anwesenden war auf die Idee gekommen, einen Blick hinter die Kirche zu werfen. Keiner war auf die Idee gekommen, uns auf unserer traurigen Prozession zu dem angeblichen Sterbelager zu folgen. Allesamt waren sie von meiner vorgetäuschten Mission der Nächstenliebe so gerührt, dass keiner – auch nicht der kaltschnäuzigste Zeitungsreporter – versucht hatte, die Kirchentür zu öffnen.

Trotzdem hatte der Vikar kein Vertrauen in mich.

Ich gebe nur sehr ungern zu, wie sehr mich das wurmte.

Nichts besänftigt einen enttäuschten Geist besser als Sauerstoff. Ein paar tiefe Atemzüge, und das gute alte »O« regeneriert jede Zelle im Körper. Ich hätte natürlich auch in mein Labor gehen und eine Nase von dem auf Flaschen gezogenen Stoff nehmen können, aber das wäre mir wie Betrug vorgekommen. Sauerstoff in seiner natürlichen Form ist einfach unübertroffen – Sauerstoff, der auf natürliche Weise in einem Wald oder einem Gewächshaus produziert wurde, dort, wo viele Pflanzen mittels Photosynthese das giftige Kohlendioxid, das wir ausatmen, absorbieren und uns im Gegenzug dafür Sauerstoff schenken.

Feely gegenüber hatte ich mal die Bemerkung fallen lassen, aufgrund des Sauerstoffs sei es beim Einatmen frischer Luft so, als atme man Gott, aber sie hatte mir eine runtergehauen und gesagt, das sei Gotteslästerei.

Das Gewächshaus auf Buckshaw hob meine Stimmung erfahrungsgemäß schlagartig. Dabei hätte ich nicht sagen können, wie viel von dieser Wirkung Doggers Anwesenheit und wie viel dem Sauerstoff zu verdanken war. Wahrscheinlich halbe-halbe. Eins steht jedoch fest: Ein Gewächshaus ist ein friedlicher Ort. Man hat noch nie davon gehört, dass jemand in einem Gewächshaus mit einer Axt erschlagen worden wäre.

Meine Theorie lautet: Es liegt am »O«.

Ich entdeckte Dogger zwischen den Blumentöpfen, wo er irgendwelches Gartenwerkzeug mit dicker Schnur zu Bündeln zusammenband.

»Du, Dogger«, begann ich ganz beiläufig und unterdrückte ein Gähnen, als ich mich über eine eingetopfte Primel beugte, um sie zu begutachten, »was würdest du sagen, wenn ich dich nach der Ursache für verkümmerte Daumenmuskeln und kraftlose Hände fragen würde?«

»Ich würde sagen, du bist auf Bogmore Hall gewesen, Miss Flavia.«

Eigentlich hätte ich baff sein müssen, aber ich wunderte mich kein bisschen.

»Hast du das Foto von Mrs. Ridley-Smith gesehen?«

»Nein, aber ich habe das Geschwätz des Personals mit angehört.«

»Und?«

»Schlimme Geschichte. Was ich mir daraus zusammenreimen konnte, ist ein klassischer Fall von Bleivergiftung. Die Beugemuskeln und, wenn auch in geringerem Ausmaß, die Streckmuskeln sind befallen. Aber das ist dir bestimmt selbst aufgefallen, oder?«

»Schon. Aber ich wollte, dass du es mir bestätigst.«

In dem sich anschließenden Schweigen überlegte jeder für sich, wie er mit dem, was unweigerlich folgen würde, umgehen sollte.

»Du weißt es schon lange«, sagte ich schließlich und gab mir Mühe, dass es nicht wie ein Vorwurf klang.

»Sehr lange«, erwiderte er, und Trauer schwang in seinem Tonfall mit. »Schon die ganze Zeit.«

Abermals entstand eine Pause, bis mir klar wurde, dass wir uns beide davor drückten, Harriet zu erwähnen.

»Sie hat ihn oft besucht, stimmt's?«, fragte ich. »Jocelyn, meine ich.«

»Ja«, antwortete Dogger schlicht.

»Und du hast sie begleitet!«

»Nein, Flavia. Du weißt doch, dass ich damals noch gar nicht auf Buckshaw gewohnt habe.«

Wie dumm von mir! Was hatte ich mir bloß dabei gedacht? Dogger war erst nach Kriegsende nach Buckshaw gekommen. Genau wie ich musste er von jemand anderem von den Ridley-Smiths erfahren haben.

»Aber er ist ein Gefangener! Warum ist er eingesperrt?«

»Ist er wirklich eingesperrt ...«

»Klar ist er eingesperrt!«, fiel ich ihm mit lauter Stimme ins Wort. »Hinter einer doppelten Tür!«

»... oder wird er geschützt?«

Jetzt sprach ich auf einmal ganz leise. »Daran habe ich noch gar nicht gedacht.«

»So geht es einem oft. Man liest irgendwelche Geschichten in der Zeitung und zieht seine Schlüsse daraus. Die Tatsachen entsprechen oft gerade dem Gegenteil dieser Schlussfolgerungen.«

»Und dem Gegenteil der Schlagzeilen«, ergänzte ich, weil mir der Vikar eingefallen war.

»Richtig. Wie du sicher aus deinen Fachbüchern weißt, ist mit Bleivergiftung nicht zu spaßen.«

Allerdings. Ich hatte gelesen, wie es Frauen ergangen war, die bleihaltige Haarfärbemittel benutzt oder sich das Gesicht mit irgendeinem Quacksalberzeug eingepudert hatten, das Bleikarbonat enthielt: *Cosmetique Infallible* oder *Ali Achmeds Wüstenschätze* zum Beispiel.

Meine Gedanken flogen zu den dicken Wälzern in Onkel Tars Bibliothek, in denen ich zuerst auf das Thema gestoßen war: *Christisons Abhandlung über die Gifte, Taylors Grundsätze und Methoden der Rechtsmedizin* und *Blyhts Gifte: Wirkungen und Nachweis,* die, seit ich sie entdeckt hatte, zu meinem Alten und Neuen Testament und auch zu meinen Apokryphen geworden waren.

Ich dachte an die schaurigen und zugleich faszinierenden Gräuel, die sich zwischen den Buchdeckeln fanden: die Fallhand oder Handgelenkslähmung, die Blässe, die Blutarmut, die Kopfschmerzen, der faulige Geschmack im Mund, die Wadenkrämpfe, die Atemnot, das Erbrechen, der Durchfall, die Zuckungen, die Ohnmachtsanfälle. Hätten wir mittels eines Zaubers die Lippen von Ada Ridley-Smith auf dem alten Schwarz-Weiß-Foto zurückschieben können, so hätten wir dort, wo das Zahnfleisch an die Zähne grenzt, zumindest eine Spur des bläulichen Saums vorgefunden, der als typisches Symptom der Bleivergiftung gilt.

Kein Wunder, dass die Frau depressiv war!

»Mit Bleifarbe bemalte Bleifiguren«, sagte Dogger. »Soldaten, die zum Anschauen gedacht waren, nicht um damit zu spielen. Jedenfalls nicht in so großer Zahl.«

»Aber Jocelyn ...«

Dogger schüttelte den Kopf. »Da war es schon zu spät. Er ist bereits vergiftet zur Welt gekommen.«

Eine so entsetzliche Vorstellung, dass man sie kaum in Worte fassen konnte.

»Das Gehirn eines Ungeborenen ist hochempfindlich«, fuhr Dogger fort. »Die meisten Schwangeren, die an Bleivergiftung leiden, haben eine Fehlgeburt. – Aber nicht immer«, setzte er hinzu. »Nicht immer.«

»Erzähl mir mehr über das ›nicht immer‹«, sagte ich leise.

»Kinder, die trotz der Bleivergiftung ihrer Mütter auf die Welt kommen, leben selten länger als zwei, drei Jahre. Die Chancen stehen weniger als drei zu hundert.«

»Aber was kann man da tun? Wir können doch nicht zulassen, dass er so eingesperrt wird. Das geht doch nicht!«

Dogger legte die Harken und Hacken weg. »Immerhin ist er am Leben, und das ist doch besser als nichts.«

Er machte eine Pause und sprach dann so ruhig weiter, als staubte er gerade Möbel ab: »Es ist vielleicht nicht ideal, aber trotzdem ist es unter den gegebenen Umständen womöglich die beste Lösung. Die kleinste Einmischung könnte das Ganze wie ein Kartenhaus einstürzen lassen.«

Auf einmal wollte ich nicht mehr darüber reden. Es war ganz merkwürdig. Vielleicht war ich übermüdet. Vater hatte uns schon mehr als einmal Vorträge zum Thema Überanstrengung gehalten, und vielleicht hatte er ja recht gehabt. Es war wirklich ein furchtbar anstrengender Tag gewesen.

»Ich habe mir erlaubt, ein Nest für Esmeralda zu bauen«, wechselte Dogger rücksichtsvoll das Thema. »Außerdem habe ich sie mit bewährtem Futter versorgt.«

Er deutete auf eine Kiste in der Ecke, in der Esmeralda auf einem Nest aus Stroh thronte. Sie war mir bis jetzt nicht mal aufgefallen.

»Dogger«, sagte ich, »du bist ein Schatz!«

Ich weiß nicht, was in mich gefahren war. Es rutschte mir

einfach heraus. Es war mir sterbenspeinlich. Solche Sprüche lieferte sonst nur Feelys Freundin Sheila Foster.

»Tut mir leid«, stotterte ich, »ich wollte nicht ...«

Dann ergriff ich die Flucht und ließ Dogger ruhig und friedlich in seiner Sauerstoffatmosphäre weiterarbeiten.

Was geschah nur mit meiner Welt? Alles ging drunter und drüber. Buckshaw sollte verkauft werden. Vater hatte mir offenbart, ich sei genau wie meine Mutter, und Jocelyn Ridley-Smith hatte das mehr oder weniger bestätigt. Daffy hatte mich umarmt. Der Vikar hatte an meinen Fähigkeiten gezweifelt. Ich hatte erfahren, dass ich höchstwahrscheinlich aus der Seitenlinie der Familie eines Heiligen stammte. Zu allem Überfluss hatte ich angefangen, die verhasste Cynthia zu mögen. Ich hatte mich vor Mrs. Mullet gehen lassen und war in Tränen ausgebrochen. Und jetzt hatte ich auch noch so herablassend mit Dogger gesprochen, als wäre ich ein Filmstar und er mein Laufbursche. Mein ganzes Universum veränderte sich, aber nicht unbedingt so, wie ich es gern gehabt hätte.

Wenn wir doch nur in die gute alte Zeit von vor einer Woche hätten zurückkehren können, so unbehaglich uns auch zumute gewesen sein mochte, als wir alle noch in unseren alten, verstaubten Umlaufbahnen gekreist waren!

Dabei war meine Schwester Feely »der einzige Fixpunkt in einer sich wandelnden Welt«, wie Sherlock Holmes einmal seinen Gefährten Dr. Watson genannt hatte. In den Wirren der vergangenen Tage war es nur Feely gelungen, so unerfreulich wie eh und je zu bleiben.

Nahm das Gute womöglich wie der Mond zu und dann wieder ab, und nur das Böse blieb sich stets gleich? Wenn ich die Antwort darauf hätte, würde vielleicht auch alles andere wieder ins Lot kommen.

In gewisser Hinsicht beschäftigte Inspektor Hewitt und mich momentan die gleiche Frage, und in geringerem Maß dachten wohl auch Adam Sowerby und Miss Tanty darüber nach: War es denkbar, dass jemand mit einer sonst makellos sauberen Weste plötzlich aus seiner einwandfreien Lebensführung ausscherte und zum Mörder wurde? Oder war Mr. Collicutt einem Täter zum Opfer gefallen, der nicht zum ersten Mal getötet hatte?

Einem Profi sozusagen?

Sein Tod wollte mir einfach nicht zu einem klassischen Dorfmordfall passen. Zu einem solchen gehörten Eifersucht, Streit, Schläge, Erwürgen, Vergiften, vielleicht noch eine manipulierte Bettflasche ... Stattdessen war Mr. Collicutt im Gehäuse einer Kirchenorgel brutal ermordet worden. Die Täter hatten seine Leiche aus der Kirche hinaus und über den Friedhof geschleift, ihn in ein offenes Grab geworfen und durch einen unterirdischen Gang gezerrt, bis sie den Leichnam schließlich in einer verborgenen Kammer über der Gruft eines vor Ewigkeiten verstorbenen Heiligen deponiert hatten.

Das ergab doch alles keinen Sinn.

Oder vielleicht doch?

Womöglich verbarg sich die Wahrheit in einem Stückchen Stoff.

In den weißen Spitzen, die unter der Gasmaske auf Mr. Collicutts Gesicht hervorgelugt hatten.

Ich warf mich aufs Bett, um meinen Augen ein wenig Ruhe zu gönnen.

Als ich sie wieder aufschlug, war es draußen dunkel geworden.

Langsam ging ich die Osttreppe hinunter und rieb mir nach einer unruhigen Nacht die Augen. Ich hatte von Buckshaw geträumt – unheilvolle Träume, in denen plötzlich überall Löcher aufgetaucht waren, als würde ein riesiger Maulwurf überall ums Haus und auf dem ganzen Anwesen herumbuddeln, unermüdlich und unaufhaltsam.

Als ich aufwachte, war es schon nach neun. Ich musste zu Vater und mich bei ihm entschuldigen, nicht nur, weil ich gestern das Abendessen (und davor das Mittagessen), sondern weil ich heute obendrein auch noch das Frühstück verpasst hatte.

Wie schon erwähnt, legte Vater großen Wert auf Anwesenheit. Ausreden wurden nicht geduldet.

Ich bummelte durch den Flur, um die unausweichliche Auseinandersetzung so lange wie möglich hinauszuzögern.

Vor dem Salon blieb ich stehen und spitzte die Ohren. Wenn Vater nicht dort war, saß er schon in seinem Arbeitszimmer, und dort wollte ich ihn auf gar keinen Fall stören.

Dann war ich gewissermaßen aus dem Schneider.

Ich legte das Ohr an die Tür und vernahm leise Stimmen.

Obwohl ich die einzelnen Worte nicht verstand, spürte ich an den Vibrationen der Türfüllung, dass einer der Sprecher zweifelsfrei Feely war.

Ich kniete mich hin und wollte durchs Schlüsselloch spähen, aber leider steckte der Schlüssel.

Abermals drückte ich das Ohr fest gegen die Türfüllung, aber es hatte keinen Zweck. Hier konnte auch mein überfeines Gehör nichts ausrichten.

Die Lösung kam, wie geniale Lösungen das so an sich haben, in Gestalt eines Geistesblitzes.

Unterdrückt in mich hineinlachend, schlich ich mich wieder in die Eingangshalle und nach oben in mein Labor.

Aus einem Schränkchen unter einer der Spülen holte ich einen Schraubenzieher, ein Stück Gummischlauch und zwei Trichter, die normalerweise zum Befüllen von Flaschen dienten, jetzt aber eine weitaus spannendere Rolle spielen sollten.

Dann ging es wieder zurück: den Korridor im ersten Stock entlang, durch den unbewohnten Nordflügel und durch die mit grünem Filz bespannte Tür, die in den Familientrakt führte. Gleich gegenüber von Harriets Boudoir, das Vater wie einen weiteren Schrein zu ihrem Gedenken unverändert belassen hatte, lag Feelys Zimmer. Abgesehen von Harriets Boudoir war es das größte Schlafzimmer auf Buckshaw und auch das luxuriöseste.

Um sicherzugehen, dass die Luft rein war, klopfte ich mit dem Fingernagel an.

Falls Feely drinnen war, falls im Salon doch jemand anders gesprochen hatte, würde sie auf das leiseste Geräusch mit einem prompten, mürrischen »Was?« reagieren.

Feely legte von allen de Luces den größten Wert auf Privatsphäre und verteidigte ihr Revier so wehrhaft wie Gott sein Paradies.

Ich klopfte noch einmal.

Nichts.

Ich drehte den Türknauf, und – Wunder über Wunder – die Tür ging auf. Feely musste sehr in Eile gewesen sein, dass sie ihren Privatbereich derart ungeschützt zurückgelassen hatte.

Leise schloss ich die Tür hinter mir und ging auf Zehenspitzen durchs Zimmer. Ich befand mich direkt über dem Salon und wollte mich nicht durch meine Schritte verraten. An sich bestand dafür keine Gefahr, denn Buckshaw war so solide gebaut wie eine alte Kathedrale, mit hohen Wänden und dicken Zwischendecken, trotzdem will man ja nicht über die Teppichkante stolpern und sich dadurch verraten.

Eines der vielen Wunder von Buckshaw, zumindest in seinen viktorianischen Tagen, war der Umbau der Schornsteine von der ursprünglichen Rauchfangbauweise zu einem regulierbaren Abzugssystem gewesen. Die geniale Zusammenlegung der Züge im Erdgeschoss und im ersten Stock mittels einfacher Klappen – schlichter schmiedeeiserner Platten – schützte die Hausbewohner vor Kohlenmonoxidvergiftungen, falls einer der Schornsteine mal von einem Dohlennest verstopft war.

Ich hatte die Klappen eher zufällig entdeckt, als ich mein Labor nach Lüftungsmöglichkeiten abgesucht hatte, weil ich giftige Gase wie von Blausäure und dergleichen nicht einfach durchs offene Fenster abziehen lassen wollte und dabei womöglich mein eigen Fleisch und Blut vergiftet hätte.

Die mit einer dicken Rußschicht verkrusteten Eisenplatten auf der Rückseite der Feuerstellen ließen sich mit ein wenig Hartnäckigkeit leicht abschrauben und abnehmen.

Ich hätte etwas mitbringen sollen, um den Ruß aufzufangen – eine alte Decke zum Beispiel –, aber dafür war es jetzt zu spät. Ich musste unbedingt hören, was Feely mit dem einzigen Besucher, den Buckshaw seit Monaten begrüßen durfte, zu besprechen hatte. Bestimmt ging es um ihre Hochzeit, deren Einzelheiten mir aus unerfindlichen Gründen vorenthalten wurden. Da wollte ich natürlich nicht mehr verpassen als unbedingt nötig.

Ich hatte mal aufgeschnappt, dass Schornsteinfeger die Möbel früher mit Laken abgedeckt hatten, was ich ausgesprochen einleuchtend fand. Kurzerhand schlug ich Feelys Daunendecke zurück und zog das Bettlaken ab. Ich würde es später durch ein anderes ersetzen.

Ich legte das Laken auf den kalten Kaminboden, duckte mich, als ginge ich durch eine niedrige Tür, und stellte mich in der Kaminöffnung wieder aufrecht hin.

Da war ja die Klappe – direkt über mir. Ich stellte mich auf den Kaminrost und kam auf diese Weise bequem an die Schrauben heran. Mit den Fingernägeln ertastete ich die Schlitze.

Wenn man gusseiserne Teile aus einem Kamin ausbaut, muss man sehr leise zu Werke gehen, weil Backstein die geringsten Geräusche hervorragend überträgt.

Die Platte löste sich bereitwillig, und ich legte sie vorsichtig auf das Laken.

Dann nahm ich meine beiden Trichter, einen großen aus Blech und einen kleinen aus Glas, und steckte sie in die beiden Enden des Gummischlauchs.

Den größeren Trichter schob ich in die neu geschaffene Öffnung und ließ den Gummischlauch dann Stück für Stück wie ein Seil durch die Finger gleiten, langsam ... behutsam ... noch ein Stück ... noch eins ...

Nach einer halben Ewigkeit hing der Schlauch in voller Länge im Kaminschacht, und der Trichter baumelte, wenn meine Berechnungen stimmten, auf Höhe des Salonkamins.

Ich setzte den kleinen Trichter ans Ohr – gerade noch rechtzeitig, um Feely sagen zu hören: »Ich dachte, vielleicht etwas von Elgar. *Der Abschied der Engel.* Ein sehr britisches Stück.«

»Aber auch ein bisschen sehr katholisch, oder?«, entgegnete eine andere Stimme. »Es beruht doch auf einem Gedicht von Henry Newman. Der alte Überläufer wurde gleich Kardinal, nachdem er von den Anglikanern zu den Katholiken konvertiert war. Da können wir auch gleich das Ave Maria nehmen. Ich möchte die Mädchen nicht auf dumme Gedanken bringen. Sie kommen natürlich alle, denn sie haben Crispin sehr verehrt.«

Demzufolge belauschte ich ein Gespräch zwischen Feely und Alberta Moon, der Musiklehrerin von St. Agatha – jene Agatha Moon, von der der Vikar behauptet hatte, sie werde über Mr. Collicutts Ableben am Boden zerstört sein. Die beiden unterhielten sich nicht über Feelys Hochzeit, sondern über Mr. Collicutts Beerdigung.

»Wie wär's mit dem *Nunc Dimittis?*«, schlug Feely vor. »›Nun entlässest du, Herr, deinen Diener in Frieden.‹ Das hat er oft bei der Abendandacht gespielt. Wir könnten doch Miss Tanty fragen, ob sie das Stück als Solo singt.«

Eine eisige Stille trat ein, die auf dem langen Weg durch den Gummischlauch noch eisiger wurde.

»Lieber nicht, Ophelia. Miss Tanty ist, ich sage es frei heraus, alles andere als gut auf ihn zu sprechen gewesen.«

Dieser Aussage folgte ein sprödes Lachen.

Feely erwiderte etwas, das ich nicht verstand, aber es klang aufgebracht. Ich zog den Glastrichter rasch heraus und steckte mir das Schlauchende ins Ohr.

»... wir beide haben in der Schule des Öfteren vertrauliche Gespräche geführt, bevor sie den Beruf an den Nagel gehängt hat ...«, hörte ich Miss Moon sagen, »... damals, als wir noch zivilisiert miteinander umgehen konnten.«

Mir fiel wieder ein, dass Miss Tanty Miss Moons Vorgängerin auf St. Agatha gewesen war.

»Auch wenn du's nicht glauben willst – es ist meine Pflicht und Schuldigkeit, dich darüber in Kenntnis zu setzen, dass sie, wie meine Mädels sich ausdrücken würden, bis über beide Ohren in Crispin verschossen war.

Jetzt mach nicht so ein entsetztes Gesicht, Ophelia! Ja, vom Alter her hätte sie seine Mutter sein können, aber wie du inzwischen wissen dürftest, soll man die Lebenslust eines Soprans niemals unterschätzen.«

Für meine Ohren – besser gesagt: für *mein* Ohr, denn der Gummischlauch steckte ja nur in einem meiner beiden Ohren – klang Miss Moon eher verärgert als am Boden zerstört.

»Ich will einfach nicht, dass diese Frau auf Crispins Beerdigung ein Solo singt! Die verschmähte Möchtegern-Geliebte beträllert die sterblichen Überresten ihres Angebeteten – das kommt nicht infrage! Schlag dir das aus dem Kopf, Ophelia. Nein, ich werde dieses Amt übernehmen. Ich denke da an Purcells ›Wenn ich in der Erde liege‹ aus *Dido und Aeneas*. Ja, das passt wunderbar. Ich begleite mich selbst und singe von der Orgelbank aus, du brauchst das Stück also nicht einzustudieren. – Schon gut, du brauchst dich nicht bei mir zu bedanken. Du hast dieser Tage bestimmt selber genug um die Ohren ... Wie schade um Buckshaw! Ich habe das Schild am Tor gesehen. Unerhört, so was. Aber man muss immer nach vorn schauen. Ein Vögelchen hat mir gezwitschert, dass du bald Grund zum Feiern hast. Wir freuen uns ja alle so für dich, Ophelia, ehrlich. Wie heißt er doch gleich, der Bursche von der Culverhouse Farm? Victor? Ich hab's ja gewusst, dass du und Victor eines Tages …«

Das ging jetzt aber zu weit!

Ich hob den Glastrichter auf, rammte ihn wieder in den Schlauch und brüllte hinein: »Dieter! Er heißt *Dieter*, du dumme alte Seekuh!«

Was hatte ich getan? Hatte ich in einem unbeherrschten Augenblick den letzten Rest De-Luce-Würde zerstört? Schüttelte der heilige Tankred in der Kirche jetzt sein hölzernes Haupt in blutiger Fassungslosigkeit darüber, dass eine seiner Nachfahrinnen sich so dämlich aufführte?

Ich hielt den Trichter ans Ohr. Nichts als Stille.

Dann knallte eine Tür.

Kurz darauf hörte ich Absätze über Kaminfliesen klappern, und dann grapschte jemand nach dem anderen Ende meines Gummischlauchs.

Feelys gedämpfte, verzerrte Stimme drang wie die einer zornigen Elfe aus dem kleinen Schalltrichter in meiner Hand.

»Ich hasse dich!«

20

Wie war es nur möglich, dass in ein und demselben abgelegenen Dorf sowohl eine Miss Tanty als auch eine Miss Alberta Moon gleichzeitig existierten? Mathematisch betrachtet hätte die Vorsehung sie eigentlich an entgegengesetzten Enden des Landes platzieren müssen – die eine in Land's End und die andere in John o'Groats.

Dieser Gedanke ging mir durch den Kopf, als ich mit Feelys zusammengeknotetem, rußgefülltem Bettlaken die Westtreppe hinunterging. Ich wollte das Laken auf dem Visto ausschütteln, wo der Regen den Ruß irgendwann wegwaschen würde. Ein frisches Laken hatte ich bereits im Schrank gefunden und Feelys Bett ordentlich neu bezogen. Das schmutzige Laken würde ich in meinem Labor auswaschen, in meinem Zimmer trocknen lassen und später wieder in den Schrank räumen. Niemand würde etwas merken.

Am Fuß der Treppe stand Feely und klopfte mit dem Fuß auf den Boden.

Am liebsten hätte ich kehrtgemacht und wäre geflohen. Aber meine Beine waren plötzlich schwer wie Blei. Früher oder später hätte sie mich sowieso erwischt. Ich konnte ihr nicht lange aus dem Weg gehen. Also konnte ich die bittere Pille auch gleich schlucken und die Sache hinter mich bringen.

Als ich zaghaft die letzte Stufe nahm, stürzte sie sich auf mich.

Ich ließ das rußige Laken fallen und hielt mir die Augen zu.

Sie packte mich an den Schultern. Gleich würde sie mir die Luft aus den Lungen quetschen und mir die Rippen brechen, so wie die klobigen amerikanischen Ringkämpfer, die wir im Kino in der Wochenschau gesehen hatten.

»Du warst toll!«, sagte sie und drückte mich fest. »Vielen Dank!«

Ich machte mich ungläubig los.

»Aber vorhin hast du mich doch noch gehasst!«

»Das war vorhin – jetzt ist jetzt. Ich habe darüber nachgedacht. Vielleicht war ich ein bisschen voreilig.«

Mehr an Entschuldigung durfte ich von Feely nicht erwarten, weder in diesem noch in einem nächsten Leben.

»›Dumme alte Seekuh‹!« Feely schüttelte den Kopf. »Du hättest ihr Gesicht sehen sollen! Ich dachte schon, ihr passiert ein Malheur auf unserem Teppich.«

Wenn sich meine Schwester mal gehen ließ, konnte sie erstaunlich derb sein.

»Gern geschehen«, erwiderte ich und schwelgte in dem unerwarteten Dank. Ich wollte das Gefühl so lange wie möglich auskosten.

Nach diesem jähen Ende unserer Feindseligkeiten sprudelte ich vor Zuneigung geradezu über und hätte Feely am liebsten sofort die Neuigkeit überbracht, dass in ihren Adern womöglich das Blut eines Heiligen floss. Und ihr außerdem von der armen kleinen Hannah Richardson erzählt, von Cassandra Cottlestones Grab und von meiner Bekanntschaft mit Jocelyn Ridley-Smith.

Ich hätte sie am liebsten umarmt, so wie ich Daffy umarmt hatte, und nie mehr losgelassen.

Aber ich brachte es nicht über mich. Man hätte den Eindruck haben können, als wären wir beide als Nordpole desselben Magneten auf die Welt gekommen, als müssten wir eigentlich gleich sein, und stießen uns letztendlich aber doch immer wieder voneinander ab – bis ans Ende unserer Tage von einer geheimnisvollen, unsichtbaren Kraft voneinander ferngehalten.

»Wann soll die Beerdigung sein?«, fragte ich lahm.

»Kommenden Dienstag. Wenn wir Ostern hinter uns haben.«

Ich war erstaunt, dass meine fromme Schwester einen der höchsten kirchlichen Feiertage offenbar »hinter sich haben« wollte, ging aber nicht näher darauf ein. Allmählich lernte ich, zumindest in Bezug auf Feely, auch mal den Mund zu halten.

»Wird er aufgebahrt?«, erkundigte ich mich.

Natürlich war das meine heimliche Hoffnung. *Ich würde Mr. Collicutt lieber ohne Gasmaske in Erinnerung behalten.*

»Bloß nicht!«, antwortete Feely. »Der Vikar ist kein Freund offener Särge. Er ist sogar strikt gegen diese Sitte. Bei der Gottesdienstordnung für Begräbnisse steht die Auferstehung im Vordergrund, nicht der Tod. ›*Ich bin die Auferstehung und das Leben, spricht der Herr.*‹«

»Da kommt es wahrscheinlich nicht so gut, wenn mittendrin eine Leiche mit einem Pokerface liegt«, sagte ich.

»Flavia!«

»Apropos Pokerface – ich hab in der Kirche Miss Tanty getroffen.«

Dass bei unserer Begegnung Blut vom Dachgebälk getropft war, erwähnte ich nicht.

»Hat sich schon zu mir rumgesprochen«, erwiderte Feely.

Mist! Hatte man in diesem Dorf denn überhaupt kein Privatleben?

Aber wer hatte es ihr erzählt? Der Vikar bestimmt nicht, und Adam Sowerby schon gar nicht. Sie kannte den Mann ja nicht mal. Die verrückte Meg kam noch weniger in Frage.

Feely war meine perplexe Miene nicht entgangen.

»›Der erfolgreiche Organist‹«, zitierte sie, »›braucht lange Finger, um an die Register zu reichen, lange Beine, um an die Pedalklaviatur zu reichen, und lange Ohren, um ins Privatleben eines jeden Chormitglieds zu reichen.‹ *Whanley über die Orgel und ihre Annehmlichkeiten,* dreizehn, ›Die Führung der Choristen‹. Genau genommen habe ich diese Weisheit von den Lippen Jesabels persönlich vernommen.«

»Wen meinst du mit Jesabel?«

Ich hatte mir zwar vorgenommen, Feely nach Miss Tanty auszuhorchen, hatte aber nicht damit gerechnet, dass die Informationen schon hervorsprudelten, ehe ich überhaupt nachgebohrt hatte.

»Das ist dir doch bestimmt auch aufgefallen!«, sagte Feely. »Wie sich diese beiden alten Harpyien, Miss Moon und Miss Tanty, immer rausgeputzt haben und um den armen Mr. Collicutt herumscharwenzelt sind. Sie haben sich ihm förmlich zu Füßen geworfen! Es war das reinste römische Wagenrennen.«

»Und bis über die Ohren parfümiert waren sie auch!«, setzte ich eifrig hinzu. *»Strohfeuer und Sommerabend in Malden Fenwick.«*

»Eifersucht«, ergänzte Feely, und ich fragte mich, warum ich mich eigentlich nicht öfter mit meiner Schwester unterhielt.

Unser Lachen verebbte jedoch gleich wieder, wie so oft, wenn die Heiterkeit nur künstlich war, und wir standen einander in verlegenem Schweigen gegenüber.

»Warum hat Miss Tanty wohl ›Vergib mir, o Herr‹ gerufen, als sie das Blut gesehen hat?«

Ich ging inzwischen davon aus, dass Miss Tanty Feely auch von dem Blut erzählt hatte.

»Weil sie immer im Mittelpunkt stehen muss. Sogar dann, wenn ein Heiliger blutet.«

»Mir hat sie gesagt, sie hätte bloß geschauspielert«, sagte ich und behielt für mich, dass ich das erst später bei Miss Tanty zu Hause erfahren hatte. »Sie hält sich für eine Detektivin und will den Mörder finden – ja, sie will sogar, dass man denkt, sie selbst könnte die Mörderin sein.«

»Die Mörderin?«, schnaubte Feely verächtlich. »Und Kälber legen Eier, schon klar! Miss Tanty könnte nicht mal 'nen Elefanten umbringen, wenn der ihr auf die Zehen latscht. Und was das Detektivspielen angeht: Die Frau würde nicht mal ihren Hintern finden, wenn der nicht angewachsen wäre.«

»Gott der Herr liebt sie trotzdem«, sagte ich. Diese Formel benutzten wir, wenn eine von uns zu weit gegangen war.

»Gott der Herr liebt sie trotzdem«, wiederholte Feely säuerlich.

»Bleibt noch Miss Moon«, nahm ich den Faden unauffällig wieder auf.

»Warum sollte Miss Moon Mr. Collicutt umgebracht haben? Sie war in ihn verknallt. Sie hat ihm tütenweise von ihren grässlichen selbst gemachten Kaubonbons mitgebracht. Sie hat sogar seine Chorhemden und Taschentücher gewaschen.«

»Im Ernst?« Ich sah sofort wieder die weißen Spitzen vor mir, die unter der Gasmaske hervorgeschaut hatten.

»Klar«, antwortete Feely. »Mrs. Battle hat sich immer geweigert, die Wäsche ihrer Mieter zu waschen.«

Was mich auf eine Idee brachte.

»Deine Ohren sind schon jetzt lang genug, dass sie in das Privatleben eines jeden Chormitglieds reichen«, sagte ich feixend. »Du wirst garantiert eine begnadete Organistin, Feely!«

»Das glaube ich auch«, stimmte sie mir zu. Dann wies sie auf das rußige Bündel auf dem Boden. »Und jetzt sieh zu, dass du diese Sauerei beseitigst, bevor ich's Vater sage.«

Mrs. Battles Pension, ein uraltes Gebäude aus verzogenen, verwitterten Schindeln und blätternder Farbe, stand in einem von Radspuren zerfurchten Hof südlich der Hauptstraße, auf halber Strecke zwischen St. Tankred und dem *Dreizehn Erpel.* Früher war es einmal ein Wirtshaus gewesen, das *Adam und Eva,* und über der Tür waren noch die verblassten Worte »Bier dunkel & hell« zu erkennen. Das ganze Haus hing in der Mitte durch wie eine Schlange und machte insgesamt einen feuchten Eindruck.

Ich klopfte und wartete.

Nichts geschah, also klopfte ich wieder.

Immer noch nichts.

Vielleicht war es ja wie bei der Metzgerei in Nether-Wolsey, dachte ich, und die Besitzerin würde hinten im Garten anzutreffen sein.

Ich spazierte um das Haus herum, als wäre ich ein dämlicher Tourist, der sich verlaufen hat.

Hinter dem Haus sah es aus wie bei einer archäologischen Ausgrabung: lauter Sandhügel, mit Schaufeln gespickt wie riesige Igel. Überall standen und lagen Haufen aus Brettern und Zementsäcken herum. Überall waren Steinbrocken verstreut, wie nach dem Tobsuchtsanfall eines Kleinkindes.

Hier hausten George Battle und sein Steinmetzbetrieb.

Ich spähte in einen düsteren Schuppen. Noch mehr Zement, eine Kiste mit Maurerkellen, ein altmodisches Schreibpult mit Auftragsbüchern und Tintenfässern, eine Reihe Haken mit schwarzem Gummiregenzeug, eine elektrische Kochplatte mit einem Emaille-Kessel und in der Ecke eine Decke, auf der vielleicht einmal ein längst verstorbener Hund gelegen hatte.

Schnüffle hier lieber nicht zu lange rum, rief ich mich zur Ordnung. *Gut möglich, dass dich jemand aus dem Haus beobachtet.*

Ich schob die Hände in die Taschen meiner Strickjacke, schaute in den Himmel, als wollte ich einen Blick auf das Wetter werfen, dann schlenderte ich pfeifend wieder zur Vordertür des Hauses.

Ich klopfte wieder … und wieder. Ich ließ eine richtige Breitseite los.

Es kam mir wie eine Stunde vor, bis endlich schwere Schritte an die Tür kamen und der Spitzenvorhang an einer der seitlichen Scheiben wackelte.

Ein Auge linste nach draußen und verschwand wieder.

Wieder dauerte es quälend lange, bis sich der gesprungene Porzellantürknauf langsam um ein paar Grad drehte und die Tür nach innen aufschwang. Ein langer, düsterer Gang tat sich vor mir auf, der sich ins Unendliche zu erstrecken schien, dann aber doch irgendwo hinten im Haus in einem kleinen Fleck Tageslicht endete.

»Was gibt's?«, fragte eine Stimme aus der Dunkelheit.

»Mrs. Battle? Ich bin Flavia de Luce aus Buckshaw. Darf ich reinkommen?«

Bittet, und ihr werdet empfangen, so hatte man mich gelehrt. Normalerweise fällt es den Leuten schwer, eine so direkte Bitte abzulehnen, aber Mrs. Battle gehörte offenbar nicht zu den normalen Leuten.

»Warum?«, wollte sie wissen.

»Es geht um Mr. Collicutt. Genau genommen ist es eine eher persönliche Angelegenheit. Ich würde lieber drinnen mit Ihnen darüber sprechen, wo niemand zuhören kann.«

Zweiter Schritt: Gib dem anderen zu verstehen, dass deine Botschaft sowohl geheim als auch brisant ist.

»Hmmm …«, machte sie zögerlich.

»Ich möchte auch nicht, dass mich jemand hier sieht«, setzte ich mit gesenkter Stimme hinzu und sah mich verstohlen nach links und rechts um, als hielte ich nach Beobachtern Ausschau.

»Komm rein«, befahl sie, und eine fleischige Hand löste sich aus der Finsternis hinter der Tür und winkte mich hinein.

Nach der Helligkeit draußen dauerte es ein paar Sekunden, bis sich meine Augen umgestellt hatten, aber dann sah ich mich der Dame des Hauses von Angesicht zu Angesicht gegenüber. Oder zumindest von Angesicht zu Halb-Angesicht. Ihre andere Gesichtshälfte verbarg sich immer noch im Schatten.

Ich hatte Mrs. Battle zwar schon ab und zu im Dorf gesehen, aber immer nur aus der Ferne, und gesprochen hatte ich mit der Frau noch nie. Von Nahem war sie größer, als ich sie in Erinnerung hatte, und auch rotgesichtiger.

»Also?«

»Genau genommen ...«, sagte ich und benutzte den Ausdruck damit schon zum zweiten Mal.

So wie sein Geistesbruder »ehrlich gesagt« müsste ein »genau genommen« eigentlich jedem ins Gesicht schreien, dass das, was folgte, eine unverfrorene Lüge sein würde. Aber dem war nicht so.

»Genau genommen ...«, sagte ich zum dritten Mal, »geht es um meine Schwester Feely ... äh, Ophelia.«

»Ja und?«

Das Auge im Dämmerlicht weitete sich. So weit, so gut. Ich hatte die gesamte Unterredung bereits im Geiste durchgespielt, als ich von Buckshaw ins Dorf geradelt war.

Ich trat scheinbar verlegen von einem Fuß auf den anderen und ließ den Blick argwöhnisch in der dunkel getäfelten Diele umherschweifen, als fürchtete ich mich immer noch vor Lauschern.

»Meine Schwester ... sie will heiraten, wissen Sie, und es gibt da gewisse Briefe ...«

Daffy hatte uns mal einen französischen Roman vorgelesen, dessen Handlung sich um dergleichen drehte.

Ich hielt die Luft an und strengte mich an, ein rotes Gesicht zu bekommen, auch wenn es hier im Dämmerlicht wahrscheinlich vergebliche Liebesmüh war.

»Mr. Collicutt ...«, schob ich nach.

»Briefe, hast du gesagt? Verstehe. Und die möchtest du jetzt zurückhaben.«

Einfach so!

Ich biss mir auf die Lippe und nickte.

»Für deine Schwester.«

Ich nickte wieder und versuchte mich zu entsinnen, wie man verzweifelt aussieht.

»Das ist ja lieb von dir«, sagte sie. »Wirklich rührend. Du hast deine Schwester wohl sehr gern.«

Ich wischte mir eine fiktive Träne weg und trocknete den Finger umständlich an meinem Rock ab.

Das gab den Ausschlag.

»Auch wenn es nicht viel helfen dürfte.« Sie deutete auf die Treppe. »Die Polizisten haben schon alles gründlich durchsucht.«

»Wie schrecklich! Feely wird einfach *sterben,* wenn sie das hört!«

Als ich es sagte, überkam mich ein seltsames Gefühl.

Niemand starb »einfach«.

Mr. Collicutt beispielsweise war von Mörderhand gestorben – da war ich mir inzwischen absolut sicher. Anschließend hatten ihn die Täter mitsamt der Gasmaske (oder hatten sie ihm das Ding erst später aufgesetzt?) über den Friedhof und durch den langen lehmigen Tunnel geschleift, um ihn zu guter Letzt durch eine enge Wandöffnung in eine Kammer über der Gruft eines längst verstorbenen Heiligen zu befördern.

»Einfach« konnte man das nun wirklich nicht nennen.

»Die haben alles auf den Kopf gestellt, der Inspektor Wasweißich und seine Bande. Von Aufräumen war danach natürlich keine Rede. Das Ganze war ein echter …«

»Schock«, warf ich ein.

»Du nimmst mir das Wort aus dem Mund. Ein echter Schock.«

Ich ließ ein paar Sekunden der Stille vergehen, in der wir uns beide als Schwestern im Schmerz annähern konnten.

»Hoffentlich geht es Ihnen inzwischen wieder besser«, sagte ich dann. »Miss Tanty meinte, Sie seien eine wahre Heilige, weil Sie sie immer zu ihren Arztterminen und so weiter fahren. Sie haben ein großes Herz, Mrs. Battle.«

»Wird wohl so sein, wenn du's sagst.«

Nicht mal der heilige Franz von Sales, dessen letztes Wort

auf dem Sterbebett »Bescheidenheit« war, hätte ein solches Kompliment von sich gewiesen.

»Ich hatte an dem Tag einen kleinen Migräneanfall«, fuhr Mrs. Battle unaufgefordert fort. »Ich habe Miss Tanty nur sehr ungern im Stich gelassen, aber Florrie, meine Nichte, hat angeboten, sie hinzufahren, weil sie an dem Tag erst gegen Mittag zur Arbeit musste. ›Nein, Florrie‹, hat Crispin – Mr. Collicutt, meine ich – da gesagt. ›Ich muss mich sowieso mal mit der Frau unterhalten. Sie haben sich Ihren halben freien Tag redlich verdient, und ich bin bestimmt gegen Mittag wieder hier.‹«

»Mit ›der Frau‹? Hat er Miss Tanty immer ›die Frau‹ genannt?«

Mrs. Battles Augen schwenkten herum, bis unsere Blicke sich begegneten.

»Nein, nicht immer.«

Ob das wohl die »seltsame Bemerkung« gewesen war, die der Vikar erwähnt hatte?

»Herrje! Da haben Sie und Florence sich bestimmt Sorgen gemacht. Als Ihr Automobil einfach so weg war. Und um Mr. Collicutt natürlich auch.«

»Das Auto war gar nicht weg. Er hat es nicht genommen. Jedenfalls ist er nicht weit damit gefahren. Florrie hat es entdeckt. Es stand vor der Kirche.«

»Aha«, machte ich gleichgültig.

Dann stieß ich einen tiefen Seufzer aus.

»Die Briefe …«, sagte ich entschuldigend.

Sie deutete wieder auf die Treppe.

»Erste Tür links. Ganz oben.«

Unwillkürlich stieg ich die dunkle Treppe so langsam hinauf, als gäbe es Fleißsternchen für Lautlosigkeit, und das, obwohl die vierte und siebte Stufe grässlich knarrten. Die erste Tür links war so klein und so dicht am Treppenabsatz, dass ich sie beinahe übersehen hätte.

Ich drehte den Porzellanknauf und betrat Mr. Collicutts Zimmer.

Wahrscheinlich hatte ich etwas Geräumigeres erwartet. Weil ich die bahnhofsgroßen Schlafzimmer auf Buckshaw gewohnt war, wirkte das kleine Kabuff unterm Dach erschreckend beengt. Es machte den Eindruck, als hätte man auf ein paar Quadratmetern Speicher ein Zimmer für den Notfall eingerichtet und als hätte sich hinterher niemand mehr die Mühe gemacht, alles wieder an seinen angestammten Platz zurückzustellen. Wirklich ein merkwürdiger Raum.

Aber was für einer!

Er quoll von Orgelpfeifen regelrecht über. Wie die Ratten im *Rattenfänger von Hameln* waren sie überall: große Pfeifen, kleine Pfeifen, zierliche Pfeifen, klobige Pfeifen, braune Pfeifen, schwarze Pfeifen, graue Pfeifen, lohfarbene Pfeifen, schwerfällige Arbeitstiere, junge Hüpfer, Väter, Mütter, Onkel – ein wahres Dickicht aus Holz, Zink, Blei und Messing – ein Labyrinth aus Röhren und Zylindern. Regalbretter voller Register, wie Rinderkoteletts in einer Metzgereiauslage, ein jedes mit seinem auf einer elfenbeinernen Plakette eingravierten Namen: Trompete, Gemshorn, Violine, Gedackt, Rohrflöte, Bordun und so weiter und so fort. Unter die Dachschräge geklemmt stand in der Ecke ein erbärmlich kleines, ordentlich gemachtes Bett.

Einen Augenblick lang war ich so verwirrt, dass ich mich wieder im Orgelgehäuse von St. Tankred wähnte – dort, wo Mr. Collicutt ermordet worden war.

Eine umgedrehte Teekiste diente als Schreibtisch, darauf stapelten sich unordentlich Papiere. Ich stieg über eine große Orgelpfeife, womöglich ein Prinzipal, und nahm das oberste Blatt zur Hand. Es war mit einer ameisenartigen Handschrift überzogen – die Daffy bestimmt »miniskül« genannt hätte.

Die Wiederauferstehung der Renatus-Harris-Orgel in Braxhampstead von 1687 sowie ein Bericht über die Restaurie-

rungsarbeiten, entzifferte ich. Die Zeilen waren zweimal mit roter Tinte unterstrichen, darunter stand: *Von Crispin Savoy Collicutt, Mus. B., F.R.D.O.*

Wieder darunter hatte jemand mit schwarzer Tinte und in einer anderen Handschrift das Wort *Verstorben* hinzugefügt.

21

Wer konnte so etwas getan haben?

Das schwarze Wort musste erst in den letzten Tagen hinzugefügt worden sein, nach dem Fund von Mr. Collicutts Leiche.

Es sei denn, jemand hatte es schon *vorher* hingeschrieben – als Warnung.

Hatte Inspektor Hewitt das Blatt auch gesehen? Wahrscheinlich. Aber warum hatte er es nicht als Beweisstück mitgenommen?

Ich blätterte den Papierstapel eilig durch. Es mussten um die fünfhundert Seiten sein. Ja, hier stand es – die Blätter waren durchnummeriert. Fünfhundertdreizehn Seiten, allesamt dicht an dicht mit Mr. Collicutts mikroskopisch kleiner Handschrift bedeckt. Er musste schon als Schuljunge in kurzen Hosen daran gearbeitet haben.

Trotz der gedrängten Handschrift füllten zusätzlich Tausende Ergänzungen und Korrekturen fast jeden Seitenrand, jeweils mit einem dünnen Strich mit der Stelle verbunden, die geändert werden sollte. Da wurde »Durcheinander« zu »Unordnung«, »Einrichtung« zu »Vorrichtung« und so weiter.

Sehr gewissenhaft.

War dieses Gekritzel das, was Adams Freund Pole »Marginalien« genannt hatte? Eher nicht. Marginalien waren Anmerkungen zum alltäglichen Leben, wogegen dieses Gekrakel Mr. Collicutts Überarbeitung seines eigenen Manuskripts darstellte.

Dachte ich zumindest, bis mir das Wörtchen *Adamas* ins Auge stach.

Erst glaubte ich, dort stünde »Adam«. Hatte Mr. Collicutt in seinem Manuskript eine Anmerkung zu Adam Sowerby gemacht? Stand *Adamas* für »Adam A. Sowerby«?

Aber nein ... das konnte nicht sein. Adams zweiter Vorname war Tradescant. Ich hatte es auf seiner Visitenkarte gelesen.

Dann fiel der Groschen! Und zwar so heftig, dass er förmlich auf den Boden meiner Hirnschale schepperte!

Adamas war das lateinische Wort für »Diamant«, hatte Adam gesagt!

Das Wort war eingekringelt, und ein langer Pfeil wies auf eine Auflistung der verschiedenen Register, die einst zu der antiken Orgel in Braxhampstead gehört waren. Mr. Collicutt hatte das Wort zwischen »Gemshorn« und »Geige« einfügen wollen.

»Hast du die Briefe gefunden?«

Mrs. Battles Stimme kam, im Einklang mit ihren schweren Schritten, von der knarrenden Stiege her.

Ich sprang zur Tür und streckte den Kopf in den Flur.

»Ich komme gleich, Mrs. Battle«, rief ich und hörte die Schritte innehalten. Wahrscheinlich machte ihr das Treppensteigen Mühe, und sie würde nicht weiter hochkommen, wenn es nicht unbedingt sein musste.

»Dürfte ich mal die Toilette hier oben benutzen?«, rief ich in plötzlich dringlichem Ton. »Ich glaube, ich ...«

Ich führte den Satz nicht zu Ende, und das war auch nicht nötig. Die menschliche Fantasie ist zu allem fähig, wenn man ihr genug Spielraum lässt.

Ich hoffte inständig, dass es hier oben ein Klo gab. Schließlich war das Haus eine Pension.

»Am Ende vom Flur«, erwiderte sie und stapfte wieder treppab.

Ich wandte mich wieder Mr. Collicutts Habseligkeiten zu. Dafür, dass das Zimmer so voll war, gab es erstaunlich wenig Habseligkeiten, von dem Schrottplatz für ausgediente Orgelteile mal abgesehen.

Stapelweise Notenhefte, ein Metronom, eine Stimmpfeife, eine Büste von Johann Sebastian Bach – der in den gleichen Jahren wie Cassandra Cottlestone geboren und gestorben war, wie mir mit wohligem Erschauern wieder einfiel.

Auf einem Tischchen stand ein Wasserglas mit einer Zahnbürste, daneben eine Dose Zahnpulver. Eine Nagelfeile und eine Nagelschere lagen parallel ausgerichtet nebeneinander. Ein Organist muss vor allen Dingen auf seine Hände achten.

Ich dachte an die verschrumpelten Finger des toten Mr. Collicutt und an die sauberen Nägel der Hand, die das zerbrochene Glasröhrchen gehalten hatte.

Als ihn seine Mörder weggeschleift hatten, war er schon tot gewesen. Er hatte sich nicht in der Friedhofserde festgekrallt.

Ich kniete mich hin und spähte unters Bett, aber es war zu dunkel. Darum legte ich mich auf die Seite, rutschte noch näher heran und streckte den Arm unter das Bettgestell. Meine Finger berührten etwas, betasteten es und beförderten es ans Licht.

Es war eine flache Zigarettendose aus Blech. Players Navy Cut. Hundert Stück.

Die hatten die Polizisten ganz bestimmt nicht entdeckt. Sonst hätten sie die Dose gewiss nicht wieder unter das Bett geschoben.

Vielleicht hatten sie sich eher auf ihre Augen als auf ihre Finger verlassen? Ein großer, kräftiger Polizeisergeant war bestimmt nicht so wie ich daran gewöhnt, bäuchlings unter irgendwelche Betten zu kriechen. Und eine flache Dose war in einer dunklen Ecke leicht zu übersehen.

Ich kam wieder auf die Knie und hockte mich auf die Fersen. Dem Gewicht nach zu urteilen war die Schachtel nicht ganz leer.

Ich fingerte am Verschluss herum, bis der Deckel aufsprang.

Etwas flatterte mir in den Schoß.

Geldscheine! Ein halbes Dutzend – und alles Hundertpfundnoten.

Sechshundert Pfund insgesamt. Mehr Geld, als ich in meinem ganzen Leben je gesehen hatte. Ich muss gestehen, dass mir sofort eine ganze Reihe Ideen kamen, so geschwind, wie mir die Scheine in den Schoss geflattert waren, aber da alle diese Ideen mit Diebstahl zu tun hatten, verwarf ich sie sofort wieder.

Die Scheine hatten zweimal zusammengefaltet in einem Umschlag gelegen, der, als ich den Deckel der Dose öffnete, wie ein Schachtelmännchen herausgehüpft war.

Sechshundert Pfund!

So viel dazu, dass Mr. Collicutt angeblich arm wie eine Kirchenmaus gewesen war. Nein, hier handelte es sich mitnichten um einen Dorforganisten, der mit fünfzig Pfund Jahresgehalt auskommen musste.

Ich hob die Scheine nacheinander auf und wollte sie eben wieder in die Dose legen, als mir an dem Umschlag etwas auffiel. Die Lasche war abgerissen, nur noch eine gezackte Kante war übrig.

»Bist du fertig da oben?«

Schon wieder Mrs. Battle. Diesmal unüberhörbar ungeduldig.

Ich faltete die Scheine rasch zusammen und zwängte sie wieder in die Zigarettendose. Dann legte ich mich wieder auf den Bauch und schob die Dose in die hinterste Ecke, hinter ein Bein des Bettgestells.

Den Umschlag steckte ich in die Tasche und ging zur Tür.

Ich schlich mich ans andere Ende des Flurs, schlüpfte durch die Klotür, zog an der Kette und spülte … wartete … spülte noch einmal … und noch einmal, dann knallte ich die Tür zu und hüpfte die Treppe hinunter, wobei ich eine erleichterte Miene aufsetzte.

»Und?« Mrs. Battle hatte die Hände in die Hüften gestemmt.

Ich schüttelte voller Ingrimm den Kopf.

»Nichts. Feely ist bestimmt am Boden zerstört. Versprechen Sie mir bitte, dass Sie die Angelegenheit vertraulich behandeln.«

Mrs. Battle funkelte mich erst misstrauisch an, dann wurde ihr Blick weicher. Ein angedeutetes Lächeln huschte über ihr Gesicht.

»Ob du's glaubst oder nicht, ich war auch mal jung. Von mir erfährt niemand ein Sterbenswörtchen.«

»Vielen, vielen Dank!«, flötete ich und setzte hinzu: »Ist Ihre Nichte zufällig da? Ich würde ihr gern persönlich für ihre Hilfsbereitschaft gegenüber Miss Tanty danken. Meine Schwester ist sehr froh darüber, wegen dem Chor und so weiter. Miss Tanty ist einfach ein Schatz, finden Sie nicht auch?«

»Florence ist arbeiten.« Mrs. Battle hielt mir die Tür auf. »Ich richte es ihr aus.«

»Danke.« Ich haschte fieberhaft nach dem kleinsten Fitzelchen Information. »Sie ist doch Haushälterin bei den Fosters, nicht wahr?«

Es war ein Schuss ins Blaue.

»Haushälterin?« Mrs. Battle rümpfte die Nase. »Wohl kaum. Florence ist die Privatsekretärin von Mr. Ridley-Smith, dem Richter.«

Zu Hause, zu Hause, Juchheirassa! Ohne Gladys hätte ich mir längst die Füße wund gelaufen.

Oben in meinem Labor holte ich eine Taschenlampe aus einer Schublade und begab mich in die Dunkelkammer, die sich Onkel Tar für seine Fotos in einer Ecke eingerichtet hatte.

Lichtdicht. Finster wie im heiligen Grab.

Ich knipste die Taschenlampe an und holte den Briefumschlag heraus.

In Mr. Collicutts Zimmer hatte ich auf dem Papier winzige Unregelmäßigkeiten ertastet. Warum, hatte ich überlegt, riss jemand die Lasche von einem Umschlag ab, in dem er Geld aufbewahrte? Die Antwort lag auf der Hand: um das loszuwerden, was darauf geschrieben stand.

Ich legte den Umschlag mit dem Gesicht nach oben vor mich hin und die Taschenlampe auf den Tisch daneben. Ein Stück Pappe verengte den Strahl.

Der Lichtstrahl fiel in schrägem Winkel, beziehungsweise im rechten Winkel, über das Papier. Jetzt müsste jede noch so leichte Unebenheit sofort ins Auge springen.

Ich nahm eine Lupe zur Hand und beugte mich vor.

Voila!, wie Daffy sagen würde.

Das Papier war alt und von ausgezeichneter Qualität, so wie man es vor dem Krieg für seine Privatkorrespondenz benutzt hatte. Nicht zu vergleichen mit den billigen, dünnen, glatten Blättern, auf denen Vaters Gläubiger ihm regelmäßig ihre Rechnungen schickten.

Die fehlende Lasche war mit einem Wappen oder Monogramm bedruckt gewesen, das nach der langen Aufbewahrung in der engen Dose, oder vielleicht auch beim Prägen, einen leichten Abdruck auf der unbeschriebenen Vorderseite des Umschlags hinterlassen hatte.

Kaum sichtbar, aber im Streiflicht der Taschenlampe war das Monogramm gerade noch zu entziffern:

QRS

Irgendwas Ridley-Smith.

Ridley-Smith, schrieb ich in mein Notizbuch. *Ridley-Smith, der Vater, nicht der Sohn. Wie hieß der Mann doch gleich mit Vornamen?*

Der Richter Ridley-Smith – der *Justiziar* Ridley-Smith – hatte Mr. Collicutt sechshundert Pfund in Scheinen übergeben oder geschickt. Jenem Mr. Collicutt, von dem es im Dorf hieß, er sei zu arm, um seine Taschentücher und Chorhemden zum Waschen und Bügeln in die Reinigung zu geben.

Es ist bestimmt kein Zufall, dass Mrs. Battles Nichte Florence für Ridley-Smith arbeitet, schrieb ich. Vielleicht war sie unwissentlich in die Sache verwickelt.

Vielleicht steckten sie alle zusammen mit drin.

Warum in aller Welt sollte ein hoher Beamter Seiner Majestät, ein Justiziar der Kirche von England, einem Dorforganisten eine solche Riesensumme aushändigen, nur damit der Betreffende das Geld unter dem Bett versteckte? Wofür die Summe auch bestimmt gewesen sein mochte, warum hatte Mr. Collicutt sie nicht zur Bank gebracht?

Darauf gab es im Grunde nur eine Antwort.

Da wurde jemand heimlich dafür bezahlt, dass er irgendetwas tat – oder unterließ.

Aber was?

Gerade als ich meinen Verdacht schriftlich festhalten wollte, klopfte es. Es war Dogger.

»Adam Sowerby möchte dich sprechen, Miss Flavia. Soll ich ihn heraufbitten?«

»Vielen Dank, Dogger. Selbstverständlich«, erwiderte ich und beherrschte meine Aufregung nur mit Mühe, bis sich die Tür wieder geschlossen hatte. Adam Tradescant Sowerby, M. A., Mitglied der Königlichen Gartengesellschaft und so weiter, stattete Miss Flavia de Luce einen offiziellen Besuch ab! Das musste man sich mal vorstellen!

Ich klappte mein Notizbuch zu und verstaute es in einer Schublade, dann stürzte ich in die Dunkelkammer, um Taschenlampe und Umschlag wegzuräumen.

Mir blieb gerade noch genug Zeit, um ans Fenster zu treten und ein Reagenzglas mit einer farbigen Flüssigkeit ins Licht zu halten – in diesem Fall handelte es sich um Tee –, als auch schon die Tür aufging und Dogger mit sonorer Stimme verkündete: »Mr. Sowerby ist da, Miss Flavia.«

Ich zählte langsam bis sieben, dann drehte ich mich um.

»Kommen Sie doch herein. Wie schön, Sie wiederzusehen.«

Adam sah sich in meinem Labor um und stieß einen leisen Pfiff aus.

»Herr im Himmel! Ich habe natürlich schon von deinem berühmten Chemiezimmer gehört, aber ich hatte ja keine Vorstellung, wie ...«

»So geht es den meisten Leuten«, erwiderte ich. »Ich lasse ja auch kaum jemanden hier herein.«

»Dann darf ich mich wohl geehrt fühlen.«

»Allerdings.«

Falsche Bescheidenheit bringt überhaupt nichts, wenn man tatsächlich etwas vorzuweisen hat.

Er schlenderte zu meinem Mikroskop.

»Ernst Leitz, beim Jupiter! Und sogar binokular! Sehr schön. Wirklich sehr schön.«

Ich nickte gnädig und hielt den Mund. *Immer hübsch abwarten,* dachte ich. *Noch schleicht er um den heißen Brei herum.*

»Ich hab dich vor der Kirche gesehen«, sagte er. »Wirklich genial, wie du den Vikar vor der Reportermeute gerettet hast.«

»Sie waren auch da?«, fragte ich überrascht.

»Ich hatte mich hinter dem Friedhofsmobiliar versteckt«, antwortete Adam. Als er mein verständnisloses Gesicht sah, setzte er rasch hinzu: »Hinter einem Grabstein. Du warst toll.«

Ich wurde ein bisschen rot. Schon zum zweiten Mal hatte mich jemand »toll« genannt. Erst Feely und jetzt Adam Sowerby.

Ich war es nicht gewohnt, mit unerwartetem Lob umzugehen, und wusste nicht, was ich sagen sollte.

»Wahrscheinlich fragst du dich, warum ich hergekommen bin«, rettete Adam die Situation.

»Ja«, schwindelte ich.

»Der erste Grund …«

Er griff in die Tasche und holte ein Reagenzglas heraus, in dem sich etwas schlängelte.

»Abrakadabra!« Er überreichte mir das Glas.

Ich erkannte es sofort. »Mein Haarband!«

»Mitsamt den Flecken.« Adam grinste.

»Wo haben Sie das gefunden?«

»Dort, wo du es verloren hast. Vor der Kirche.«

Deftige Flüche sind eigentlich nicht meine Art, aber diesmal war ich kurz davor.

»Vielen Dank«, brachte ich heraus und legte das Glas auf einen Tisch. »Ich analysiere es später.«

»Warum nicht gleich? Da kann ich dir dabei zuschauen.«

Ich war versucht, seine Bitte abzulehnen, doch dann gewann der Gedanke an Ruhm und Ehre die Oberhand. Chemie ist eine so einsame Beschäftigung, dass man normalerweise nicht mal in den erhebendsten Augenblicken Publikum hat.

»Na schön«, willigte ich ein, ohne mich noch lange bitten zu lassen.

Ich gab ein wenig destilliertes Wasser in ein sauberes Reagenzglas, dann zog ich das Haarband behutsam aus dem Glas, in dem Adam es mitgebracht hatte.

»Hab ich von meinen Keimproben abgezweigt«, sagte er. Als er meinen erschrockenen Blick sah, ergänzte er rasch: »Ich hab's vorher sterilisiert.«

Mit einer Schere schnitt ich das bräunlich verfärbte Ende des Haarbandes ab und tauchte es mit einer Pinzette ins Wasser.

Dann zündete ich einen Bunsenbrenner an und reichte Adam das Reagenzglas und eine vernickelte Zange.

»Halten Sie das Glas in die Flamme. Und immer schön bewegen. Ich bin gleich wieder da.«

Ich ging zu einem Regal voller Chemikalien und nahm die Salpetersäure heraus.

»Jetzt aus der Flamme ziehen«, wies ich Adam an. »Ruhig halten.«

Ich ließ ein paar Säuretropfen in das Glas fallen.

»Danke«, sagte ich und übernahm wieder.

Ich erhitzte die Flüssigkeit ganz langsam, wobei ich das Glas immer wieder schwenkte und beobachtete, wie die verdünnte Salpetersäure den Fleck rasch löste.

Schließlich war die Flüssigkeit so gut wie verdampft, und auf dem Boden des Röhrchens blieb nur noch ein schlammiger Rückstand. Ich gab ein wenig Alkohol dazu, dann filterte ich das Gemisch und stellte es zum Abkühlen beiseite.

Ich wandte mich wieder Adam zu. »Welche Sorte Blut tropft wohl aus einer geschnitzten Heiligenfigur heraus? Arterielles Blut hat mehr Sauerstoff und weniger Stickstoff, wogegen es bei venösem Blut umgekehrt ist. Ein Holzheiliger atmet nicht – wie ist es da wohl um die chemische Zusammensetzung seines Blutes bestellt?«

Adam antwortete nicht, fing jedoch meinen Blick auf und hielt ihn fest.

Er hatte begriffen, dass sich meine Frage nicht nur um Chemie drehte.

Jetzt gab ich einen Tropfen des Rückstands auf einen Objektträger und schob ihn unter das Mikroskop. Als das Bild scharf wurde, musste ich schmunzeln.

Adams warmer Atem streifte angenehm meine Schulter.

»Sehen Sie«, sagte ich. »Vierseitige Prismen. Aus nadelförmigen Kristallen zusammengesetzt«, erklärte ich, für den Fall, dass er sich in dieser Hinsicht nicht so genau auskannte. »Wie lauter kleine Stacheln. CH_4N_2O.«

»Ganz schön schlau«, sagte Adam anerkennend. »Verdammt schlau von dir, dass du daran gedacht hast.«

Ich war ganz seiner Meinung.

»Aber Sie sagten vorhin, das Haarband sei nur ›der erste Grund‹ für Ihren Besuch. Wie lautet der zweite?«

»Grund Nummer zwei? Ach ja. Ich dachte, es interessiert dich vielleicht, dass in diesem Augenblick der heilige Tankred exhumiert wird.«

»Was?!!!«, rief ich mit mehreren Ausrufezeichen.

»Ich dachte, du willst vielleicht gern zuschauen. Soll ich dich hinfahren?«

»Worauf Sie Gift nehmen können!«

22

Wir rumpelten in Nancy, Adams offenem Rolls-Royce, über die Straße nach Bishop's Lacey. Der Wind pfiff uns um die Ohren.

»Sie haben beschlossen, es einfach zu machen, bevor wieder jemand Einspruch erhebt. Der Vikar hat mir Bescheid gegeben«, übertönte Adam das Poltern und Scheppern der abgesägten Karosserie. »Mir war klar, dass du es mir nie verzeihen würdest, wenn ich dich nicht einweihe.«

»Aber warum?«, fragte ich wohl schon zum dritten Mal. »Sie hätten mich nicht einweihen *müssen*.«

»Einigen wir uns darauf, dass ich ein netter alter Knacker bin.«

»Nein«, widersprach ich energisch. »Ich will die Wahrheit wissen.«

»Na ja, ich war schon immer der Meinung, dass die Gebeine berühmter Persönlichkeiten stets im Beisein der jüngsten verfügbaren Person geborgen werden sollten. Weil so jemand am längsten zu leben hat und die Erinnerung daran, der Geschichte von Angesicht zu Angesicht begegnet zu sein, am weitesten in die Zukunft tragen kann.«

»Und ich bin zufällig die jüngste verfügbare Person? Ist das der einzige Grund?«

»Ja.«

Mistkerl!

»Außerdem dachte ich, dass du vielleicht gern als Erste einen Blick auf Luzifers Herz werfen möchtest.«

Schon grinste ich wieder wie ein Honigkuchenpferd.

Luzifers Herz!

Mir kam eine geniale Eingebung.

»Wenn Sie recht haben und sich herausstellt, dass der heilige Tankred tatsächlich ein de Luce war, müsste dann Luzifers Herz nicht rechtmäßig unserer Familie gehören?«

Adam überlegte und entgegnete: »Die Kirche sieht das womöglich anders.«

»Ach, die Kirche! Wenn die so blöd waren, einen unschätzbar wertvollen Diamanten in eine Gruft zu werfen, war ihnen der Stein offenbar nicht besonders wichtig. Bestimmt ist das wieder mal ein Fall für solche speziellen Gesetze, so wie die Frage, ob Treibgut dem Finder gehört. Ich frage Daffy, die weiß so was.«

Daffy hatte uns aus einem von Victor Hugos Romanen vorgelesen, in dem die Rechtslage bezüglich Treibgut so ausführlich erläutert wurde, dass man vom Zuhören seekrank wurde.

»Auf jeden Fall dürfte es spannend werden«, sagte Adam. »An deiner Stelle würde ich mir aber trotzdem keine allzu großen Hoffnungen machen.«

Die entmutigende Wirkung, die seine Worte auf mich hatten, entging ihm nicht.

»Pass mal auf«, fuhr er fort. »Ich hab mir da was überlegt.«

Ich blieb stumm.

»Ich hab mir gedacht, wir könnten doch einen Tauschhandel machen. Skandal gegen Skandal – Wurst gegen Wurst.«

»Ich weiß nicht, worauf Sie anspielen.« Ich wollte meinen Vorteil keine Sekunde zu früh aufgeben.

»Du erzählst mir, was du in Collicutts Zimmer gefunden hast, und ich verrate dir das Ergebnis der Autopsie.«

Er strahlte mich an, als könnte ich gar nicht Nein sagen.

»Einverstanden!«, sagte ich. »Ich habe Geld gefunden – ziemlich viel sogar. Sechshundert Pfund, in einer alten Zigarettendose unter dem Bett.«

»Uff! Und die Polizei hat die Dose übersehen?«

»Scheint so«, erwiderte ich, und er lachte noch mehr.

»Und jetzt sind Sie dran. Die Autopsie. Wie haben Sie davon erfahren? Haben Sie Dr. Darby ausgehorcht?«

»Um Himmels willen! Der gute Dr. Darby ist viel zu verschwiegen. Ich habe mich einfach mit meinem Cousin Wilfred unterhalten.«

Ich muss ein verständnisloses Gesicht gemacht haben.

»Wilfred Sowerby von Sowerby & Söhne, euer Bestatter hier im Ort. *Bestattungen und Särge aller Art!*«

Ach so! An diese Verbindung hatte ich gar nicht mehr gedacht.

»Sie meinen den Teil Ihrer Verwandtschaft, der den Tod gewählt hat, wogegen sich Ihre Seite der Familie für das Leben entschieden hat«, sagte ich. »Ich erinnere mich.«

Ganz ähnlich wie bei den de Luces, hätte ich beinahe angefügt, behielt den Gedanken aber dann doch lieber für mich.

»Ja«, erwiderte Adam. »Die *düsteren* Sowerbys.«

»Und?«

»Und was?«

Er spielte mal wieder den Dummen.

»Ach ja, die Autopsie«, sagte er, als ich seinen albernen Köder nicht schluckte. »Wilfreds Auskunft war sehr aufschlussreich. Risse der inneren Organe. Von der Speiseröhre bis zu gewissen Stellen südlich des Äquators. Wilfred sagte, so eine Verwüstung hätte er noch nie gesehen. Sehr eindrucksvoll, meinte er.«

»Hervorgerufen wodurch?«

Ich konnte mich kaum noch beherrschen, blieb aber nach außen hin ganz ruhig.

»Das weiß niemand. Jedenfalls bis jetzt noch nicht.«

Ich musste das Thema wechseln. Und zwar sofort.

»Hmmm«, machte ich scheinbar unbeteiligt. »Ist ja seltsam.«

Wir fuhren eine Weile weiter, ohne zu sprechen, jeder in seine eigenen Gedanken versunken. Dann sagte ich: »Aber Moment mal – wieso wird St. Tankred denn nun doch exhumiert? Ich dachte, der Bischof hätte es verboten?«

»Anscheinend hat er es sich anders überlegt. Und sein Justiziar, Mr. Ridley-Smith, auch.«

»Wie bitte?«

»Doch, tatsächlich«, sagte Adam. »Obwohl Bischöfe nicht eben für ihre Nachgiebigkeit bekannt sind, sieht es ganz so aus, als hätte unser Mann bei dieser Angelegenheit eine Kehrtwendung gemacht. Er hat die Zurücknahme des Dispens wieder zurückgenommen.«

»Aber warum nur?«

»›Tja, es gibt mehr Dinge zwischen Himmel und Erde, Horatio, als Eure Schulweisheit sich träumen lässt‹«, sagte Adam mit öligem Filmstar-Grinsen.

Warum kamen mir die Leute andauernd mit diesem abgeschmackten Zitat? Zuletzt hatte ich es von Dr. Darby gehört, und davor von meiner Schwester Daffy.

Und überhaupt: Warum zitieren die Leute immer Hamlet, wenn sie besonders schlau wirken wollen?

Shakespeare wird überschätzt, finde ich!

»Soll heißen?« Ich fuhr Adam regelrecht an, auch wenn das gar nicht meine Absicht war.

»Vielleicht hat man ihn ja gezwungen.«

»Ha! Ein Bischof lässt sich von niemandem was sagen.«

Ich war zwar keine Expertin für Theologie, aber sogar ich wusste das.

»Ach nein?«, gab Adam eine Spur zu selbstgefällig zurück.

»Sie verschweigen mir etwas«, konstatierte ich.

»Kann schon sein.« Er sah der Grinsekatze aus *Alice im Wunderland* von Sekunde zu Sekunde ähnlicher.

Der Mann konnte einen wahnsinnig machen!

»Sie wissen, wer den Bischof dazu verdonnert hat, aber Sie wollen es mir nicht sagen, stimmt's?«

»Ich *darf* es dir nicht sagen. Das ist ein Unterschied.«

Wir hatten die Feuchtwiesen an der Kirche erreicht. Adam bremste, weil eine Ente über die Straße watschelte.

Ich sprang aus dem Wagen und knallte die Tür zu.

Den Blick stur geradeaus, marschierte ich weiter und ließ den oberschlauen Adam Tradescant Sowerby, M. A., Mitglied der Königlichen Gartengesellschaft etc., in seinem eigenen Saft schmoren.

»Da bist du ja, Flavia«, begrüßte mich der Vikar, als ich mir einen Weg durch den Schutt in der Krypta bahnte. »Wir haben dich schon erwartet.«

»Es ist wirklich sehr nett von Ihnen, dass Sie mir Bescheid gegeben haben«, erwiderte ich und spähte mit gerecktem Hals an ihm vorbei. George Battle und seine Kollegen hatten dicke Ringbolzen in der erhöhten Steinplatte verankert, die den Boden der Kammer bildete und auf der Mr. Collicutts Leiche wie auf einem Podest gelegen hatte.

»Eigentlich ist das der Deckel des Sarkophags«, erklärte mir der Vikar mit gedämpfter Stimme, als wäre er ein BBC-Kommentator, der im Kirchenfunk von einer feierlichen Zeremonie berichtete.

Eine Winde stand bereit, um den Stein zu heben, die Seile dehnten sich bereits unter der Last.

»Du kommst gerade rechtzeitig. Meine Güte, wenn man bedenkt, dass wir in wenigen Augenblicken in das Antlitz von … Und weil ich deine Neigungen ja kenne, wusste ich, dass du bestimmt keine Sekunde verpassen möchtest, wo doch womöglich …«

»Hau-ruck!«, kommandierte George Battle.

Mit dumpfem Ächzen hob sich die Steinplatte einen Fingerbreit.

»Angeblich haben die Arbeiter, als sie gewisse königliche Gräber öffneten, die Insassen vom Zahn der Zeit unversehrt vorgefunden, in voller Rüstung, mit goldenen Kronen auf den Häuptern, und mit so lebensfrischen Gesichtern, als hielten sie nur ein Nickerchen. Und dann, urplötzlich, innerhalb von ein paar Sekunden, nachdem sie der Luft ausgesetzt waren, zerfielen sie zu Staub. Die hohen Herrschaften, meine ich natürlich, nicht die Arbeiter.«

»Hau-ruck!«

Der Stein hob sich noch ein Stückchen.

»Vielleicht interessiert es dich ja, George«, sagte der Vikar, »dass der Steinmetz, der die Gräber der Königsmörder Cromwell und Ireton öffnete, siebzehn Shilling für seine Arbeit erhielt.«

George Battle äußerte sich nicht dazu, sondern zog abermals kräftig am Seil.

»Hau-ruck!«

An den Rändern der Steinplatte wurde ein dunkler Spalt sichtbar.

»Du liebe Güte!«, sagte der Vikar. »Ich bin aufgeregt wie ein Schuljunge. Warten Sie, ich helfe Ihnen.«

»Passen Sie auf Ihre Finger auf, Herr Vikar!«, rief George Battle. »Wenn das Biest runterkracht, sind sie ab!«

Der Vikar wich erschrocken zurück.

Der Stein war jetzt aus seiner Auskehlung gehoben und schwang träge hin und her wie ein zwei Tonnen schweres Marmorpendel.

Ich spürte den Luftzug sofort und roch den kalten Mief aus dem Grab.

»Jetzt rüberschwenken, Norman! Nimm die Stange, Tommy! Langsam kommen lassen!«

Der Stein schwenkte zur Seite und gab eine schwarze, gähnende Grube frei. Ich beugte mich vor, erspähte aber nur den oberen Rand der gemauerten Ziegelwände. Der Vikar legte mir die Hand auf die Schulter und lächelte mich an. Stellte er sich vor, ich wäre seine Tochter Hannah, aus dem Grab zurückgekehrt, um ihm in diesem zugleich schönen und schrecklichen Augenblick zur Seite zu stehen?

Er drückte meine Schulter, und ich legte meine Hand auf seine. Wir sprachen nicht.

»Ablassen ... sachte ... sachte ... so ist's recht!«

Mit scheußlichem Knirschen kam der Stein neben der Gruft auf dem Boden zu liegen.

»Gut gemacht«, sagte Norman, ohne damit jemand Bestimmtes zu meinen.

»Gib mal die Taschenlampe«, sagte Tommy, und George Battle reichte sie ihm.

Tommy stellte sich breitbeinig über die Öffnung und richtete den Strahl in den Abgrund.

»Teufel noch mal ...!«, entfuhr es ihm.

Der Vikar drängte sich nach vorne, beugte sich vor und starrte zwischen Tommys Beinen hindurch in die Tiefe.

Dann winkte er mich mit dem Zeigefinger heran.

Obwohl erst ein paar Tage vergangen waren, kam es mir vor, als hätte ich ewig auf diesen Augenblick gewartet. Doch jetzt, da er gekommen war, zögerte ich.

Was würde ich zu sehen bekommen? Einen heiligen Tankred mit unversehrtem Gesicht? Einen Diamanten, groß wie ein Truthahnei – Luzifers Herz?

Ich beugte mich zentimeterweise vor.

Etwa drei Meter unter mir beschien die Taschenlampe einen dick eingestaubten, modrig müffelnden Haufen Stoff und ein paar grünliche Knochen.

Sie lagen in einem Bleisarg, dessen abgenommener Deckel in einer Ecke aufrecht an der Wand lehnte.

Ein morscher, geschnitzter Stock aus schwarzem Holz, der in etwa die Form eines Hirtenstabes besaß, lag auf den Überresten des Heiligen wie ein verwitterter Ast, den man achtlos auf eine erkaltete Feuerstelle geworfen hatte.

Der Bischofsstab des heiligen Tankred, aus dem Weißdornbusch von Glastonbury geschnitten und, wie manche behaupten, aus dem Heiligen Gral selbst gefertigt.

An seinem dickeren Ende verriet ein tiefes ovales Loch mit verbogenen Metallklammern am Rand, dass dort etwas herausgerissen worden war. Luzifers Herz war nicht mehr da.

Jemand war schneller gewesen.

23

Das darf doch nicht wahr sein!«, sagte der Vikar. »Da ist uns jemand zuvorgekommen.«

Wir beide standen Schulter an Schulter am Rand der Grube und starrten in den dunklen Schacht wie in einen Brunnen. Ein kalter, beißender Lufthauch wehte aus einer unregelmäßigen Öffnung auf halber Höhe der Gruftwand zu uns herauf. Auch die kläglichen Überreste von St. Tankreds Gewand wehten leise in der Zugluft.

»Die Grabräuber haben ein Loch in die Wand gebrochen«, stellte ich fest.

George Battle schob mich weg und nahm meinen Platz ein. »Oder die Wand ist eingestürzt. Das kommt in alten Kirchen öfter vor.«

Plötzlich stand wie aus dem Boden gewachsen Adam hinter uns. Er trug eine Schirmmütze, Gummistiefel und eine Art Forscherweste mit unzähligen Taschen, in denen lauter wissenschaftliche Gerätschaften steckten. Eine klobige Kamera vervollständigte die Ausrüstung.

»Darf ich?«, wandte er sich ohne Umschweife an den Vikar. »Ich muss als Erster da runter, bevor irgendetwas zerstört wird.«

»Gewiss doch. Albert, holst du Mr. Sowerby bitte eine Leiter?«, sagte der Vikar zu Mr. Haskins, der hinter Adam die Gruft betreten hatte.

»Leiter?«, fragte Mr. Haskins zurück, als hätte er das Wort noch nie gehört oder als wollte er damit nicht belästigt werden.

»Hinten auf Mr. Battles Laster liegt eine Leiter«, sagte ich hilfsbereit. »Sogar mehrere.«

»Norman!« Mr. Battle schaute seine Helfer an. Der lange Norman zog unter dem niedrigen Durchgang den Kopf ein und trabte los.

Eine ganze Weile sagte niemand etwas. Alle traten von einem Fuß auf den anderen und schauten irgendwohin, wo sie keinem anderen Blick begegneten.

Warum eigentlich?

Ich ließ den Blick unauffällig über die verbliebenen Arbeiter schweifen. Tommy aus Malden Fenwick nutzte die Pause und zündete sich eine Zigarette an. Der andere Mann, dessen Namen ich nicht kannte, schüttelte den Kopf, als Tommy ihm die Schachtel hinhielt.

Kein Sterbenswörtchen. Nur ein paar Männer, die ungeduldig darauf warteten, die Arbeit fortsetzen zu können.

Dann kam Norman mit der Leiter zurück und unterbrach mit dem Klappern die Stille. Die Leiter wurde unter viel Gepolter und gedämpften Anweisungen in das Grab des Heiligen manövriert.

Adam sprang auf den erhöhten Rand und setzte den Fuß auf eine der oberen Sprossen.

»Wünscht mir viel Glück«, sagte er, nahm Tommy die Taschenlampe aus der Hand und kletterte nach unten.

»Äh … Adam …«, sagte der Vikar.

Adam, der schon fast verschwunden war, machte Halt. Er wirkte überrascht.

»Lasset uns beten«, sagte der Vikar mit erstaunlich kräftiger Stimme, und wir senkten alle die Köpfe.

»Herr im Himmel, du bist unsere Zuflucht für und für. Ehe denn die Berge wurden und die Erde und die Welt geschaffen wurden, bist du, Gott, von Ewigkeit zu Ewigkeit. Der du die Menschen lässest sterben und sprichst: Kommt wieder, Menschenkinder. Denn tausend Jahre sind vor dir wie der Tag, der gestern vergangen ist, und wie eine Nachtwache. Amen.«

»Amen«, sprachen wir ihm nach.

Adams im Schein der Taschenlampe seltsam bleiches Gesicht blickte verdutzt zu uns herauf.

»Nur für alle Fälle«, sagte der Vikar.

»Danke.« Dann war Adam endgültig verschwunden.

Ich erkannte die Worte des Vikars wieder. Sie wurden bei Beerdigungen gesprochen – Psalm 90. Aber warum hatte er jetzt ausgerechnet diesen Text gewählt? Dachte er dabei an den heiligen Tankred? An Adam? An seine kleine Hannah? Oder gar an sich selbst?

Die Leiter zitterte, während Adam immer weiter hinabstieg. Ich spähte über den Rand der Gruft und sah ihn wieder. Er holte ein raffiniertes Blitzgerät aus der Tasche, kurz darauf wurde die Kammer, in der wir standen, von einer Reihe greller Blitze aus der Gruft durchzuckt.

Trotzdem war von oben nicht viel zu erkennen. Ich gab mich damit zufrieden, abzuwarten und die Ohren zu spitzen. Erst blieb im Großen und Ganzen alles still, nur gelegentlich entschlüpfte Adam ein unterdrückter Ausruf. Dann fing er auf einmal zu pfeifen an.

Ich erkannte die Melodie auf Anhieb. Es war ein Lied, das wir immer bei den Pfadfinderinnen gesungen hatten:

Pack deine Sorgen ein
Und schick sie zur Hölle …

Zur Hölle? Nicht eben passend für die kirchliche Umgebung … Aber wer wohnte in der Hölle? Luzifer! Luzifers Herz ..

Niemand in der Kammer musste bei dem Lied lächeln. Die Arbeiter sahen einander verlegen an, als hätte Adam mit seinem Pfeifen, das immer noch aus der Grube heraufhallte, ein Tabu gebrochen.

»Adam ...!«, rief der Vikar nach unten.

»Entschuldigung.« Das Wort kam aus dem Grab geweht und hing widerhallend in der Luft.

Hatte Adam einfach nur gedankenlos drauflosgepfiffen oder steckte in der Wahl des Liedes eine Botschaft? Wenn ja, an wen richtete sie sich?

Erst jetzt fiel mir auf, dass sich noch mehr Zuschauer zu uns gesellt hatten. Zum Beispiel ein dicker Mann mit schwarzem Anzug und Priesterkragen, den eine Aura geschäftiger Frömmigkeit umgab.

Das konnte nur der Bischof sein.

»Exzellenz«, begrüßte ihn der Vikar. »Und Herr Justiziar, Mr. Ridley-Smith.«

Er gab beiden Männern die Hand, aber ohne echte Begeisterung.

Das also war der bischöfliche Justiziar – beziehungsweise Richter – Ridley-Smith. Jocelyns Vater.

Das Erste, was mir an ihm auffiel, war, dass ich ihn schon mal gesehen hatte. Er war der Mann, der Miss Tanty auf der Fotografie den Pokal überreichte.

Ich musterte ihn ausführlich.

Ein strenger Mann, dachte ich, mit stechenden, aber feuchten braunen Augen, deren Blick professionell zwischen den Anwesenden hin und her glitt wie der Wagen einer Schreibmaschine. Die runden Augen starrten aus tiefen Höhlen, und ich bedauerte sogleich alle Angeklagten, die im Gerichtssaal vor ihm gestanden hatten.

Seine Stirn war dauergerunzelt, wie bei jemandem, der etwas Übles riecht, ein Eindruck, der noch von dem Umstand unterstrichen wurde, dass er weder Augenbrauen noch Wimpern besaß. Seine fleckige Nase war eingedrückt, als hätte er in seiner Jugend geboxt, wenn auch ohne großes Talent.

Ein Säufer, schoss es mir durch den Kopf.

Obwohl er nicht von großer Statur war, schien allein seine

Gegenwart die ganze verbliebene Luft in der Krypta aufzubrauchen. Auf einmal wurde es stickig.

Er wippte auf seinen ungewöhnlich kleinen Füßen und schaute ungeduldig um sich.

»Bringen wir's hinter uns«, sagte er mit überraschend heiserer Stimme, zog eine Taschenuhr mit Glasdeckel aus der Westentasche und warf mit vorgeschobener Unterlippe einen Blick darauf. »Wo sind die Überreste?«

Als er die Uhr umständlich wieder wegsteckte, fiel mir auf, dass seine Hand, wie die seiner Frau auf der Fotografie in Jocelyns Zimmer, eigenartig kraftlos herunterhing.

Was hatte Dogger doch gleich gesagt? *Ein klassischer Fall von Bleivergiftung?* War der Richter seinerzeit in Indien ebenfalls den Soldatenfiguren seiner Frau ausgesetzt gewesen?

»Wir haben sie noch nicht geborgen«, erwiderte der Vikar. »Wir wollten warten, bis Sie …«

»Schön, schön, aber damit lassen Sie die Kirche, die Justiz und die Polizei unnötig warten. Ich schlage vor, dass wir fortfahren.«

Mit der Kirche meinte er den Bischof, mit der Justiz sich selbst. Wer aber repräsentierte hier die Polizei?

Erst jetzt erblickte ich Inspektor Hewitt. Er stand hinter dem Bischof im Halbdunkeln. Ich lächelte ihn an, aber er schien mich nicht zu sehen. Sein Blick wanderte ebenso professionell durch die Krypta wie der des Justiziars, womöglich sogar noch professioneller.

»Weitermachen!«, kommandierte der Bischof und leckte sich die Lippen.

Im selben Augenblick erschien Adams Kopf am oberen Ende der Leiter, das Kinn auf gleicher Höhe mit der steinernen Einfassung des Heiligengrabes. Ich musste an das Haupt Johannes des Täufers denken.

»Alles klar«, sagte er und machte damit das Bild sogleich wieder zunichte. »Da unten ist alles in Ordnung.«

»Wer ist dieser ... Mann?«, wollte der Richter wissen. »Wie kommt er dazu, dort unten herumzuwühlen? Wer hat ihm das erlaubt?«

»Wir beide«, antwortete der Bischof. »Sie erinnern sich vielleicht ...«

Aber Mr. Ridley-Smith hörte gar nicht hin. Sein Gesicht war finster wie eine Gewitterwolke.

»Kommen Sie, Martin«, knurrte er und schlurfte schwerfällig hinaus.

Martin, der vierte Arbeiter – Martin, der Schweigsame, Martin, den ich noch kein einziges Wort hatte sagen hören –, erwiderte mit tonloser, dumpfer Stimme: »Jetzt sind wir dran.«

Vier Worte. Mehr bedurfte es nicht, um meine Hirnzellen auf Hochtouren rotieren zu lassen wie ein Feuerrad an Silvester. Die Funkenschauer sprühten in alle Richtungen.

Diese Stimme! Ich hatte sie schon mal gehört. Aber wo?

Mein Gehör hatte mich noch nie im Stich gelassen, und auch jetzt verließ ich mich voll und ganz darauf.

Ich spielte Martins Worte im Geiste noch einmal ab: »Jetzt sind wir dran.«

Ganz weit hinten in meinem Hirn machte es *Klick*!, dann hörte ich dieselbe Stimme sagen: *»Peter Iljitsch Tschaikowsky ... Franz Schubert ... Schwanensee ... Der Tod und das Mädchen.«* Es war dieselbe Stimme, die aus dem verborgenen Lautsprecher in Jocelyns Zimmer gedrungen war.

Benson!

Der schweigsame Arbeiter war Jocelyns Gefängniswärter! Und er war hergeschickt worden, um von Anfang an bei der Öffnung von St. Tankreds Gruft zu spionieren!

Schon als ich ihn auf der Treppe von Bogmore Hall im Profil gesehen hatte, war er mir bekannt vorgekommen, aber ich hatte ihn nicht einordnen können. Dabei kannte ich ihn aus der Krypta, wo er stets wortkarg im Hintergrund geblieben war.

Jetzt verließ auch er die Krypta und folgte seinem Herrn und Meister.

Wie zur Bestätigung rief Tommy ihm nach: »Bis dann, Benson.«

»Nun denn«, ergriff der Bischof wieder das Wort, »ich wäre dafür, dass wir weitermachen. Es ist schon spät. Morgen ist Ostern. Uns bleiben nur noch wenige Stunden, und wir haben viel zu tun. Verständigen Sie uns bitte, sobald die Reliquien geborgen sind, Mr. Haskins. Wir bereiten schon einmal die Urne vor.«

Damit ging auch er hinaus.

Adam kletterte aus der Gruft, setzte sich auf den Rand und ließ die Füße über dem Schacht baumeln.

Von tief unten ertönte ein Poltern, und die Leiter schlug gegen den Stein.

»Hallihallo!«, sagte Adam und spähte in die Grube. »Was reget sich dort im Grabe?«

Die Leiter erbebte abermals, dann erschien ein rotes, lehmverschmiertes und erstaunt dreinblickendes Gesicht.

Es gehörte Sergeant Graves.

»Sie hatten recht, Chef«, sagte er zu Inspektor Hewitt und wies mit dem Strahl seiner Taschenlampe nach unten. »Er führt von hier direkt bis rüber zum Friedhof.«

Bravo!, wäre es mir beinahe herausgerutscht. Demnach führte die andere Abzweigung des Tunnels also zur Gruft des heiligen Tankred.

Der Sergeant nahm neben Adam auf dem Gruftrand Platz und wischte sich die Erde von der Uniform.

Der Inspektor nickte. Sein Gesicht war eine ausdruckslose Maske. Sie verriet nicht, was ihm ganz bestimmt durch den Kopf ging: nämlich, dass sein Untergebener dadurch, dass er sich wie ein Pfeifenreiniger durch den Gang gezwängt hatte, höchstwahrscheinlich die Spuren der Grabplünderer verwischt hatte.

Andererseits hatten dazu auch meine eigenen Nachforschungen beigetragen, darum hielt ich meinerseits lieber den Mund. Vielleicht wusste der Inspektor ja überhaupt nichts von Luzifers Herz. Der Bischof und sein Justiziar womöglich auch nicht.

Die alte Redensart ging mir durch den Sinn: Was ich nicht weiß, macht mich nicht heiß.

Ich jedenfalls würde meine Zunge im Zaum und die Lippen fest versiegelt halten. Niemand sollte behaupten können, Flavia de Luce sei ein Plappermaul.

Doch was war das? Inspektor Hewitts Blick suchte den meinen. Er machte eine knappe Kopfbewegung und schaute nach oben. Die Botschaft war so unmissverständlich wie eine Zeitungsschlagzeile:

RAUS HIER – SOFORT!

Wir spazierten einträchtig durch das hohe Gras im hinteren Teil des Friedhofs, der Inspektor und ich.

»Deine Fußspuren sind überall in diesem Gang.« Er deutete über die Schulter auf Cassandra Cottlestones viel besuchtes Grabmal.

Ich tat erstaunt und bestürzt. Ich hätte erwidern können, dass es viele Leute gab, die Turnschuhe trugen.

»Gib dir keine Mühe«, sagte er. »Wir haben deine Fußabdrücke in unseren Akten.« Nach kurzer Pause setzte er hinzu: »Deine Fingerabdrücke übrigens auch.«

»Na ja … das ist eine lange Geschichte. Da war eine Fledermaus in einer Orgelpfeife, und ich wollte herausfinden, wie sie in die Kirche gelangt ist. Ich dachte, sie hat vielleicht Tollwut, und ich wollte nicht, dass Feely etwas zustößt. Sie will nämlich heiraten, und da hatte ich Angst, dass …«

Ich betätigte den Schalter mit der Aufschrift »Herzzerreißendes Schluchzen«, aber es kam nichts.

Verdammt! Es hatte mir sonst doch nie Probleme bereitet, Wasser auf Knopfdruck zu produzieren. Was in aller Welt war bloß mit mir los? Wurde ich etwa abgebrüht? War das immer so, wenn man zwölf wurde?

»Sehr lobenswert«, sagte der Inspektor. »Und was hast du dort unten im Kaninchenloch entdeckt?«

Wenn die Tränen versagen, beschloss ich auf der Stelle, dann verwirre dein Gegenüber mit einer Flut von Einzelheiten.

Ich ratterte los: »Der unterirdische Gang führt vom Cottlestone-Grab bis zum Fundort von Mr. Collicutts Leiche. Es gibt noch eine Abzweigung, aber der bin ich nicht gefolgt. In der Wand am Ende des Ganges ist ein Stein, der sich an Griffen herausziehen lässt. Mr. Collicutt wurde im Orgelgehäuse umgebracht und anschließend entweder durch die Krypta oder über den Friedhof dort hinunter gebracht. Aus den Spuren, die schon vor meinen eigenen dort waren, habe ich geschlossen, dass es nicht nur ein einzelner Mörder war.«

»Sonst noch was?«

»Nein.« Was natürlich gelogen war.

Aber ich konnte ihm nun wirklich nicht auch noch alles von Miss Tanty, der verrückten Meg, Jocelyn Ridley-Smith und Mrs. Battle und schon gar nicht von Adam und Luzifers Herz erzählen.

Wie schon gesagt, musste ich ihm irgendwas übrig lassen, das er selbst herausfinden konnte. Das war nur fair.

»Flavia …«

Es gefiel mir sehr, wenn er meinen Namen aussprach.

»Vergiss bitte nicht, dass die Mörder noch frei herumlaufen.«

Mein Herz schlug schneller.

»Die Mörder laufen noch frei herum!« Das sind die Worte, die zu hören sich jeder Amateurschnüffler sehnlichst wünscht. Seit ich sie im Radio von Philip Odell in *Der Fall der verschwundenen Klunker* vernommen hatte, hatte auch ich mich danach gesehnt. Und jetzt war mein Wunsch in Erfüllung gegangen. *»Die Mörder laufen noch frei herum!«* Am liebsten hätte ich dem Inspektor die Hand geschüttelt.

»Ich weiß«, sagte ich. »Ich passe schon auf.«

»Es geht nicht nur darum, dass du aufpasst. Es geht um Leben und Tod.«

»Es geht um Leben und Tod!« Noch so ein großartiger Spruch! Womöglich noch großartiger als: *»Die Mörder laufen noch frei herum.«*

Mein Verbrecherglück ist schier vollkommen, schoss es mir durch den Kopf.

»Du hörst mir nicht zu, Flavia.«

»Doch, Herr Inspektor«, versicherte ich. »Ich habe eben daran gedacht, wie froh ich bin, dass Sie mich warnen.«

»Du hältst dich ab sofort von der Kirche fern. Hast du mich verstanden?«

»Aber morgen ist Ostern!«

»Dann bleibst du bei deiner Familie. Das ist alles.«

Das ist alles? Hieß das, ich war entlassen? Wie ein Zimmermädchen, das man mit dem Rüssel im Sherry ertappt hatte?

Er stapfte schon mit langen Schritten durchs hohe Gras davon. Mir fiel etwas ein. »Wie geht es Ihrer Frau, Herr Inspektor?«, rief ich ihm nach.

Er blieb nicht stehen und wandte auch nicht den Kopf. Er verlangsamte nicht einmal seinen Schritt.

Er hatte mich eindeutig nicht gehört.

24

Fragt mich nicht warum, aber schon als ich Gladys zwischen den beiden steinernen Greifen am Mulford-Tor hindurchlenkte, spürte ich, dass auf Buckshaw noch etwas anderes schiefgelaufen war.

Es ist schwer zu erklären, aber es war so, als würde das Haus von einem Augenblick auf den anderen verschwinden; als würde es teilweise ausradiert und dann von einem unsichtbaren Künstler wieder neu gezeichnet.

So etwas hatte ich noch nicht erlebt.

Die Kastanienallee schien kein Ende zu nehmen. Je kräftiger ich in die Pedale trat, desto langsamer schien ich voranzukommen.

Schließlich stand ich doch vor dem Haus und riss die Tür auf.

»Hallo?«, rief ich laut, wie ein Wanderer, der mitten im Wald unerwartet auf ein Hexenhaus trifft. Als hätte ich nicht mein ganzes Leben hier verbracht. »Hallo? Ist jemand da?«

Natürlich antwortete niemand.

Bestimmt waren sie im Salon. Sie waren immer im Salon.

Ich rannte in den Westflügel. Meine Schuhsohlen trommelten über die Teppiche.

Aber der Salon war leer.

Ich stand noch verdutzt in der Tür, als ich hinter mir einen dumpfen Aufprall hörte.

Das Geräusch konnte nur aus Vaters Arbeitszimmer gekommen sein, eines der beiden Zimmer auf Buckshaw, die wir nicht betreten durften. Das andere war Harriets Boudoir, das Vater, wie schon erwähnt, als Gedenkstätte bewahrte, in der jedes Parfümfläschchen, jede Nagelfeile und jede Puderquaste noch an derselben Stelle lag, an der Harriet sie an jenem letzten Tag zurückgelassen hatte.

Das Boudoir durfte man unter keinen Umständen betreten und Vaters Arbeitszimmer nur nach Aufforderung.

Ich klopfte und öffnete die Tür.

Dogger hob erstaunt den Kopf. Hatte er nicht gehört, wie ich durch die Eingangshalle gerannt war?

»Miss Flavia!« Er legte das Briefmarkenalbum wieder hin, das er eben in einem Karton hatte verstauen wollen.

Offen gestanden war ich immer noch nicht über die Peinlichkeit hinweg, dass ich Dogger mit einem albernen Kosenamen bedacht hatte, und jetzt ging mir durch den Kopf, dass ich womöglich nie darüber hinwegkommen würde.

»Stimmt was nicht?«, fragte ich. »Wo sind denn alle?«

»Miss Ophelia hat sich mit Kopfschmerzen auf ihr Zimmer zurückgezogen, glaube ich, und Miss Daphne sortiert Bücher in der Bibliothek.«

Die Frage nach dem Warum erübrigte sich. Aller Mut verließ mich.

»Und Vater?«

»Der Colonel hat sich ebenfalls auf sein Zimmer zurückgezogen.«

»Was geht hier eigentlich vor, Dogger?«, brach es aus mir heraus. »Ich habe schon vorn am Mulford-Tor gemerkt, dass irgendwas nicht stimmt. Was ist denn los?«

Dogger nickte. »Du spürst es also auch, Miss Flavia.«

Wir suchten beide vergeblich nach Worten, bis Dogger schließlich sagte: »Colonel de Luce hat einen Anruf bekommen.«

»Wer denn?«, fragte ich. Ich war so aufgewühlt, dass ich nicht einmal mehr ein »von wem« herausbrachte.

»Das weiß ich leider nicht. Der Anrufer wollte sich nicht vorstellen. Er bestand darauf, sofort mit Colonel de Luce zu sprechen, und nur mit ihm.«

»Es geht um das Haus, stimmt's? Buckshaw ist verkauft worden.«

Plötzlich war mir glühend heiß bis auf die Knochen. Gleichzeitig gefror meine Seele zu Eis. Mir wurde übel.

»Das weiß ich nicht«, antwortete Dogger wieder. »Der Colonel hat sich mir nicht anvertraut. Aber ich gebe zu, dass mir der gleiche Gedanke gekommen ist.«

Wäre ich nicht Flavia de Luce gewesen, ich wäre unverzüglich in Vaters Zimmer marschiert und hätte von ihm eine Erklärung verlangt. Schließlich ging es auch um mein Leben, oder?

Aber ich spürte, wie ich von Minute zu Minute älter wurde.

Gib's doch zu, Flavia, dachte ich. *Du hast einfach nicht den Mumm, dich in die Höhle des Löwen zu wagen.*

Was mich aus unerfindlichen Gründen an Mr. Ridley-Smith und sein seltsam löwenähnliches Gesicht denken ließ.

»Du, Dogger«, stellte ich rasch die Weichen um wie nach einem Eisenbahnunglück, »was würdest du sagen, wenn ich dich nach verkümmerten Daumenmuskeln, einer schlaffen Hand und schlurfenden Schritten fragen würde?«

Dogger verzog keine Miene. »Ich würde sagen, dass du noch mal auf Bogmore Hall warst.«

»Und wenn ich dir sagte, dass ich nicht dort war?«

»Dann würde ich nachfragen, Miss Flavia.«

»Worauf ich antworten würde, dass mir jemand begegnet ist, der alle diese Symptome aufweist, dazu runde, starrende Augen, weder Augenbrauen noch Wimpern, eine eingefallene Nase, fleckige, bräunliche Haut und einen finsteren Blick.«

»Dann würde ich sagen: ›Gut gemacht, Miss Flavia. Eine treffende Beschreibung von *Facies leonina* – dem sogenannten ›Löwengesicht‹. Wäre es unpassend, wenn ich mich erkundigen würde, ob sich der Betreffende eine Zeit lang in Indien aufgehalten hat?«

»Volltreffer!«, jubelte ich. »Auf Anhieb ins Schwarze! Vermutlich wieder ein klassischer Fall von Bleivergiftung, oder?«

»Nein. Ein klassischer Fall von Morbus Hansen.«

»Nie davon gehört.«

»Das kann ich mir denken. Die Krankheit ist besser unter dem Namen Lepra bekannt.«

Lepra! Jene grauenvolle Krankheit, vor der man uns in der Sonntagsschule gewarnt hatte, die grauenvolle Krankheit, mit der sich Vater Damian bei den Aussätzigen auf Molokai angesteckt hatte: weißliche, verkrustete, sich schälende Haut, bläuliche Geschwüre, verfaulte Nasen, abfallende Finger und Zehen, und zum Schluss fällt auch das Gesicht zu einer traurigen, unheilbaren Ruine zusammen. Die Aussätzigen auf Molokai, an die immer die Pennys aus den Sammelbüchsen der Sonntagsschule gingen.

Lepra! Die heimliche Angst eines jeden Kindes im ganzen Britischen Weltreich.

Dogger musste sich irren.

»Ich dachte, daran stirbt man«, sagte ich.

»Schon. Manchmal. Manchmal ruht die Krankheit aber auch und stellt sich jahrelang scheintot.«

»Wie lange?«

»Zehn, zwanzig, vierzig, fünfzig Jahre. Je nachdem. Dafür gibt es keine Faustregel.«

»Ist sie dann noch ansteckend?« Ich verspürte plötzlich den Drang, mir sofort die Hände zu waschen.

»Nicht so sehr, wie man sich das im Allgemeinen vorstellt«, antwortete Dogger. »Eigentlich überhaupt nicht. Die meisten Menschen sind von Natur aus immun gegen den Erreger – *Mycobacterium leprae.*«

Schon immer hatte ich Dogger fragen wollen, woher er seinen unerschöpflichen Reichtum an medizinischem Fachwissen nahm, hatte mich aber bis jetzt beherrscht. Es ging mich nichts an. Noch die zaghafteste Frage nach seiner traumatischen Vergangenheit wäre ein unverzeihlicher Vertrauensbruch gewesen.

»Ich kenne selbst einen Fall, bei dem die Bullae des Prodromalstadiums …«

Er verstummte.

»Ja?«

Doggers Augen schienen ihre Koffer gepackt zu haben und an einen fernen Ort geflohen zu sein. In ein anderes Jahrhundert vielleicht, ein anderes Land, auf einen anderen Planeten. Erst nach einer ganzen Weile machte er wieder den Mund auf. »Es ist, als ob …«

Auf einmal war es, als sei ich gar nicht da. Doggers Stimme klang wie Blättergeraschel oder wie das Seufzen des Windes in einer längst dahingegangenen Weide.

Ich hielt den Atem an.

»Da ist ein Teich …« Er sprach langsam und reihte die Worte wie Perlen an einer langen Kette auf. »Der Teich liegt mitten im Dschungel … manchmal ist das Wasser klar, und man kann es trinken … dann ist es wieder trüb. Wenn man den Arm eintaucht, verschwindet er.«

Dogger streckte die Hand aus, als wollte er nach etwas greifen. Seine Hand zitterte.

»Er ist weg … oder ist er immer noch da und nur unsichtbar? Man fischt im Trüben, hilflos, in der Hoffnung, etwas … irgendetwas … zu finden …«

»Ist schon gut, Dogger«, sagte ich wie jedes Mal und fasste ihn sanft an der Schulter. »Es ist nicht wichtig. Es spielt keine Rolle.«

»Oh doch, Miss Flavia, und es *ist* wichtig!« Sein plötzlich hellwacher, eindringlicher Ton erschreckte mich. »Womöglich wichtiger denn je.«

»Ja«, wiederholte ich, ohne nachzudenken. »Womöglich wichtiger denn je.«

Mir war nicht mehr klar, wovon wir eigentlich redeten, aber mir war klar, dass wir auf jeden Fall weiterreden mussten.

Ohne eigentlich das Thema zu wechseln, fuhr ich so beiläufig fort, als wäre nichts geschehen: »Ich verrate dir wohl kein Geheimnis, wenn ich dir sage, dass es sich bei dem Betreffenden um Mr. Ridley-Smith handelt.« Schließlich hätte Dogger den Richter mit eigenen Augen sehen können, wenn er in die Krypta mitgekommen wäre.

»Ich habe von ihm gehört, mehr nicht«, erwiderte Dogger.

»Und der andere, nach dem ich dich letztens gefragt habe, ist sein Sohn Jocelyn.«

»Ich entsinne mich. Bleivergiftung.«

»Richtig. Du hattest aus meiner Frage geschlossen, dass ich auf Bogmore Hall war.«

»Auch von dem Sohn habe ich schon gehört. Das Personal redet. Man schnappt auf dem Markt etwas auf.«

»Aber über den Vater wird nicht geredet, oder?«

»Nein. Über den nicht. Jedenfalls nicht über sein Äußeres.«

»Armer Jocelyn!«, sagte ich. »Wenn deine Diagnose stimmt, litt seine Mutter an Bleivergiftung und sein Vater an Lepra.«

Dogger nickte bekümmert. »So was kann vorkommen, auch wenn wir gern so tun, als gäbe es solche Kranken nicht.«

»Können sie ihre Krankheiten denn überleben?«

Ich hatte mich Stück für Stück an die allerwichtigste Frage herangearbeitet.

»Der Sohn vielleicht. Der Vater nicht.«

»Schon seltsam, oder? Ich meine, dass ihn die Lepra umbringt, jetzt, da sie wieder erwacht ist.«

»Lepra an sich ist selten tödlich. Die Opfer sterben meistens an Nieren- oder Leberversagen. Aber wenn du mich jetzt entschuldigen würdest, Miss …«

»Selbstverständlich, Dogger. Tut mir leid, dass ich dich aufgehalten habe. Ich weiß, dass du viel zu tun hast.«

Es war knapp gewesen. Dogger war kurz davor gewesen, in

einen seiner »Vorfälle« abzugleiten. Ich wusste, dass er sich jetzt dringend in sein Zimmer zurückziehen wollte, wo er in aller Stille zusammenbrechen konnte.

Das Schlimmste war jedoch überstanden, zumindest vorerst. Hauptsache, er durfte jetzt allein sein.

»Was gibt's Neues, Daff?«, rief ich, als ich in die Bibliothek stürmte, als wäre es ein ganz normaler, fröhlicher Tag auf Buckshaw. Meiner Schwester entging nichts, auch wenn sie immer so geistesabwesend tat. Falls Vater tatsächlich einen niederschmetternden Anruf bekommen hatte, hätte Daffy inzwischen über sämtliche Einzelheiten Bescheid gewusst.

In diesem Punkt waren wir uns ausgesprochen ähnlich.

»Nix«, antwortete sie knapp, ohne von ihren Bücherstapeln aufzublicken. Anscheinend war die Zuneigung, die sich bei unserem schwesterlichen Waffenstillstand eingestellt hatte, schon wieder zerronnen wie der Sand in einem Stundenglas.

Aber so leicht ließ ich mich nicht abwimmeln. »Wer hat denn angerufen? Hat nicht vorhin das Telefon geklingelt?«

Ein klingelndes Telefon war auf Buckshaw eine derartige Seltenheit, dass man sich jederzeit danach erkundigen konnte, ohne Verdacht zu erregen.

Daffy zuckte nur die Achseln und schlug *Die Herrin von Wildfell Hall* auf.

Was Vater auch so aufgeregt haben mochte, er hatte es für sich behalten.

Was irgendwie auch wieder tröstlich war. Meine Schwestern tauschten sich über alles aus. Was Daffy wusste, wusste Feely auch. Was Feely wusste, wusste auch Daffy.

Was Flavia wusste, war verglichen damit ein Fliegenschiss. Niemand scherte sich ein laues Lüftchen aus dem hinteren Ende eines Hundes darum.

Um die Atmosphäre etwas zu entspannen, sagte ich: »Ich suche ein gutes Buch. Kannst du mir eins empfehlen?«

»Ja. Die Bibel.«

Damit knallte Daffy *Wildfell Hall* zu und marschierte aus dem Zimmer.

So viel zum Thema Familienbande.

25

Das Abendessen war die reinste Farce.

Vater erschien gar nicht erst.

Feely, Daffy und ich stocherten in unserem Essen herum, gaben uns schrecklich gesittet und reichten einander mit übertriebenen Bittesehrs und Dankeschöns Salz, Pfeffer und kalt gewordene Erbsen.

Es war grässlich.

Keine von uns wusste mit Bestimmtheit, was mit Buckshaw oder mit Vater los war, keine wollte als Erste danach fragen. Keine wollte diejenige sein, die das letzte Steinchen warf: das Steinchen, das unser zerbrechliches Glashaus ein für alle Mal in Scherben legen würde.

Als hätten bloße Worte unseren endgültigen Untergang auslösen können.

»Darf ich mich entschuldigen?«, fragte Daffy.

»Aber natürlich«, antworteten Feely und ich wie aus einem Mund und aus der Pistole geschossen.

Am liebsten hätte ich geheult.

Fast noch lieber wäre ich in mein Labor gegangen, hätte eine tüchtige Portion Stickstofftriiodid zusammengemischt und in einer spektakulären Pilzwolke aus violettem Dampf die ganze Welt und alle ihre Bewohner in die Luft gesprengt.

Die Leute hätten geglaubt, die Apokalypse sei angebrochen.

Das gläserne Meer, gleich dem Kristall … der Stern mit Namen Wermut, die sieben Fackeln mit Feuer, der Regenbogen um den Thron, und der zweite Engel, der seine Schale ins Meer gießt, worauf es zu Blut wie von einem Toten wird.

Ich würde es ihnen schon zeigen!

Daran würden sie ordentlich zu knabbern haben!

Blut wie von einem Toten …

Hatte nicht alles mit Blut angefangen?

Derlei Überlegungen tröpfelten mir durch die Gedanken, als ich die Treppe hochstieg.

Zu Anfang war es um das Blut des platt gefahrenen Froschs und das Blut meiner eigenen Familie gegangen, rot schimmernd unter dem Mikroskop. Dann um das Glasfensterblut von Johannes dem Täufer und um das Blut, das von der Stirn des hölzernen St. Tankred getropft war. Mir fiel ein, dass ich immer noch nicht dazu gekommen war, dem Vikar das Ergebnis meiner Analyse mitzuteilen.

Dann war da der rote Fleck auf dem Boden des Orgelgehäuses gewesen, dort, wo Mr. Collicutt ermordet worden war, aber dabei hatte es sich natürlich nicht um Blut gehandelt, sondern um rot gefärbten Alkohol aus dem zerbrochenen Manometer.

Von Mr. Collicutts Blut war nichts zu sehen gewesen.

Na klar – das war's!

Kein einziger Tropfen.

Nicht im Orgelgehäuse, wo er ermordet worden war, nicht in der Grabkammer, in die die Mörder ihn verfrachtet hatten, und meines Wissens auch nirgendwo dazwischen.

In Mr. Collicutts Fall ging es also weniger um das Vorhandensein von Blut als um dessen Nichtvorhandensein.

Das konnte nur bedeuten, dass er weder erstochen noch erschossen worden war, und eine Vergiftung kam, zu meinem leisen Bedauern, auch nicht in Frage.

Trotz allem, was Wilfred Sowerby, der Bestatter, seinem Cousin Adam über geplatzte Organe erzählt hatte, lag es nahe, dass diese Verletzungen Mr. Collicutt erst nach seinem Tod zugefügt worden waren.

Kein Blut.

QED.

Man musste kein Professor Einstein sein, um darauf zu kommen, dass Mr. Collicutt höchstwahrscheinlich erstickt war. Das hätte mir eigentlich gleich auffallen müssen, als ich ihn gefunden hatte.

Allein die Gasmaske war ein deutlicher Hinweis.

Und während ich gerade darüber nachdachte, stand mir auch wieder die weiße Spitzenkrause vor Augen. Wie bei dem Straßenräuber aus dem Gedicht.

Ein Taschentuch. Unter die Maske gestopft.

Aber wozu?

Die Antwort traf mich wie ein Schlag in die Magengrube.

Äther! Diäthyläther!

Das gute alte $(C_2H_5)_2O$.

Diese Substanz war entweder schon im achten Jahrhundert von dem persischen Alchemisten Abu Abdallah Dschabir ibn Hayyam Abdallah al-Kufi, auch »Geber« genannt, entdeckt worden oder im dreizehnten Jahrhundert von Raimundus Lullus, dem man auch den Namen »Doktor Illuminatus« verliehen hatte. Man konnte sie zu Hause ganz einfach herstellen, indem man Weinstein mit Schwefelsäure erhitzte. Oder man ließ das Zeug aus einem Krankenhaus oder einer Arztpraxis mitgehen.

Ich konnte mir Mr. Collicutts letzte Sekunden nur allzu gut ausmalen: das getränkte Taschentuch vor der Nase, erst kalt, dann ein heftiges Brennen, gefolgt von Taubheitsgefühl. Der brennende süßliche Geschmack im Mund, während er nach Luft rang, die Wärme im Magen, dann das Schwinden der Sinne, die strudelnde Dunkelheit, und dann … was dann?

Der Tod, was sonst? Jedenfalls, wenn der Äther lange genug und in ausreichender Menge verabreicht worden war. Dann konnte es durchaus zur Lähmung des zentralen Nervensystems und zum Aussetzen der Atmung kommen. Ich kannte die schaurigen Einzelheiten aus Heinrich Brauns Klassiker *Die Lokalanästhesie.* Die abgegriffene Ausgabe stand auf dem Wandbord über Onkel Tars Schreibtisch. Seine eigenen Experimente mit Procain und Stovain (Letzteres benannt nach dem Franzosen Ernest Fourneau, dessen Name im Französischen »stove«, also »Ofen« bedeutet) waren in Onkel Tars mikroskopischer Kritzelschrift säuberlich auf den Rändern der Seiten dokumentiert.

Wer aber kam heutzutage bei uns in Bishop's Lacey an Äther heran? Wahrscheinlich nur sehr wenige Personen.

Wenn man es recht bedachte, war vermutlich ein Arzt der Einzige, der das Zeug stets in seiner Tasche mit sich herumtrug.

Ich musste mich unbedingt mit Dr. Darby unterhalten.

Morgen war Ostersonntag. Bestimmt ging er, falls keine medizinischen Notfälle vorlagen, wie alle anderen Dorfbewohner in die Kirche und organisierte wie immer den Eierlauf und die Eiersuche. Ich würde ihn am Friedhofstor abfangen und mich unauffällig erkundigen können, ob er in letzter Zeit etwas aus seiner Tasche vermisst hatte.

Zuallererst musste ich aber schlafen.

Dogger hatte Esmeralda offenbar aus dem Gewächshaus hereingebracht, denn sie hockte zufrieden auf einem Laborständer. Und auf meinem Bett lag ein frisch gelegtes Ei.

Das würde ich mir für den nächsten Morgen aufheben, beschloss ich. Morgen würde ein langer Tag werden.

Vater würde uns um fünf aus den Betten scheuchen, damit wir vor der dreistündigen Sperre noch ein leichtes Frühstück zu uns nehmen konnten.

Als Katholiken mussten wir mindestens von Mitternacht bis zum Empfang des Abendmahls fasten. Nur wer schwer krank war und in Lebensgefahr schwebte, durfte vorab einen Marmeladentoast zu sich nehmen.

Vater war mit dieser Vorschrift allerdings nicht einverstanden.

»Ein warmes Frühstück ist unverzichtbar, wenn nicht gar

verpflichtend«, pflegte er zu sagen. »Man weiß nie, wann oder ob überhaupt man wieder etwas zu essen bekommt.«

Diese Weisheit hatte er sich wahrscheinlich beim Militär angeeignet, jedenfalls spürten wir, dass wir besser nicht nachfragten. Vater hatte mit dem Vikar gesprochen, und die beiden hatten sich darauf geeinigt, dass drei Stunden ausreichten, um sowohl den Magen zufriedenzustellen als auch dem Geist der Vorschrift Genüge zu tun.

Vater ist seiner Zeit überhaupt weit voraus, muss ich sagen. Er findet nichts dabei, wenn man das Abendmahl vor dem Altar der anglikanischen Kirche empfängt. Man muss deshalb nicht extra nach Hinley zur Kirche Mutter Gottes der sieben Schmerzen fahren.

»Es ist unsere Pflicht und Schuldigkeit, ortsansässige Firmen zu bevorzugen«, lautete sein Spruch dazu.

Da war vermutlich was dran.

Wir würden pünktlich um acht zum Gottesdienst in unserer Bank sitzen und um elf noch einmal zur feierlichen Messe erscheinen, bei der sämtliche Register gezogen wurden: Chor, Orgel, die Psalmrezitationen mitsamt den Antworten der Gemeinde und eine Predigt, die sich gewaschen hatte, kurz gesagt: das volle Programm.

Ich kramte die Aufnahme unter meinem Bett hervor, die ich aus Feelys Zimmer gemopst hatte: Griegs Klavierkonzert in a-Moll, das, laut Feely, den Sonnenschein und die Schatten der eisigen Fjorde Norwegens schildert, wo Eisbrocken groß wie Buckshaw abbrechen und ins Meer klatschen.

Ich zog mein Grammofon mit der Kurbel auf, senkte die Nadel in die Rille der sich drehenden Schallplatte, schlüpfte ins Bett und zog mir die Decke bis zu den Ohren hoch, als die Musik einsetzte.

Die Streicher der Londoner Philharmoniker sangen mich in den Schlaf, und noch ehe die Feder abgelaufen war, war ich für die Welt verloren.

Ich träumte, ich sei auf dem Friedhof von St. Tankred, wo zwischen den Grabsteinen lauter Tische aufgestellt waren. An den Tischen saßen lauter Leute aus Bishop's Lacey und Umgebung, und alle trugen seidene Harlekinkostüme mit Rautenmuster. Mit ihren leuchtend bunten Gewändern erinnerten sie an die Figuren auf den Kirchenfenstern.

Vor jedem Spieler – oder Wettkandidaten, da war ich nicht sicher – lag das gleiche, ungeöffnete Puzzle, und hinter jedem Teilnehmer stand ein Schiedsrichter mit einer Harlekinfahne.

Was für ein Heidenspaß, dachte ich, *ein Puzzleturnier!*

Ein Pfiff ertönte, die Fahnen senkten sich jäh, und die Spieler rissen die Schachteln auf und fingen wie die Verrückten an zu sortieren. Schon fügten einige die ersten Randteile aneinander.

Ein Richter mit gepuderter Perücke und einem Kneifer auf der Nase stolzierte zwischen den Tischen umher und blieb hinter jedem Spieler kurz stehen, spähte ihm über die Schulter und machte sich in einem großen alten Kassenbuch Notizen.

Als ich nähertrat, um die Puzzles zu betrachten (auf denen entweder ein Heiliger mit Heiligenschein zu sehen war oder ein vom Mond beschienener Felsen, der aus einem mitternächtlichen Meer ragte), wurde ich von einer dunklen Gestalt in geistlichen Gewändern (konnte das der Vikar sein?) weggescheucht. Er machte mir mit unmissverständlichen Gesten klar, dass jede Störung sofort von dem Mann mit der Schaufel bestraft würde.

Ich fuhr herum und sah mich dem Schaufelmann Auge in Auge gegenüber – Miss Tanty!

Ich schreckte aus dem Schlaf hoch und setzte mich mit klopfendem Herzen auf.

Hätte ich es nicht schon vorher gewusst, wäre mir spätestens jetzt klar gewesen, wie und warum Mr. Collicutt umgebracht worden war.

Die Uhr zeigte zehn vor fünf. Zu spät, um sich noch mal umzudrehen.

Ich sprang auf den kalten Fußboden, spritzte mir aus dem Waschkrug kaltes Wasser auf Hände und Gesicht und stieg in das gestärkte Rüschenkleid, das mir Mrs. Mullet hingelegt hatte – so wie ein Lokführer in den Führerstand seiner Lokomotive steigt.

Esmeraldas gekochtes Ei und ein paar über dem Bunsenbrenner geröstete Scheiben Brot gaben ein zünftiges Frühstück ab.

Aus einer Schublade nahm ich einen Korken und hielt ihn über die Flamme, bis er rußig wurde. Als er wieder abgekühlt war, fuhr ich mir damit über die Augenlider, besonders über die unteren, dann rieb ich den Ruß gründlich ein, bis meine Augenpartie eine realistische lilagraue Färbung annahm.

Als i-Tüpfelchen drehte ich mir die Haare zu einem verknäuelten Rattennest auf und sprühte mir mit einem Zerstäuber kaltes Wasser auf die Stirn.

Dann betrachtete ich mich im Spiegel.

Mit den Eiresten im Mundwinkel war die Wirkung äußerst überzeugend.

Als ich ins Esszimmer wankte und mich benommen umsah, saßen Vater, Daffy und Feely bereits am Tisch.

Ich setzte mich schweigend, ließ die Schultern hängen und legte die Hände in den Schoß.

»Herrje!«, rief Feely. »Wie siehst du denn aus?«

Vater und Daffy blickten von ihren trockenen Toastscheiben auf.

»T-t-tut mir leid, aber ihr müsst mich wohl entschuldigen«, brachte ich mühsam hervor. »Ich habe kaum geschlafen. Wahrscheinlich hab ich was Falsches gegessen.«

Ich drückte die Hand vor den Mund und blies die Wangen auf.

»Iss ein paar Bissen Toast«, sagte Vater. »Dann gehst du sofort wieder hoch ins Bett. Ich sehe nach dir, wenn wir wieder zu Hause sind.«

»Danke ... aber ich hab keinen Hunger. Außerdem ist Schlaf die beste Medizin.« Das sagte Mrs. Mullet in solchen Fällen immer.

Wieder oben, zog ich das Osterkleid aus, Rock und Pullover an und tauschte die Lackschühchen gegen Turnschuhe.

Kurz darauf kletterte ich geräuschlos aus dem Fenster der Ahnengalerie.

Über Nacht hatte es geregnet, Gladys war pitschnass. Ich schüttelte sie kräftig, sodass die kalten Tautropfen im Mondlicht wie ein Juwelenschauer von ihr fielen.

Bis zur Kirche waren es keine zehn Minuten.

26

Zarter Nebel stieg vom Fluss hinter der Kirche auf, schwebte wie grauer Rauch zwischen den Gräbern und dämpfte das Plätschern des Wassers.

Ein Friedhof im Licht des Märzmondes müsste eigentlich jedem das Herz in die Hose rutschen lassen, aber ich hatte kein bisschen Angst.

Schließlich war ich nicht zum ersten Mal hier.

Ich schlug mir mit den Fäusten auf die Brust und atmete die nasskalte Morgenluft tief ein – sie schmeckte nach feuchter Erde, nassem Gras und altem Stein, mit einem leichten Nachgeschmack von welken Blumen.

Jetzt konnte ich verstehen, warum Pfarrer ihren Beruf liebten.

Da die Damen vom Altardienst bald eintreffen würden, musste ich mich beeilen. Wenn ich Glück hatte, blieb mir eine Stunde, allerhöchstens anderthalb, ehe sie mit den Armen voller Osterlilien anrückten.

So lange würde ich für mein Vorhaben natürlich nicht brauchen. Mein Traum hatte die letzten Puzzleteilchen an ihren Platz gerückt. Davor hatte ich zwar schon sämtliche Teilchen zusammengehabt, aber nicht begriffen, wie sie ineinanderpassten.

Jetzt aber war mir klar wie Kloßbrühe, wo ich suchen musste und was ich finden würde.

Ich betrat den Vorraum der Kirche und knipste meine Taschenlampe an, wobei ich achtgab, dass der Strahl immer auf den Boden gerichtet war. Wenn man draußen stand, ließ nämlich der kleinste Lichtschimmer hinter den Buntglasfenstern die ganze Kirche wie eine Tiffany-Lampe mitten auf dem Friedhof aufleuchten.

Ich öffnete die Zwischentür und trat in den eigentlichen Kirchenraum, oder, wie Feely sich ausgedrückt hätte, vom Narthex ins Kirchenschiff. Wenn es um Kirchenarchitektur ging, warf Feely gern mit Fachbegriffen um sich, als plauderte sie bei Tee und Löffelbiskuit mit dem Erzbischof von Canterbury oder gleich mit dem Papst. Trank der Papst überhaupt Tee? Keine Ahnung, aber ich war mir sicher, dass Feely so lange über dieses Thema quasseln konnte, bis die Kühe nach Hause kamen und die Milch mitbrachten.

Ich stand im Mittelgang und spitzte die Ohren.

Ringsum herrschte absolute Stille, so wie man sie nur in Kirchen antrifft – eine Stille, die so unermesslich war, so zeitlos und so laut, dass sie in den Ohren schmerzte, ein hallendes Vakuum negativen Klangs.

Ob es sich vielleicht doch um das Wehklagen der Toten handelte, die sich hinter den Mauern und in der Krypta stapelten? Warteten sie nur darauf, wie mir Daffy einmal hatte weismachen wollen, mitternächtliche Besucher zu packen und in ihre Särge zu zerren, wo sie dann an ihren Knochen herumnagten, nur um sie beim Jüngsten Gericht wieder auszuspucken und sich schleunigst auf den Weg ins Paradies zu machen?

Reiß dich zusammen, Flavia!

Warum ließ ich es eigentlich zu, dass sich derlei Schwachsinn in meinem Hirn ansammelte? Ich war schon öfter nachts hier gewesen, und noch nie war mir etwas Schlimmeres begegnet als Miss Tanty.

Miss Tanty und Cynthia Richardson.

Als ich jetzt darüber nachdachte, fiel mir auf, dass in unserer Kirche in den frühen Morgenstunden fast so viel Betrieb war wie am helllichten Nachmittag in Victoria Station.

Der Direktanschluss ins Paradies.

Schluss damit, Flavia!

Ich ließ zu, dass mich der Ort unruhig machte, und das passte mir gar nicht.

Wie eine Ein-Mann-Prozession schritt ich langsam den Mittelgang entlang.

Dann stellte ich mir plötzlich vor, vielleicht damit ich nicht so allein war, dass Daffy neben mir ging und mit getragener Stimme rezitierte: »Von Gräbern sprecht, von Würmern, Leichensteinen …«

Schluss jetzt, Flavia! Ein für alle Mal!

Wenn ich Glück hatte, trennten mich nur noch wenige Minuten vom Erfolg. Wenige Sekunden …

Etwas knarrte.

Holz, dem Klang nach.

Ich fuhr zusammen.

Lauschte …

Nichts.

Das ist doch lächerlich, dachte ich. Von den Mauern abgesehen, sind alte Kirchen voller Eichen- und Ulmenholz. Der Dachstuhl, der sich über meinem Kopf wölbte, die Bänke, die Kanzel, die Geländer – das alles kam aus englischen Wäldern. Alles war einst lebendig gewesen, war es womöglich immer noch, reckte und streckte sich im Schlaf.

Ich ging weiter auf die Orgel zu, traute mich aber nicht, den Lichtstrahl der Lampe nach oben zu richten und festzustellen, ob St. Tankred noch tropfte.

Flecken bunt gefärbten Mondlichts fielen durch die Fenster und ließen die Dunkelheit noch dunkler erscheinen.

Ich hatte die Orgel erreicht, deren drei Manuale im Dunkeln wie eine dreifache Zahnreihe schimmerten.

Es knarrte wieder.

Oder war es diesmal ein anderes Knarren?

Ich ließ den Lichtstrahl umherwandern, bis mich der geschnitzte Gnom angrinste.

Dann legte ich das Ohr an die Holzverkleidung und horchte angestrengt, aber aus dem Orgelgehäuse drang kein Laut.

Ich drehte an den feisten Wangen des Gnoms, und die Vertäfelung glitt auf. Ich schlüpfte durch die Öffnung.

Abermals befand ich mich an dem Ort, an dem Mr. Collicutt zu Tode gekommen war – und wo er, wenn ich nicht völlig danebenlag, auch Luzifers Herz versteckt hatte.

Man musste einfach nur die Fakten in der richtigen Reihenfolge auffädeln wie Perlen auf eine Schnur. Damit lag die Lösung eigentlich bereits auf der Hand. Ich freute mich schon darauf, Inspektor Hewitt alles zu erklären, ihm den gelösten Fall als Friedensangebot schön verpackt und mit Schleifchen drum herum vor die Füße zu legen.

Er würde natürlich alles seiner Frau Antigone erzählen, die mich unverzüglich anrufen und wieder zum Tee einladen würde, trotz meiner Taktlosigkeit in der Vergangenheit.

Sie würde mich zu meiner brillanten Aufklärung des Falles beglückwünschen, und ich würde bescheiden abwinken.

Um mich herum ragten die Orgelpfeifen zu Tausenden, jedenfalls kam es mir so vor – wie ein ganze Gebirge aus Metall und Holz.

Jede Pfeife hatte einen Mund, durch den sie sprach, einen waagerechten Schlitz im unteren Teil. Ich war fest davon überzeugt, dass Mr. Collicutt Luzifers Herz in einen dieser Schlitze geschoben hatte.

Fragte sich nur, in welchen.

Ich hatte viele Stunden neben Feely auf der Orgelbank verbracht, hatte zugeschaut, wie sie die Register zog, die der Orgel ihre Stimme liehen: Lieblich Bordun, Violine, Fagott, Gemshorn, Vox coelestis, Salicet, Dulciana und Gedackt.

In welcher Pfeifenreihe hatte Mr. Collicutt den Diamanten wohl versteckt?

Seltsamerweise hatten mich erst die ausrangierten Pfeifen in seinem Zimmer auf diese Frage gebracht.

»Wo würde ein Organist einen Edelstein verstecken?«

Mir fiel ein, dass Feely mir erklärt hatte, dass die Gemshorn-Pfeifen wie Hirtenflöten aus Ziegenhörnern klingen sollten ... Hirtenflöten ... Hirtenstab ... Bischofsstab? Luzifers Herz hatte einen Bischofsstab geschmückt – war hier ein versteckter Hinweis zu finden? Und hatte nicht auch auf dem Manuskript auf Mrs. Collicutts Schreibtisch ein Pfeil das Wort »Adamas« mit dem Wort »Gemshorn« verbunden? Einen Versuch war es immerhin wert.

Es gab ungefähr zwei Dutzend Gemshorn-Pfeifen, von über einem Meter Länge bis hinunter zu zehn, zwölf Zentimetern. Die kleinsten waren zu dünn und ihre Schlitze zu klein, als dass man darin etwas hätte verstecken können.

Ich beschloss, mit der dicksten anzufangen.

Ich steckte Zeige- und Mittelfinger in die Öffnung und tastete nach oben und unten.

Die Innenseite der Pfeife war glatt wie eine Teedose.

Na schön, dann eben die nächste.

Während ich mich voranarbeitete, musste ich unwillkürlich lächeln. Feely hatte sich beschwert, die Orgel sei schon seit Wochen verstimmt, aber sie hatte es fälschlicherweise auf das Wetter geschoben.

Ich wusste es besser.

Wer wäre darauf gekommen, dass ein versteckter Edelstein dem armen alten Instrument wie ein Frosch im Hals saß?

Flavia der Luce – wer sonst!

»Flavia, du Teufelsbraten!«, raunte ich und steckte die Finger in den Schlitz der nächsten Pfeife.

Im Universum gilt das ungeschriebene Gesetz, dass man das, was man sucht, immer erst ganz zum Schluss findet. Das gilt für alles Mögliche, von verlorenen Socken bis zu an den falschen Platz zurückgestellten Giften, und es traf auch diesmal zu.

Die letzte Pfeife im Gemshornregister war diejenige, die am

weitesten von der Geheimtür in der Orgelverkleidung entfernt war.

Ich streckte mich, sprach ein stummes Stoßgebet und griff in den Schlitz.

Da war was!

Ein unregelmäßiger Klumpen – verschrumpelt und trocken wie eine Dörrpflaume.

Ich betastete ihn vorsichtig, erkundete mit den Fingerspitzen seine Größe und Form.

Er war ungefähr so groß wie eine Walnuss und fühlte sich auch ähnlich an.

Ich wackelte daran, bis er sich mit einem dumpfen *Plopp*! löste und in meine Handfläche plumpste.

Langsam!, dachte ich. *Jetzt bloß nicht in die Pfeife fallen lassen!*

Ich ließ die Finger abwärts in Richtung der Öffnung gleiten, dann zog ich den Fund heraus und hielt ihn unter die Taschenlampe.

Was für eine herbe Enttäuschung!

Es war bloß ein altes Stück Knete.

Ich klemmte die Taschenlampe zwischen zwei Orgelpfeifen, bohrte beide Daumen in den Klumpen und brach ihn auf, als wollte ich ein Ei aufschlagen.

Luzifers Herz!

Mein eigenes Herz machte einen Satz, und mir entfuhr eine eher unheilige Bemerkung, auf die ich später nicht unbedingt stolz sein würde.

Vom Schein der Lampe zum Leben erweckt, lag der riesige Diamant in meiner Hand und sprühte Lichtfunken in die Dunkelheit ringsum, als sei eine neue Sonne aus dem Ei geschlüpft.

Also hatte ich richtig getippt: Mr. Collicutt hatte den Stein in eine Orgelpfeife geklebt.

Ganz schön schlau von ihm, dachte ich, *und noch viel schlauer von mir, dass ich ihm draufgekommen bin.*

Luzifers Herz! Nicht zu fassen!

Ich konnte es kaum erwarten, Vater davon zu erzählen.

Ich hielt den Diamanten zwischen Daumen und Zeigefinger, drehte ihn hin und her und sandte tausend tanzende Reflexionen in die Dunkelheit.

Da sagte eine Stimme hinter mir: »Schnapp sie dir, Benson!«

Dann passierte alles auf einmal. Jemand packte mich am Oberarm und bohrte mir die Finger in die Muskeln. Mein Arm erschlaffte schlagartig.

Ich fuhr blitzschnell herum und trat nach dem Angreifer. Voller Genugtuung spürte ich, wie mein Schuh gegen ein Schienbein krachte.

»Kleines Biest!« Die Stimme klang schmerzverzerrt. »Dir werd ich's zeigen!«

Dann erlosch die Taschenlampe.

Ich hatte sie mit dem Ellbogen zwischen den Orgelpfeifen herausgestoßen, und sie fiel scheppernd auf den Holzboden.

Um uns herum war es stockfinster. Ich öffnete den Mund, als wollte ich schreien. Aber ich schrie nicht.

Stattdessen tat ich etwas, das ich wohl nie vergessen werde.

Hände grapschten nach mir und rutschten ab, als ich zurückwich und gegen die Orgelpfeifen prallte, dass es nur so schepperte. Die Windlade war irgendwo hinten in der Ecke. Vielleicht konnte ich ja darüber hinwegklettern und mich dahinter verstecken …

Kräftige Hände packten meinen Knöchel und verdrehten ihn …

Die Taschenlampe flammte wieder auf. Jemand hatte sie aufgehoben und leuchtete mir direkt ins Gesicht.

»Wo ist er?«, kam es barsch aus der Dunkelheit hinter dem Licht.

Die Stimme gehörte Mr. Ridley-Smith, dem Richter. Irrtum ausgeschlossen.

»Her damit!«, forderte eine zweite Stimme, deren Besitzer

mir den Arm umdrehte. Fremde Finger umschlossen mit eisernem Griff mein Handgelenk und schnürten mir das Blut ab.

»Her damit, aber dalli!«

»Womit denn?«, keuchte ich. »Lassen Sie mich los! Ich habe keine Ahnung, wovon Sie reden.«

»Von dem Stein!« Warmer Atem streifte mein Ohr, und ich roch den Atem des Mannes – ein Geruch, auf den ich hier nicht näher eingehen möchte.

Meine erste Reaktion war die, auf Zeit zu spielen. Wie lange mochte es dauern, bis Hilfe kam?

Eine Stunde vielleicht? Ebenso gut konnte es eine Ewigkeit sein.

Benson (jetzt erkannte ich, dass er mein Angreifer war) packte meine Schultern und schüttelte mich durch wie ein Terrier eine gefangene Ratte.

Ich spürte, wie mein Gehirn gegen die Hirnschale schwappte.

»Keine Spielchen!«, fauchte er wütend. »Her mit dem Ding!«

Ich hielt ihm die leeren Handflächen hin.

»Das muss ein Missverständnis sein.« Ich schaute mit Unschuldsmiene in den grellen Lichtstrahl. »Ehrlich.«

Wieder wurde ich durchgeschüttelt, noch schmerzhafter als beim ersten Mal.

»Sie tun mir weh!«, sagte ich. Mir war schwindlig. »Lassen Sie mich los.«

Er schüttelte mich zum dritten Mal.

Lange würde ich das nicht mehr durchhalten. An Flucht war nicht zu denken. Sowohl Benson als auch der Richter versperrten den einzigen Ausgang aus der höllischen Kammer.

Ich musste meine Taktik ändern.

Zumindest abwandeln.

»Na gut«, sagte ich. »Ich weiß, dass Sie beide Mr. Collicutt umgebracht haben.

Das Schütteln hörte auf. Ein Punkt für mich.

»Und zwar hier«, setzte ich mit einer ausholenden Handbewegung hinzu. Mein Atem ging stoßweise. »Ich weiß, dass Sie ... Sie und Ihre Komplizen ... vom Friedhof aus einen Gang ... gegraben haben ... um den Stein zu stehlen ... und dass Sie damit schon ... vor langer Zeit angefangen haben ... vielleicht schon vor Jahren. Ich weiß, dass Sie, Mr. Ridley-Smith ... den Eintrag über Luzifers Herz entdeckt haben ... und zwar im Nationalarchiv ... die Dokumente, die in der Chancery Lane lagern. Sie haben das Wirtschaftsbuch des Kellermeisters von Glastonbury ... in einem Berg alter Urkunden versteckt. Wer außer einem Juristen hätte Zugang zu diesen Dokumenten?«

Ich atmete schwer, wie eine völlig überdrehte Sechs-Shilling-Uhr.

Der Richter schwieg. Offenbar war ich nicht überzeugend genug.

»Mr. Collicutt war einer Ihrer ...« (Wie lautete der richtige Ausdruck? Lakaien? Handlanger? Daffy hätte das bestimmt gewusst.) »... Angestellten«, sagte ich schließlich und bedauerte die schwache Wahl schon, als ich das Wort aussprach. »Er hat Sie reingelegt. Sie hatten eine Auseinandersetzung. Sie haben ihn hier im Orgelgehäuse umgebracht. Die Methode? Diäthyläther. Die Mordwaffe?«

Ich machte eine Kunstpause. *Zeit schinden!*, dachte ich.

»Ein mit Äther getränktes Taschentuch, das von einer Gasmaske dort festgeklemmt wurde, wo Sie es haben wollten. Dann haben Sie Mr. Collicutt durch den Tunnel unter dem Friedhof geschleift und die Leiche auf die Gruft des heiligen Tankred gelegt.«

In der folgenden Totenstille ließ Benson endlich meine Schultern los.

»Deshalb haben Sie den Bischof dazu gebracht, seinen Dispens zurückzunehmen. Sie wussten ja, was man finden würde, wenn die Gruft geöffnet würde. Um die Leiche fortzuschaffen, war keine Zeit mehr.«

Mr. Ridley-Smith hatte weiter geschwiegen, aber jetzt ergriff er das Wort. Seine Stimme klang seltsam sanft.

»Ist das dein Ernst? Glaubst du das wirklich?«

»Und ob!«, erwiderte ich prompt und mit anklagendem Unterton.

»Dann hast du die Tatsachen leider völlig falsch interpretiert, junge Dame.«

Ha!, dachte ich. *Ich weiß, was du im Schilde führst! Junge Dame – von wegen!*

Er wollte mich einwickeln und mit falschem Respekt mein Vertrauen gewinnen.

»Ach ja?«, fragte ich so kühl und herablassend, wie es mir in meiner Lage möglich war.

»Ja, du irrst dich.« Sein Ton war so überzeugend, dass ich einen Augenblick versucht war, ihm zu glauben. Hatte er nicht betroffen geklungen?

»Du irrst dich«, sagte er noch einmal. »In Wahrheit ist das Gegenteil der Fall.«

Ich biss mir demonstrativ auf die Unterlippe. Wie lange konnte ich ihn wohl noch hinhalten?

Oh ihr gesegneten Damen vom Altardienst, flehte ich stumm, *mögen euch Flügel wachsen! Kommt zu meiner Rettung geflogen!*

»Was ist denn die Wahrheit?«, hörte ich mich fragen und erinnerte mich undeutlich, dass Pontius Pilatus sich ähnlich ausgedrückt hatte, nur unter gänzlich anderen Umständen.

»In Wahrheit haben wir verzweifelt versucht, Collicutt wiederzubeleben. Benson hat ein Stück Schlauch aus dem Turm benutzt und es mit einem der Ventile hier verbunden. Er wollte Mr. Collicutt beatmen. Aber es war schon zu spät.«

Der Luftschlauch? Den hatte ich völlig vergessen! Das erklärte immerhin die geplatzten inneren Organe.

»Ich glaube Ihnen nicht«, sagte ich.

Gleichzeitig hörte ich, wie sich hinter Benson und dem Richter draußen im Kirchenschiff etwas rührte, gefolgt von dem dumpfen Knall, mit dem eine Kniebank auf die Steinfliesen gestellt wurde.

Rettung nahte!

»Hilfe!«, rief ich so schrill, dass einem das Blut in den Adern gefror. »Zu Hilfe!«

Schlurfende Schritte.

Dann tauchte hinter dem Richter ein Gesicht auf – ein Gesicht mit einer Brille, deren Gläser so dick waren wie Luzifers Herz.

Miss Tanty!

»Was ist denn hier los?«, fragte sie.

27

Nicht in meinen wildesten Träumen wäre ich darauf gekommen, dass ich einmal so froh sein würde, diese Frau zu sehen.

Ich drängte mich energisch an Benson und dem Richter vorbei und suchte hinter Miss Tanty Schutz, lugte jedoch sofort hinter ihren umfangreichen Röcken hervor.

»Was geht hier vor, Quentin?«, wiederholte sie und sah erst vorwurfsvoll von einem meiner Peiniger zum anderen und dann nach hinten zu mir. Die dicken Brillengläser bündelten ihren bohrenden Blick wie ein Doppelbrennglas.

»Nur ein kleines Missverständnis«, erwiderte der Richter mit einem abwiegelnden und künstlichen Lächeln.

»Missverständnis«, wiederholte Benson wie ein Echo, als setzte er zu einer eigenen Verteidigungsrede an.

»Soso …« Miss Tanty wirkte unschlüssig. Sie schien zwischen mindestens zwei Schlussfolgerungen zu schwanken.

Sie schaute die Männer eine ganze Weile prüfend an, und die beiden schauten zurück.

»Komm, Kleine«, sagte sie dann unvermittelt, fuhr herum und packte mich am Arm.

Ich zuckte vor Schmerz zusammen. Erst jetzt merkte ich, wie heftig der Arm nach Bensons Griff wehtat.

Ohne ein weiteres Wort führte sie mich zum Mittelgang, durch den wir wie eine Albtraumbraut und ihr Bräutigam in Richtung Ausgang marschierten.

Draußen hatte sich der Nebel gelichtet, aber es war immer

noch kalt. Der Friedhof war menschenleer. Es war noch zu früh für die Damen vom Altardienst. Auch sonst ließ sich niemand blicken.

Wir gingen zur Straße. Miss Tanty zog mich wie einen Spielzeughund an einer Schnur hinter sich her.

Offensichtlich ging es ihr nicht schnell genug.

»Na los, Mädel«, mahnte Miss Tanty. »Du hast einen schlimmen Schock erlitten, das sehe ich deinen Augen an. Wir müssen zusehen, dass dir warm wird. Du musst was Heißes, Süßes in den Magen kriegen.«

Sie sprach mir aus der Seele. Als wir in Richtung Cater Street abbogen, wo sie wohnte, trugen mich meine Beine kaum noch.

Mit einem Mal war ich so erschöpft, als hätte jemand einen Zapfhahn an meinem Knöchel aufgedreht, und jetzt sprudelte meine ganze Energie aus mir heraus.

Der Gedanke an eine Tasse Tee und eine Handvoll Kekse war seltsam tröstlich und eigenartig vertraut zugleich. Wie ein Märchen, das man irgendwann gehört und längst vergessen hat.

Wir gingen schneller.

Plötzlich blieb ich stehen. »Ich hab Gladys vergessen! Mein Fahrrad. Es steht noch auf dem Friedhof.«

»Das hole ich, sobald du deinen Tee trinkst«, erwiderte Miss Tanty. »Und dann rufe ich jemanden an, der dich nach Hause bringt.«

Plötzlich sah ich vor mir, wie mich jemand, vielleicht Miss Gawl, mit einem langen Hirtenstab – vielleicht auch einem Bischofsstab – über die schmale Straße nach Buckshaw führte, als wäre ich ein verirrtes Lämmchen.

»Sehr nett von Ihnen«, sagte ich.

»Keine Ursache.« Sie grinste furchterregend freundlich.

Schon standen wir vor ihrem Haus, als hätte uns ein fliegender Teppich hinbefördert.

Ob das vom Schock kommt?, überlegte ich. *Ist mein Zeitgefühl gestört?*

War es möglich, sich im Schockzustand zu befinden und sich gleichzeitig dabei zu beobachten?

Miss Tanty kramte ihren Schlüssel heraus und schloss die Haustür auf, was mir komisch vorkam, weil in Bishop's Lacey sonst niemand die Tür abschloss.

Als wir hineingingen und sie die Tür wieder verriegelte, rief der Papagei aus dem Wintergarten: »Hallo, Quentin! Alle Mann an Deck!« Dann pfiff er vier Töne, die ich als den Anfang von Beethovens Fünfter erkannte.

»Dah-Dah-Dah-DAMM!«

Hallo, Quentin? Das hatte der Vogel auch gesagt, als ich das erste Mal hier gewesen war. Außerdem hatte Miss Tanty vorhin Benson so angesprochen. Aber nein ... Benson hieß doch Martin.

Hatte sie den Richter gemeint?

»Setz dich«, kommandierte Miss Tanty. Wie von Zauberhand standen wir bereits in der Küche. »Ich stelle Wasser auf.«

Ich sah mich um. Alles war blau. Seltsam, aber wahr. In erster Linie erinnere ich mich daran, dass Miss Tantys Küche blau war. Das war mir beim ersten Mal gar nicht aufgefallen.

Auf dem Tisch standen ein Milchkrug mit verwelkten Lilien, ein kleines Schneidebrett mit einem halben Kastenbrot, ein Toaster, ein Zinnleuchter mit einer halb heruntergebrannten Kerze und eine Schachtel Streichhölzer.

Es war unverkennbar, dass Miss Tanty sehr einsame Mahlzeiten zu sich nahm.

Dann stand auf einmal eine Tasse mit dampfendem Tee vor mir, was mich mit tiefer Dankbarkeit erfüllte.

»Trink! Und iss ein paar von denen hier.«

Miss Tanty schob mir eine Untertasse mit Mürbegebäck unter die Nase und hantierte dann in einem Küchenschrank herum.

»Diese Männer ...«, sagte sie eine Idee zu beiläufig, nein,

entschieden zu beiläufig, »diese Männer in der Kirche ... Was wollten die von dir?«

»Sie dachten, ich hätte etwas gefunden. Und sie wollten, dass ich es ihnen gebe.«

»Und?«

»Nein.«

Die große Brille schwenkte herum und fixierte mich.

»Heißt ›Nein‹, dass du nichts gefunden hast? Oder dass du es ihnen nicht gegeben hast?«

Ich schaute wie hypnotisiert in ihre Augen und brachte kein Wort heraus.

»Na?«

In diesem Augenblick – und viel zu spät – wurde mir plötzlich alles klar.

»Ich muss nach Hause«, sagte ich. »Mir geht's nicht gut.«

Miss Tanty zog blitzschnell die Hände hinter dem Rücken hervor. In einer Hand hielt sie eine Glasflasche, in der anderen ein Taschentuch.

Sie kippte ein wenig Flüssigkeit auf das Leinen und drückte es mir auf die Nase.

Aha!, dachte ich, $(C_2H_5)_2O$.

Schon wieder Diäthyläther.

Den süßlichen, im Rachen kitzelnden Geruch erkannte ich auf Anhieb.

Der Chemiker Henry Watts hatte diesen Geruch als »erheiternd und anregend« beschrieben, die *Encyclopaedia Britannica* hatte ihn »angenehm« genannt, aber es war offensichtlich, dass weder Professor Watts noch die Verfasser der *Encyclopaedia Britannica* je erlebt hatten, wie ihnen eine beleibte, erstaunlich kräftige Verrückte mit flaschenbodendicken Brillengläsern das Zeug aufs Gesicht drückte.

Es brannte.

Es verätzte meine Nasenlöcher und bohrte sich in mein Gehirn.

Ich wollte aufstehen, aber es ging nicht.

Miss Tanty klemmte mir von hinten einen Arm um den Hals und presste mich gegen die Stuhllehne. Mit der anderen Hand drückte sie mir das Taschentuch auf die Nase.

»Dir werd ich helfen!«, sagte sie. *»Dir werd ich helfen!«*

Ich zappelte und strampelte, aber es half nichts.

Noch keine zehn Sekunden waren vergangen, und schon verschwand mein Bewusstsein strudelnd wie durch einen Abfluss in süßem, Übelkeit erregendem Vergessen. Ich brauchte mich dem Sog nur ganz zu überlassen.

Ich musste nur nachgeben.

»Nein!«

Wer hatte da gerufen?

War ich das gewesen?

Oder war es Harriet?

Ich hatte die Stimme ganz deutlich gehört.

»Nein!«

Miss Tanty ließ meinen Hals los und kramte in den Taschen meiner Strickjacke – erst in der einen, dann in der anderen.

Ich schlug mit gespreizten Fingern zu und fegte ihr die Brille von der Nase.

Das half zwar nicht viel, aber doch ein bisschen. Ich konnte den Kopf zur Seite drehen und bekam frische Luft. Ich tat rasch einen tiefen Atemzug, dann noch einen – und noch einen.

Ohne ihre dicke Brille spähte Miss Tanty kurzsichtig in ihrer Küche umher. Ihre irren Augen sahen auf einmal müde und wässrig aus.

Ich kämpfte mich aus dem Stuhl und duckte mich nach links weg, aber sie versperrte mir wie ein Rugby-Spieler mit den Hüften den Weg.

Ich versuchte es rechts herum, aber da war sie auch.

Obwohl ich für sie nur ein verschwommener Fleck sein konnte, gelang es ihr, jeden meiner Fluchtversuche abzublocken.

Ich saß in der Falle.

Schon hatte sie wieder den Arm um meinen Hals geschlungen, noch fester als vorher.

In meiner Verzweiflung sah ich nur noch eine Möglichkeit.

Ich griff nach der Streichholzschachtel, bekam sie irgendwie auf, und die Hölzchen ergossen sich auf den Tisch.

Als Miss Tantys Pranke wieder mit dem Taschentuch auf mich zukam, riss ich ein Streichholz auf dem hölzernen Brotbrett an und hielt es blindlings hinter mich.

Es erlosch.

Ich hatte mich zu schnell bewegt.

Ich schnappte mir das nächste, riss es an und führte den Arm mit abgewinkeltem Ellbogen langsam, quälend langsam nach hinten, auf Miss Tanty zu.

Erst geschah gar nichts – dann machte es *Wuff!*, als hätte sich ein ungewöhnlich großer Bernhardiner zu Wort gemeldet.

Eine gewaltige Feuerkugel stieg wie ein orangefarbener Heißluftballon an die niedrige Decke und kroch dann in Wellen aus schwarzem, schmierigem Rauch an den Wänden herunter, um dann noch einmal in einer dichten, erstickenden Wolke um unsere Füße aufzubrodeln.

Miss Tanty erstarrte zur Statue, hielt mit einer Hand eine lodernde Fackel über den Kopf wie Demeter, die in der Unterwelt nach ihrer verlorenen Tochter Persephone sucht.

Dann fing sie an zu schreien.

Und hörte nicht mehr auf.

Sie ließ das brennende Taschentuch fallen und stolperte blindlings von einer Wand zur anderen, wobei sie zu husten anfing.

Husten ... schreien ... husten ... schreien.

Es war nervenzerfetzend.

Sie trudelte wie ein Kreisel kreuz und quer durch die Küche, stieg wie eine monströse, durchgedrehte Schmeißfliege gegen die Möbel, prallte von einer qualmenden Wand gegen die nächste.

Jetzt musste ich auch husten. Mein Gesicht fühlte sich an, als wäre ich am Strand eingeschlafen und hätte stundenlang in der Augustsonne gelegen.

Ich trat das brennende Taschentuch aus.

Miss Tanty schrie unbeirrt weiter.

»Aufhören!«, rief ich und stieß das Fenster auf, aber sie hörte nicht auf mich, sondern taumelte weiter durchs Zimmer und hielt dabei das Gelenk der einen Hand mit der anderen umklammert.

»Hören Sie auf!«, sagte ich noch einmal. »Lassen Sie mich mal sehen.«

Ich hatte schon einen Blick auf ihre Hand geworfen. Sie war verbrannt.

»Hören Sie endlich auf«, sagte ich zum dritten Mal, aber sie schrie weiter. »Aufhören!«

Ich gab ihr eine Ohrfeige.

Eigentlich halte ich mich für einen ziemlich netten Menschen, aber vielleicht stimmt das überhaupt nicht, denn es bereitete mir ein unerwartet großes Vergnügen, ihr eine zu kleben. Aber nicht, weil sie mich eben noch hatte umbringen wollen, auch nicht, weil Rache süß ist – sondern weil es unter den gegebenen Umständen ganz einfach das einzig Richtige war.

Sie verstummte sofort und starrte mich an, als hätte sie mich noch nie gesehen.

»Hinsetzen!«, befahl ich, und wundersamerweise gehorchte sie widerspruchslos. »Geben Sie mir Ihre Hand.«

Sie streckte mir die gerötete Faust hin und starrte darauf, als gehörte sie einem Fremden – irgendjemandem, bloß nicht ihr.

Ich wühlte mindestens fünf Schubladen durch, bis ich ein Küchenhandtuch fand, das ich ihr ums Handgelenk wickelte. Dann griff ich nach der Ätherflasche, die sie auf das Abtropfbrett gestellt hatte.

Ich zog den Stöpsel heraus und goss einen Schuss Äther auf das Tuch. Sie beobachtete mich mit einem Ausdruck benommener Bewunderung, dann machte sich so etwas wie nüchterne Erleichterung auf ihrem Gesicht breit.

Ich riss die Schränke unter der Spüle auf und fand schließlich in einem schwenkbaren Regalfach das, wonach ich suchte: eine Kartoffel.

Ich schälte eine Hälfte und schnitt sie dann in so dünne Scheiben, dass man die Bibel hätte hindurch lesen können. Aus den Scheiben und einem Geschirrhandtuch machte ich einen nassen Umschlag, den ich ihr, nachdem ich das andere Tuch wieder abgenommen hatte, um Hand und Handgelenk wickelte.

»Das tut weh«, sagte Miss Tanty und schaute mich mit ihren großen Mondaugen an. Ihre Brille lag zertreten und zersplittert auf dem Fußboden.

»Künstlerpech«, erwiderte ich.

28

Ich rannte aus Miss Tantys Haus, als wären mir sämtliche Höllenhunde auf den Fersen, und vielleicht war das ja auch der Fall.

Um die Ecke und auf die Hauptstraße sauste ich und hämmerte an die Tür von Wachtmeister Linnets Cottage, das auch als Polizeiwache von Bishop's Lacey diente.

Nach verblüffend kurzer Zeit stand der ungekämmte Wachtmeister in der Tür. Mit gerunzelter Stirn, die Augenbrauen zu zwei fragenden »V« nach oben gezogen, streifte er seine blaue Uniformjacke über.

»Bei Miss Tanty!«, rief ich. »Schnell! Ein Mordversuch!« Ich ließ den verdutzten Wachtmeister auf seiner Schwelle stehen und rannte in die entgegengesetzte Richtung zu Dr. Darbys Praxis.

Ob Miss Tanty noch in ihrer Küche sitzen würde, wenn die Polizei eintraf? Vermutlich schon. Erstens stand die Frau unter Schock, zweitens war sie von Natur aus nicht zum Wegrennen gebaut. Drittens konnte sie sich, bei näherer Überlegung, nirgendwo verstecken. Dafür war Bishop's Lacey einfach nicht groß genug.

Ich hatte Glück. Als ich an der Praxis ankam, war Dr. Darby schon draußen vor der Tür und gerade dabei, mit Schwamm und Wassereimer von seinem stupsnasigen Morris den Dreck und Staub abzuwaschen, die eine Landarztpraxis nun einmal mit sich bringt.

»Miss Tanty hat sich die Hand verbrannt!«, stieß ich atemlos hervor. »Eine Ätherexplosion! Ich habe schon kalten Äther und einen Kartoffelwickel draufgetan.«

Dr. Darby nickte bedächtig, als passierte so etwas jeden Morgen vor dem Frühstück. Als er in die Praxis ging, um seine Tasche zu holen, rannte ich weiter.

Wenn ich mich beeilte, konnte ich vor ihm wieder am Ort des Geschehens sein. Dachte ich jedenfalls.

Aber sein Morris überholte mich noch vor der Cow Lane.

Wachtmeister Linnet holte ich an Miss Tantys Gartentor ein.

»Du bleibst hier!«, bremste er mich mit amtlich erhobener Hand aus. »Hier draußen«, setzte er hinzu, als wollte er jedes Missverständnis ausschließen.

»Aber …«

»Kein Aber. Das Haus ist jetzt ein Tatort. Wir haben unsere Vorschriften.«

Was sollte das denn heißen, bitte schön? Hatte mir Inspektor Hewitt etwa ausdrücklich den Zutritt verboten?

Nach allem, was ich für ihn getan hatte?

Aber ehe ich nachhaken konnte, war Wachtmeister Linnet bereits im Haus verschwunden.

Im nächsten Augenblick fing Miss Tanty wieder an zu schreien.

Als ich um die Ecke der Friedhofsmauer bog, kamen mir auf der Straße Vater, Feely und Daffy entgegen.

Von der Hitze der Ätherexplosion brannte mein Gesicht wie nach einer Bestrahlung – immerhin wusste ich jetzt endlich aus eigener Anschauung, wie sich Madame Curie gefühlt haben musste.

Mein Rock und mein Pullover waren hinüber, meine Haarbänder nur noch verkokelte Schnüre.

»Sieh dich bloß an!«, sagte Feely. »Wo warst du denn? So kannst du auf keinen Fall in die Kirche gehen, stimmt's, Vater?«

Vater schaute zwar in meine Richtung, aber ich wusste, dass er mich eigentlich nicht sah.

»Flavia« war alles, was er sagte, ehe er sich geistesabwesend abwandte und den Blick auf einen Punkt an einem fernen, privaten Horizont richtete.

»Ich dachte, du bist krank«, sagte Daffy.

Daffy war immer diejenige, die die verfänglichen Einzelheiten ans Tageslicht zerrte.

»Es geht mir schon viel besser.« Mir fiel plötzlich ein, dass ich immer noch die Rußstreifen von dem Korken um die Augen hatte.

»Guten Morgen allerseits«, sagte da jemand hinter mir. Es war Adam Sowerby. Ich hatte seinen lautlosen Rolls-Royce nicht kommen gehört.

»Was ist denn mit dir passiert?«, fragte er. »Hast du ein bisschen zu viel Sonne abgekriegt?«

Ich nickte. Ich hätte den Mann am liebsten umarmt.

»Ich war gerade in der Praxis von Dr. Darby«, sagte ich, was schließlich nicht gelogen war. »Er meinte, es ist nicht schlimm.« Das war allerdings gelogen.

»Hmmm«, machte Adam. »Ich bin leider kein Arzt, aber ich habe von meinen Reisen auf dem Limpopo und so weiter immer noch den einen oder anderen Trick im Ärmel. Wenn du nichts dagegen hast, Haviland«, sagte er in Vaters Richtung, »dann würde ich …«

Vater nickte flüchtig, als hätte er eigentlich nicht richtig zugehört, sondern müsste eher aufpassen, dass ihm der Kopf nicht von den Schultern purzelte und in den Straßenstaub fiel.

»Dann kommt!«, sagte Feely. »Ich muss den Choral noch mal durchgehen und habe keine Zeit für …«

Sie machte eine wegwerfende Handbewegung, als wollte sie anfügen: »… solche Kindereien.« Sie wollte natürlich dringend zur Orgel. Schließlich war heute ihre offizielle Premiere.

Vater ließ seinen unbestimmten Blick immer noch über die

Felder schweifen, aber als Feely und Daffy in Richtung Kirche weiterstapften, ging er langsam hinterher – beinahe folgsam.

Daffy drehte sich im Gehen noch einmal um und musterte mich, als wäre ich eine auf dem Jahrmarkt zur Schau gestellte Missgeburt.

Was ist eigentlich aus dem Verkauf von Buckshaw geworden?, schoss es mir durch den Kopf. Ich war so mit meinen eigenen Angelegenheiten beschäftigt gewesen, dass ich mich nicht mal danach erkundigt hatte.

Mich nicht getraut hatte, mich danach zu erkundigen.

Jetzt aber, da Vater wie ein Gespenst aussah, regte sich etwas in mir.

Irgendwie war ich auch stolz auf ihn. Ganz gleich, welche Teufel an seinen Eingeweiden nagten, sie konnten ihn nicht davon abhalten, seinen österlichen Pflichten nachzukommen. Im Grunde seines Herzens hatte mein Vater sich seinen Glauben bewahrt, und ich hoffte um seinetwillen, dass das genügen würde.

»Hier geht's lang.« Adam führte mich um die Kirche herum, über den Friedhof, vorbei an der schlummernden Cassandra Cottlestone bis hinunter zum Flussufer. Bei dem Gedanken, dass ich seinerzeit an eben dieser Stelle dem Mörder von Horace Bonepenny begegnet war, lief es mir eiskalt über den Rücken. Das alles war erst ein knappes Jahr her, aber es hätte ebenso gut in einem anderen Leben stattgefunden haben können.

Adam stieg das sumpfige Ufer hinunter und zog ein Büschel Narzissen mit der Wurzel heraus.

»Ihre Stiefel werden ganz schmutzig«, sagte ich.

»Stimmt.« Er schaute kurz an sich hinab, aber es schien ihm nichts auszumachen.

Er kletterte wieder zu mir hoch und zog ein Taschenmesser aus der Westentasche.

»Weißt du, was das ist?« Er schnitt eine Narzissenzwiebel in Scheiben.

»Eine Osterglocke«, antwortete ich.

»Davon mal abgesehen.«

»Narcissin oder auch Lycorin. In den Wurzeln. $C_{16}H_{17}NO_4$. Ein tödliches Gift. Wenn einem jemand dumm kommt, serviere man ihm gekochte Narzissenzwiebeln und behaupte, man hätte sie für Speisezwiebeln gehalten.«

»Uff!« Adam stieß einen Pfiff aus. »Du kennst dich ja gut aus.«

»Mit Giften schon.«

Er pflückte die kühlen Zwiebelscheibchen auseinander, rieb sie mir eins nach dem anderen behutsam übers Gesicht und trällerte dabei:

»Wenn die Narzisse blinkt herfür –
Heissa! mit dem Lumpenmädel durchs Tal –
Ja, dann kommt des Jahres lieblichste Zier;
Statt Winter blass herrscht rotes Blut zumal.«

Er hatte eine schöne Stimme und sang mit so viel Selbstvertrauen, als hätte er das Lied schon öfter auf der Bühne vorgetragen.

»Was soll das bedeuten?«, fragte ich. *»Statt Winter blass herrscht rotes Blut zumal?«*

»Dass sich das Blut immer wieder durchsetzt, sogar unter den kältesten Bedingungen.«

Ich fing ein bisschen an zu zittern, und das kam nicht nur daher, dass mir Adam das kühlende Gift auf Gesicht und Hals auftrug.

Blut und Narzissen. Das klang wie der Titel eines Kriminalromans von einer netten alten Dame, die Geschäfte mit Tod und Teekuchen machte.

Die ganze Geschichte war von Anfang an reichlich blutig

gewesen: erst mein eigenes Blut, dann Fledermausblut, Froschblut und Heiligenblut und schließlich Mr. Collicutts nicht vorhandenes Blut.

Auch Narzissen hatten immer wieder eine Rolle gespielt. Eine Handvoll Narzissen und Krokusse hatten mich mit Miss Tanty bekannt gemacht. Was hatte sie doch gleich gesagt?

Du vergeudest deine Krokusse bloß.

»Glauben Sie …«, setzte ich an.

»Schsch!«, machte Adam. »Du willst das Zeug doch nicht in den Mund bekommen, oder?«

Ohne dass ich ihn dazu ermuntert hätte, fuhr er fort:

»Anemonen,
Die, eh' die Schwalb es wagt, erscheinen und
Des Märzes Wind' mit ihrer Schönheit fesseln.«

Die Worte riefen Bilder vor meinem geistigen Auge hervor. Ich dachte an Vater, an Gladys und an Blumen. Wir würden keinen Frühling mehr auf Buckshaw erleben.

»Ich hasse Narzissen!«, sagte ich und brach unvermittelt in Tränen aus.

Adam ließ sich davon nicht stören.

»›*Violen … bleiche Primeln … die dreiste Maßlieb … die Kaiserkrone … Lilien aller Art, die Königslilie drunter.*‹ Der alte Bill Shakespeare kannte sich im Pflanzenreich gut aus, hast du das gewusst? Und hast du gewusst, dass er die Königslilie auch Flower-de-Luce genannt hat?«

»Sie denken sich das bloß aus, weil Sie mich aufmuntern wollen.«

»Keineswegs. Du findest die Stelle im *Wintermärchen.* Euch de Luces gibt es schon erstaunlich lange.«

»Autsch!«, entfuhr es mir. Adam trug den Narzissensaft gerade an einer besonders empfindlichen Stelle meiner Nase auf.

»Das beißt ein bisschen, hm? Kommt wahrscheinlich vom Narcissin. Die Alkaloide tun gerne mal ein bisschen …«

»Ach, seien Sie still!«, sagte ich, musste aber gleichzeitig über ihn lachen.

Wie sollte er das je verstehen?

Es war hoffnungslos.

»So, wir hätten dich wieder zusammengeflickt«, sagte er. »Sollen wir reingehen?«

»Rein?« Ich breitete meinen Rock aus wie einen Fächer. »Macht es Ihnen denn gar nichts aus, sich so mit mir sehen zu lassen?«

Adam lachte bloß, hakte mich unter und führte mich zwischen den Grabsteinen hindurch.

In den Bankreihen drehten sich Köpfe und Oberkörper zu uns um, als wir den Mittelgang entlangschritten. Kaum hatten wir uns in die erste Reihe neben Vater und Daffy gequetscht, da schlug Feely auch schon die ersten Akkorde des feierlichen Chorals an.

Daraufhin kam der Chor aus dem hinteren Teil des Kirchenschiffes in andächtiger Prozession heran und stimmte zum Tosen der Orgel sein mitreißendes Morgenlied an.

Als die Sängerinnen und Sänger an unserer kleinen Gruppe vorüberschritten, versäumte es keiner von ihnen, unauffällig zu mir herüberzuschielen.

Da saß ich also, so sittsam, wie es unter diesen Umständen möglich war, die Augen mit einem rußigen Korken geschwärzt, Gesicht und Hals vom Feuer gerötet und von giftigem Narzissensaft speckig gerieben, die Kleidung vom Staub des Orgelgehäuses verdreckt und von einer Ätherexplosion angesengt und verkohlt.

Sogar der Vikar machte große Augen, als er singend an uns vorbeiging:

»Zum Mahl des Lammes schreiten wir,
Mit weißen Kleidern angetan ...«

Das Prinzipal grollte, erschütterte die altersfleckigen Sitzreihen, ließ das antike Schnitzwerk erzittern und die ganze historische Kirche erbeben.

29

Sonst weiß ich von diesem Ostergottesdienst nicht mehr viel. Für mich war das Ganze nur eine verschwommene Abfolge von Singen, Stehen, Knien und papageienartigen Erwiderungen.

Hinterher habe ich erfahren, Feely sei großartig gewesen, der Chor habe geklungen, als hätten die Engel ihren schönsten Gesang angestimmt (und das ohne Miss Tantys Mitwirkung), und die Tastenarbeit habe für Bishop's Lacey neue Maßstäbe in Bezug auf musikalische Virtuosität gesetzt. Natürlich musste ich mich dabei auf Sheila Fosters Worte verlassen, und da Fossie Feelys beste Freundin war, hätte ich für den Wahrheitsgehalt ihrer Aussagen nicht unbedingt die Hand ins Feuer gelegt.

Das ungeschriebene Gesetz beim Verlassen von St. Tankred lautete: »Die vorderen Reihen zuerst«, weshalb wir gleich nach dem Segen aufstanden und beim Hinausgehen sehen konnten, wer die Kirche nach uns betreten hatte.

Als wir uns diesmal in Richtung Ausgang bewegten, erblickte ich zu meiner Überraschung in der viertletzten Reihe, gleich am Gang, Inspektor Hewitt und seine Frau Antigone. Weil ich mich bei unserem letzten Zusammentreffen so danebenbenommen hatte und mir das immer noch peinlich war, musste ich Vorsicht walten lassen. Sollte ich vielleicht einfach wegschauen? Jemanden auf der anderen Gangseite überschwänglich begrüßen und so tun, als hätte ich die beiden nicht gesehen? Einen Hustenanfall vortäuschen und mit zugekniffenen Augen an ihnen vorbeistolpern?

Meine Befürchtungen erwiesen sich als unnötig. Als ich auf ihrer Höhe war, erhob sich Antigone, fasste mich mit schlanker, behandschuhter Hand am Arm und zog mich an sich.

Sie flüsterte mir etwas ins Ohr.

Hinterher muss ich vor Freude gestrahlt haben, was auch wieder peinlich war. Ich hielt sogar ihrem sitzenden Ehemann meine Hand entgegen und bestand darauf, ihm herzlich die seine zu schütteln.

Kein Wunder, dass er seine Frau so verehrte!

Draußen standen die Gottesdienstbesucher in kleinen Grüppchen zusammen, um unter dem Vorwand, Ostergrüße auszutauschen, hemmungslos zu tratschen. Obwohl die eigentliche Tratscherei erst beim Spätgottesdienst ausbrechen würde, legten die Bewohner von Bishop's Lacey zu dieser unchristlichen Stunde bereits eine beachtliche Vorstellung hin – mit Ausnahme von Vater, der aus der Tür trat, dem Vikar symbolisch die Hand schüttelte und sich dann gemessenen Schrittes auf den Heimweg machte, den Blick fest auf den Boden gerichtet.

In diesem Augenblick beschloss ich, dass ich ihn zu Hause zur Rede stellen würde. Ich würde ihn fragen, was eigentlich los war und wie es um Buckshaw stand!

Ich wollte mich nach dem geheimnisvollen Anruf erkundigen und fragen, weshalb er Vater dermaßen in Aufruhr versetzt hatte.

Den Menschen, der Buckshaw zum Verkauf anbieten wollte, hatte ich seit dem Tag, an dem er das Schild am Mulford-Tor aufgestellt hatte, nicht mehr gesehen. Vielleicht wusste Dogger mehr.

Genau! Ich würde mich erst mit Dogger beraten, ehe ich mich in Vaters Höhle wagte.

Ich stand neben einem Grabstein und wartete darauf, dass die Hewitts auftauchten, als Adam angeschlendert kam.

»Na, hat das Narcissin gewirkt? Tut's noch weh?«

Ich schüttelte den Kopf. Ich hatte keine Lust, Adam Sowerby, M. A., Mitglied der Königlichen Gartengesellschaft usw., in meine geheimsten Gedanken einzuweihen, auch wenn wir sozusagen Partner waren, die durch mein feierliches Gelöbnis verbunden waren.

Obwohl das eigentlich auch nicht viel zu bedeuten hatte.

»Die reinste Zauberei«, sagte ich kurz angebunden. »Ein prima Trick. Wo haben Sie den her?«

»Wie gesagt, auf meinen Reisen am Limpopo ...«

Er verstummte.

»Eigentlich habe ich es von der verrückten Meg«, sagte er dann. »Als kleiner Junge war ich bei meiner Tante auf der Malplaquet-Farm zu Besuch. Ich bin immer im Gibbet-Wald rumgestrolcht, und dort bin ich Meg begegnet, am alten Galgen. Sie hat Moos von Totenschädeln abgekratzt.«

Obwohl es wehtat, riss ich die Augen auf.

»Das ist natürlich alles Humbug. Trotzdem ...«

»Trotzdem?«

»Trotzdem war sie meine erste Lehrerin in Sachen Botanik.«

»Meiner Meinung nach ist Meg eine Hexe«, sagte ich. »Eine christliche Hexe, aber eine Hexe. So ähnlich wie die Frau in der Geschichte, die uns Daffy mal vorgelesen hat. Die Frau hat an die Todesfee geglaubt und gleichzeitig an den Heiligen Geist.«

Adam lachte. »Jemanden wie Meg hat man früher einfach ›Kräuterfrau‹ genannt. Eine Frau, die in der Wildnis Pflanzen sammelt und sie den Apothekern verkauft.«

»Meg?«

»Ja, Meg. Sie verkauft ihre Kräuter auch an Ärzte, aber verrat bloß keinem, dass ich dir das erzählt habe.«

Ich muss nicht ganz überzeugt ausgesehen haben.

»Was glaubst du wohl, wo die Drogisten und Apotheker ihr Wissen über Pflanzen herhaben? Die meisten dieser alten Knaben haben doch noch nie einen Fuß in einen richtigen Wald gesetzt.«

»Von den Kräuterfrauen?«

»Ganz genau. Von den alten Frauen, die in Wald und Feld Pflanzen sammeln und ihr Wissen seit Jahrhunderten hinter vorgehaltener Hand mündlich überliefern. Und was glaubst du wohl, wo die Ärzte ihr Wissen herhaben?«

»Von den Drogisten und Apothekern.«

»Volltreffer! Dich zur Partnerin zu haben ist wirklich ein Vergnügen, Flavia de Luce. Ich prophezeie uns beiden hiermit eine große gemeinsame Zukunft. – Da kommt übrigens schon ein Teil dieser Zukunft auf uns zu«, fügte er hinzu. »Sieh da, Inspektor Hewitt«, begrüßte er den Polizisten. »Ich wusste, dass es nur eine Frage der Zeit sein würde.«

Der Inspektor machte nicht direkt ein finsteres Gesicht, aber er war auch nicht mehr der gleiche Mann, der noch vor wenigen Minuten in der Kirchenbank gesessen hatte. Irgendwo zwischen Kirche und Friedhof hatte er ein anderes Gesicht aufgesetzt, und zwar ein ausgesprochen amtliches.

Antigone war an der Kirchentür aufgehalten worden. Der Vikar hielt ihre Hand fest und raunte ihr etwas ins Ohr. Beide wurden rot.

»Nun?« Der Blick des Inspektors wanderte zwischen uns beiden hin und her. Er tappte zwar nicht ungeduldig mit dem Fuß, aber seine Miene sah ganz danach aus, als würde er bald damit anfangen.

»Es war ein Komplott«, antwortete ich. »Mr. Ridley-Smith ist der Rädelsführer. Er hat Arbeiter aus dem Dorf angeheuert. Mr. Battle, der Steinmetz, gehört dazu und seine Gehilfen Tommy und Norman. Deren Familiennamen kenne ich nicht. Mr. Ridley-Smiths Diener Benson war auch mit von der Partie. Sie haben einen Tunnel bis in die Gruft des heiligen Tankred gegraben.«

Ich wies auf den hinteren Teil des Friedhofs. »Kommen Sie,

ich hab's Ihnen doch schon mal gesagt. Der Tunnel beginnt am alten Cottlestone-Grab.«

»Ja, ich weiß«, erwiderte der Inspektor. »Aber wir hatten ihn natürlich längst schon selbst entdeckt.«

Bei dem Wörtchen »wir« wandte er den Kopf. Die Sergeants Woolmer und Graves kamen über den Friedhof auf uns zugestapft.

»Gute Arbeit, Inspektor!«, sagte Adam. »Ich habe selbst ein paar Nachforschungen angestellt und ...«

»Davon wurde mir schon berichtet«, unterbrach ihn der Inspektor barsch. »Es wäre mir sehr recht, wenn Sie die Nachforschungen uns überlassen würden.«

Adam lächelte, als hätte ihm soeben jemand das größte Kompliment der Welt gemacht.

»Ich kann Ihnen mitteilen, dass der Richter und seine Komplizen festgenommen wurden. Ihre ... Mithilfe ist nicht mehr erforderlich.«

»Ausgezeichnet!«, sagte Adam. »Dann darf ich annehmen, dass Sie auch Luzifers Herz gefunden haben?«

Man kann dumm aus der Wäsche schauen, und man kann sehr dumm aus der Wäsche schauen, aber Inspektor Hewitts Gesicht schoss den Vogel ab.

Er blickte von Sergeant Woolmer zu Sergeant Graves, als suchte er bei seinen Kollegen Hilfe, aber die beiden waren genauso baff.

»Vielleicht erzählen Sie mir etwas darüber«, sagte der Inspektor schließlich, immer noch ganz Herr der Lage.

»Aber gern«, erwiderte Adam und fing ganz von vorn an.

Er berichtete von einem gewissen Jeremy Pole und von dessen Fund im Nationalarchiv, von den Kritzeleien des Kellermeisters Ralph und von der Entdeckung der Marginalien *»adamas«* und *»oculi mei conspexi«* – »Ich habe es mit eigenen Augen gesehen«.

Ich hätte die Geschichte nicht besser erzählen können.

Während Adam noch redete, kamen Antigone Hewitt und der Vikar unter dem Vordach der Kirche hervor und spazierten durchs hohe Gras zu uns hinüber. Er hielt immer noch ihre Hand und redete lebhaft auf sie ein. Ihre Gesichter leuchteten.

Dicht hinter ihnen gingen Feely und Daffy, gefolgt von Sheila Foster, wobei Feely alle paar Schritte stehen blieb und Komplimente, Verbeugungen und Handküsse von ihren Bewunderern entgegennahm.

Trotzdem standen sie alsbald im Kreis um uns herum und hörten gespannt zu, wie Adam seinen Bericht beschloss. Ich musste an einen Maibaumtanz denken, zu dem die Dorfbewohner aus allen Himmelsrichtungen in ihrer festlichsten Kleidung herbeiströmen und sich auf dem Dorfanger versammeln.

»Und so kam es, dass Luzifers Herz zusammen mit dem Heiligen in Bishop's Lacey begraben wurde«, schloss Adam, »wo der Stein die letzten fünfhundert Jahre ungestört geruht hat. Bis vor Kurzem.«

Wie ein geborener Geschichtenerzähler blickte er in die staunenden Gesichter ringsum.

»Und wo ist der Stein jetzt?«, wollte Inspektor Hewitt wissen. »Der Stein des heiligen Tankred? Luzifers Herz?«

Da konnte ich mich endgültig nicht mehr beherrschen.

»Hier drin!«, rief ich. »In meinem Bauch!« Ich tätschelte den besagten Körperteil. »Ich hab ihn runtergeschluckt.«

Die Umstehenden verstummten betreten und wechselten verwunderte Blicke, dann brachen alle gleichzeitig in aufgeregtes Geplapper aus, wie einst damals in Babylon. Mir war schon bei meinem Ausruf klar geworden, dass mich jetzt ganz Bishop's Lacey mit Argusaugen beobachtete, bis Luzifers Herz irgendwann wieder zum Vorschein kommen würde.

»Ich habe den Diamanten in der Gemshornpfeife gefunden, in der Mr. Collicutt ihn versteckt hat«, erklärte ich. »Mr. Ridley-Smith und seine Bande wollten ihn mir ...«

»Das reicht jetzt, Flavia«, fiel mir Inspektor Hewitt ins Wort. »Das ist weder der Ort noch der Augenblick dafür.«

»Ganz recht, Inspektor«, stimmte ich ihm zu und parierte damit geschickt sein herablassendes Gehabe. »Vor allem angesichts der Tatsache, dass nur einen Steinwurf von hier, in der Cater Street, soeben ein Mordversuch stattgefunden hat. Da möchten Sie doch bestimmt gleich hin. Wachtmeister Linnet ist dort ganz allein mit einem kaltblütigen Mörder.«

Das war dreist, ich weiß, aber ich setzte alles auf meine Vermutung, dass Wachtmeister Linnet bis jetzt noch nicht per Telefon zu dem Inspektor durchgedrungen war, denn der war ja gerade erst aus der Kirche gekommen. Selbst wenn ihn die Polizeiwache in Hinley angefunkt hatte, konnten der Inspektor und seine beiden Sergeants höchstens ein paar Sekunden in ihrem Wagen gewesen sein, um die Nachricht zu empfangen.

»Ein Mordversuch?«

»Cater Street«, sagte ich lässig. »Bei Miss Tanty. Das Opfer sollte ich sein.«

Nach einer kurzen Pause ergänzte ich: »Aber lassen Sie sich ruhig Zeit. Wachtmeister Linnet ist, wie gesagt, bereits am Tatort.«

Ich muss dem Inspektor trotz allem die Bestnote dafür geben, wie geschickt er mit der heiklen Situation umging.

»Antigone«, wandte er sich an seine Frau, »würde es dir etwas ausmachen, Miss de Luce und ihre Schwestern in deinem Wagen nach Buckshaw zu bringen? Ich komme später auf einen Tee und ein paar Fragen vorbei.«

Tee und Fragen!

Was für ein toller Mann! Ich war hin und weg.

»Vielen Dank, Inspektor«, sagte ich. »Das ist schrecklich nett von Ihnen.«

Ich habe allerdings den leisen Verdacht, dass ich eher »schröckelich« gesagt habe.

»Was für ein köstlicher Früchtekuchen«, sagte Antigone Hewitt. »Sie müssen mir unbedingt das Rezept verraten, Mrs. Mullet.«

Ich hatte mir alle Mühe gegeben, die Frau des Inspektors durch stumme Zeichen wie heftiges Augenrollen, herausgestreckte Zunge und schräg hochgezogene Oberlippe à la tollwütiger Hund zu warnen, als die Kuchenplatte herumgereicht wurde, aber vergebens.

»Den back ich immer zu Ostern«, erwiderte Mrs. Mullet, »aber dieses Jahr hat keiner so recht Appetit. Nehmen Sie doch auch ein warmes Rosinenbrötchen. Sonst muss ich die Dinger am Ende noch wegwerfen.«

Dabei bedachte sie Feely, Daffy und mich mit einem finsteren Blick, was aber keinerlei Auswirkungen hatte. Wir saßen auf unseren Händen, als wären wir schon so auf die Welt gekommen.

»Vielen Dank.« Antigone bestrich ihr Brötchen so anmutig mit Butter, wie es auch die Schauspielerin Moira Shearer getan hätte – falls Moira Shearer überhaupt je ein Brötchen mit Butter bestrich.

»Mmmm, lecker«, log sie und lächelte mit makellos weißen Zähnen.

»Du hast heute Morgen wundervoll gespielt«, wandte sie sich an Feely.

Feely lief ganz allerliebst rot an.

»Dank Flavia«, erklärte sie dann. »In letzter Zeit hat die Orgel wegen dieses Steins nämlich fürchterlich verstimmt geklungen.«

Dank Flavia? Ich traute meinen Ohren nicht.

Ein Lob von Feely war so selten wie Wasser auf der Sonne. Trotzdem hatte sie mir nun schon zum zweiten Mal innerhalb weniger Tage ein Kompliment gemacht.

Ich wusste nicht recht, wie ich mich verhalten sollte.

Und dass sie Luzifers Herz »diesen Stein« nannte!

Bis jetzt hatte ich noch niemandem verraten, dass der heilige Tankred ein de Luce war. Diesen Knüller hob ich mir für Vater auf.

Auch wenn diese Neuigkeit für Buckshaw die Rettung bedeuten konnte, musste ich unbedingt einen günstigen Augenblick abwarten. Erst kürzlich hatte sich Vater schließlich geweigert, eine wertvolle Shakespeare-Ausgabe zu verkaufen, obwohl er damit das Schicksal der Familie hätte wenden können. Bei Vater musste man mit äußerster Vorsicht vorgehen.

»Entschuldigt mich bitte«, sagte ich, »aber ich muss meine Henne füttern.«

Daffy schnaubte verächtlich, als hätte ich mir bloß eine dämliche Ausrede ausgedacht, um aufs Klo zu verschwinden.

»Vielleicht klimperst du Mrs. Hewitt ein bisschen Beethoven vor«, schlug ich Feely vor. »Ich bin gleich wieder da.«

Ohne auf die Erlaubnis zu warten, ging ich in die Empfangshalle und von dort aus in das Kabäuschen unter der Treppe, in dem das verbotene »Instrument« eingesperrt war. Ein kurzer Blick ins Telefonbuch von Hinley genügte.

»Hinley acht null«, sagte ich zu Miss Goulard von der Vermittlung. Die ideale Nummer für einen Augenarzt – erst eine Brille und dann ein Monokel.

»Praxis Dr. Gideon«, ertönte eine heisere Frauenstimme. »Sondra am Apparat.«

Es hörte sich an, als unterdrückte sie ein Kichern.

»Guten Morgen, Sondra«, stürzte ich mich kopfüber hinein, »ich rufe für Miss Tanty aus Bishop's Lacey an. Sie hat den Zettel mit ihrem nächsten Termin verlegt. Ob Sie wohl in Ihrem Kalender nachschauen könnten?«

»Die Praxis ist eigentlich geschlossen. Es ist schließlich Ostersonntag.«

Verflixt! Wie hatte ich das vergessen können?

»Rufen Sie nächste Woche wieder an«, sagte sie und brach in einen krampfartigen Raucherhusten aus.

»Das geht leider nicht«, improvisierte ich. »Dann sind wir nämlich … in Wales.«

Es war mir egal, ob das einleuchtend klang oder nicht. Es ging nur darum, dass sie nicht auflegte.

»Tut mir leid – rufen Sie am Montag wieder an.«

»Warten Sie«, sagte ich. »Was machen Sie denn in der Praxis, wenn sie eigentlich zu ist?«

»Ich bin bloß die Putzfrau, meine Liebe. Mit Augen hab ich nix am Hut. Nicht mein Ding.«

»Und warum gehen Sie dann ans Telefon?«

Abermals ein unheilvolles Husten, dann ein ersticktes Glucksen.

»Na ja … ehrlich gesagt, dachte ich, es wär Nigel, mein Valob-taa. Er ruft mich immer an, weil er wissen will, ob mein Pullover noch passt. Ein echter Witzbold, mein Nigel. Rufen Sie nächste Woche wieder an.«

»Hören Sie, Sondra, unter uns gesagt: Es geht um Leben und Tod. Miss Tanty wird wahrscheinlich des versuchten Mordes angeklagt. Sie muss beweisen können, dass sie am Fastnachtsdienstag bei Mr. Gideon in der Praxis war, also am sechsten Februar.«

Sogar durchs Telefon hörte ich, wie Sondra die Augen aufriss.

»Haben Sie ›Mord‹ gesagt?«

»Mord, ja, oder noch schlimmer …«, sagte ich in schaurigem Flüsterton, barg das Mikrofonteil des Instruments in der gewölbten Hand und drückte die Lippen praktisch in das Ding hinein.

»Momentchen«, sagte Sondra. Am anderen Ende raschelte es.

»Am sechsten Februar?«

»Genau.«

»Ja, da steht's. Ein Dienstag. Ihre Miss Tanty war für halb zehn eingetragen, aber sie hat angerufen und abgesagt.«

»Wissen Sie zufällig auch die Uhrzeit?«

»Jetzt?«

»Nein! Als sie damals angerufen hat.«

»Um neun. Ich hab's hier vor mir: ›Miss T Anruf um neun Uhr fünf, Termin abgesagt. D. Robinson angerufen, um den Termin zu vergeben.‹ Dann in Großbuchstaben: LG. Das wird Laura Gideon sein, Mr. Gideons Frau.«

»Vielen Dank, Sondra«, sagte ich. »Sie sind 'ne Wucht.«

»Aber verraten Sie bloß nichts, ja? Nigel dreht durch, wenn ich hier rausgeschmissen werde.«

»Ich schweige wie ein Grab«, schwor ich, aber wahrscheinlich hörte sie mich nicht mehr. Die nächste Hustenattacke knarzte durch die Leitung.

Als ich wieder in die Halle hinaustrat, läutete es an der Haustür. Es war Inspektor Hewitt.

Er nahm den Hut ab, was bedeutete, dass er hereinkommen wollte.

»Wir sind im Salon«, sagte ich. »Möchten Sie sich zu uns gesellen?«

Als handelte es sich um eine Versammlung der Liga der Haustürklingler.

30

Na schön«, sagte Inspektor Hewitt. »Dann wollen wir mal.«

Unwillkürlich musste ich daran denken, dass wir doch eigentlich schon gewaltige Fortschritte gemacht hatten, seit er mich bei unserer ersten Begegnung vor einen Dreivierteljahr fortgeschickt hatte, um Tee zu holen.

Es bestand also noch Hoffnung für den Mann.

»Vermutlich war dir das alles von Anfang an klar«, setzte er mit durchaus freundlichem Lächeln hinzu.

Seine Frau Antigone strich sich übers Haar, und ich begriff, dass die beiden ein geheimes Zeichen ausgetauscht hatten.

»Ich hoffe, es macht dir nichts aus, ein paar Lücken für uns aufzufüllen.«

»Keineswegs«, erwiderte ich mit bescheidener Kleinmädchenstimme. »Ich freue mich, wenn ich helfen kann. Wo soll ich anfangen?«

Treib es nicht auf die Spitze, sagten seine Augen.

»Mit deinem ersten Verdacht«, sagte er dann, zog sein Notizbuch hervor, legte es auf sein Knie und schlug es auf.

Ich sah, wie er »Flavia de Luce« schrieb und den Namen unterstrich.

Bei einer früheren Ermittlung hatte er hinter meinen Namen ein großes »P« geschrieben und sich geweigert, mir zu sagen, was das bedeuten sollte. Diesmal gab es kein »P«.

»Wann hattest du zum ersten Mal den Verdacht, dass in St. Tankred etwas Ungewöhnliches vor sich geht?«

»Als mir der Küster, also Mr. Haskins, erzählte, dass während des Krieges geheimnisvolle Lichter auf dem Friedhof gesichtet wurden. Warum hätte er mir das erzählen sollen? Doch nur, um mir Angst zu machen und mich von dort zu verscheuchen.«

»Glaubst du, Haskins ist auch in die Sache verwickelt?«

»Ja. Ich kann es zwar nicht beweisen, aber es ist wohl schlecht möglich, dass eine ganze Bande auf seinem Friedhof einen Tunnel gräbt, ohne dass er etwas davon mitbekommt.«

»Klingt einleuchtend«, sagte Inspektor Hewitt.

Erster Punkt für Flavia.

»Wie Mr. Sowerby schon erwähnt hat«, fuhr ich fort, »hatten es die Diebe auf Luzifers Herz abgesehen, und das schon seit vielen Jahren. Richter Ridley-Smith bezahlte sie dafür ...«

An dieser Stelle hatte er mich zuvor unterbrochen. Jetzt machte ich eine kleine Pause, um zu sehen, ob er mich diesmal weitersprechen ließ.

Feely und Daffy glotzten wie zwei Guppys, und Antigone lächelte mich milde an wie eine Madonna, die gerade eine Fußmassage bekommen hat.

Das flößte mir den nötigen Mut ein. Manchmal ist Ehrlichkeit nicht die beste Strategie, aber die einzig mögliche.

»Ich gebe zu, dass ich mich ganz kurz in Mr. Collicutts Pensionszimmer bei Mrs. Battle umgeschaut habe.«

»Das dachte ich mir schon. Zum Glück waren wir vor dir dort.«

»Ich habe sechshundert Pfund gefunden, die unter Mr. Collicutts Bett versteckt waren. In einer Zigarettendose.«

Ich spürte sofort, dass ich mich mit diesem Geständnis in die Nesseln gesetzt hatte.

Dem Inspektor stand der Ärger ins Gesicht geschrieben, aber es ehrte ihn, dass er nicht explodierte. Womöglich hatte die Anwesenheit seiner Frau etwas damit zu tun.

»Sechshundert Pfund«, wiederholte er. Die Worte zischten wie ein heißer Dampfstrahl aus seinem Mund.

Ich strahlte ihn an, als rechnete ich jeden Augenblick damit, dass er mir den Kopf tätschelte. »Das Geld steckte in einem Umschlag, auf dessen abgerissener Lasche die Initialen von Mr. Ridley-Smith eingeprägt gewesen waren: QRS – Quentin Ridley-Smith. Dass der Umschlag von jemand anderem kam, ist sehr unwahrscheinlich. Es gibt nicht viele Leute, deren Initialen aus drei aufeinanderfolgenden Buchstaben des Alphabets bestehen.«

Ich muss sagen, der Inspektor beherrschte sich geradezu bewundernswert. Nur die Farbe seiner Ohren verriet ihn.

Ich fand, dass eine kleine Ablenkung angebracht war.

»Ihnen ist bestimmt auch aufgefallen, dass jemand hinter Mr. Collicutts Namen auf seinem Manuskript ›verstorben‹ geschrieben hat, nicht wahr?«

»Und wenn ja?«

Der Mann gab sich keine Blöße.

»Es ist eine weibliche Handschrift. Außer Mrs. Battle und ihrer Nichte Florence wohnen im Haus keine anderen Frauen. Mr. Collicutt hat angeblich …«

»Moment mal«, unterbrach mich der Inspektor. »Willst du damit andeuten, dass eine der beiden …«

»Ganz und gar nicht. Ich mache lediglich auf eine Tatsache aufmerksam. George Battles Handschrift kann man in den Auftragsbüchern in seiner Werkstatt einsehen. Sie ist weit ausholend und nachlässig. Er war es nicht.«

Von fern ertönte die Glocke der Haustür, und bevor wir unser geistiges Duell wieder aufnehmen konnten, stand Dogger in der Salontür.

»Die Herren Woolmer und Graves«, meldete er. »Soll ich sie hereinführen?«

Als ältestes anwesendes Familienmitglied wäre es an Feely gewesen, ihre Einwilligung zu erteilen, aber ich kam ihr zuvor.

»Vielen Dank, Dogger. Ja, bitte.«

Die beiden Beamten betraten den Salon und verschmolzen sogleich mit der altmodischen Tapete.

»Im Haus der Battles lagen sechshundert Pfund in einer Zigarettendose«, wandte sich Inspektor Hewitt an Sergeant Graves. »Ist uns das aufgefallen? Ich kann mich nicht entsinnen.«

Sergeant Graves knallroter Kopf machte eine Antwort überflüssig, aber er entgegnete trotzdem: »Nein, Sir.«

Inspektor Hewitt schlug in seinem Notizbuch eine neue Seite auf und machte sich eine Notiz, die für den armen Graves keine glückliche Zukunft verhieß.

»Erzähl weiter«, sagte er nach einer quälend langen Pause.

»Sechshundert Pfund sind für einen armen Dorforganisten eine Menge Geld. Dass er den Umschlag unter seinem Bett versteckt und nicht sicher auf der Bank eingezahlt hatte, legte den Verdacht nahe, dass an der Sache etwas faul war. Aber erst als ich die Bekanntschaft von Jocelyn Ridley-Smith machte, habe ich zwei und zwei zusammengezählt.«

Inspektor Hewitt konnte seine Verwirrung nicht verhehlen. »Du meinst den Sohn des Richters?«

»Ebenden. Ich bin davon überzeugt, dass Mr. Ridley-Smith im Londoner Nationalarchiv irgendwelche juristischen Nachforschungen angestellt hat und dabei auf eine Randnotiz eines gewissen Ralph gestoßen ist, des Kellermeisters der Abtei von Glastonbury. *Adamas* stand dort. ›Diamant‹ auf Lateinisch. Ralph hatte den Stein mit eigenen Augen gesehen. Außerdem behauptete er ziemlich unmissverständlich, dass der Diamant zusammen mit dem heiligen Tankred in Lacey begraben worden sei. Und das ist hier.«

»Weiter«, sagte der Inspektor.

»Mr. Ridley-Smith glaubte, der Stein könne seinen Sohn Jocelyn wieder gesund machen.«

Antigone rang nach Luft. Ich hätte sie umarmen können.

»Von Mr. Sowerby weiß ich, dass man früher glaubte, Diamanten könnten ›Irrsinnige und vom Teufel Besessene heilen‹.

Was sollte ein alter Justiziar sonst mit einem Diamanten anfangen wollen?«

Nach einer kurzen dramatischen Pause sagte ich: »Aber Jocelyn ist kein Irrer! Er ist einsam, er wird eingesperrt, und er leidet an einer Bleivergiftung, die ihm seine Mutter vererbt hat. Da kommt jeder Diamant zu spät. Alles andere auch. Gegen die Bleivergiftung kann ich nichts ausrichten, gegen seine Einsamkeit schon – so wie es meine Mutter Harriet vor ihrem Tod getan hat.«

Schweigen machte sich im Salon breit, und ich hatte plötzlich einen Kloß im Hals. Ich überspielte ihn, indem ich mehrere unnötige, aber umso größere Schlucke Tee trank und wie nebenbei aus dem Fenster schaute.

Dann tat ich, als müsste ich mich am Auge kratzen, weil es mich juckte.

»Mr. Ridley-Smith«, fuhr ich fort, »hätte sich natürlich auch einen Diamanten kaufen können, aber das wäre nicht dasselbe gewesen. Ein anderer Stein hätte nicht die gleichen Kräfte besessen wie ein Stein, der von einem Heiligen berührt worden war.«

Der Inspektor sah mich mit skeptischer Miene an.

»Mr. Ridley-Smith stirbt langsam an Lepra. Selbst wenn ich mich irre und er dem Stein keine magischen Eigenschaften zugeschrieben hat, hat er wahrscheinlich gehofft, Luzifers Herz gewinnbringend verkaufen zu können, damit nach seinem Tod für Jocelyn gesorgt wäre. Aber das ist natürlich reine Vermutung.«

»Verstehe«, sagte der Inspektor, aber ich wusste, dass er kein Wort davon verstanden hatte.

»Mr. Collicutt war von Anfang an in die Sache verwickelt. Als Organist konnte er sich auch mitten in der Nacht in der Kirche aufhalten, ohne Aufsehen zu erregen. Miss Tanty hat mir erzählt, dass sie ihn manchmal zu ungewöhnlichen Zeiten spielen hörte. Er muss der Erste gewesen sein, der in Sankt

Tankreds Gruft eingedrungen ist, als die Tunnelgräber durchgebrochen waren. Vermutlich ist er allein hineingekrochen. Weder die Öffnung in der Wand noch die Gruft selbst sind groß genug für zwei. Er hat den Deckel vom Sarkophag gehebelt, den Diamanten aus dem Hirtenstab gebrochen und eingesteckt. Den anderen hat er wahrscheinlich erzählt, das Grab sei bereits geplündert worden. Aber wie gesagt, das sind alles nur Vermutungen.«

»Interessant«, brummte Inspektor Hewitt. »Und dann ist er am Faschingsdienstag in die Kirche zurückgekehrt und hat den Stein in der Orgelpfeife versteckt.«

»Genau!«

»Wobei ihn Mr. Ridley-Smith und Benson, oder aber Haskins, beziehungsweise die Arbeiter ... wie hießen sie doch gleich?« Er blätterte in seinem Notizbuch zurück. »Thomas Wolcott und Norman Enderby. Wobei ihn also Mr. Ridley-Smith und Benson oder Haskins oder Tommy Wolcott oder Norman Enderby oder irgendeine Kombination der Genannten umgebracht haben. Habe ich dich da richtig verstanden?«

Er machte sich über mich lustig, aber das war mir inzwischen egal.

»Ja«, antwortete ich. »Aber nicht absichtlich. Denn es war Miss Tanty, die versucht hat, ihn umzubringen.«

Ich wartete ab, bis diese Aussage ihre volle Wirkung entfaltet hatte, und wurde reichlich belohnt. Man hätte, wie Mrs. Mullet es einmal ausgedrückt hatte, einen Kochtopf fallen hören können.

»Miss Tanty?«, wiederholte Inspektor Hewitt. »Und mit welchem Motiv?«

»Unerwiderte Liebe. Er hat ihre Annäherungsversuche verschmäht.«

Daffy und Antigone brachen gleichzeitig in schallendes Gelächter aus. Antigone besaß immerhin den Anstand, sofort die

Hand vor den Mund zu schlagen. Daffy natürlich nicht, weshalb ich ihr einen vernichtenden Blick zuwarf.

»Das wird ja immer interessanter«, sagte der Inspektor, und weil ich mich darin geübt hatte, verkehrt herum zu lesen, sah ich, dass er »*Verschmähte Liebe*« in sein Büchlein schrieb.

»Sei doch so nett und erläutere uns das etwas näher.«

»Das Taschentuch. Als ich es unter der Gasmaske heraushängen sah, war mir sofort klar, dass Mr. Collicutt nicht von einem Mann umgebracht worden war. Der Spitzensaum war das Indiz.«

»Ausgezeichnet! Dann sind wir so ziemlich zu dem gleichen Schluss gekommen.«

Ich schielte verstohlen zu Antigone hinüber, um zu sehen, ob sie auch zuhörte. Sie hörte zu und lächelte mich strahlend an.

»Die Blutgefäße an seinem Hals waren immer noch dunkel, sechs Wochen nach dem Todeszeitpunkt.«

»Langsam«, mahnte Inspektor Hewitt. »Das geht mir jetzt zu schnell.«

»Es ist eine altbekannte Tatsache«, sagte ich, »dass die Verabreichung von Ätherdämpfen das Blut dunkler färbt. Dass seine Adern nach sechs Wochen immer noch schwarz waren, beweist, dass Mr. Collicutt unmittelbar nach der Ätherattacke gestorben ist, also bevor sein Körper das Blut wieder mit Sauerstoff anreichern konnte.«

»Da bist du dir ganz sicher?« Der Inspektor sah mich nicht an.

»*Absolut* sicher. Das steht alles in Christisons *Abhandlung über die Gifte.*«

Ich erwähnte nicht, dass dieses packende Werk als mitternächtlicher Trostspender auf meinem Nachttisch lag.

»Kommen wir noch mal kurz auf Miss Tanty zurück«, sagte der Inspektor. »Ich glaube, ich habe noch nicht ganz verstanden, wie sie das alles eingefädelt hat.«

Ich schenkte ihm ein nachsichtiges Lächeln. »Miss Tanty

hatte Mrs. Battle gebeten, sie zu einem Augenarzttermin nach Hinley zu fahren. Als dann aber Florence, Mrs. Battles Nichte, anrief und sagte, Mrs. Battle sei krank und Mr. Collicutt habe stattdessen angeboten, sie zu fahren, ergriff Miss Tanty die Gelegenheit beim Schopf. Mr. Collicutt fuhr aber nicht sofort zu Miss Tanty, sondern erst zur Kirche, um den Diamanten zu verstecken. Wahrscheinlich hat sie beobachtet, dass er an ihrem Haus vorbeifuhr und vor der Kirche hielt. Von ihrem Haus hat sie einen guten Ausblick sowohl auf die Straße als auch auf die Ostseite des Friedhofs. Also nahm sie die Ätherflasche, die sie – wieder nur eine Vermutung – von Miss Gawl bekommen hat, denn die Flasche trägt den roten Stempel B.G.A. für ›Bezirksgesundheitsamt‹. Ich habe sie als Beweismittel an mich genommen, aber keine Sorge, bei der Ätherexplosion sind die Fingerabdrücke sowieso verdampft. Sie steht oben in meinem Labor. Sie können nachher gern einen Blick darauf werfen.«

»Da hätten wir also die verschwundene Flasche!«, knurrte Detective Sergeant Woolmer.

Der Inspektor nickte ihm grimmig zu, und der Sergeant wiederum sah mich mit einem Blick an, den ich nicht unbedingt als wohlwollend bezeichnen würde.

»Erzähl weiter.«

»Miss Tanty hat Mr. Collicutt im Orgelgehäuse in die Enge getrieben und ihm das mit Äther getränkte Taschentuch auf die Nase gedrückt. Dafür braucht man nicht viel Kraft, und lange dauert es auch nicht. Zehn Sekunden reichen meiner Schätzung nach aus, damit jemand ohnmächtig wird. Da Miss Tanty viel massiger ist, als Mr. Collicutt es war, konnte sie ihn mühelos überwältigen. Sie hat ihm sogar eine so reichliche Dosis verpasst, dass er Krämpfe bekam.«

»Krämpfe?«, fragte der Inspektor erstaunt.

»Dort, wo er mit den Absätzen gegen die Innenwand des Orgelgehäuses getreten hat, sind frische Kerben im Holz.

Man muss sich nur auf alle viere niederlassen, dann sieht man sie.«

Der Inspektor blickte nicht auf, sondern notierte einen weiteren, diesmal ziemlich langen, Eintrag in sein Büchlein.

»Aha«, sagte er dann. »Sie hat ihn also mit Äther umgebracht.«

»Nein. Sie hat ihn nicht umgebracht.«

»Was?«

»Sie hat ihn mit Äther betäubt und einfach liegen lassen. Eigentlich wollte sie ihn umbringen, aber höchstwahrscheinlich hat nicht sie es getan.«

Der Inspektor schrieb mit und ließ den Kugelschreiber dann abwartend über der Seite schweben.

»Kurz nachdem Miss Tanty wieder weg war, tauchten Mr. Ridley-Smith und seine Handlanger auf. In den Ecken und Winkeln des Orgelgehäuses findet sich eine spannende Mischung von Fußabdrücken. Sie stammen von Arbeitsstiefeln, aber auch von einem ungewöhnlich kleinen, maßgefertigten Schuh, der dem Richter gehört. Zunächst hielten die Männer Mr. Collicutt für tot. In diesem Fall hätten sie den Diamanten – falls er ihn nicht in der Tasche hatte – ein für alle Mal abschreiben können. Wahrscheinlich haben sie dann aber gemerkt, dass er noch schwach atmete. Sie mussten ihn wiederbeleben, und zwar schnell! Einem von ihnen – vielleicht Mr. Haskins? – fiel die alte Luftschutztruhe in der Glockenstube ein. Er ging die Gasmaske, die Kübelspritze und den Gummischlauch holen. Leider bestand der Schlauchanschluss an der Spritze nur noch aus rostigen Krümeln. Mir ist das gleich beim ersten Blick in die Truhe aufgefallen.«

Ich holte tief Luft und fuhr fort: »Die Männer hatten keine Zeit zu verlieren, konnten sich nicht mit solchem Kleinkram aufhalten. Sie schnallten Mr. Collicutt die Maske vors Gesicht. In der Eile machten sie sich nicht mal die Mühe, das Taschentuch ganz wegzunehmen. Irgendwer kam auf die Idee, das Gebläse der Orgel anzuschalten und den Schlauch mit der Muffe des Druckmessers zu verbinden. Mr. Collicutt war in diesem Augenblick bekanntlich noch am Leben.«

Ich machte eine Kunstpause, damit sich meine Worte setzen konnten.

»Ach so!«, sagte der Inspektor. Er war eben doch ein bisschen schlauer, als ich manchmal dachte. »Das zerbrochene Glasröhrchen!«

Ich nickte. »Mr. Collicutt griff danach, und das Röhrchen zerbrach ihm in der Hand. Sechs Wochen später hielt er es immer noch umklammert. Vielleicht sind die Männer sogar erst durch das Zischen der entweichenden Luft auf diese Idee gekommen.«

»Hmmm«, machte der Inspektor.

»In dem engen Gehäuse muss der Teufel los gewesen sein. Die Männer mussten Mr. Collicutt unbedingt zum Sprechen bringen. Er sollte ihnen Luzifers Herz aushändigen oder ihnen wenigstens das Versteck verraten. Aber sie haben die Kraft der Luft unterschätzt. Auch Luft kann tödlich sein. Bei diesem gewaltigen Druck genügte ein kurzer Kontakt mit dem Schlauch, um die meisten seiner inneren Organe platzen zu lassen.«

»Halt«, sagte der Inspektor. »Wo hast du das nun wieder her?«

»Na, das ist doch einleuchtend, oder?«, konterte ich.

Ich wandte mich um. »Wie viel Luftdruck erzeugt das Gebläse?«, erkundigte ich mich bei Feely, die immer bleicher wurde.

»Drei bis vier Zoll auf der Anzeige«, flüsterte sie und löste zum ersten Mal den Blick vom Fußboden.

Ich schaute den Inspektor triumphierend an.

»Herr im Himmel«, entfuhr es ihm.

»Die Männer wollten ihm wohl durch die Gasmaske Luft in die Lungen pumpen. So ähnlich, wie es im Krankenhaus gemacht wird oder auch in Flugzeugen bei den Sauerstoffmasken der Piloten. Eine merkwürdige Idee ist es schon, aber in der Aufregung verhält man sich eben manchmal merkwürdig. Von Adam – ich meine Mr. Sowerby – weiß ich, dass Diamanten auf manche Menschen eine sehr merkwürdige Wirkung haben können.«

Ich warf Feely einen kurzen Blick zu, aber sie sah mich nicht an, sondern starrte wieder ausdruckslos auf den Teppich.

»Soll das heißen, dass Richter Ridley-Smith und seine Leute den Mord *nicht* begangen haben? Willst du darauf hinaus?«

»Ja«, antwortete ich. »Sie haben sogar im Gegenteil noch versucht, Mr. Collicutt zu reanimieren, indem sie ihn künstlich beatmet haben. Sie ahnten nichts von Miss Tantys Plan, und Miss Tanty ihrerseits ahnte nichts von Luzifers Herz.«

Darüber musste der Inspektor erst einmal nachdenken.

»Reanimieren«, sagte er schließlich. »Ein großes Wort, nicht wahr?«

»Für ein kleines Mädchen« ließ er weg, aber ich hörte es trotzdem mitschwingen.

»Bei den Pfadfinderinnen haben sie uns auch Wiederbelebungsmaßnahmen beigebracht«, erwiderte ich. Dass ich wegen unbotmäßigen Übermuts aus dieser Organisation rausgeflogen war, tat hier nichts zur Sache. »Wir haben uns ausführlich mit den verschiedenen Methoden beschäftigt: die Silvester-, die Schäfer-, die Holger-Nielsen- und die Barley-Plowman-Methode.«

Die drei ersten Methoden entsprachen der Wahrheit, nur »Barley-Plowman« hatte ich spontan erfunden, um den Inspektor in die Schranken zu weisen.

»Aha«, sagte er, und ich hoffte, dass er sich schämte.

»Aber wie auch immer«, fuhr ich fort, »das Problem ist folgendes: Als Mr. Collicutt das Glasröhrchen packte, lebte er noch. Als ihn die Männer aber endlich an das Gebläse angeschlossen hatten, war er bereits unter der Maske erstickt.«

»Ach was?«

»Ganz zweifellos. Das Gebläse hat sein Blut nicht mehr mit Sauerstoff angereichert.«

Um den exakten Todeszeitpunkt des Organisten und damit die Identität seines Mörders (oder seiner Mörder) zu bestimmen, hätte es der Weisheit eines König Salomon bedurft. Hatte nun der Äther im Taschentuch Mr. Collicutts Tod verschuldet, die Gasmaske oder das Gebläse?

Wenn es um Mord geht, können Sekundenbruchteile den Unterschied zwischen dem Galgen und einem Klaps auf die Hand ausmachen.

»Trotzdem hoffe ich, dass die Lebensrettungsmaßnahmen zugunsten der Männer sprechen«, setzte ich hinzu. »Mir wäre nicht wohl dabei, wenn ich mitgeholfen hätte, den Falschen an den Galgen zu bringen.«

»Darüber würde ich mir an deiner Stelle keine Gedanken machen«, erwiderte der Inspektor. »Wenn irgendwer weiß, wie man um eine Anklage herumkommt, dann ja wohl ein Richter. Was grinst du denn so?«

Ich grinste tatsächlich. Ich konnte nicht anders.

»Ich habe mir nur sein Gesicht vorgestellt, wenn Sie ihn fragen, wieso ihn Miss Tantys Papagei beim Vornamen ruft.«

»Wie bitte?«

»Hallo Quentin!«, quäkte ich mit meiner schönsten Papageienstimme.

Jetzt musste der Inspektor grinsen.

»Ich verstehe, worauf du hinauswillst.« Die nächste Notiz fand Platz in seinem Büchlein.

»Eine letzte Frage hätte ich noch. Die Sache mit dem blutenden Heiligen ... Das hat natürlich nichts mit dem Fall zu tun, aber ich gebe zu, dass mich eine gewisse persönliche Neugier umtreibt. Von Mr. Sowerby habe ich erfahren, dass du eine Probe der roten Substanz genommen hast, und dass er dir dabei assistiert hat, eine chemische Analyse durchzuführen.«

»Das stimmt.« Ich war ein bisschen sauer auf Adam, weil er geplaudert hatte.

»Und? Dürfen wir vielleicht das Ergebnis erfahren?«

»Es fiel eindeutig aus. CH_4N_2O. Ich habe das Zeug dem Salpetertest für Harnstoff unterzogen. Es handelt sich um Fledermausurin.«

Von Feely abgesehen, nickten sämtliche Anwesenden auf einmal weise, als hätten sie es schon die ganze Zeit über gewusst.

»Adam hatte bereits eine Geschmacksprobe genommen und war zum gleichen Ergebnis gekommen.«

Wo steckte Adam eigentlich? Ich hätte mich sehr darüber gefreut, wenn er Zeuge meines Triumphs geworden wäre.

»Falls es für Ihre Ermittlungen von Belang ist, überlasse ich Ihnen natürlich gern meine Aufzeichnungen.«

»Das wäre schön.« Inspektor Hewitt stand auf und steckte sein Notizbuch wieder ein. »Danke, Flavia. Das dürfte vorerst alles sein. Vielleicht könntest du noch mit Sergeant Woolmer nach oben gehen und ihm die fragliche Flasche aushändigen. – Antigone?«

Er wandte sich zu seiner Frau um und bot ihr die Hand, als sie sich von der Chaiselongue erhob.

Ich war wie vor den Kopf gestoßen! Da hatte ich den Beamten den Fall auf dem Silbertablett präsentiert, und was war der Dank? Wo blieb mein Lob? Wo blieben die Glückwünsche? Der Beifall? Die Auszeichnungen und so weiter? Wo blieben die Pauken und Trompeten?

Auf einmal nahm mich Antigone bei der Hand. Ihr Lächeln strahlte wie die Mittelmeersonne.

»Vielen Dank, Flavia. Du warst ganz bestimmt eine ungeheuer große Hilfe. Ich rufe dich nächste Woche mal an, und dann machen wir einen Einkaufsbummel durch Hinley. Ein Mädchennachmittag – nur wir beide.«

Das war mir Lohn genug. Noch lange, nachdem sie gegangen war, stand ich selig lächelnd am Fenster, lange, nachdem ihr Mann mit ihr durch die Kastanienallee, zum Mulford-Tor hinaus und in Richtung Bishop's Lacey gefahren war. Erst dann fiel mein Blick auf meinen Rock und meinen Pullover.

Das würde Ärger geben. Ich konnte ihn förmlich riechen.

So wie Angst nach Kupfer riecht, so riecht Ärger nach Blei.

Und dann, als meine Gedanken zu dem armen Jocelyn Ridley-Smith zurückkehrten, hatte ich einen Geistesblitz.

Ich würde Antigone bitten, ihn mitzunehmen! Kleider kaufen in Hinley, und danach ein Imbiss in der ABC-Teestube. Wir drei würden Rosinenbrötchen und Clotted Cream schlemmen!

Ein echtes Abenteuer für Jocelyn! Ich war mir sicher, dass wir das hinkriegen würden. Ich würde den Vikar anrufen, oder wenn es sein musste, den Bischof persönlich. Sobald Vater verkündet hatte, was er zu sagen hatte.

Daffy und Feely hatten sich unbemerkt verdrückt. Seit Ewigkeiten war ich zum ersten Mal allein im Salon.

Wie lange würde es wohl noch dauern, fragte ich mich, bis irgendwelche Fremden aus unseren Fenstern schauten und Buckshaw ihr Eigen nannten? Wie lange noch, bis wir in die kalte, mitleidlose Welt hinausgestoßen wurden?

Es klopfte so diskret, als hätte nur ein Fingernagel die Tür gestreift. Dogger kam herein.

»Verzeihung, Miss Flavia«, sagte er.

»Was ist denn?«

»Ich wollte bloß sagen, dass ich mir erlaubt habe, an der Tür zu lauschen. Du warst fabelhaft. Absolute Spitze.«

»Danke, Dogger«, brachte ich hervor, obwohl sich meine Augen auf einmal mit Tränen füllten. »Das bedeutet mir viel.«

Ich hätte noch mehr sagen wollen, aber mir fehlten die Worte.

»Colonel de Luce erwartet dich in einer Dreiviertelstunde im Salon.«

»Mich allein?« Wollte er etwa meine Aktivitäten noch weiter einschränken?

»Nein, euch alle drei: Miss Daphne, Miss Ophelia und dich.«

»Vielen Dank, Dogger.« Die Erfahrung hatte mich gelehrt, dass Nachbohren zwecklos war.

Außerdem glaubte ich, dass ich bereits wusste, worum es gehen würde. Aber vor der gefürchteten Unterredung hatte ich noch etwas zu erledigen.

In stummer Prozession wollte ich durch das Haus gehen, vielleicht zum letzten Mal. Ich wollte mich von jenen Räumen verabschieden, die ich geliebt hatte, und an den anderen einfach vorbeigehen. Mit Harriets Boudoir wollte ich anfangen, obwohl der Zutritt dort streng genommen verboten war. Ich wollte ihre Kämme und ihre Bürste berühren und ihren Duft einatmen. Ich wollte mich eine Weile in aller Stille hinsetzen. Von dort aus wollte ich ins Gewächshaus und in die Remise gehen, wo ich so viele glückliche Stunden verbracht und mit Dogger unter tausend Sonnen über alle möglichen Themen gesprochen hatte.

Ich wollte ein letztes Mal die Ahnengalerie entlangschreiten und mich von meinen grimmig dreinblickenden Vorfahren verabschieden, die dort feierlich aufgereiht hingen. Ich wollte ihnen sagen, dass es Flavia de Luce nicht bestimmt war, als Porträt neben ihnen zu hängen.

Und dann die Küche: die liebe alte Küche, voller Erinnerungen an Mrs. Mullet und gemopste Vorräte. Ich wollte mich an den Tisch setzen, an dem Vater mit mir gesprochen hatte.

Von der Küche aus wollte ich die Osttreppe hinauf in mein Zimmer gehen, wo ich das alte Grammofon ankurbeln und Wolfgang Amadeus Mozarts *Requiem* auflegen wollte. Ich würde es von Anfang bis Ende anhören.

Und ganz zum Schluss mein Labor.

An dieser Stelle muss ich meine Schilderung beenden.

Es ist einfach zu unerträglich traurig.

Zur vereinbarten Stunde näherten wir drei uns zögerlich dem Salon. Feely und Daffy kamen aus ihren Zimmern im Westflügel, ich bummelte die Osttreppe herunter.

Ich hatte ein sauberes Kleid angezogen, meine bequeme alte Strickjacke übergestreift und mein versengtes Gesicht mit dem Puder aufgemöbelt, den ich vor ein paar Wochen für ein Experiment, bei dem es um vergiftete Kosmetik ging, aus Feelys Zimmer stibitzt hatte. Ich hatte mir neue Augenbrauen aufgemalt und mithilfe von pulverisiertem Kohlenstoff auch ein paar neue Wimpern.

Wir wechselten kein Wort, nahmen nur stumm unsere Plätze ein, so weit voneinander entfernt wie möglich. So erwarteten wir, jede in ihrer Ecke, Vaters Eintreffen.

Feely raschelte mit ihren Notenheften und strich die Seiten überflüssigerweise einzeln mit der Hand glatt. Daffy angelte ein Buch hinter den Sofakissen hervor und fing an der Stelle, an der es zufällig aufklappte, zu lesen an.

Schließlich betrat Vater das Zimmer. Er ging zum Kamin, legte die Hände auf den Sims und blieb so eine Weile mit dem Rücken zu uns stehen.

Als er auf seine Taschenuhr sah, zitterten seine Hände.

In diesem Augenblick liebte ich ihn bedingungslos, und zwar auf eine bis dahin ungekannte Weise, die mir selbst nicht erklärbar war.

Am liebsten wäre ich zu ihm gelaufen, hätte die Arme um ihn geschlungen und ihm von Luzifers Herz erzählt – ihm gesagt, dass eine, wenn vielleicht auch nur verschwindend geringe, Hoffnung bestand, dass der Stein des Heiligen unserem Haus endlich Glück bringen würde.

Aber ich tat es nicht, und die Gründe dafür waren so zahllos wie die Sandkörner in der Sahara.

»Ich muss euch mitteilen«, sagte er schließlich mit einer Stimme wie der Geist des Märzwindes, während er sich umdrehte, »dass ich Neuigkeiten habe, die für euch sehr aufregend und schockierend sein dürften.«

Wir blickten ihn reglos an wie drei Steinfiguren.

»Ich quäle mich schon seit Tagen damit. Es war schwer zu entscheiden, ob ich es euch sagen oder ob ich es erst einmal für mich behalten sollte. Erst heute Morgen bin ich zu einem Entschluss gekommen.«

Ich schluckte.

Lebe wohl, Buckshaw, dachte ich. *Das Haus ist verkauft. In wenigen Tagen wird man uns vor die Tür setzen, und wir müssen die geliebten alten Mauern und Balken, die Träume und Erinnerungen den Barbaren überlassen.*

Wir kannten kein Zuhause außer Buckshaw. Irgendwo anders zu wohnen war schlicht undenkbar.

Was sollte aus Mrs. Mullet werden? Aus Dogger?

Und aus Feely und Daffy?

Was sollte aus mir werden?

Vater trat ans Fenster. Er hob den Vorhang ein Stück an und ließ den Blick über sein Anwesen schweifen, als sammelten sich bereits die riesigen Truppen eines gewaltigen unsichtbaren Heeres im Küchengarten und rückten über den Rasen auf das Haus vor.

Als er sich wieder umdrehte, blickte er uns tief in die Augen, erst Feely ... dann Daffy ... und schließlich mir, ehe er mit brüchiger Stimme sagte:

»Man hat eure Mutter gefunden.«

DANKSAGUNG DES AUTORS

Jedes Buch ist eine Pilgerfahrt. Man unternimmt sie in Gesellschaft wahlverwandter Reisegefährten, von denen die meisten dem Leser für immer verborgen bleiben.

Diese verwandten Seelen haben mir auf dem langen Weg viel Fürsorge, Gespräche, Anregungen, Essen, Freundschaft, Liebe und umsichtige Unterstützung gegeben.

Zu meinen Weggefährten gehörten wie immer meine Lektoren Bill Massey von Orion Books in London und Kate Miciak von Random House in New York sowie Kristin Cochrane von Doubleday Canada, Loren Noveck und Randall Klein von Random House New York, meine Agentin Denise Bukowski sowie John Greenwell von der Bukowski Agency in Toronto.

Auch Familienmitglieder standen am Wegesrand, schwenkten an jeder Zwischenstation Fähnchen und machten mir Mut. Vor allem möchte ich Garth und Helga Taylor, Jean Bryson sowie Bill und Barbara Bryson danken und mich an dieser Stelle voller Zuneigung der mitreißenden Begeisterung und Lebensfreude meines verstorbenen Cousins John Bryson erinnern.

Auch Miss Doris Vella wird schmerzlich vermisst. Ihre ungewöhnliche Fähigkeit, sich voll und ganz in Flavias Welt zu versetzen, war einmalig. Ihre Liebe und Freundschaft wird mir unvergesslich sein.

Dr. John Harland und Janet Harland haben sich wieder freiwillig als Testgruppe zur Verfügung gestellt und viele großartige Ideen beigetragen, zudem dienten sie als unbezahlte medizinische Berater. Jeder Schnitzer in diesem Bereich geht natürlich auf meine Kappe.

Besonderer Dank gebührt Xi Xi Tabone, die sich trotz ihres eigenen vollen Terminkalenders die Zeit genommen hat, mir in vielfältiger Weise einfühlsame Hilfestellung zu leisten.

Schließlich danke ich meiner Frau Shirley, die meine Reisegefährtin war und mich vom ersten Schritt an angefeuert hat. Worte reichen hier nicht aus: Allein die Liebe kann eine so gewaltige Schuld begleichen.

DANKSAGUNG DER ÜBERSETZER

Wieder hat uns Herr Dr. Henning Böckemeier davor bewahrt, in die eine oder andere Chemie-Falle zu tappen, und somit dafür gesorgt, dass Flavia auch auf Deutsch fachlich korrekt kombinieren und experimentieren kann.

Dafür bedanken sich ganz herzlich die chemisch eher weniger beschlagenen Übersetzer.

Katharina Orgaß und Gerald Jung